기억나지 않는 것들

기억나지 않는 것들

기억나지 않는 것들

정강철 산문집

기억나지 않는 것들까지 쓰지 못했다.
감출 수 없는 진실이나 소중했던 가치는 오히려
기억나지 않는 것들에 묻혀 있을지 모르겠다.

문학들

기억나는 것들은 모두 고만고만했다. 목숨을 걸고 승부를 내야 할 결정적인 장면은 없었다. 알량한 이름이나 명예 따위를 지키고자 분투했던 순간도 없었으니 일상의 시답잖은 기억들뿐이다. 사람의 기억장치에는 용량의 한계가 있어 죄다 되살릴 수 없을 뿐만 아니라 왜곡도 있기 마련이다.

지나가 버린 것들, 되돌아오지 않는 과거들이다. 기억나지 않는 것들까지 쓰지 못했다. 감출 수 없는 진실이나 소중했던 가치는 오히려 기억나지 않는 것들에 묻혀 있을지 모르겠다.

2026년 설날 아침

정강철

1부

빗물의 온도, 문장의 습도

낙백落魄한 친구와 잠을 자며

첫 경험의 기억은 깊고 단단하다. 단과대 수석으로 입학했던 형연이 형이 중간고사를 보고 나서 느닷없이 학업을 작파하겠다 선언한 날, 교정에 시국 관련 유인물이 뿌려졌다. 형과 함께 술을 마신 뒤 처음으로 오바이트를 했다. 도내기 시장 난간에 서서 실체도 보이지 않는 세상을 붙잡고 울었다. 나는 스무 살이었다.

지리산 종주는 그 시절 나의 버킷리스트였다. 산이라 해 봐야 15번 시내버스를 타고 증심사 종점에서 내려 무등산 중머리재나 장불재, 새인봉 등지를 오르내렸을 뿐인 주제에, 지리산 종주는 상상만으로도 상남자가 된 기분이었다. 산을 오르면서 느끼는 감흥과 걸음을 옮길 때마다 숨 가쁘게 따라붙는 충만감에 들떠 있었다. 남에게 의존하지 않고 스스로 해결해야 하는 과제가 산행이었다. 세상살이는 남의 힘을 빌릴 수 있을지 모르나 산행은 누가 대신해 줄 수 있는 게 아니라 혼자 해내야 했다. 침묵하는 산의 입을 열어 대화하려면 정상에 올라야 하고, 사람들 세상으로 돌아오려면 능선과 계곡을 타고 내려와야 한다. 이름 모를 풀 한 포기 벌레 한 마리 해치지 않고 부대끼며 살아야 한다는 이치를 산에서 배운 것은 한참 지나서였다. 남의 것을 빼앗고 무언가 얻기 위한 탐욕으로 아득바득 발버둥 치며 살지만, 산에 오르는 순간 부질없음을 깨닫고 죄다 비우게 된다는 사실을 그 나이에 알 수나 있었으랴.

스무 살 겨울, 해가 바뀌었는데도 세상은 그대로였다. 모험심 가득한 친구 재필이가 지리산 종주를 제안했다. 1월의 이런 추위에 지리산 종주라니? 모진 기상 여건이 겁나긴 했지만 묵은 소원이었으므로 거절하지 않았다. 부모님께는 지리산행 사실을 숨기고 친구네 시골집에 놀러 간다고 둘러댔다. 엄동설한 추위가 아니더라도 인수봉 암벽등반 도중 추락사한 이종사촌 형 때문에 산은 우리 가족에게 금기의 공간이었다. 운동화에 청바지, 솜털 파카 차림을 하고 배낭에 황동규 시집을 찔러넣었다. 암울한 현실을 시가 해결해 줄 리 만무했지만, 얼어붙은 겨울 공화국에서 황동규의 시는 위로가 됐다. 비와 어둠, 바람과 눈, 여행자와 무덤 같은 황량한 풍경이 담겨 있는 시집에 전봉준이나 계엄령 같은 무거운 단어도 있었다. 성긴 눈발 흩날리는 쓸쓸한 항구가 아름다울 수 있다는 사실을 알게 된 것도 그의 시 때문이었다. 불온한 세상에 대고 고요히 악 지르는 시인의 목소리에 매료돼 그의 시를 암송하고 다닐 때였다. 눈도 녹지 않은 겨울 도로를 달려 지리산으로 갔다.

구례 장에서 지체한 게 문제였다. 정오를 넘기고서야 화엄사행 완행버스를 탔고 급하게 산행을 시작했다. 재필이는 지리산 겨울 종주를 결행할 만큼 자신만만하던 친구였으나 지금 생각해 보면 우린 아직 군대도 다녀오지 않은 풋내기들이었다. 그땐 그걸 몰랐으니 노고단 산장까지 4시간이면 오를 수 있다는 그의 말을 믿고 따랐다. 코재를 지나면서 사나운 눈보라가 몰아쳤고 하얗던 지리산이 금세 어두워져 버렸다. 조금만 더 가면 임도가 나온다며 힘을 내라 했는데, 마침내 한 발짝도 옮길 수 없었다. 친구의 볼멘소리가 깊어지면서 도리 없이 그 자리에 주저앉아 어둠을 받아들였다.

춥고 무서웠다. 대피소 산장에서 숙박하기로 계획했던 탓에 텐트가 없었으므로 목숨을 건 비박이 되고 말았다. 밥을 지어 먹는 것은 고사하고 석유 버너를 켜서 불이라도 쬐고 싶었는데 손가락이 마비되면서 엄두를 내지 못했다. 밤이 깊어지면서 사지가 얼어붙고 정신이 혼미해지더니 잠이 쏟아졌다. 암벽에서 떨어져 죽은 외사촌 형의 야윈 얼굴과 흐느끼며 들썩이던 이모의 가여운 어깨가 생각났다. 눈 떠. 잠들면 죽어. 울며 보채 봤자 소용없었다. 체온이 식어가자 서로 두들겨 팼고 뒤엉켜 뒹굴었다. 하지만 자꾸만 쏟아지는 잠을 내쫓는 방법은 서로의 몸을 건드려서 될 일이 아니었다. 마음 깊숙이 도사리고 있는 자존심을 끄집어내고 할퀴어 상처를 주어야 정신을 차릴 수 있었다. 지리산 종주가 뭐라고, 종주를 감행하겠다고 마음먹었던 과정이 한심했지만 후회하고 원망한대서 해결될 문제가 아니었다. 배낭 속에 잠들어 있던 황동규 시가 살아났으나 시는 허무하기만 했다. 눈앞에 보이는 눈은 시인의 말처럼 살아 있지 않았다. 내가 눈 속에서 죽게 생겼는데, 시가 다 뭐야. 나는 흐릿하게 감기는 눈을 열기 위해 안간힘을 다했다. 넋이 달아나고 있는 침륜의 순간, 사선을 넘나드는 친구의 모습이 가물거렸다.

창밖에선 매 맞지 않은 눈이 내리고 있지. 낮에 들여놓은 난이 고개 숙였어. 일생을 다 합쳐도 돌아누워 오래 말 없는 네 등의 끝없는 공백을 다 채울 수 없을 것 같구나. 흰 머리카락 몇 오리가 곤두서서 너도 잠 이루지 못함을 알리고 있다. 우리의 모든 과거에 어둠이 내리고, 어둠 속을 복수復數로 웃는, 웃다 웃다 떨어지는 눈발이 내리고 있다. 수백 명 사내와 함께 누운 것처럼 잠도 방황도 시작되지 않는구나. 오래 놀던 새 갑자기 사라지듯 우리 다시 태어나지 않을 모든 마을은 온통 허황하고 슬프리라.

– 황동규, 「낙백落魄한 친구와 잠을 자며」

새벽녘인지, 먼 데서 미명이 움트더니 점점 가까운 데로 다가왔다. 아득한 산봉우리들이 보이기 시작하면서 우리는 안간힘을 다해 정신줄을 당겨 잡고 서로를 흔들어 깨웠다. 겨울 지리산 1,500고지 눈밭에서 두 청년의 동사체가 발견될 것이라던 간밤의 체념이, 수많은 산봉우리 너머로 물러갔다. 살았구나, 기적이었다. 절망과 공포의 밤을 이겨내고 실낱처럼 붙어 있는 목숨을 확인한 순간, 우리는 보듬고 울었다.

몇 발짝 오르지 않아 노고단 대피소로 가는 군사 도로가 나왔다. 살아서는 다시 볼 수 없는, 일망무제의 구름바다를 보았을 때 우리는 말을 잃어버린 바보처럼 '어어어, 우와' 탄성만을 내질렀다. 노고운해老姑雲海는 생사를 넘나들던 지난밤 악전고투의 전리품이자 선물이었다. 기운을 차려야 했는데 배가 고팠다. 얼어 죽는 것을 피하고 보니 이제는 굶어 죽을 지경이었다. 밥부터 해 먹으려고 얼어붙은 손가락 신경을 회복시켜 간신히 석유 버너를 켰다. 김이 모락모락 피어오르는 쌀밥을 지어 고추장에 비벼 먹으려는데, 느닷없이 개구리 전투복 군인 몇 명이 나타났다. 아니, 이 순간 왜 이런 사람들이? 화들짝 놀란 우리는 상대방의 존재를 믿지 못했다. 난데없이 군인이라니, 무장 공비인가? 그 시간 그 자리에서 등산객과 군인이 맞부딪힌다는 게 서로가 상상조차 할 수 없는 상황이기 때문이었다. 거, 밥 좀 얻어먹읍시다. 아무런 반발도 못 하고 밥을 죄다 뺏기고 말았다. 코펠에 담긴 밥을 순식간에 먹어 치우고 사라진 그들은 혹한기 산악 훈련 중이라던 특전사 군인들이었다. 그들이 바람처럼 떠나 버린 자리에서 우리는 서둘러 밥을 다시 지었다.

몸은 쉬이 회복되지 않았고 기력은 떨어져 걷기 힘들었다. 종주를 포기하고 화엄사로 내려오는데, 한 걸음 앞도 보이지 않던 등산 때와 달리 하산길은 날씨도 맑아 새로운 세상을 만난 것 같았다. 고사목에 핀 설화가 햇볕에 반짝였고 수묵화를 보는 듯 능선과 봉우리 모두 잔잔했다. 다른 계절은 옷을 바꿔 입을 테지만 겨울 산은 맨살이었다. 아픔을 감출 수 없는 맨살뿐 아니라 뼈와 속살까지 드러낸 채 숨을 곳도 없고 숨겨지지도 않는, 세상 가장 깊은 곳이 겨울 지리산이었다. 나는 눈을 크게 떴다. 땀에 젖은 육체는 군더더기였을 뿐 잡념을 몰아내고 비루한 일상을 바꿀 혁명 같은 결심을 새겼다. 아아, 지리산이여. 지금은 포기하고 내려가지만, 반드시 다시 오리라. 언젠가는 다시 종주에 도전하리라, 다지며 산에서 내려왔다.

집으로 돌아온 뒤 며칠 동안 앓아누웠다. 지리산의 천산만학이 오래도록 꿈결에 아른거렸다. 그 후로 나는 천왕봉과 노고단은 여러 번 등정했으면서도 정작 지리산 종주를 하지 못했다. 성삼재 휴게소에 주차

하고 오르는 노고단 코스는 이제는 반나절도 걸리지 않았다. 노고단은 예전의 노고단이 아니었다. 사람들이 가장 많이 밟은 땅이 등산길이 된다는데, 발걸음을 남기지 않아도 길이 난 셈이었다. 사람들 발길에 치인 저잣거리 같은 노고단, 그래도 좋다. 스무 살 그 시절 순결한 노고단이 아니어도 좋다.

서툴렀던 스무 살, 고단하게 이어질 앞으로의 삶에서 낙백의 의미를 얼마나 생생하게 깨달아야 할 것인지, 그 순간인들 짐작조차 하였으랴. 참으로 미욱한 나이였다.

봄꽃 피는 이유

　추위가 물러가고 부챗살 같은 햇볕이 매혹적으로 내리쬐던 봄날, 친구 아내가 죽었다. 시끌벅적했던 연애담과는 달리 반듯하게 결혼했던 그녀는 아들 둘을 낳고 친구와 잘 살았다. 겨울 어느 날, 뇌출혈로 쓰러진 뒤 투병이랄 것도 없는 병원 신세를 지다가 봄이 오자마자 허망하게 세상을 떠나고 말았다. 이틀 동안 빈소를 지키는 사이, 죽은 자가 산 자들을 규합하라 명이라도 한 듯 오랜 친구들이 찾아왔다. 대학에 합격하여 이제 막 성인이 된 큰아들의 친구들도 보였다. 아비의 친구들은 메마른 종이컵에 소주를 부어 마시며 중년의 건강을 걱정했고, 상주인 아들도 조문객을 맞이하며 어른 흉내를 내고 있었으나 어머니의 죽음을 받아들이기엔 이른 나이였다. 이제 중3이 됐다는 막내아들이 짠했다. 장례 절차 때마다 엄마를 부르며 목 놓아 울었다. 처제들의 낭자한 울음소리도 우리를 비통하게 했다. 벌겋게 충혈된 눈을 깜박이던 친구가 두 아들에게 말했다. 집에 가면 당분간 큰방에서 아빠랑 함께 자자.

　발인은 일요일 아침에 이루어졌다. 묘역으로 가는 길은 멀었다. 날씨는 화창하여 꽃 필 채비를 마친 나무들이 도처에서 몸을 풀고 있었다. 분홍 진달래와 노란 개나리, 야산 등성이마다 폭죽처럼 터지는 매화가 눈 맞출 때의 수줍은 기색이나 어색한 표정도 없이 요란하게 막 피었다. 울음이 많은 발인식은 괴로웠다. 하관의 순간, 이성을 놓아버린 가족의 통곡과 몸부림이 황토 흙더미 위로 쏟아졌다. 정처 없는 꽃가루가 몰려와 우리의 눈시울을 뜨겁게 다그치고 있는 순간마저, 큰아들 품에 안겨 있던 영정사진 속 그녀는 쓸쓸하게 웃고 있었다.

돌아보니 야속하게도, 죽음이 내려앉은 곳에 꽃이 피고 있었다. 참았던 꽃들이 더 견디지 못하고 피어 버렸다. 사람과의 만남이 서로를 원한다고 해서 억지로 맺어지지 않듯 이별도 원치 않은 순간에 찾아왔다. 아들을 바라보는 아비의 서늘한 눈빛이 어미 없는 세상으로 던져졌다. 그곳에서는 혈육이 살지 않을 것이며 산소는커녕 햇살도 비치지 않을 것이다. 자전도 공전도 잊어버려 뭘 하는지도 모르는 시간이 지나갈 텐데, 이제는 돌아올 수도 없다. 돌아올 길은 지워져 기억하지 못한다. 시간의 속박도 시시해질 것이며 숨 쉬지 않아도 되고, 감당하기 버거운 과제를 해결할 필요도 없는 그곳.

마구 피는 꽃들 보며 제주에서 만났던 버스 기사의 말이 떠올랐다. 참고 참아왔던 꽃들이 견디지 못하겠다는 듯 사방에서 피어나는 한라산 자락이었다. 길 없는 곳에서 만난 길 잃은 영혼들, 찾아갈 길조차 기억하지 못하는, 미혹의 섬에서 꽃을 보다가 잠들어 영영 깨어나지 않아도 좋을 떠도는 어부가 되고 말았다.

죽음이 많은 봄날이 서럽다. 국가 폭력이 불러온 서러운 죽음과 인재에 의한 억울한 참사가 하필 꽃 피는 봄날에 불어닥친다. 불러도 대답 없는, 그리운 이름들을 덧없이 부른다. 그래도 목련꽃은 피어 있지만, 그 그늘 아래서 베르테르의 편지를 읽을 여유는 없다. 죽음 끝에서 태어나는 생명들, 사월 제주가 유채꽃으로 뒤덮이고 망월동 가는 길에 쌀밥 가득 이팝나무꽃이 만발할 것이며 진도 팽목항에서 우리 아이들이 만장으로 부활하여 나부끼고 있다. 자연을 거스르는 인위는 반드시 비틀어지는 법, 새가 울면 우는 대로 놔두고 밤이 깊어지면 날이 밝아 올 것을 믿으면 된다. 꽃은 피었다 지지만 그 자리에 새잎이 나고 열매를 맺으며 마침내 뿌리로 내려올 테니 꽃 피는 이유가 가상하다. 눈 맞출 때까지만 해도 수줍어했던 꽃들이 눈치도 보지 않고 막 핀다. 저 꽃들 사이로 바람이 분다. 봄바람 맞으니 꽃들이 손짓한다. 아픈 봄날, 사방데서 꽃이 핀다.

월요일 출근길, 월산동 외곽도로 건강관리협회 사거리에서 신호 대기를 위해 좌회전 깜빡이를 넣는 순간, 잠시 유혹에 빠진다. 직진해 버릴까. 이대로 직진하게 되면 고속도로로 가는 길이 나올 테고 봄볕이 숨 막히게 내려앉아 있는 산야를 달릴 수 있을 것이다. 무단결근에 따른 소동이 일어나 누가 나를 찾든 말든 핸드폰 전원은 꺼 버리고 처음 가보는 한적한 바닷가의 모래밭을 걸을 수 있겠지. 도로에 아무것도 없다 한들 무슨 상관이람. 함평이든 법성포든 고창이든 변산이든, 한가로운 국도를 달리면 된다. 채석강까지 못 가도 좋다. 돌머리나 백수해안도로, 아니면 구시포 같은 바닷가면 된다. 차량 스피커에서 흘러나오는 음악의 볼륨을 높일 테니 풍광이 수려하지 않아도 괜찮다. 인적이 드문 바닷가로 가는 길이면 그만이다. 아무렇지 않은 평범한 모습이더라도 그냥 그 자리에 있어만 주면 감지덕지다.

하지만 직진을 결행하지 못하고 좌회전을 하고 만다. 교문을 통과하여 체육관 앞에 주차하고 바쁜 걸음으로 교실로 들어가 아이들 지각을 단속한다. 환경 정돈 상태를 낱낱이 확인한 뒤 조회에 참석하여 무미건조한 공문 내용을 전달하고 교과서와 수능 문제집을 옆구리에 낀 채 수업에 들어간다. 라디오에서 흘러나오던 연분홍 치마가 봄바람에 휘날리더라, 귓바퀴에 징징거려도 입 밖으로 흥얼거리지 않는다.

정말 확 질러 봐? 한 번도 해 본 적 없는 땡땡이지만 지금 당장 시도해 볼까. 오늘은 비가 내린다는 예보도 없으므로 서녘 바다로 넘어가는 노을을 볼 수도 있겠다. 지키지 못할 약속을 유형무형으로 늘어놓고 비장함도 없는 결심을 적은, 서두름도 따르지 않는 충동을 담은, 수신인도 불분명한 편지를 써서 책상 위에 놓아두고 총총히 떠나는 사람. 누구도 놀라지 않고 아무도 찾지 않더라도.

정작 이루어 버리면 꿈이라 부를 수 없기 때문에 이룰 수 없는 것인가. 이 봄이 가기 전에, 아득바득 견뎌내야 하는 전쟁 같은 일상에서 한 번쯤 벗어나 보고 싶다. 하루라도 더 가기 전에, 영혼이 멍들어 허약해지기 전에, 황사 바람이 뒤섞인 봄비를 맞고 모든 의욕을 놓아 버리기 전에, 한나절이라도 일탈해 봤으면 더 바랄 게 없겠는데, 저만치 마음만 앞서갈 뿐 몸은 꼼짝할 수 없다.

꽃이 피면 같이 웃고 꽃이 지면 같이 울던 알뜰한 맹세도 점점 멀어지면서 봄날은 속절없이 가고 있다. 엇모리장단 같은 파격은 언감생심 엄두조차 내지 못한 채 얌전한 범생이로 하루를 보내고 말기에는 봄날의 꽃들이 눈부시다. 이러다간 저 꽃들도 다 지고 말겠다.

굿바이, 원교

오래 써왔던 장편소설을 끝낸 날 밤이었다. 비운의 명필, 원교圓嶠
이광사李匡師를 소설로 남겨 두어야겠다는 다짐을 실천한 지 3년째, 이
제 그 작업이 마무리된 셈이었다. 제목도 어설프고 완성도도 형편없어,
맘에 드는 것이라곤 하나도 없었다. 그랬어도 그동안 원교만 붙잡고 살
았던 처지가 지긋지긋해 마감 날짜를 스스로 정해놓고 우격다짐으로
끝내 버린 것이다. 막상 끝내긴 했는데, 먹먹한 이 기분은 뭐지? 시원섭
섭으로 위장한 치사한 심정을 달래는 방법으로 술만 한 게 있으랴.

1777년 정조 1년 여름, 73세를 일기로 절해고도 신지도에서 세상
을 등진 원교 이광사. 유배 시절이었어도 전라도의 명산대찰은 모두 원
교의 글씨를 받아 갔다. 그걸 보려고, 대웅전 편액이 걸려 있는 대흥사
와 천은사, 백련사를 한걸음에 달려갔다. 하루 날을 잡아도 좋았다. 고
창 선운사의 요사를 지나 개암사나 내소사를 찾으면 그의 신필이 숨을
고르고 있었다. 아무 생각 없을 때야 헤아릴 수 없을 정도로 다녀 본 곳

이긴 하나 막상 원교를 가슴에 품은 채 찾으려 하니 가슴이 떨리고 숨이 막혔다. 또 한 번 날을 잡아 신지도를 다시 가야 했다. 오랜 세월 동안 유배지 곳곳에 사무쳤을, 한이 서려 있을 그 바다는 하루이틀로는 어림없었다.

그러는 사이, 계절이 여러 번 바뀌었다. 방학이 있는 칠말 팔초 여름을 보내고, 가을을 견디다 보면 긴 방학이 있는 겨울이 다가왔다. 원교하고만 보내리라 작심한 여름과 겨울이었건만 그러지 못했다. 새싹 돋아 오르던 어느 봄날, 내면 깊숙이 들어와 정박한 세월호는 한숨과 눈물 속에 우두커니 멈춰 서 있다. 닻을 풀어 바다로 보내 드려야 하는데 그럴 수 없다. 여름이 깊어지는 사이, 늙은 원교는 그렁그렁한 눈물기로 침침한 눈을 끔쩍이다가 뒷방으로 돌아섰을 것이다. 어쩌다 이런 나라가 되었나? 조선이라는 왕조에서도 상상할 수 없는 일이 벌어졌으니.

예상하지 못한 일들이 벌어지는 동안 몇 번의 선거가 지나갔다. 부패한 정치인과 기업인 리스트 따위로는 어림도 없다. 대목 맞은 장사꾼처럼, 선거판 뉴스를 장악하고 있는 치들을 응시한다. 삼정의 문란과 혼탁한 학정에 저항할 방법은 소요와 봉기가 아닌, 투표뿐이라 했는데 갈수록 만만치 않다. 홀아비와 과부, 고아와 같은 전래의 사궁四窮을 구휼하자는 말이 아니다. 초상난 사람에게는 요역을 면해 주고 중환자에게는 정역을 제외해 주었듯 참혹한 바닷속에 자식들을 수장하게 된 부모는 외면하지 말아야 한다. 그들에게 짜증 내거나 예의 없는 언어를 배설처럼 뱉어내는 자, 무엇으로 귀와 눈을 씻을 텐가.

낡은 수레와 여윈 말일망정 해진 안장이라도 올라 보라. 엄습하는 바람을 무시하고 곧추 여몄던 필낭도 내려놓았을 때 서생이 아닌 대장장이가 될 수 있다. 붓으로는 세상을 바꿀 수 없을지 몰라도 흉물스러운 무기만큼은 쇳물에 녹일 수 있을 테니. 몇 번의 계절이 바뀌어야 가능할 건가 짐작할 수조차 없다. 평민들이 입었을, 원교 선생의 잠방이에서 어떻게 하면 눈물과 한숨을 떼어낼 수 있을지.

그랬는데, 술자리에서 지인으로부터 난데없이 꽃다발을 받게 됐다. 이런 경험은 처음이라 민망함을 감출 겨를도 없었다. 꽃다발의 의미는 모르겠다. 그간 고생했다고 하니, 뭐 대단한 일이라도 한 것처럼 들렸지만 그런 말들이 더 괴로웠다. 유별난 기분 탓일까. 주는 대로 술을 받아 마시다 취해 버렸다. 몽롱해지는 의식을 부여잡고, 이제는 원교 소설에 대해서 아무 생각도 하지 않으리라 했는데, 그리하여 번잡스러운 고통에서 해방될 수 있으리라 믿었는데, 이게 만만치 않았다. 자꾸 원교가 살아나고 있다.

그렇게 열흘이 지났다. 당분간 떠올리고 싶지 않은 사람이었다. 아쉽기 그지없었지만 겨우 안녕이라고 작별했는데, 원교는 멀리 떠나지 않은 채 먼발치 그 자리에 그대로 있었다. 쉰 바람이 빠져나가는 듯 허전한 그의 웃음소리도 그대로였다. 상고당尚古堂 집에서 소리꾼을 불러놓고, 우조 가락 들리면 우조 분위기로 글씨를 썼고 평조 소리가 들려오면 평조 글씨를 썼던 원교. 몸에서 먹 냄새가 가시지 않았던 사내. 단정하게 정좌하면 해서를 썼고 국화주를 한 잔 마시면 행서를 썼으며 여러 잔을 마셔 취흥이 돋으면 초서를 휘갈겼다. 필흥이 돋아 오른 글씨는 자연 그대로였다. 붓을 들면 비가 내렸고 붓을 휘두르면 비바람이 몰아쳤다. 어젯밤처럼 광풍과 소나기가 종횡으로 굽이치는 순간이면 미친 듯 붓을 휘둘렀다. 일필휘지, 필흥이 돋지 않으면 어림없는 경지일 터.

원교와 지내는 계절들은 저절로 깊어졌다. 유배지 신지도까지는 아직 멀었고, 상고당 김광수나 호생관 최북과 교유하던 시절을 엮어내야 했다. 벗이자 스승이었던 종형 항재는 특별한 멘토였다. 강화로 가 하곡霞谷 선생을 만나자고 한 사람도 항재 형이었다. 심오한 학문이라지만 왕양명에 경도된 늙은 스승이 두려워 하곡에게 다가서기를 주저하던 원교였다. 그의 학문을 이끈 종형들은 어두웠으나 가학家學은 온후했다. 대가족이 오손도손 모여 사는 곳에 밥 짓는 냄새와 글 읽는 소리가 한데 어우러졌다. 형들은 원교를 아꼈다. 가르치고자 해서 가르치는 게 아니라 동생을 데리고 다니는 것이 가르침이었다. 마당 모서리에 작은 정자가 있다. 세상을 버리고 동산으로 달아났다는 뜻의 '원포園逋'라는 편액이 붙은 누옥이었다. 술잔을 나누며 종형제들과 어울렸다. 경서를 놓지 않았지만 그들의 입에서 폐족이라는 금기어는 올리지 않았다. 사욕을 버리면 누구나 요순이 될 수 있다. 과거를 포기한 형들은 벼슬길 대신 내면 수양에 골몰했다. 주회암을 흠모하여 격물치지를 추구했지만 하곡을 만난 후로는 왕양명이 날아올랐다. 서로 다른 두 학문이 원교의 머릿속을 어지럽혔다. 회암은 순연했으나 양명은 민첩했다.

청년 원교를 떠올리며 지그시 눈을 감았다. 고약한 스승 백하白下의 문하에서 젊은 날을 보내고 있는 원교를 바라본다. 슬며시 다가가 안마라도 해 드리고 싶다. 목덜미와 엘보우 관절에 뭉친 스트레스여, 멀리 사라져다오. 겨우 목숨을 건진 그는 늙어가는 육신을 이끌고 함경도 부령으로, 전라도 신지도로 내키지 않는 고행을 떠난다.

　가엾은 원교, 폐문에 대한 울분도 내려놓고 영조 임금의 금주령도 못 들은 척 오늘 점심때는 부뚜막 국밥집에 앉아 반주로 목이라도 좀 축이시라. 소설을 마무리해 놓고도 마음 놓지 못해 자꾸 손보고 싶은 이놈의 몹쓸 충동을 원교는 얼마나 꾸짖을까. 가획도 보획도 용서치 않는 일필휘지의 경지는 나에게는 여전히 닿을 수 없는 아득히 먼 골짜기인데.

아픈 사람, 송은명

　추억을 소환하기가 괴롭다. 지산동 골목 어디쯤, 선술집에서 나왔을 때 비가 내리고 바람도 불었겠지. 저마다 열병 걸린 병자처럼 얼굴이 달아올랐다. 이심전심으로 다음 코스로 가자 했지만 20대 청춘들은 가난했다. 신안동 은명이 자취방까지 걸었다. 라면을 끓이고 낮게 내려앉은 백열등 아래에서 소주를 마셨다. 그의 고향 고흥 대서면 이야기를 늘어놓다가 장선포가 고흥 바다인지 보성 바닷가라 해야 하는지 따졌다. 술 깨고 나면 기억하지 못할 얘기들이었다. 아무것도 손에 잡히는 것 없이 흐릿한 시야 너머로 하루가 암전되었던, 그런 날들이 지나갔다.

　서울로 간 은명이가 취직했다. 『한길문학』이라는 문예지를 통해 시인으로 등단한 것도 자랑스러웠다. 그가 일하는 '일월서각' 사무실로 한밤중 숨어 들어가기도 했고 또 다른 출판사로 직장을 옮긴 뒤에도 낯선 골목에서 술을 마셨다. 폭음으로 인한 결근에 나는 여러 차례 일조했다. 처가가 될지도 모를 여자 후배네 집에 가기로 했던 약속도 술로 인해 파기했다. 말하지 않았어도 직장을 옮길 때마다 이유를 알고 있었다. 서울살이가 힘겨워 보였다. 얽히고 섞이면서 번잡해지기만 하던 서울이 마침내 그를 밀어냈다.

후배들 술 사줄 돈이 떨어져 장선포로 귀향했을 때도 바람 불고 비 내렸으리라. 술 냄새 밴 그의 몸에 외로움이 묻어 있었다. 어머니의 굽은 허리마저 고와 보인다며 거북이 신기마을 고향 생활을 편안해했다. 그래서 그런 줄만 알았다. 등록금 떼어 후배들에게 술을 먹이고 차례로 오바이트를 시키더니 외진 골목 전봇대를 붙잡고 울던 사람. 이제는 그렇게 하지 못해, 그게 아픔으로 바뀌었다는 걸 몰랐다. 시린 이를 악물던 그가 어머니의 넓은 가슴에 얼굴을 묻었을 때 비로소 가지런해지던 고향의 숨소리를 들었다. 장선포구 객주에 앉아 내륙에서 불어오는 바람을 맞고 깍두기 국물에 눈물 흘리며 막걸리를 따르던 모습도 이제 지워 버려야겠다. 산도 들도 내려와 그의 작은 발아래에서 다소곳해지는데 귀청을 후비며 달려가는 호남선의 간이역들. 시인이라는 이름을 버리지 않고 서울도 찾지 않기로 했다.

아무도 알아주지 않아서 마시고 또 마셨을 것이다. 창영이가 그랬다. 은명이 큰일 났다. 안좌를 찾아왔는데 멀쩡한 새벽부터 가게 테이블로 나와 혼자 소주를 마시고 있더라. 그랬던 창영이는 은명이보다 조금 늦게 떠났다. 봄 한철 만개했을 벚나무 사이로 모질지 못했던 그들의 얼굴이 떠다닌다.

죽음보다 큰 슬픔은 없다. 그의 아픔을 짐작이나 했으랴. 눈물로 절인 그의 만장을 받아들이기에 우리는 턱없이 이른 나이였다. 가만 놔둬도 흘러가는 건 시간, 슬픔도 단련이 되면 일상이 되어 잊힐 줄로만 알았다. 불러도 대답 없는 이름을 꺼내기 두려워 안으로만 담아 둔 채 꾸역꾸역 살아왔다. 은명이처럼 목숨을 뿌리칠 용기도 없는 우리는 이렇게 살고 있다. 술잔도 절반씩 끊어 마시고 몸 생각하여 서둘러 귀가하니 잘살고 있는가. 목숨 챙겨 살아 있으니 좋은가. 무심한 사람들과 불온한 세상 때문에 늘 아팠던 사람. 혀가 꼬여 알아들을 수 없는 목소리일지라도 오늘 밤 그를 만날 수 있다면. 많이 마셨더라도 한 잔만 더. 그렇게 좋아하던 맑은 소주 한 잔 부어 주고 싶다.

아침 꽃을 저녁에 줍다

글 쓰는 행위가 부끄럽던 시절이 있었다. 혼자 살 수 없는 세상에서, 세상이 잘못 돌아가고 있는 게 분명한데도, 골방에 틀어박혀 글줄이나 끄적거리고 있는 비루한 자신을 감내하기 어려웠다. 지지부진한 습작은, 금남로에서 전경대 방어선을 향해 던지는 돌멩이보다 가치 없던 시절이었다. 살아왔던 나날들은 보잘것없고 살아가야 할 앞날은 막막했다. 밤새 술잔과 고민을 주고받던 철영이가 루쉰의 산문집 한 권을 놔두고 갔다. 표지 가운데에 콧수염을 한 중년 사내가 증명사진처럼 박혀 있었다. 그의 글을 읽어나가자 영험한 약효처럼 마음이 움직였다.

작가의 개성을 강하게 드러나는 소설을 쓰고 싶다면 퇴근 이후의 시간을 분 단위로 쪼개어 써야 한다. 모르는 건 아니다. 허구한 날 취중몽사로 하루를 보내는 휴업 작가의 변명을 들어 줄 이가 없다. 술 마실 구실 찾아 떠돌다 비를 만난다. 비 오는 거리를 서성거려 본 적이 있는 사람은 안다. 비를 맞는 것은 혼자만의 공간에서 조용히 받아들일 수 있는, 전혀 다른 세상이다. 비 맞은 경험을 얘기할라치면 공유하지 못하는 사람들도 있을 것이다. 비 때문에 생업에 지장이 있는 경우를 들먹이며 한숨짓는다. 먹고살기 어려운 판국에 무슨 베짱이 같은 심보로 빗소리를 즐기느냐고. 자신의 입맛이 아니니 어떤 얘기도 하지 말라는 의도라면 씁쓸한 일이다. 그런데도 비가 내린다. 기습적이다. 조금 전부터 천둥과 번개를 동반한 장대비가 장쾌하게도 내린다. 생각지도 못한 시각에 비를 바라보는 호사를 누리게 된 것이다.

어젯밤에 찾아간 야구장에서는 한 목소리가 들렸다. 파도타기 응원을 하며 같은 소리를 지르는 모습이 전형적인 공동운명체 같다. 하지만 경기가 끝나고 야구장을 빠져나갈 때는 다시금 자신의 성으로 돌아가고 만다. 방금까지는 한목소리를 냈지만, 조금이라도 이해가 갈리면 언제 봤냐는 듯이 바로 싸울 준비가 되어 있다. 야구가 끝나고 나서는 해장국집으로 옮겨서 소주를 마셨다. 패배한 야구 얘기는 나누지 않고, 이런저런 살아가는 얘기들을 나누었다. 그러다가 루쉰의 인생이 화제로 올랐다. 산문들 마지막 문장이 절묘했다. 둘이 나누었던 얘기의 핵심이자 전부였다.

「아큐정전」으로 익숙한 작가, 체질화된 악습과 미몽에서 깨어나지 못한 중국인들을 구원하려 했다. 청나라 말기에 외세의 침탈로 자존심을 짓밟힌 중국인들의 가엾은 영혼을 붙잡고 새로운 나라 건설을 외쳤다. 여론이 죽은 시대, 왜곡된 역사 인식에 함몰된 사람들을 예리한 칼날로 찔렀다. 무심히 하루를 보내던 청년들에게 무딘 삶을 사는 게 능사가 아니라는 사실을 일깨웠다.

의사의 길을 포기하고 소설 쓰기와 혁명가의 길을 걸었던 그의 삶을 반추해 보니 그가 바로 소설이었다. 소설의 무게와 무관한 자신만의 이야기라면 더 잘 풀어낼 수 있을 것 같았다. 독서가 고역이 아니라는 것을 그의 산문집을 읽으면서 알았다. 의무적으로 읽는 독서 행위는 고된 숙제 같으나 그의 글을 읽고 일상의 얼개를 바꾼 것만으로도 의미 있었다. 소설은 쓰지 못하고 채무자의 전표처럼 쓰고 싶은 이야기만 쌓아 둔 처지가 답답하다.

산문 한 편씩 따로 놀았어도 그의 목소리는 일관됐다. 매혹적인 남의 글을 훔쳐보는 기분, 잠들기를 포기하더라도 빗소리와 어울렸다. 토요일 밤이라면 더 좋았겠다. 일요일의 휴식을 늦잠으로 시작할 수 있을 만큼 늦도록 술을 마셔도 되니까. 눈 내리는 겨울밤엔 따뜻한 정종을, 서늘한 그늘이 그리운 여름날 밤이었다면 시원한 맥주를, 그의 책을 내게 전해 준 철영이와 그의 글에 관한 얘기만 하기로 약속한다. 손가락 걸지는 않아도 어차피 술을 마시다 보면 그렇게 되고 만다. 강호 무림에서 감히 범접할 수 없는 지존을 대하듯 괜찮은 구도이다.

소설 얘기는 지루하다. 쓰고자 하나, 마음먹은 대로 써낼 수 없는 능력이 문제라는 걸 안다. 아무리 소설이 사기라지만, 예전에는 별로 다뤄진 적이 없는 사기극 얘기는 어렵다. 소설이 전개되는 동안 촘촘해야 할 그물망이 투명한 게 아니라 눈에 빤히 보이는 철삿줄이 되어 형체를 드러낸다는 것을 알고 접어 버린다. 사기란 게 무언가. 당하는 사람이 이미 눈치를 채고 있다면 사기가 통할 것인가. 소설도 어차피 사기이며 그 사기 치는 정도가 치밀할수록 재미있는 소설이라고 평가받는데, 이미 들통나 버린 허망하고도 공허한 사기극에 흥분은 맥없이 가라앉고 감성은 멀어져 간다.

중학생 때 봤던 영화의 한 장면이 생각났다. 로버트 레드포드가 창창하게 젊었던 시절, 폴 뉴먼과 친구가 되어 멋지게 한 건 사기 치는 〈스팅〉이라는 영화였다. 기억이 정확할지는 모르겠지만, 포스터에 새겨진 카피 문구는 바로 '친구여, 한탕 하자.' 뭐 이런 식이었는데, 로버트 쇼에 대한 복수 사기극, 기차간에 앉아 카드로 하는 도박 장면이 아직도 기억에 남아 있다. 왕년의 영화를 지금의 소설로 구현해 낼 수 있을까. 사기 치는 소설 읽다가 사기당한 느낌이 들고 마는, 여과장치 없는 역전극을 연출할 수 있을까.

총칼보다 글로써 세상을 바꾸려 했던 루쉰은 늙어서도 청년 정신으로 살고자 했다. 청년기의 미숙함이 아닌 젊은이의 열정과 패기를 끌어내고 싶었다. 병든 중국을 살려낼 방법은 청년들의 정신을 바꾸는 일인데, 문학과 예술이 그 역할을 할 수 있다고 믿었다. 자신의 소설을 읽고 한 사람이라도 깨어날 수 있다면 기꺼이 글을 쓰겠다는 작가 의식은 세대와 국경을 뛰어넘었다.

한 세기가 지났음에도 루쉰의 지적이 오늘날 똑같은 무게로 적용된다는 사실이 놀랍다. 도심의 카페에서 한 끼의 짜장면보다 비싼 커피를 마시며 아이패드로 패션몰을 검색하다가 문득 헤어진 첫사랑의 안부가 궁금해 페북이나 인스타를 연결하는 청년들, 취업 걱정보다 큰 세상의 고민을 만나게 된다. 그리하여 더 좋은 삶을 위한 우리 사회의 성숙은 개발 일변도의 건설 투자나 군비 증강에만 있는 게 아니라 문화와 예술, 교육과 복지에도 길이 있음을 알았으면 좋겠다.

조화석습朝花夕拾이라는 말에서 따온 '아침 꽃을 저녁에 줍다'라는 제목을 음미해 볼 만하다. 상황에 즉각 대응하기보다 꽃이 떨어지는 저녁까지 기다리라는 의미일 텐데, 아침 향기를 마다하고 왜 저녁에 꽃을 줍고자 했는가. 결실을 위한 인내, 농익을 때까지 기다려야만 성공할 수 있다는 뜻이었을 게다.

숙취로 인한 서툰 잠으로 밤을 보내고 이른 출근을 했다. 아침 꽃은, 줍기도 전에 밤새 내린 비에 떨어져 버렸다. 공사판으로 변해 버린 동네 골목의 곳곳, 야적한 시멘트 포대의 비닐 포장, 지게차 위, 철제 빔 위에, 철근 더미 위에도 비는 내렸다. 누군기 버리고 간 봉지 커피 종이 컵 위에도 가득 담은 국물처럼 비가 내렸다. 의식하지 못하는 사이, 비가 내리는데 알아차릴 겨를도 없이 아침이 지나가 버렸다. 지난밤 흥취를 가라앉히고 차분한 진정만 살아남게 하려면 시간이 필요했다. 오전을 보내며 다시 루쉰을 소환해야 했다.

루쉰의 당부가 가슴을 친다. 밀림을 만나면 숲을 개척하고, 광야를 만나면 벌판을 개간하고, 사막을 만나면 우물을 파라. 가시덤불로 막힌 낡은 길을 찾아 무엇을 할 것이며, 너절한 스승을 만나 무엇을 할 것인가. 통증을 느낀 뒤 병마와 싸워야겠다고 결심한 환자처럼, 지금까지 청맹과니로 살았다면 이제부터라도 눈 뜨고 귀를 열어야 하지 않겠는가.

보이는 그림에 담긴, 보이지 않는 의미

마지막이라는 의미가 주는 절박함이 사람을 그냥 놔두질 않았다. 시월의 마지막 밤, 시간 되시는 분은 모여 술이나 함께 나눠요. 나는 다섯 사람에게 같은 내용의 문자메시지를 보냈다. '시월의 마지막 밤'이 대체 뭐기에, 언제부터 호들갑을 떨고 난리야? 이렇게 구시렁거리거나 꾸짖지 않을 사람들이었다.

고민도 했다. 이승의 마지막 날이라도 된 듯 누구와 함께 있고 싶은지 무슨 음악을 듣고 어떤 술을 마실 것인지, 나도 자유인이고 너도 자유인이 될 수 있는 사람들은 누구인지, 구호도 맹세도 필요치 않은, 그래서 이 밤이 지나고 다음 날 아침이 되어서 지난밤을 돌이키더라도 후회하거나 공허해지지 않을 시간을 함께 나눌 사람들이었다.

힐끔거리며 시계를 보고 있던 누군가 그랬다. 그만 일어서야 할까 봐. 왜? 가려고? 모두 놀란 눈을 떴다. 아니, 몸을 흔들고 싶어서. 그제야 안도의 숨을 내쉬었다. 만나자마자 주고받았던 약속이 떠올랐다. 밤이 깊어지더라도 집에 가자고 떼쓰는 사람 없기. 지금 가 버리면 다시 돌아오지 않는 마지막 밤이니까. 갈 때 가더라도 마지막 뒷모습은 기억하지 말자고 했다. 처음 만나고자 했던 기대와, 만남을 기다렸던 설렘, 그리고 만났을 때의 편안한 미소만 남겨 두자 했다.

시간은 멈추지 않는 묘약이었다. 하룻밤이 지나고 달력을 한 장 넘겼을 뿐인데, 세상은 변해 버렸다. 가을엔 편지를 하겠어요, 같은 노래가 어울리는 달이 오고 말았다. '수능 대박'의 환상을 이루고 놀라 까무러치는 꿈을 꾸고 있는 고3 아이들의 계절, 11월이 온 것이다.

주말을 기다려, 시립미술관에 갔다. '이건희 컬렉션'이 광주에 오다니, 사전 예약을 해야 관람할 수 있었다. 삼성 이건희 회장에 대한 개인적 호오好惡와 상관없이, 보고 싶던 작품들을 만날 수 있다는 기대로 들떠 있었다. 11월은 텅 빈 달이다. 11월의 주말은 스산했으나 시립미술관은 풍성했다. 오지호의 '추경' 앞에서 발길이 머물렀다.

11월의 적막한 산하에 아무것도 없다. 시야 안의 것들이 맑고 깨끗하게 보였는데 자세히 들여다보니 실속을 잃었다. 나무 이파리들은 제 빛깔의 무게를 이기지 못하고 색이 바랜 채 고개를 숙였다. 추수가 끝난 논두렁에는 메마른 바람이 불고 알곡 빠진 볏짚단만 낟가리로 흩어져 있을 뿐, 모든 게 무無이고 부재不在다. 의재 허백련의 산수화를 가까이서 보았다. 불후의 신품인가, 일천한 졸작인가를 가려내는 이는 그림을 그린 화가가 아니라 그림을 보는 감상자이다. 의재의 산수화 앞에서 나는 숨을 죽였다. 옛 그림에 대한 접근이라 해 봐야 〈TV 진품명품〉 같은 데서 보듯이 금전적 가치로만 환산되기 일쑤인 현실에서, 걸작을 가늠해 내기란 쉬운 일이 아니다. 옛 그림을 보는 방법을 모르기 때문이다.

아는 만큼 보인다는데. 이때의 안목이란, 그림의 겉에 드러난 가형假形이 아닌, 숨어 보이지 않는 진성眞性을 바라보는 눈을 말한다. 우리 조상이 누구를 흠모하고 무엇을 꿈꾸었느냐를 알고 싶다면 의재毅齋재와 같은 옛 그림을 들여다보면 된다. 선인들이 알고 있는 것, 생각한 것, 보고 싶은 것들이 그림 안에 담겨 있다. 묵색의 농담濃淡, 필압의 경중, 자획의 태세太細와 윤갈潤渴이 눈앞에 어른거렸지만 그것만으로 어림없다. 옛 그림 속에는 도도히 흐르는 역사가 있다. 선인들이 바라보던 자연, 그들의 숨결과 흔적이 배어 있다.

청전 이상범의 '화훼절지' 10쪽 병풍 앞에 섰다. 소나무를 통해 인고와 수절이, 난초에는 문인의 품격과 고졸古拙한 정신세계가 드러나 있었다. 옛 수묵화를 보면 대상을 통해 드러내고자 하는 의미를 읽을 수 있다. 선비의 지조와 고고한 기품이 국화에 묻어 있고, 대나무를 그려 군왕의 덕망을 드높였다. 이름을 날리고 이익을 취하기보다는 자연을 벗 삼아 풍류를 즐기며 자신을 감추는 은일을 그렸다. 석류와 포도에 다산을 기원하는 습속을, 연밥을 새가 쪼아 먹는 것은 남아 잉태의 소망이, 고양이와 나비를 통해 무병장수를, 한 쌍의 물고기가 서로 마주보는 모습을 통해 부부 화합의 의미를 담기도 했다. 이응노의 '까치'와 '수탉'도 일품이었다.

옛 그림을 보는 감동이 깊다. 양반이 주인이던 시대를 이어받아, 아들을 낳아 가문을 잇고 벼슬길에 나아가 성군을 섬기는 것이 최상의 덕목이었던 만큼 시서화를 통해 이를 표현하고 전수하려 했다. 선인들은 앞선 문물을 숭상하고 선대의 사상을 표본으로 받드는 상고주의를 그림에 담아냈다. 귀감이 되는 인물과 일화를 기록하려 애쓰다 보니, 중국 땅을 한 번도 밟아 본 적이 없는데도 주자가 살던 무이구곡을 떠올렸고 동정호의 소상팔경을 상상했다.

옛 그림 속에 담긴 의미와 상징, 선인들의 사상을 알아내고 선비들이 꿈꾸었던 세상과 선조들의 문화에 가까이 다가갔다. 시서화 일체의 나라, 시와 서는 서로 뗄 수 없으며 시서를 통해야만 그림에 이를 수 있다. 추사秋史의 문자향서권기文字香書卷氣는 겉멋에 취한 고담준론의 허세를 꾸짖고 그 안에 진성을 알아내려 한 영혼의 울림이다. 지조와 절개를 상징하는 소나무, 혼탁한 세상 세파에 타협하지 않는 겨울 소나무의 기개를, 추사의 '세한도'에서 배울 수 있다.

천경자와 박수근도 만났다. 이중섭의 유명한 엽서 그림도 직접 보았다. 고단한 일상에 위로가 필요할 때 그림을 찾았다. 보이는 그림에 담긴, 보이지 않는 의미를 음미하는 순간이나마, 시름을 덜 수 있었기 때문이다. 그림을 보면서 11월의 허전한 마음을 다독일 수 있었다.

산과 들녘에 풍성하게 여물어 있던 과실도 10월을 보내면서 다 떨어져 버렸다. 함박눈 내리는 세밑 풍경 속에 분주히 망년회를 찾아다녀야 할 12월은 아직 오지 않았다. 축제도 끝났고 행사나 기념일도 없으며 심지어는 비마저도 내리지 않는다. 꽃들이 지고 새들은 떠나 버린, 의미도 이유도 변변치 않은 11월.

보너스도 없어서 월급봉투가 홀쭉한 달. 사랑을 잃어버린 연인들은 서로를 기억하기도 지쳐 눈물조차 메말라 버린 달. 수능을 앞둔 긴장감 때문에 고3 학생과 학부모의 웃음소리가 사라져 버린 달. 삭막하기만

한 하오의 태양도 기력을 잃고 서둘러 저무는 달. 아무것도 없는 11월이
니 우스갯소리지만, 오죽하면 이름마저 '노(No)'벰버이겠는가. 오래전
벗이 그리워져 흐린 가을 하늘에 편지를 쓰자던 노래를 흥얼거리며, 침
발라 우표를 붙인 편지를 부치고, 가을 우체국 앞에서 노란 은행잎을
주워야 할까.

삼키는 울음이 더 아프다

　여름 끝 무렵, 독립운동 사적지 탐방단의 일원이 되어 중국 연길로 날아갔다. 연변조선족자치주의 용정 윤동주 유적지와 이도백하를 거쳐 올라간 백두산 장백폭포는 30여 년 전 장편 『신·열하일기』를 쓸 때 취재차 가 본 적이 있었기 때문에 옛날 기억을 되살리기 바빴다. 홍범도 장군의 봉오동 전적지, 동경성 발해 성터와 731부대, 정율성 기념관 등을 지나면서 현실감 있는 민족애가 내면에서 고조되어 갔다. 독립운동가들에 대한 존경심은 안중근 의사가 이토 히로부미를 척살했던 현장, 하얼빈역에서 절정으로 달아올랐다. 탐방단의 마음은 민족정기 하나로 뭉쳐 있었다.

　하얼빈역에서 우리 일행을 태운 고속열차가 안중근 의사가 순국했던 대련으로 가기 위해 장춘을 거쳐 심양의 평야를 달리고 있었다. 만주족이 세운 후금의 수도, 일제 강점기에는 봉천이라 불렸던, 지금은 랴오닝성의 성도 선양의 너른 벌판을 바라보았다. 해 뜨는 동해에서 해 지는 서해까지, 뜨거운 남도에서 광활한 만주 벌판, 을 흥얼거리다가 나는 문득 소현세자를 떠올렸다.

　패망의 역사는 남루했다. 병자년, 패전한 조선은 세자 소현을 승전국 청나라에 볼모로 보내야 했다. 인조 임금의 흐린 시야에 부국강병의 소망은 사라지고 감내해야 할 굴욕만이 누더기처럼 나부꼈다. 다시는 치욕의 역사를 쓰지 말자, 도륙당한 나라의 처참한 몰골 앞에서 민족의 여망은 숨쉬기조차 어려운 형국이었다.

　소현은 적국에 인질로 잡혀갔던 세자의 슬픈 이름이었다. 용포를 입은 젊은 사내의 반쪽 얼굴이 어른거렸다. 외로움에 젖어 있는 가여운 눈빛, 할 말 많은 세자 소현이었다. 심양에 당도한 처음에는 오랑캐의 뜻을 거부했다지만 나중에는 그들에 동화되어 갔다. 낯선 나라에서의 삶은, 하라는 것만 허락된 감옥이었다. 소리는 죽어 가라앉았고 생채기는 안으로 삭여 들어갔다. 날마다 압록을 건너는 꿈을 꿨으나 강을 넘어 조국으로 들어가는 것인지 강을 건너 적국에 잡혀 오는지를 분간하지 못했다. 울음마저 허락되지 않는 삶, 울음이 녹아 문드러져 버린 목울대에서, 울음을 삼키는 소리만 새어 나왔다. 아버지의 나라가 장차 자신의 나라가 될 터인데, 소현은 날로 위축되었다. 명의 멸망을 목도하고 청에 의해 청의 편이 되어 버린 세자는 더 이상 아버지의 아들이 아니었다. 한때 반정으로 정권을 잡았던 아버지 인조는 나라를 빼앗기고 자식도 뺏긴 패국의 왕이었다. 그러면서도 아들을 살려 둘 수 없는 정치적 이유를 뿌리치지 못했다. 눈에서 멀어지면 마음에서 멀어지는 법, 아들의 울음만큼 아비의 울음도 깊었다. 세자를 용납하지 못하는 용렬한 왕이자, 아들과 며느리, 손자까지 내치고 만 패륜의 아비였다.

소현은 왕이 되지 못했다. 훗날의 사도세자처럼, 비정한 아버지로부터 목숨을 뺏긴 왕자로 기억될 뿐이었다. 아우 봉림과 추악한 권력 투쟁 같은 건 벌이지 않았다. 울음으로 대신하는 우애가 가상하고 애절할 뿐이었다. 성공한 자보다 실패한 자, 왕이 되어 권력을 누리는 자보다 왕이 되지 못한 채 비참하게 죽어간 왕자였다. 천하를 가질 수도 있었던 한 인간의 고독은 머지않은 훗날 북방의 대국이 아닌 남쪽 바다 건너 섬나라 왜놈들에게 전란의 참혹함을 겪고 또다시 패망의 상처를 입게 될 줄 짐작조차 못 했을 것이다. 역사의 진리는 사실의 여부보다 관점의 차이에 따라 달라진다. 편향과 왜곡을 따질 필요도 없이 조선의 역사는 남의 손아귀로 넘어갔다. 비운의 세자가 죽어간 사이에 역사는 숨죽여 울었고 또 한 번 멍들었다. 통곡하는 울음보다 소리 없는 울음이 더 아프다.

1919년 10월 26일 오전 9시 30분, 하얼빈역의 시계는 멈춰 있었다. 총을 쏜 자와 총 맞은 자의 자리는 그대로였다. 안중근 의사가 이토 히로부미를 저격했던 1번 플랫폼에 새겨진 삼각 표지를 유리창 너머로 모둠발로 서서 응시했다. 하얼빈과 여순 등지에서, 단지한 손바닥 낙관을 찍은 안 의사의 글씨를 생각보다 많이 볼 수 있었는데 그의 명필 유작들을 마주칠 때마다 어김없이 가슴이 뛰었다. 일본 관헌 무리에게 현장에서 체포된 안 의사는 여순 감옥으로 이송되어 수감됐으니, 이감되는 길에 우리가 옮겼던 발길처럼 그도 하얼빈에서 장춘, 심양을 거쳐 대련으로 갔을 것이다. 심양의 창밖을 바라보는 동안 울음을 삼키며 망국의 비루한 역사를 한탄했을까.

탐방단 중 동료 여성 한 분이 안중근 의사의 흉상 앞에서 어머니 조마리아 여사의 편지를 읽었다. 우리는 모두 눈을 감고 엎드리어, 안 의사의 동생 정근과 공근을 통해 보냈다는 어머니의 음성을 들었다. 젊은 아들을 둔 그 동료 여성은 편지를 읽던 도중 죽음을 앞둔 아들의 모습을 대하는 어머니의 심정이 포개졌는지 속울음을 터트리기 시작했다.

장한 아들아! 네가 만약 늙은 어미보다 먼저 죽는 것을 불효라 생각한다면 이 어미가 웃음거리가 될 것이다. 너의 죽음은 한 목숨이 아니라 조선 전체의 공분을 짊어지고 있는 것이다. 네가 항소를 한다면 그것은 일제에 목숨을 구걸하는 것이다. 네가 나라를 위하여 이른즉 다른 마음 먹지 말고 죽어라. 여기에 너의 수의를 지어 보내니 이 옷을 입고 가거라. 다음 세상에는 반듯이 천부의 아들이 되어 이 세상에 나오거라.

항소하지 말라는 뜻이었다. 망해가는 나라를 위해 목숨을 던지는 아들에게 끊어지는 애간장을 감추며 말하는 어머니, 나라를 뺏어간 적들에게 목숨을 구걸하지 말고 그냥 죽어라 당부하는 어머니의 심정 앞에서 탐방단 모두 엎드려 울었다. 멸문지화를 당한 가운데 안중근 의사는 거사 이듬해인 1910년 2월 14일 여순 감옥에서 사형이 선고되었고 어머니가 손수 지어 보내 주신 수의를 입은 채 3월 26일 형이 집행되어 순국했다. 그로부터 다섯 달이 지난 경술년 8월 29일, 나라의 기능을 상실한 채 숨만 쉬고 있던 대한제국은 일본에 강제로 병합되고 말았다.

병자년 치욕의 그날처럼 나라가 또다시 망한 것이다.

우리는 말없이 자리에서 일어났다. 얌전한 콧수염에 정면을 응시하고 있는 안중근 의사의 착한 얼굴을 바라보았다. 그리고 다시 눈을 감았다. 한없이 끓어오르는 속울음이 아팠다.

배냇저고리

누구나 그랬겠지만 나도 어렸을 때는 자주 울었다. 적어도 사춘기가 되기 전까지는 눈물다운 눈물이 아니라 유치하기 짝이 없는 눈물이었을 것이다. 슬픔의 울안에서 복받치는 순수의 결정체이기보다는 철부지 투정이나 신체의 고통, 정신이 성숙하지 못한 탓에 오는 턱없는 억울함 때문이었다는 말이다. 성장통이었는지 까닭 없이 다리가 아팠다든가 운동장에서 덩치 큰 상급생에게 공을 뺏겼다든지 형제간에 먹을 것, 입을 것 따위로 다퉜다든지 그런 경우 나는 어김없이 울음보를 터뜨려서 불만을 해소하려 했었다.

철이 조금 들었을 중학생 때였을까, 큰누나가 시집간 지 여러 날이 지났는데 문득 누나가 보고 싶어졌다. 학동 누나네 상하방 신혼집 근처까지 갔다가 누나 사는 곳에는 얼씬도 말라는 아버지의 엄명이 떠올라 돌아섰을 때 눈물이 났다. 까까머리를 긁적이며 아무리 참으려 해도 자꾸만 흘러나오는 눈물이 야속하기만 했다. 남광주역을 지나 양림교를 건너오면서 흘린 눈물은 아련한 그리움이 원인이었기에 조금은 눈물다웠는지 모른다.

사내자식이 무슨 눈물? 평생을 두고 세 번만 운다는데, 비정하게 보일수록 더 남자다운 법이지. 언제부터인지 모르게 이런 생각들이 나를 지배하기 시작한 이후로 눈물은 내게서 사라져 갔다. 나는 의기양양해졌고 진짜 사내가 되어가고 있었다. 그런데 너무도 터무니없는 눈물의 기억을 갖게 되었다. 그것도 가장 남자다워야 할 시절에.

논산 훈련소였다. '눈물고개'라는 통과의례도 가뿐히 넘어선, 각개전투 교육 과정이 끝난 주말 오후였다. 때는 삼월 말이었는데도 정오를 넘기면서 하늘 저편에서 느닷없는 먹구름이 몰려오더니, 희한하게도 탐스러운 함박눈이 내렸다. 사월이 내일모렌데 웬 눈? 곳곳에서 훈련병들의 입을 통해 탄성이 터져 나왔고 나 역시도 저절로 휘파람이 나올 법한 신나는 기분을 느끼고 있었다. 토요일 오후의 일과는 목욕뿐이었고 그 후론 자유시간이었다. 훈련병들은 점심을 먹고 목욕 집합을 했다. 가벼운 활동복 차림에 짙은 밤색 목욕 가방을 왼쪽 옆구리에 붙여 끼고 큰 걸음으로 걸어 나갔다. 미치도록 탐스러운 송이 눈이 훈련병들 머리 위로 마구 쏟아져 내렸다. 그때 호루라기 구령을 붙이던 조교가 군가를 지시했다.

모든 것은 그냥 일상적이었다. 훈련소에 입대한 후 줄곧 해오던 식이었다. 그런데 군가의 가사가 문제였다. 군가를 부르는 보통의 경우에 누군들 가사를 음미하겠는가. 그러나 그 순간에 내 입에서 엉켜 나왔던 군가의 가사에는, '어머니'라는 단어가 들어 있었다. '사나이 한 목숨'이라는 군가였는데, "피와 땀이 스며 있는 이 고지 저 능선에 쏟아지는 별

빛은 어머님의 고운 눈빛", 뭐 이런 내용이었던 듯하다. 어머니라는 가사가 내 입에 떨어져 나간 뒤 문득 콧날이 시큰거렸다. 국방색 전투복을 입고 햇볕에 그을린 다부진 군인이었는데, 나는 그렇게 자부하고 있었는데, 어머니라는 한 단어 때문에 내 눈에서 별안간 눈물이 흘러내렸다. 황망한 나머지 남몰래 옷소매로 그걸 닦고 보니 나중엔 걷잡을 수 없는 눈물이 쏟아졌다.

아아, 어머니. 분주했던 한 달여의 병영 생활 동안 내 안에서 사라져 버렸던 어머니께서 이토록 한가한 주말 오후에 불현듯 살아오시는가. 어머니에 대한 온갖 기억과 불효로만 뭉뚱그려진 영육의 초라함이 걷잡을 수 없을 정도로 나를 오열하게 했다. 안면으로 달려드는 눈보라에 가려졌던 눈물은 아무도 보지 못했다. 샤워기 앞에서 비누칠도 잊은 채 마음껏 눈물을 쏟아내고서야 조금 후련해진 느낌이었다. 그리고 내무반에 돌아와서는 비로소 어머니께 편지를 썼다. 지나온 세월에 대한 회한과 앞으로 전개될 까마득한 불안 등이 편지에 제대로 담겼는지 기억나지 않지만. 어머니가 내게 주신 '배냇저고리'를 떠올렸던 것만은 분명했다.

내가 세상에 태어날 때 처음 입었다는 배냇저고리. 그것을 19살 때 대입 시험 보러 가는 날 다시 보았다. 뼈마디부터 살갗까지, 소름으로 박혀 있던 긴장 때문에 아침 식사조차 제대로 하지 못했던 그 순간에, 안방에서 나오신 어머니 손에 그게 들려 있었다. 이걸 두르고 있으면, 널 세상에 나오도록 점지해 주신 삼신할미가 시험 잘 보도록 도와주실 거다. 전쟁터 같은 시험장으로 가는 마당에, 나는 기가 막힌다는 표정을 풀 수 없었다. 입고 갈 내복에 한 솔기씩 꿰매어 배냇저고리를 붙이고 계시던 어머니의 손을 쳐다보았다. 무슨 청승이에요? 안 그래도 긴장돼 죽겠고만, 이걸 어떻게 차고 가? 나는 짜증을 냈다. 상식으로는 이해가 가지 않는, 그래서 울화가 치밀 뿐이었다. 한동안의 실랑이 끝에, 포기할 줄 모르는 어머니의 진지한 강박에 눌려 결국 배냇저고리가 붙어 있는 내복을 입어야 했다. 시험 결과를 떠나서, 어머니는 배냇저고리를 무슨 영험의 매개물로 여기셨을지 모르지만 내게는 헛웃음만이 나올 일이었다. 기회가 오면 불이라도 살라 없애 버리리라 마음먹었다.

사라진 줄만 알았던 배냇저고리는 그 후로도 몇 차례 더 어머니의 손에 들려 나왔다. 대부분 내 인생의 향방을 좌우할 수 있는 결정적인 순간들이었다. 그럴 때마다 야릇하기만 한 어머니의 의도를 간섭할 재간이 내게는 없었다. 나로서는 짐작조차 할 수 없는, 출생의 신비가 거기에 묻어 있을지도 모를 일이었다.

어머니의 자궁에서 잉태하여 필연적으로 겪게 되었을 숱한 산고를 물리친 뒤 마침내 탯줄을 끊고 세상에 태어난 몸뚱이를 최초로 감싸안았을 의복일 텐데, 핏물에 젖은 채 사람들의 웃음소리와 어머니의 고통이 샘물에 헹궈져 씻겨 내려갔으리라. 아무리 깊은 상처라도 치유되고 나면 아름다워질 수 있다는 사실을 태어나면서 배운 셈이었다.

살다 보면 힘들 때가 있다. 현재에 대한 불만족이나 앞길에 대한 두려움 때문에 몸서리치다가 문득 올려다본 밤하늘은 얼마나 막막하던가. 어쩌면 나 혼자만 이런 시련을 겪고 있는지도 모른다는 억울함까지

배어들면 모든 의욕을 잃어버린 채 포기하고 싶을 때도 있다. 자신이 처음 세상에 태어났던 순간을 기억하는 사람은 없다. 그 고통을 이겨냈기 때문에 이 세상에 태어난 것인데, 앞으로 어떤 시련과 아픔이 앞길을 가로막더라도, 세상을 향해 박차고 나오던 순간만큼은 힘들지 않을 것이다.

아버지의 전근으로 인해 이삿짐을 꾸릴 때에도 당신들의 혼서지와 더불어 가장 소중한 장소에 보관되어 옮겨졌을, 지금은 빛이 바랜 채 장롱 어딘가에서 침묵하고 있을 배냇저고리가 이제는 그립기만 하다. 인생의 향배를 결정지을 건곤일척의 순간이 올 때마다 약해빠진 정신상태를 추스를 수 있는 버팀목이 되어 줄 텐데. 따뜻한 밥과 국을 떠먹지 않더라도 무언가 잘 풀릴 것 같은, 어머니의 신통력에 기대고 싶어진다. 알지 못하는 사이에 나이를 먹어 버렸고, 나는 이제 그때의 어머니 나이도 훌쩍 넘겨 버렸다.

그 후론 모르겠다. 또 다른 눈물의 기억이 내게 있었는지. 하지만 이제는 안타깝기 그지없다. 어떠한 드라마나 소설의 감동도 내게 눈물을 주지 않는다. 가난하고 애처롭고 외로운 사람 앞에서 또는 친지의 죽음 앞에서도 나는 타성에 젖은 한 사람의 무딘 속물이 되어, 눈물을 흘려 보려고 안간힘을 쓴다 한들 이제는 눈물이 나오지 않는다. 따스한 온정과 사랑이 빚어내는 마음속 깊은 곳으로부터 복받쳐 오는 감동은 말라 버리고, 그토록 원하던 사내다운 비정함만 남고 말았는가. 광기 어린 탐욕과 제어 장치 없는 탈선만이 세상 곳곳에서 불거져 나오는데, 어쩌면 사람들의 내면에서 티 없이 맑은 이슬 같은 눈물이 걸러져 나와야 할

시대가 바로 지금인데, 나는 김현승의 '눈물'은 가르치면서도 이미 고갈
되어 버린 내 눈물샘은 말하지 못한다. 벌써 이 나이에.

세상에서 가장 깨끗한 물

빗소리가 좋다. 근심 없이 잠든 새벽녘, 경주마들이 달리는 듯 소란스러운 빗소리에 깨어나 그 소리를 듣는다. 활엽수 숲속을 헤집고 다니는 빗줄기를 상상하다가 함석지붕 위로 떨어지는 소낙비를 떠올린다. 처음 내딛는 발자국처럼 조그맣게 들리는 수줍은 빗소리여도 좋다.

오늘 아침 비가 그랬다. 출근길 유리창과 아스팔트를 세차게 두들기던 비가, 그쳤다가 내리기를 반복했다. 가늘어졌던 빗줄기가 순식간에 굵은 장대비로 바뀌는 걸 보고 비로소 일기예보를 검색했다. 이 지역 강수 확률은 오전이 50%였다. 이 정도의 소나기라면 국지성 호우일 텐데, 기상청에서도 알아낼 재간이 없을 것이다. 오후 9시의 강수 확률은 70%였다. 충분히 비를 기다릴 수 있는 시간이었다. 30밀리 정도의 강수량을 예고하고 있으니 오늘 밤은 비를 맞을 수 있겠다. 지금 내리는 양만큼이면 족하다. 아련한 과거의 기억을 끄집어낼 필요도 없이, 시내버스 정류장 플라스틱 의자에 앉아 자판기 커피를 홀짝일 수도 있겠다. 비가 오면 생각나는 그 사람, 언제나 말이 없던 그 사람, 노래를 흥얼거릴지도 모르겠다.

　비 맞는 시간이 좋다. 아무도 밟지 않는 길을 혼자 걸으며 온몸이 젖도록 비를 맞고 싶다. 그럴 때마다 사람들은 손사래를 친다. 산성비를 맞고 대머리가 될 거라고 겁을 준다. 비를 맞으면 머리카락이 빠진다는 말은 이제 상식이 되어 버렸다. 산성비라니, 비를 맞을 때마다 찝찝했는데 마음의 부담을 덜어내지 못하면 비를 맞을 수 없다는 말인가.

　비가 산성이라는 말은 맞다. 깨끗한 대기 상태에서 내리는 비라 해도 처음에는 산성이다. 오염된 대기에 내리는 비는 조금 더 강한 산성일 수도 있겠지만 땅에 떨어지는 순간 중성이나 알카리성으로 변한다. 별다른 대기 오염 사고가 없는 우리나라에서 산성비가 내릴 확률은 거의 없다. 오히려 우리가 즐겨 먹는 콜라나 맥주, 사과즙, 요구르트, 매일 쓰는 샴푸나 린스가 비보다 백배 천배나 강한 산성이다.

　UN이 지정한 '물 부족 국가'라는 낙인은 터무니없다. 댐 건설이나 4대강 대운하 사업의 근거가 됐던 인식이 아니던가. 토목공학자들은 대규모 토목사업을 반대한다. 큰돈이 들어가는 곳에는 정치적 갈등과 저항이 따르기 마련이고 땅과 환경이 죽어가기 때문이다. 빗물만 잘 관리해도 대규모 토목사업은 필요치 않다.

　의지가 있으면 세상을 바꿀 수 있다는 파블로 네루다의 말처럼 물 문제는 세상을 바꾸는 문제와 직결된다. 내리는 비의 1~2%만 받아 두어도, 물은 차고 넘친다. 물 부족 국가라는 인식은 물의 사용량과 필요량을 부풀린 과장이며, 강을 중심으로 댐을 막고 물 관리를 잘못한 결과다. 우리나라는 물 부족 국가가 아니라 물 관리 부족 국가이다.

우리가 음용하는 지하수나 댐 저장수가 깨끗할 리 없다. 수돗물 페놀 사고에서처럼 물을 콘크리트로 막아놓으면 오염되기 쉽다. 전기를 돌려 콘크리트 바닥에 물을 흐르게 한 청계천 같은 사업은 생태 환경을 살리는 게 아니라 죽이는 꼴이다. 대신, 고여 있지 않은 빗물은 깨끗하다. 천지사방에 내리는 빗물을 그대로 받아서 증류하면 된다. 시골 농가나 전원주택에서는 간단한 여과장치로 빗물을 모아 두어 생활용수로 쓰고 모든 건축물을 지을 때 홈통과 수로를 의무적으로 연결하게 하여 빗물 저장 공간을 확보하게 해야 한다. 필터로 거른 비싼 정수기 물보다 빗물이 더 깨끗하고 안전하다. 호주의 '구름주스(Cloud Juice)'는 빗물로 만들어진 고급 생수이다. 저탄소 녹색성장에 딱 맞는 빗물은 꽃을 피우고 열매를 맺게 하며 사람을 살린다. 빗물은 하늘이 내려준 가장 깨끗한 물이다. 작은 빗방울 하나로 지구를 살릴 수 있다.

맑고 착한 비를 맞으며 걷다가 멈춘 버스 정류장은 늘 같은 모양이다. 떠나는 사람과 돌아오는 사람이, 자신도 모르는 사이에 서로 섞여 있다가 운명처럼 스쳐 가는 곳. 떠남에 대한 두려움과 만남에 대한 설렘이 부유물이 되어 떠다니는 곳. 나는 어떤 이유로 그곳을 찾아갈까. 돌아오는 사람일까 떠나기 위해서일까. 그걸 생각하고 있는 이 순간, 빗줄기는 점점 굵어지고 세상에서 가장 깨끗한 물을 맞기 위해 정류장을 나서고 있다.

파출소 출입기 약사

이유를 불문하고, 파출소를 출입했던 기억은 씁쓸하다. 주민의 안전과 지역의 치안을 담당하는 기관이 파출소인데, 선의를 베풀기 위한 동기가 아닌 바에야 파출소 출입이 유쾌할 리 없다. 신문이나 뉴스의 가십거리에 등장하는 파출소 관련 사건 사고를 보면 대개 술 때문인 경우가 많다. 얌전하고 선량했던 시민이 술에 취한 나머지 빌런으로 전락해 출동한 경찰관을 맞이한다. 맨정신이었다면 아무렇지도 않았을 일을, 술기운으로 시비가 붙게 되고 그러다 보면 이른바 '빽차'라는 걸 무료로 얻어 타고 파출소까지 향하게 된다. 나의 파출소 출입 기록 역시 어김없이 술과 관련이 있었으며, 그러므로 모든 파출소 체류의 기억은 어둡고 음울하다.

스무 살 무렵, 장소는 충장로 파출소였다. 선후배 여럿이 어울려 술을 마시고 나와 어딘가로 이동하기 위해 지하상가 입구에서 택시를 잡았는데, 사람 수도 많고 어린놈들이 술에 취해 있는 꼬락서니가 보기 싫었는지 택시 기사가 승차를 거부했다. 엉덩이부터 들이밀고 뒷자리에 탔던 친구가, 무조건 내리라며 성화를 부리는 기사에 의해 쫓겨난 순간, 만취한 다른 친구가 택시의 범퍼를 발로 차더니 백밀러를 주먹으로 내리쳐 꺾어 버렸다. 파손된 차량에 열 받은 택시 기사가 온갖 욕을 쏟아붓다가 근처에 있는 충장로 파출소에 우리를 신고했다. 생애 처음으로 파출소에 쪼그리고 앉아 경찰관에게 훈계를 들었다. 택시 기사에게 사과하고 변상을 약속했더니 학생 신분이어서 봐준다는 사실을 강조하며 우리를 보내 줬다.

군에서 막 제대한 이십 대 중반에, 역시 충장로 파출소였다. 한밤중이었는데 술을 살 테니 빨리 나오라던 어떤 인간의 전화를 받고 그가 있다는 제일극장 골목 스탠드바를 찾아갔다. 낮에는 소설을 습작하고 밤에는 술을 마신다는 현석이 선배와 둘이서 술을 마시고 있었는데 그들은 이미 취해 있었다. 한쪽에 놓인 빈 술 궤짝과 좌중의 분위기로 보아 이미 많은 술을 주문해서 마셨다는 것을 짐작할 수 있었다. 호기를 부리던 그 인간은 알아주는 부잣집 아들이었으므로 나이에 어울리지 않은 이런 정도의 호사스러운 술판을 감당하리라 싶었는데 어느 순간 그가 없어져 버렸다. 취한 척하며 도망가 버렸다는 사실을 뒤늦게 알게 됐다. 소설을 쓴다고는 들었으나 한 번도 완성된 소설을 본 적 없었던 현석이 선배와 둘만 남고 말았다. 도망간 자는 이름도 기억하고 싶지 않은, 못된 사람이었다. 깊은 밤 나를 불러내 술값을 덤터기 씌우고자 하는 교활한 의도를 뒤늦게 알아차렸지만 이미 늦어 버렸다. 술값 계산을 요구받았는데 술 한 방울 마시지 않은 나는 그럴 만한 돈이 없었다.

당시의 허름한 주머니 사정으로는 상상을 초월하는 금액이었다. 선배의 주머니도 털어 봐야 땡전 한 푼이 없었다. 도망가 버린 자의 집으로 전화를 걸어서 그의 이름을 애타게 부르며 상황을 설명하다가 그자의 어머니로부터 야심한 밤중에 어디서 못돼 먹은 전화질이냐며 욕을 바가지로 먹고 말았다. 그 무렵, 나의 부모님은 시골 학교에 계시던 때라 도움받을 방법도 없었다. 선배는 고개를 수그리고 잠들어 있었고 그렇게 안절부절못하는 사이에 시간만 지나갔다.

이윽고 술값 계산을 독촉하던 여사장의 표정이 험악해지더니, 어디선가 깍두기 깡패들이 등장했다. 험상궂은 인상을 동원하여 술값을 추궁하던 깍두기들이 문득 움찔했다. 이 새끼들, 내가 누군지 몰라? 잠에서는 깼으나 술은 전혀 깨지 못한 선배가 갑자기 맥주병을 깨 손에 쥐고 깍두기들을 위협했다. 기가 막힐 일이었다. 병약해 보이기만 하던 선배가 불도저 앞에서 삽질을 시도하다니, 순간 나는 누구를 말려야 하나 망설였다. 잠시 후, 결과는 참담했다. 깍두기의 오른손 스트레이트 한 방을 맞고 뻗어버린 선배는 발길질까지 당했다. 코피가 터지고 앞니가 부러진 모습을 확인했을 때 경찰이 왔다. 그렇게 충장로 파출소에 가서 앉았는데 깍두기들은 어디론가 사라져 버린 뒤였다. 나중에 등장한 업소 남자 사장은 깍두기들을 전혀 모르는 사람들이라 잡아뗐고 술값을 내지 않는 무도한 취객을 옆자리 손님들이 혼내 준 거라고 진술했다. 조서를 꾸미는 동안 여전히 우리가 죄인이었다. 죄목은 무전취식, 가해자는 사라져 누구인지 모르는데 앞니가 통째 날아가 버린 선배와 분기탱천해 있는 내 앞에 여전히 술값 계산서가 놓여 있었다.

그런 후에도 몇 번쯤 파출소를 출입한 적이 있다. 우리 반 아이들이 학교 근처에서 패싸움을 벌여 화정3동 파출소에 잡혀 있다는 소식을 듣고 부랴부랴 달려간 적이 있었고, 서부경찰서 형사기동대 봉고차가 학교로 들이닥쳐 우리 반 아이를 빈집털이 용의자로 체포해 가 버려 서부경찰서에서 밤을 꼬박 지낸 적도 있기는 했다. 하지만 내가 직접 벌인 사건은 아니었던 만큼 파출소 출입기에 집어넣을 것까지는 없지만.

세월이 흐르고 흘러 바로 얼마 전, 새벽 1시부터 2시 30분까지 나는 효덕지구대에 앉아 있었다. 그날은 전국적으로 모의고사를 치른 날이라 야간자율학습 감독이 없었다. 2차, 3차로 술판을 옮겨 다녔고 자정을 넘긴 뒤 택시를 타고 집으로 향했다. 보통날들과 별반 다르지 않은, 그야말로 평범한 귀가였다. 그런데 동네에 당도하여 택시에서 내리던 순간, 그 평범함은 허겁지겁 이상한 판으로 바뀌어 버렸다.

밤 깊은 시각인지라 아파트 단지 입구는 어두웠고 사람의 흔적은 없었다. 집 쪽으로 향하는 나의 발걸음을 붙잡은 것은 고함이었다. 무심히 바라본 어둠 속에 영업용 택시 한 대가 있었고 남자 둘이서 싸우고 있었다. 그 곁에 한 여자가 있었는데 말리는 언사로 보아 아마도 택시를 탔던 손님의 아내인 듯했다. 늦은 시각에 귀가하다 보면 그런 장면쯤이야 흔하게 볼 수 있었다. 그러려니 하고 돌아섰을 때 나도 모르게 그들을 향해 한심스럽다며 혀를 찼을지도 모르겠다. 그랬는데 싸우고 있던 그중 한 사람이 느닷없이 나를 불러 세웠다. 무엇인지 다급하면서도 간곡한 구원의 의미가 담긴 목소리였다. 오불관언, 외면해 버리고 사라져 버릴 만큼 나는 모진 인간이던가. 생각해 보면 나도 지금 누구

못지않게 술을 많이 마신 사람인데.

하는 수 없이 그들에게 다가가고 말았다. 나를 불러 세웠던 사람은 택시 기사였다. 그의 하소연을 통해 어렵지 않게 파악된 진상인즉, 목적지까지 타고 온 손님이 택시비가 없다고 하면서 자신의 아내를 불러냈고 아내가 있는 곳을 찾지 못해 헤매는 동안 미리 꺾어져 버린 미터기의 요금을 두고 더 줄 수 없다며 다짜고짜 시비가 붙었다는 것이다. 그랬다 해도 시비의 원인은 술 말고 또 무엇이겠는가.

술 많이 드셨고만요. 아저씨 모시고 그만 들어가세요. 내가 그의 아내에게 말했다. 하지만 나의 정중함은 그들의 싸움에 별 도움이 되지 못한다는 것을 금세 깨달을 수 있었다. 고함 섞인 남자들끼리의 대화는 이미 존칭이 사라져 버렸고 말끝마다 욕설이 접미사처럼 따라붙었다. 남편에게인지 택시 기사에게인지 모르겠으나 여자도 나름대로 독이 올라 있는 상태였다.

이런 경우, 대개 나이를 짐작해 보지 않겠는가. 택시 기사는 아무리 낮춰 봐도 육십은 넘긴 듯 보였고 술 취한 손님은 나보다 어려 보였다. 그러나 그런 게 통용될 상황이 아니었다. 모든 정황을 뿌리치고 집으로 쏙 들어가 버리면 그만인 것을, 그렇게 할 수 없도록 만드는 이유는 아까부터 있었다.

술 취한 남자가 막무가내로 행사하는 폭언과 폭력이었다. 그 장면을 지켜보고 있는 나를 단순한 방관자로만 머무르게 하지 못하는 이유이기도 했다. 남자의 손아귀에 잡힌 택시 기사의 멱살은 그 순간만큼은 너무 안쓰러워 보였다. 이러시면 됩니까. 그만하시고 이제 들어가세요. 나는 분통을 억누르며 두 사람을 뜯어말리고자 했다. 그런데 난데없이 그 남자의 입에서 엉뚱한 말이 튀어나왔다. 넌 또 뭐야, 새꺄.

사람 미칠 지경이었다. 그 순간 택시 기사는 112에 전화하겠다고 차 안으로 들어가려고 했는데 차 문이 반쯤 열린 상태에서 남자가 운전석에 앉은 기사의 목덜미 옷깃을 잡아끌었다. 이들이 처음 만난 사람들이라면 폭력도 이런 폭력이 없었다.

곧바로 달려온 경찰차. 경찰들이 나와서 그들을 제지했고 고분고분하지 않은 남자를 차에 태웠다. 나보다 나이도 어린 사람에게 못 들을 욕설을 얻어먹었지만, 아무리 분하더라도 이쯤 해서 그냥 집으로 가 버리려 했다. 그런데도 택시 기사의 말이 나의 발목을 잡아채며 놓아주질 않았다. 제발 함께 가십시다. 보신 대로 꼭 좀 증언해 주쇼. 기사가 나를 보며 애원하는 순간. 니가 뭔데 끼어들어? 넌 빠져, 이 새끼야. 남자가 거듭 나를 자극했다. 끝내 나는 경찰차에 오르고 말았다.

마침내 효덕지구대. 요즘은 파출소보다 지구대라는 명칭이 흔했다. 지구대에 와서도 분이 풀리지 않아 언성을 높이고 있는 그들을 지켜봐야 했고 나는 경찰관이 묻는 대로 대답했다. 아무래도 줄곧 당하기만 했던 택시 기사 편이 되어 말할 수밖에 없었고 그러려고 이 시간에 지구대까지 와 있는 셈인데 그럴 때마다 그의 아내가 내 곁으로 와서 안쓰러운 표정을 지었다. 순간, 내 머리를 스치고 지나가는 생각. 어? 어디서 본 적이 있는 것 같은데?

우리 아파트에 사는 주민일지도 몰랐다. 그녀의 얼굴을 곰곰 살펴보니 생면부지만은 아니었다. 모르는 얼굴이더라도 혹시 아내와 잘 아는 처지라도 된다면, 이러다가 나중에 곤란한 입장이 되는 건 아닌지. 슬그머니 치밀고 올라오는 연고주의에 멈칫했다.

연고에 따라붙는 온정주의는 시민정신이나 정의감, 사나이의 의리 따위를 비웃으며 순식간에 나를 움츠러들게 했다. 택시 기사는 언제 다시 볼 줄 모르는 사람이지 않은가. 어쨌거나 저 부부는 우리 아파트 주민임이 분명한데, 그들에게 불리하기만 한 증언을 하고 있으니.

심야 시간대에 지구대 경찰관들이 주정뱅이 주폭을 상대로 사투를 벌이는 모습을 직접 보고 있었다. 고충 없는 직업이 어디 있으랴만 경찰들이 겪는 괴로움도 보통이 아니었다. 경찰은 일단 사건을 키우기보다는 무조건 진정시키려 했다. 그러는 수완도 좋았다. 계속 그렇게 뻗대고 있을 거요? 남부서로 이첩해 부러야겠고마, 화를 내며 겁을 주기도 하고. 상대방 입장이라면 기분이 좋겠어요? 얼른 사과하세요. 달래기도 했다.

노기가 어느 정도 가라앉았는지 택시 기사가 말을 멈추고 깊은 한숨을 쉬고 있었다. 갑자기 싸울 상대를 잃어버린 탓인지, 남자가 대뜸 나를 향해 욕을 퍼부어대기 시작했다. 어처구니없는 일이었다. 경찰관이 말려도 소용이 없었다. 지금 이 시각에, 내가 왜 이 자리에 있어야만 하는 것이며 저런 욕설을 얻어먹고 있어야 하는가. 걷잡을 수 없는 후회가 밀려왔다. 온정주의와 연고주의가 나의 어쭙잖은 의협심을 짓눌러버린 이후에는 모든 것이 싫어졌다. 그 남자의 얼굴도 보고 싶지 않았다. 나는 인자 집에 갈랍니다. 경찰관을 향해 큰 소리로 말하고 자리에서 일어서는데 다짜고짜 남자가 달려들었다. 어딜 가? 새끼야. 끝장을 보고 가야지.

출입문을 열고 나가려는 내 등에 칼이 꽂히는 기분이었다. 꾹 참고 나가려다가 말고 천천히 뒤로 돌아섰다. 그리고 아까부터 하고 싶었던 말을 내뱉었다. 여보쇼. 나를 언제 봤다고 반말에다, 말끝마다 욕지거리야? 라고 힘주어 말했더니 더 센 언사가 되돌아왔다. 어린놈한테 반말하는 게 뭐가 잘못이야? 뭐? 어리다니? 당신이 나보다 훨씬 어린 것 같고만, 누가 누구보고 어리다는 거야? 대책 없는 대화를 주고받는 사이, 그가 자신 있게 소리쳤다. 이 새끼 봐라. 너 민증 까 봐.

피가 거꾸로 돌 지경이었지만 나는 모든 걸 참으며 가능한 한 침착하게 지갑을 꺼냈다. 민증 까 보자는 말은 아이들이나 쓰는 줄 알았더니, 그러한 행위가 나와는 무관한 것으로만 여기고 살았는데, 결국 파출소까지 와서 이런 일이 벌어지는구나, 싶었을 때는 헛웃음이 나왔다. 그야말로 경찰 입회하에 공개된 두 사람의 주민등록증. 경찰이 번갈아 쳐다보더니 남자에게로 시선을 던지며 말했다. 이쪽이 더 나이가 많긴 많네.

내가 두 눈으로 거듭 확인한 바에 의하면 그 남자는 나보다 세 살이나 많았다. 순식간에 맥이 풀리고 말았다. 주민등록증에 명기된 나이의 숫자는 그 이전의 분쟁과 시시비비를 일거에 무력화시키고 그 남자를 기고만장하게 만들었다. 거봐. 어린 노무 시키가.

주객전도. 싸움의 의미와 과정은 저만치 나자빠져 버렸다. 그 뒷이야기는 너무 뻔한 순서를 밟았으므로 생략해야겠다. 택시 기사와 남자와의 화해를 지켜본 후 늦은 밤까지 근무에 여념이 없는 경찰관들과 악수하고 지구대를 총총히 빠져나오는데, 경찰 아저씨가 페트롤카에 태워 우리를 집 앞까지 바래다주겠다고 했다. 덕분에 그 남자 내외와 나는 경찰차의 뒷좌석에 엉덩이를 맞부딪치고 앉았다. 그들은 내가 사는 아파트 같은 동 바로 옆 라인에 살고 있다고 했다. 욕설과 하대에 관한 사과는 이제 쓸모가 없었다.

아파트 입구에서 내려 경찰차를 돌려보냈다. 살다 보니 이런 날도 있구나, 위안하며 남자와 헤어지려는데 그가 건너편 호프집을 가리키며 말했다. 까투리 불 켜져 있네. 우리, 쩌기 가서 오백 딱 한 잔씩만 하고 갑시다.

생맥주 한 잔은 고사하고 앞으로 동네에서 우연히 만나기라도 하면 서로들 어떤 표정을 지으며 돌아서야 할까, 상상조차 싫었다. 나는 한시바삐 그에게서 벗어나고 싶었다. 엘리베이터 앞에 서서 시계를 보다가, 또다시 으악, 벌써 이렇게 시간이.

파출소나 들락거리는, 내게서 다시는 이따위 한심한 사건이 되풀이되지를 않기를 빌었지만, 술을 멀리하지 않는 바에야 그걸 어찌 장담할 수 있으리.

좋은 중독은 없다

출근길 운전 중, 핸드폰을 집에 놔두고 왔다는 걸 깨달았다. 다시 돌아가 가져올 형편이 아니어서 그냥 하루만 어떻게 지내 보자 했는데, 이게 만만치 않다. 무시로 엉겨 붙는 핸드폰에 대한 습관적 반응이 놀라웠다.

핸드폰 없는 하루, 이럴 줄 몰랐다. 주머니에 있지도 않은데 진동을 착각하고는 기겁한다. 먼 곳, 발길 닿을 수 없는 아주 먼 곳, 천상천하에 지인이라고는 아무도 없는 곳으로 도망쳐 살면 모를까, SNS를 통해 실시간으로 체크해 보던 지인들의 안부가, 멀고 먼 이방의 세계로 멀어지고 말아 알아낼 길이 없다. 갑자기 떠오른 궁금함을 검색해 줄 인터넷 포털 세상도 손바닥에 없다. 무력하기만 한 일과가 힘겹게 지나갔다.

술 먹자는 전화 한 통 받을 일이 없었으므로 이른 귀가를 하는데도, 쓴웃음이 났다. 이럴 거면 아예 핸드폰을 없애 버려? 아무도 모르는 곳으로 사라질 수 있다면 핸드폰 따위가 무슨 소용이랴. 핸드폰이 없다는 것은, 미지의 방향인 남쪽으로 한없이 달려가는 것 같다. 가장 멀리 날아가는 알바트로스를 타고 햇빛에 반짝이는 이마를 보여주면서. 망망대해를 떠도는 어부가 되어도 좋으니 걷어 올리는 그물에 얼굴을 묻어 버리면 되겠다. 핸드폰 없는 하루는, 아무것도 생각나지 않고 아무것도 원하지 않는 백지상태였다.

생각해 보니 그렇다. 매일 아침 핸드폰 알람 소리를 듣고 눈을 떠서 분주한 일상을 보낸 뒤 한밤중 잠들 때까지, 핸드폰 곁을 떠난 적이 없었다. 촉기 잃어가는 나이에, 어설픈 주변머리를 해결해 줬던 은인은 주위 사람이 아니라 스마트폰 속 숱한 어플이지 않았던가. 내 삶에 해가 될 줄 알면서도 끊을 수 없는 상태, 반복적으로 생겨나는 욕구를 멈출 수 없는 집착적 강박이 중독이라는데, 그렇다면 나도 스마트폰 중독을 의심해 봐야 할지도 모르겠다.

중독이라니, 그 옛날 구공탄 연탄가스나 논두렁의 농약이 아니다. 우리도 모르는 사이에 파고들었던 수은이나 납 중독을 말하는 게 아니다. 폐인처럼 술독에 빠져 다음 날 지각하기 일쑤이거나 주변의 눈치를 받으면서도 도저히 끊을 수 없는 니코틴 중독까지는 아니더라도, 스마트폰 역시 쉽게 물리칠 재간이 없는 상대다. 노름판에서 발을 끊지 못하다가 큰돈을 땄을 때의 통쾌함, 구매 욕구에 몸 달았다가 크게 질렀을 때의 충만감도 일종의 중독 현상일 터, 혼자서는 외롭고 공허하다 보니 고독과 고립에 몸부림치던 자가 상처와 고통을 치유하기 위해 친구나 배우자, 영혼의 믿음에 의지하기보다 중독 대상을 찾는 게 문제다.

거리에서, 시내버스나 엘리베이터에서 일상의 어떤 순간이든 누구나 스마트폰을 들여다보고 있다. 가족이나 벗들과 함께 있는 자리보다 스마트폰을 사용하는 시간이 더 즐겁고 편하다. 카페에서 친구나 연인들이 함께 앉아 있음에도 대화는 하지 않고 각자 고개 숙인 채 스마트폰을 만지고 있는 장면은 낯설지 않다. 한 손으로 핸들을 잡고 다른 한 손으로는 카톡을 주고받는 운전자도 있다.

불안한 사회일수록 중독이 난무한다. 알코올 의존이나 니코틴 중독은 흔하다. 술 잘 마시는 사람이 큰소리치는 문화는 기형적이다. 사람들 사이를 좁혀 주는 묘약이라며 술을 미화시킨다. '술 잘 먹는 놈이 일도 잘한다'는 직장 분위기라면, 중독자가 정상인이 되고, 술 못 먹는 사람은 중독자를 부러워해야 할 지경이니, 말이 되는가.

쉽게 끊지 못하는 게 중독이다. 언제든지 마음만 먹으면 결별하리라 장담하지만 '들어올 때는 마음대로 들어와도 나갈 때는 마음대로 나갈 수 없다'는 조폭 건달 조직의 논리를 닮은 '금단 현상'이 가로막는다. 커피 속에 들어 있는 카페인, 성형 중독, 쇼핑 중독, 인터넷 게임 중독, 설탕, 구두, 각종 기호 중독 등, 어디 이뿐이랴. 우리나라에만 만연해 있다는 워커홀릭까지 우리들 뇌를 옥죄고 있다. 과유불급이라던가. 지나치지만 않는다면 삶을 더 멋지게 꾸며 줄 대상들이지만, 넘치기 시작하면 빠져나오기 힘든 대상들이기도 하다.

좋은 중독은 없다. 중독이라는 이름이 붙여진 순간, 아름다움은 사라지고 불편해진다. 취미나 여가로 시작했던 운동일 때는 좋으나 일상의 균형을 깨며 관절이 어긋날 때까지 몸을 혹사해야만 직성이 풀린다면 운동 중독자가 된다. 세상의 모든 학부모는 자기 자식이 공부에 중독되어 미친 듯이 공부해 주기를 바라지만, 중독된 공부가 아이를 행복하게 해줄 리 만무하다. 성적을 비관해 자살하는 청소년은 공부를 잘했던 아이들이다. 사랑에 중독됐다며 달려드는 연인이라면 이제부터는 서로에 대한 설렘이 아닌 거추장스러운 집착에 치를 떨지도 모른다.

핸드폰 없는 날, 하루쯤 핸드폰을 던져 버리면 어떨까 하고 제안한다면, 글쎄 모르겠다. 핸드폰을 손에서 놓지 못하는 사람들은, 핸드폰 사용 시간을 제한해 주는 어플을 깔면 된다고 할지도.

그동안 잊고 있었던 사랑의 방식

사랑을 주제로 한 소설을 쓸 수 있을까. 사랑이라는 추상 명사의 범위가 넓어 경계를 가려내기 어렵다면 사랑하는 사람들 이야기 정도는 어떨까. 단편으로 시작했던 이야기가 우유부단의 늪에 빠져 허우적거리다 장편으로 늘어지는 우를 범할 건 없다. 긴 얘기에 지친 자에게는 단편이 제격이다. 지루한 술자리에서 냉큼 얻어 마신 얼음 생수처럼 반갑다. 첫 문장에 끌려 몇 줄만 읽으려 했다가 단감을 베어 문 듯 그 맛에 빠져, 끝까지 읽고 말았다면 즐거운 일이다.

사랑은 사적인 영역이다. 첫사랑은 설레다가 종을 치기 십상이며, 짝사랑은 안쓰럽다. 불륜은 짜릿하지만, 사랑이라는 이름을 얻기 위해 분투해야 한다. 사랑은 고백의 과정에 눈길이 간다. 그걸 정갈한 문장으로 담아내면 소설이 된다. 서사가 깊은 거대 담론의 주제보다는 개인적 사소한 감정이나 주변의 탐탁잖은 상황임에도 거기에 몰입하게 하는 솜씨를 부리면 된다.

첫사랑을 주제로 한 소설 하면 황순원의 「소나기」가 떠오른다. 초, 중학생 나이에 읽었을 테고 잔잔한 감동을 기억할 것이다. 지금도 중학교 교과서에 실려 있는지 모르겠지만 만일 교과서에 실려 있다면 그것부터 문제다. 아무리 좋은 소설도, 읽지 않고 배우는 순간 감동은 날아간다. 교과서를 통해 배우기만 하면 감상의 방법과 과정이 변하기 때문이다. 밑줄 좌악, 색색의 펜을 들어 밑줄을 긋고 깨알 같은 글씨로 교사의 해석을 적고 거기에다 별표, 당구장 표시, 형광펜 칠하고, 이쯤 되면 좋은 소설도 마음 깊이 감상할 기회를 박탈당하고 만다.

그렇게 가르치지 않으면 되지 않느냐? 이런 힐난 앞에서 국어 교사는 갈등한다. 유소년 축구 지도자에게, 잔디 구장에서 연습하지 않고 맨땅바닥에서 연습하느냐? 라고 개탄하는 것과 같다. 오지선다형 시험에서 하나의 답을 골라내는 능력이 없으면 학생의 장래는 어두워진다. 자신이 쓴 시가 수능 문제로 출제되었는데, 정작 그 시를 쓴 시인이 정답을 맞히지 못하는 경우는 허다하다. 교사의 빈곤한 창의력을 비난하던 사람도 막상 고등학생 자녀를 둔 학부모가 되면 정반대로 바뀐다. 자녀가 어렸을 때 책을 읽히기 위해 문학전집을 사 주고 독서를 독려했던 부모도 고등학생 수험생으로 자라난 자녀가 수능에 나오지 않는 소설을 읽고 있으면, 지금 한가하게 소설책이나 읽고 있을 때냐? 나무라며 속상해한다. 『죽은 시인의 사회』에 나오는 키팅 같은 선생이 자기 아이의 교사라면 절대 교단에 남겨 두지·않고 쫓아낼 것이다.

「소나기」의 시점은? 복선은? 구성은? 그러다가 제일 중요한 주제는? 주제를 알아야 할 때쯤이면 교사의 입에서 침이 튀어나오고 아이들은 자습서에 있는 내용을 떠올리기 위해 안간힘을 쓴다. 자신이 느낀 주제가 아닌, 자습서에 나와 있는 주제, 닳도록 외운 소나기의 주제는 무엇이었던가? 사춘기 소년 소녀의 지고지순한 첫사랑, 학생들은 사춘기가 무엇인지 지고지순이 무엇인지는 몰라도 연습장이 해지도록 쓰고 외운 덕분에 작품의 주제는 알고 있다. 「국화 옆에서」라는 시에서 "이제는 돌아와 거울 앞에 선 내 누님"으로부터 왜 40대 중년 여인의 원숙함을 떠올리게 되는지 느낌으로부터 이해하지는 못해도 학생들은 알고 있다. 자습서에 그렇게 나와 있기 때문이다. 중학교 교과서에 실려 있을 법한 「사랑손님과 어머니」에서, 20대에 젊은 과부가 된 어머니와 외삼촌의 친구인 아저씨 사이에 흐르는 미치도록 미묘한 감정을 중학생 나이에 얼마나 이해할 수 있을까. 「소나기」도 마찬가지다. 소년 소녀의 순수한 사랑, 이라고 주제를 강요받은 학생들은 작품 바깥으로 떨어져 나와 천만 갈래의 분수로 뿜어져 나올 깊은 심연의 상상력을 말살당하고 만다. 가슴으로부터 느끼고 평생의 감동으로 남을 소설 문학의 위대한 파장을 송두리째 봉쇄당한다. 「소나기」를 가르치는 교사가 시험을 대비하기 위한 주입이 아닌, 저마다의 경험과 나름의 상상력의 세계로 아이들을 풀어놓는다면 어떻게 될까. 학부모들은 그 교사를 교단에서 추방하지 못해 안달 날 것이다. 달달 외워 익히지 못하고 삐딱한 생각만 하는 아이를 편안하게 지켜볼 여유는 없다.

소설 속의 소년 소녀처럼, 사람이 태어나서 성장하는 과정에선 누구나가 아픔을 겪기 마련이다. 그 아픔 중에서 가장 자극이 되는 것은 두

말할 나위 없이 이성 간 이별의 아픔이다. 아빠 엄마가 첫사랑으로 맺어진 결실이 아니라면, 두 분이 만나기 전 첫사랑의 아픔이 있었을 것이다. 지금 할아버지가 된 분에게도 어린 시절로 돌아가 보면 고샅길에 맵시를 감추며 순정을 주고받던 댕기 머리 소녀가 아련하게 떠오를 것이다. 누구나 통과의례처럼 아픔을 겪기 마련이고 그 아픔을 딛고 성장했다. 아픔이 없었다면 어떻게 청년이 되고 장년이 되겠는가. 아픔을 느끼지 못하면 성장도 성숙도 없다. 번뇌를 거치지 않은 해탈이 없듯 아픔이 힘들고 깊을수록 내면의 성숙도 단단해진다. 「소나기」는 하이틴 로맨스 소설이 아니라 성장의 아픔을 담은 소설이다. 소년이든 청년이든 장년이든 노년이든, 소설의 마지막 문장을 읽는 순간 고개를 주억거린다. 그래, 맞아. 나도 그런 때가 있었지. 그때는 고통스러웠어도 그 아픔 때문에 내가 이렇게 성숙하게 된 거야. 국어 선생님으로부터 소나기의 주제가 뭐냐는 질문을 받은 학생이 '아픈 만큼 성숙해지고'라고 대답한다면. 무슨 유행가 제목을 대답하느냐고 핀잔이나 듣지 않을까.

짝사랑은 쉽다. 상대에게 허락받지 않고도 내 마음대로 이룰 수 있는 일방통행이기 때문이다. 원하기만 하면 누구와도 사랑할 수 있다. 내가 사랑하는 대상은 세상 끝까지 데려가고 싶을 만큼 착한 사람일 수도 있고 이른 나이에 죽은 사람일 수도 있다. 호수 너머 가문비나무 한 그루가 세상의 끝임을 알고 아무도 모르게 사랑의 연서를 전해 주려 하지만 쉽지 않다. 이제는 남의 배우자가 되었으므로 가문비나무에 새겨진 고통의 감정은 사라지지 않는다. 일방적 사랑이니만큼 상대의 마음을 알지 못하며 상대가 전하는 말뜻도 역시 알 수 없다. 노력하지 않는 한 서로를 이해하지 못하기 때문에 사랑하는 만큼 노력해야 한다. 전염된 불꽃들이 외롭게 타오르던 한 시기, 쉽게 위로하지 않는 대신 쉽게 절망하지 않는다. 남을 사랑하기 위해서는 자신을 내세우지 않는 포용의 방식으로 소통해야 한다. 잘 알면서도 쉬운 일이 아니다.

짝사랑은 담백하면서 쓸쓸하다. 쉬운 만남과 가벼운 이별의 시대에, 사랑의 참된 의미와 가치를 가슴 안에 저장할 수 있다. 사랑을 이루지 못한 교착점에 서서, 가슴안에 묻어두었던 참된 사랑의 의미를 끄집어낸다. 어떻게 사랑하고 무엇으로 사랑을 지킬 것인가. 사랑의 방정식에 백 점 만점의 정답이 있을 리 없다. 사랑은 문득 시작되어 순식간에 내면의 세계를 점령한다. 사랑을 깨닫는 순간 지금껏 자신이 알고 있던 세계는 백지상태로 무력화되고 새로운 세상이 시작된다.

불륜은 확실히 매력적인 소재다. 조금 비켜 말하면 은밀한 사랑이 되고 조금 비틀어 보면 추악한 반역의 이야기다. 동서고금의 소설을 통해 보더라도 독자에게 흥미를 유발하고 인류에 회자되었던 러브스토리는 평범하고 정상적인 관계가 아니다. 특징 없는 남녀가 만나 무난한 연애를 하고 아무런 문제 없이 맺어져 그야말로 편안한 삶을 살았다 해서 남들에게 무슨 재미와 관심을 부여하겠는가. 그런 건 소설이 될 수 없다. 정상적이고 상식적인 이야기는 사람들에게 흥미를 주지 못한다. 그러다 보니 파격이나 일탈을 그리게 마련이다. 정상이 아닌 비정상의 시선. 비행기는 크고 개미가 작다면 재미없다. 비행기는 작고 개미가 커야 흥미롭다. 비행기는 기어 다니고 개미가 날아다니는 이야기여야 한다. 정상적인 부부의 모습이 아닌, 비틀어져 만나는 남녀 관계야말로 상상만으로도 흥미로울 수밖에 없다. 소설이나 희곡을 비롯한 서사 구조를 지닌 모든 이야기에 있어서, 공통되게 적용된다.

1차 세계대전과 러시아혁명을 배경으로 한 『닥터 지바고』가 그렇다. 소설 원작을 영상화한 영화도 기억난다. 의사이자 시인인 유리 지바고의 아내는 착한 토냐다. 하지만 지바고의 온전한 사랑은 라라, 급진적 이상주의 혁명가 파샤의 아내가 되어버린 옛사랑이다. 궁핍하지만 평화로웠던 토냐와의 결혼 생활 중에도 라라를 잊지 못하던 지바고는 라라의 행방을 알고 난 뒤 곧바로 토냐 곁을 떠나 라라에게 간다. 전편에 걸쳐 가장 극적인 대목이다. 이 순간에 'Somewhere my love'라는 주제음악이 나온다. 눈 쌓인 설원으로 마차를 타고 매정하게 떠나 버리는 오마 샤리프의 깊은 눈매를 잊을 수 없다. 지바고와 라라를 도덕적인 잣대로 들이대면 아내가 아닌 여자와 남편이 아닌 남자와의 관계이니 불륜이다. 하지만 원작을 쓴 보리스 파스테르나크나 영화를 만든 데이빗 린 감독이나 소설을 읽은 독자나 영화를 본 관객이나 이를 불륜이라 생각하지 않는다. 가슴이 저리고 온몸이 마비될 정도의 짜릿한 사랑 이야기로 기억할 것이다.

이룰 수 없는 사랑은 아프다. 〈화양연화〉에서 주소운(양조위)이 뿌린 빗물이 소려진(장만옥) 앞에 떨어진다. 불륜 아닌 사랑을 원하는 남녀는 아슬아슬한 위험을 감수하지만 이루지는 못한다. 이루지 못한 사랑은 기억으로 간직될 뿐이다. 그렇다고 불륜을 미화하고 밀애를 조장하는 이야기가 아름다울 수 없다. 사랑이라는 이름으로 포장한 애정 행각이 들통나 막장으로 떨어지는 하류 인생 이야기는 사회면 사건 사고 가십거리로 족하다. 이성을 잃은 욕정은 인간의 영역이 아니다. 묻지도 따지지도 않고 교합하는 논두렁의 개처럼 영혼의 울림이 없는, 단지 암컷과 수컷만이 존재하는 짐승들의 세상일 뿐이다. 논두렁의 개가 가을 하늘을 보며 짖는다면 그게 어디 하늘이 푸르러서 짖는 것인가.

동녘이 어떻게 붉어졌는지

문예반에 들어오겠다는 아이들에게 묻는다. 태어나서 지금까지 살면서, 남다른 상처나 결핍의 경험을 가졌느냐? 있다면 무엇이냐? 조실부모나 신체장애까지는 아니더라도 잦은 이사나 아버지의 실직 같은 가슴 쓰라린 이력을 듣고 싶었다. 형제나 오누이의 아픔이 전이될 수도 있고 영세한 아파트촌이라도 좋으니 눈물겨운 고향의 모습이랍시고 간직할 기억은 있는지, 학교 때려치우고 입산하여 중이 되고 싶었던 적은? 상처와 결핍을 운명처럼 떠안고 자라온 아이라면 환영이었을 테지만, 글쎄 그런 적격자를 만났던 적은 별로 없다. 부족함 없이 자라온 요즘 아이들은 뜨악한 표정으로 고개를 저었다. 나는 그들에게 말했다. 폼나는 일이라면 다른 것도 많을 텐데 굳이 문학의 길을 걷겠다는 이유는 뭐니? 두말할 나위 없이, 아침 동녘 하늘은 붉고 아름답다. 해를 떠밀어 올릴 만한 밑불이 얼마나 달궈지느냐에 따라 그만큼 일출은 힘차고 장엄할 것이다. 나의 동녘에는 과연 밑불이란 게 있기나 했을까.

어머니는 연달아 딸만 셋을 낳으셨다. 네 번째 아이가 또 딸이었다면, 시댁에서 쫓겨나기 전에 스스로 방죽에 몸을 던질 심산이었다. 그렇게 태어난 형은 어머니에게 생명의 은인이었다. 나는 다섯째로, 또 딸이었어도 상관없었을 그런 집안의 막내였다. 아버지가 근무하시던 광주대성초등학교 안에 있던 관사에서 살았다. 운동장이 마당이었고 교정이 정원이었다. 농촌의 정서는 익히지 못했을지라도 도회의 복판이거나 주택가 골목집이 아니었던 것이 그나마 다행이었다. 학교는 어린 나에게 많은 것들을 보여 주었다. 철 따라 풍경이 달라졌으며 꽃들이 피고 졌다. 플라타너스가 그늘을 만들면 나는 그 안에 서서 먼지 일렁이는 운동장을 바라보다가 쐐기가 떨어져 목덜미가 벌겋게 부어오르는지도 몰랐다. 풍금 소리와 함께 들려온 노래를 듣고 누나들 음악책을 뒤적여 그걸 따라 불렀다. 천체의 움직임을 관찰하는 관상대를 쓸어버리더니 강원도에서 무장 간첩들에게 입이 찢겨 살해당했다는 어린이의 동상이 세워졌다. 국민학교 1학년 겨울에 국민교육헌장이란 게 반포되었는데 그걸 모두 외워야 하교할 수 있었다. 나는 어찌 귀가했지만 해가 질 때까지 집에 돌아가지 못한 친구도 있었다. 집이 없어서 학교 관사에서 얹혀사는 처지가 부모님으로서는 고통이었겠지만 나는 불행하지 않았다. 긴 복도를 가로질러 아무 때나 도서실에 드나들 수 있었고 밤이 되면 교무실에서 당직 선생님과 텔레비전을 봤다. 강소천 아동문학 독본은 여러 권이었는데 하도 많이 읽어서 외우다시피 할 정도였다. 「꿈을 찍는 사진관」을 읽으며 사진관에서 찍을 수 있는 것이 사람의 얼굴만이 아니라는 사실을 알았고 이주홍의 「못나도 울엄마」를 읽고서는 나 같은 얼빠진 녀석이 책 속에도 똑같이 살고 있다는 것도 알게 되었다. 이원수나 마해송도 좋았지만 책이 귀했던 시절에 교실마다 흔하게 널려 있던 책은 『박정희 위인전』이었다. 관사의 지붕 처마가 함석이었으므로 비가 오면 비 떨어지는 소리가 듣기 좋았다. 소나기 내리는 날 무릎을 오므리고 앉아 오래도록 빗소리를 들었던 기억이 있다. 흙 마당에 수직으로 떨어지는 빗줄기와 빗물이 떨어진 땅에 순식간에 퍼지는 물살을 '산새 걸음걸이'와 '갈갈이 손가락 펴고'라는 비유한 시인의 말을 해괴하다고 생각했다.

아버지의 전근 탓에 학교 관사를 나와 백운동으로 이사했다. 어머니는 아버지의 임지를 따라 목포에서 네 시간 배를 타고 들어간다는 영광 낙월도로 떠나 버렸다. 부모님은 한 달에 한 번씩 오셨지만 부모님의 편지는 한 달에 두 번씩 왔다. 아버지의 편지를 실질적인 소녀 가장이 되어 버린 큰누나가 동생들을 앉혀놓고 소리 내어 읽었다. 편지를 읽다가 훌쩍이기 시작하는 큰누나를 필두로 스스로 가엾어진 남매들은 차례대로 울음을 터뜨렸다. 막내인 나는 맨 먼저 울기 시작하여 가장 늦게까지 울었다. 이윽고 남매들은 옹기종기 모여 앉아 부모님께 부칠 편지를 썼다. 곁눈질로 훔쳐본 누나들의 편지는 사뭇 달랐다. 입 밖으로 솟구치는 말이라고 해서 그대로 쓰는 게 아니었다. 말로 표현할 수 없는 그리움을 어떻게든 언어로 표현해야 한다는 무게감이 어린 가슴팍을 내리눌렀다.

어쩌다 낙월도에서 돌아오시는, 아버지의 가방은 내 키보다 컸다. 내 힘으로는 도저히 움직일 수조차 없는 그 가방을 열어 보면 칠산 바다에서 잡아 온 영광 굴비가 아니라 큼지막한 검정 돌멩이들뿐이었다.

아버지는 콧노래를 흥얼거리며 아무짝에도 쓸모없어 보이는 그 돌들을 정성스럽게 닦아 머리맡에 두었다. 그렇게 돌아오신 아버지는 나를 데리고 동네 대폿집으로 가서 친구들과 함께 막걸리를 마셨다. 코를 큼큼대며 앉아 있는 나를 힐끔거리더니 콩국수를 시켜 줬는데 그걸 먹고 배탈이 나서 사흘간 꼼짝없이 누워 있었다. 그 후로 나는 지금까지도 콩국수를 먹지 못한다.

나는 어떻게 해서 문학과 만났을까를 따져 본다면 누나들을 떠올릴 수밖에 없다. 백일장에서 입상한 둘째 누나가 지방 신문에 난 적이 있었다. 그 일로 누나는 아버지께 호되게 꾸지람을 들었다. '찌그러진 세숫대야'란 제목의 시였는데, 엄마 아빠가 대판 싸우시더니 결국 싸움의 결과로 우물가에 있던 세숫대야가 찌그러지고 말았다는 내용이었다. 딸아이의 어설픈 창작열로 인하여 가정사가 노출된 탓에 동료 교사들에게 놀림을 당하신 아버지의 울화를 어린 나이에 어찌 알았으랴. 지금 돌이켜 봐도, 누나들이나 형에 비해 글 쓰는 재주로 치면 턱없이 모자랐던 내가 소설을 쓴다는 게 얼척없다. 크고 작은 백일장에 나가기만 하면 반드시 상을 받아왔던 누나들 어깨 너머로, 일기장이나 노트 따위를 훔쳐보며 그걸 흉내 냈다.

국민학교 4학년 때 충장로 동해물약국 2층에 있는 '강은서예원'을 다니다가 중학생이 되어서 호남동성당에 있던 '학정서실'로 문하를 옮겼다. 청년처럼 젊으셨던 학정 이돈흥 선생님을 만나 글씨를 배웠다. 먹을 갈고 서안을 마주하고 있으면 심신이 편안했다. 글씨 쓰는 행위는 차분해지지 않으면 불가능한 것이었으므로 몇 시간이고 한자리에 앉아 있어야 했다. 한 글자나 심지어는 한 획을 가지고 며칠 동안 되풀이해서 써야 했던 그걸, 군대를 다녀와서까지 했다. 글씨 쓰기에 몰입할 즈음에는 화선지에 씌어 있던 점획결구가 꿈속에서까지 나타나 나를 쓰러뜨렸다. 「수양산 그늘」은 그 무렵의 경험이다. 백일장에 나가서 입상하는 것보다 미술대회에 나가서 상을 받은 횟수가 많았던 나로서는 '글'을 써야 할 것인지 '글씨'를 써야 할 것인지를 고민해야 했다. 지금에 와서는 둘 다 제대로 하지도 못하는 꼴이 되고 말았지만.

사춘기는 나에게도 있었겠지만 정작 헤아리지 못한다. 어머니는 여전히 아버지를 따라 시골학교 임지에 계셨기 때문에 성장기의 나를 부모님은 제대로 다루지 못했다. 공부는 뒷전인 채 무작정 밖으로 나가 막무가내로 싸돌아다니다가 기타를 배웠다. 혼자서도 충분히 즐길 수 있다는 이유만으로도 기타 연주는 유일한 낙이었다. 딱 하루의 기억이 난다. 고등학교 2학년 봄 독일어 시간이었는데, 노트에 끼적거려놓은 시를 선생님께서 소리 내어 읽더니 칭찬해 주셨다. 아주 짧은 시간이었을 텐데 세상은 전혀 다른 모양과 빛깔로 다가왔다.

그해 가을에 처음으로 소설을 썼다. '노을'이라는 제목이었는데 폐결핵을 앓는 소녀가 그림을 그리다가 각혈하고 쓰러지는 결말 부분에서 화폭에 그려진 것이 붉은 물감으로 칠해진 노을인지 소녀의 입에서 토해져 나온 핏물인지 분간할 수 없었다는 내용이었으니 지금 생각하더라도 유치하기 짝이 없는 수준이었다. 내 소설을 읽어 본 한 친구가 신춘문예라는 걸 아느냐고 묻더니 거기에 투고해 보라고 해 놀랐다. 정갈한 흑백 사진 속에서 그는 단정치 못한 교복 차림으로 서 있었다. 초록색 도료 칠이 벗겨져 흑백으로 바래진 칠판 아래, 목조 책상과 의자가 뒹굴었다. 젊은 날의 허무를 새긴 낙서가 가득했고 벽면 한쪽에 목 부러진 밀걸레 자루가 있었다. 독재자가 총 맞아 죽었던 시절, 교실 풍경이 그랬다. 한쪽 벽의 유리창 너머로 봄날의 양광이 들이닥쳤을 테고 유리창 커튼 안에서는 무명 시인의 시집을 펼쳐놓은 그가 상념에 잠겨 있었다. 그러다가 문득 치켜든 친구의 눈에는 세상에 대한 불가해한 의문이 피어올랐고 어쩌다가 열게 되는 그의 입에서 부당하게 전개되어 가는 현실에 대한 분노가 터져 나왔다. 기억의 비탈진 장면으로 보면 매사에 옳고 그름을 따지기를 주저하지 않았던, 정의로운 문학 소년이었다. 검정 교복에 검정 모자를 비스듬히 눌러쓴 그는 시집을 끼고 다녔다. 학교를 파한 뒤 그를 따라 농성 로터리에 있던 포장마차에 갔다. 소주를 마시며 그의 노트를 건네받았고 그가 썼다는 시를 읽었다. 올겨울 신춘문예에 당선될 거라고 자신하던 그가 후배들을 모아 문학 써클을 만들자고 제안했다. 신설 학교였던 탓에, 문예반이 없었던 설움을 일거에 날려 버릴 기회였다. 하지만 며칠 가지도 못하고 교무실을 들락거리며 문초를 받다가 끝내 써클은 종을 치고 말았다. '소용돌이'라는 이름 때문에 폭력 써클로 낙인찍혀 선생님에게 매를 맞았다. 문학의 길이 멀고 험하다지만 이건 아니라는 생각이 들었다.

대학에 가 보니 문학은 가까운 곳으로 다가와 있는 듯했다. 어떻게 하면 글을 잘 쓸 수 있을까 고민할수록 무능과 한계에 치를 떨었다. 고백하기에도 부끄러울 만큼 뻔뻔스러운 얼치기 문청 시절이었다. 날마다 금남로 전일빌딩에 있는 학정서실에 가서 붓글씨를 썼던 것은 그럴 수 있다 치지만 기타를 치며 대학가요제를 기웃거렸던 것이나 구시청 사거리에 있던 음악감상실에서 DJ를 했던 것은 문학도의 모습과는 거리가 멀었다. 나는 무엇을 하며 살 것인가, 손에 잡힐 듯 어른거렸을 뿐 정작 손에 잡히는 것은 없었다. 혼자서 할 수 있는 일, 그게 나와 맞다는 것만 어렴풋이 알았다. 만일 글 쓰는 작업이 영화나 연극처럼 많은 사람의 협력을 얻어야만 이루어지는 일이었다면 언감생심, 엄두조차 내지 못했을 것이다.

신춘문예에 투고한 시는 최종심에도 오르지 못했다. 동인지에 시를 발표하거나 시화전을 통해 작품을 보여 줬어도 그럴싸한 호평 한마디 듣지 못했을 때 다시금 머리를 싸매고 돌아앉았다. 정녕 시 습작은 나의 것이 아님을 절감하고 군대에 갔다. 입대 직전 마지막으로 대학문학상에 시와 소설을 나란히 투고했는데 열심히 습작했던 시는 떨어지고 공력도 들이지 않고 그럭저럭 써서 투고한 소설이 당선되고 말았다.

임진강의 칼바람이 몰아치던 파주에서의 군 생활은 그야말로 킬링타임 그 이상도 이하도 아니었다. 그러다가 고참병이 되면서부터 내 안에서 열망하고 있던 소설 쓰기를 조심스럽게 다독일 수 있었다. 국어사전을 곁에 두고 '소설작법'이나 '문학용어사전' 같은 책을 노트에 필사했다. 제대하고 복학을 앞두면서 집에서 가까웠던 사직공원의 싸구려 여관에서 석 달 동안 기숙을 하며 집중적으로 소설을 썼다. 지금 생각해봐도 우스운 일이지만, 원고지를 쌓아놓고 만년필로 또박또박 빈칸을 채워나가다가 맘에 들지 않으면 북 찢어서 방바닥으로 구겨 던져 버리는 식의 치기 어린 행동이었다.

　나는 왜 소설을 쓰고 있나. 그럴 때마다 들었던 회의는 깊었다. 글은 왜 쓰는가, 존재의 서슬 퍼런 확인이라는 팻말을 걸었다면 그거야 자신의 작업을 미화시킬 수 있는 방편일 수는 있겠지만 쓰지 않고서는 견디지 못하겠다는 그래서 글을 쓰는 행위가 무슨 업보나 운명쯤으로 내세우고자 하는 치장이기엔, 그간의 나의 세월은 한심하기 그지없는 것이었다. 소설가의 조건은 갖추었나? 행복한 자는 좋은 소설을 쓰지 못하기 때문에 늘 우울하고 괴로워야 한다. 사교성은 쓰레기통에나 처박아 버려라. 그랬지만 문득 부끄러워진다. 질서나 조화보다는 혼란, 단체나 조직이 아니라 개인, 긍정과 타협보다는 투쟁의 길을 걸어야 하는데, 소설 쓰는 시간을 만들기 위해 취미생활도 거두고 술도 마시지 말아야 했는데, 과연 나는 그렇게 살아왔나?

　밤새며 끙끙대며 썼을 원고들, 다시 읽어 보면 형편없다. 버림받은 미아가 되어 내 곁을 떠난 언어의 무덤 앞에 안녕을 고한다. 그래 봤자 별반 달라진 것도 없겠지만 앞으로가 문제다. 더 나은 소설을 쓰고 싶은 욕망과 똑같은 부피로 따라다니는 회의와 무기력. 나의 내부에서 숙성되고 육화될 때까지 기다릴 수밖에 없다. 소설 쓰기를 그만둘 수 없는 이유도 여기에 있다. 가장 무겁게 고민해 온 일이므로 앞으로도 군소리 없이 해야 한다면, 별도리 없지 않은가.

우리 안의 이방인

집으로 올라가는 아파트 엘리베이터 벽면에 웬 A4 종이 한 장이 붙어 있었다. 동네 이웃 중 어느 순진하고 착실한 아이가 붙인 것으로 추정되는, 컴퓨터 글자로 타이핑된 내용인즉, 우리 아파트 주민들은 애국심이 너무 없어서 창피하다, 광복절, 개천절, 한글날 같은 국경일에 아무리 둘러봐도, 베란다 창밖에 태극기를 게양한 집을 못 봤다, 다른 아파트는 그렇지 않은데 우리 아파트 주민이 문제다. 이럴 수 있느냐, 앞으로는 우리 아파트를 사랑하는 만큼 꼭 태극기를 달아 달라, 뭐 이런 내용이었다.

추측하건대, 20대 넘은 청년은 아닌 듯하고 초등학생 아니면 많아도 사춘기 청소년일 것이다. 태극기 사랑, 국기 게양에 동참하지 않는 우리 아파트 주민들을 보고 분개했을 아이의 심정이 귀여워 처음에는 빙긋 웃었다. 이걸 쓰기 전에 고민했을 아이의 망설임과 이걸 붙이는 순간의 두근거림마저 떠올랐다. 그랬는데, 내가 사는 11층에 도착했어도 나는 내리지 못했다. 만일 아이를 만난다면 당장 해 주고 싶은 말이 떠올랐기 때문이다. 벌써 이럴진대, 앞으로 이 아이가 살아가면서 겪어야 할 망측한 일들이 얼마나 많을 것인가. 나와 남, 우리가 아닌 그들, 경계선상에서서 칼금을 긋고 금 바깥으로 밀어내야 하는 일들이 얼마나 많을까. 누가 곁에 있었다면 그러든지 말든지 내려 버렸겠지만 마침 아무도 없었던 상황이라 볼펜을 빼서 종이 아래쪽에 기어이 한마디 썼다.

– 다른 아파트 애국심은 우리와 다를까요?

태극기를 게양하지 않는 현상은 애국심 문제가 아니며 애국심은 강요에 의해 이루어지는 게 아니라는 데까지는, 쓸 시간도 공간도 없었다. 다음 날 보니, 종이는 떼어져 있었다. 아이한테는 너무 어려운 말이었을까. 만날 수 있어서 알기 쉽게 설명해 준다 한들 알아들을까. 가만 생각해 보니 나는 그 아이에게, 우리 아파트에 대한 소속감도 없고 나라 사랑이 뭔지도 모르는 개념 없는 무식한 동네 아저씨로 욕깨나 얻어먹었을 것 같다.

지난 주말, 진도 팽목항에 갔다. 슬픔으로 절인 만장들이 펄럭였다. 불러도 대답 없는 이름들이 등대를 향해 나부꼈다. 내 아이일 수 있는데, 내가 저 교사일 수 있는데, 참을 수 없이 눈물이 났다. 꺼내기조차 두려워 안으로만 담아 둔 채 꾸역꾸역 살아왔던 지난 시간이 부끄러웠다. 세상은 이렇게 멋대로 흘러가는데, 무력했다. 아무렇게나 날을 세워 돌아다니는, 이 땅의 예의 없는 언어들이 무서웠다. 우리가 아닌, 너희는 늘 그런 식이라고, 5·18 좀 그만 우려먹으라고, 이제 엥간히 좀 하라고, 치욕스러운 상처들은 다 묻어 버리자고, 나와 다른 것은 죄다 틀린 것이 되어 버리는, 행복으로 색칠한 교과서를 내세워 감금하고 통제

하자는 의도 앞에서, 교사라는 처지가 아팠다.

　‘우리’가 ‘남’이 되면 원수가 된다. 2002년 한일 월드컵 당시, 이탈리아 16강전에서 연장 골든골을 넣은 안정환 선수는 잘생긴 외모에다 ‘반지 키스’라는 인상적인 골 세리머니와 함께 국민 영웅으로 떠올랐다. 그랬던 그였지만, 국내 K리그로 복귀하여 수원 삼성 선수로 뛸 때 경기 도중 FC서울 팬들의 야유를 받고 상대 팀 관중석에 난입하여 싸우는 초유의 사태를 벌이고 말았다. 서울 연고의 팬들은 단호했다. 월드컵 때는 국가대표팀에 승리를 안겨 준 선수의 이름을 연호하며 열광했지만, K리그에서의 안정환은 자신이 응원하는 팀이 상대해야 할 적군의 일원일 뿐이었다. ‘우리’의 영웅이 ‘남’으로 바뀌어 원수가 된 것이다.

　이승하의 「이 사진 앞에서」란 시가 있다. 뼈만 남은 탓에, 머리가 몸집보다 커 보이는 소말리아 어린이의 오체투지 모습이 담긴 한 장의 사진, 자정 넘어 술에 취해 귀가하던 시인은 『타임』지에 실린 이 사진을 보고 얼어붙어 버렸다 한다. 빈곤과 기아에 허덕이는 먼 나라 사람을 볼 때 나와 직접 관련이 없는데도 왜 마음이 아플까. 자발적으로 그들을 돕지 않고서는 견딜 수 없는 도덕적 의무 때문이라 해도, 내 자식 내 이웃 내 나라의 다급한 사안보다 앞선다는 말인가. 내 나라인 국지적 의무와 다른 나라인 지구적 의무가 충돌한다면 무엇을 우선순위로 둬야 하나. 국지적 의무를 앞세우자니 남을 돌아볼 줄 모른다며 비난받을 테고, 그렇다고 내 주변을 외면한 채 무조건 먼 곳의 다른 나라로 달려갈 수도 없는 노릇 아닌가.

해결책이 되랴만, 국가와 민족의 경계를 없애 버리고 세계를 하나의 공동체로 통합하자는 의견이 오래전 중국에서 나왔다. 청나라 말, 아편 전쟁 같은 제국주의 침략과 태평천국운동 등으로 전근대적 봉건 질서가 무너지던 역사적 격동기에 캉유웨이康有爲는 피폐해진 경제와 사회, 내부적으로 경직되어 가는 중국의 위기를 타개하고자 대동서大同書를 내놓았다. 열강에 침탈당하는 약소국의 입장에서 대동서는 난세를 극복할 활로가 됐다. 유교 전통인 '인仁'을 사상의 출발점으로 삼았다. 사람은 서로 자석처럼 끌어당기는 힘이 있기 때문에 남의 아픔을 공감할 수 있다고 믿었다. 사람과 사람 사이에 편을 가르는 차별의 뿌리를 뽑고 모두를 평등으로 이끄는 대동의 도道야말로 전 지구인들이 하나의 동포가 되는 길이라 주창했다.

우리가 '선'이면 타자는 무조건 '악'이어야 하는가. 철학자 리처드 커니 교수는 우리 스스로를 정상성(normality)이라 규정하고 타자는 모두 '악'이라 인식하는, 배타적이고 적대적 관점에 대해 의문을 제기했다. '이방인, 신, 괴물'은 타자를 논하는 주요 키워드로, 타자라는 이방인은 신이면서 괴물이라는 뜻이다. 이방인은 상대적 개념이다. 인간은 본디 스스로의 한계를 인식하는 유한자이기 때문에 선과 악, 신성과 악마성의 경계에서 방황할 수밖에 없는 불완전한 존재이다. 상대적 타자와 절대적 타자를 가려내기가 쉽지 않다.

그럼에도 불구하고 편협한 사고에 의해 타자가 부정적인 의미로 인식됐을 때 끔찍한 비극이 벌어진다. 타자라는 괴물을 받아들이지 못한 나머지 아우슈비츠의 유대인 학살, 매카시의 블랙리스트, 예루살렘과

웨스트뱅크, 뉴욕의 9·11테러 같은 참극이 되풀이됐다. 19세기 조선의 위정척사衛正斥邪는 우리 고유의 정체성을 지키려 했던 명분은 살렸는지 모르지만 외래 문물을 발전적으로 수용하지 못한 한계를 드러냈다. 지켜야 할 바른 것은 성리학적 전통이었고 물리쳐야 할 사악한 대상은 천주교와 서양 문물이었으니, 고루한 보수적 인식이 어떤 결과를 초래했는지 되짚어 볼 일이다.

무조건 감싸안을 수도 없고 그렇다고 배척할 수도 없는 타자에 대한 고민은, 오늘날 훨씬 많아졌다. 외국인 노동자나 탈북 새터민과 더불어 살아가야 할 다문화 시대에, 흑백 논리는 설 자리가 없다. 지역과 정파, 이념의 잣대로 편을 가른 채 '우리'가 아닌 '남'들은 무조건 짓밟고 이기려고만 드는 현실이 암울할 따름이다. 상대적 타자와 절대적 타자라는 두 이방인은 서로 배타적이어서는 안 되며 적절한 타협과 동맹을 맺어야 한다. 다양성을 수용하고 개방성을 내걸 때 진정한 힘이 된다. 유대인 오케스트라 지휘자 다니엘 바렌보임은 예루살렘 콘서트에서 나치 정권의 선전도구였다는 이유로 바그너 연주를 반대하는 청중들을 설득하여 감동적인 무대를 만들어냈다. 타자를 수용하는 것이 자신에게도 강해진다는 길을 가르쳐 준 셈이다.

당초부터 거부해야 할 타자는 없다. 타자가 괴물이라면, 우리 안의 괴물을 죽이는 게 능사가 아니라 괴물과 함께 살아가는 방법을 모색해야 한다. 그것이 지혜다. 가족이나 국가, 민족 같은 혈연에 따른 사적이고 폐쇄적인 개념은 필경 차별을 야기할 것이므로 이를 철폐하고 하나로 통합하면 된다. 계급과 인종, 남녀와 빈부 같은 구속적 요건이 없어지면 내 것 네 것 다투지 않고 누구에게나 공평무사한 만민 평등의 세상, 경제와 토지가 공공에 귀속되고 결혼제도 대신에 계약 동거만 허용된, 죽는 날까지 모든 복지를 공동체가 책임지는 대동 세상이 그런 건지도 모른다.

토머스 모어가 서구적 이상사회로 유토피아를 꿈꿨다면, 우리는 차별에서 해방된 사람들이 골고루 잘 사는 사회를 그린 동양적 이상론을 펼칠 수 있다. 지금의 현실 질서와는 유리되어 보이긴 하지만 이런 비현실적이고 내재적인 모순에도 불구하고 힘의 논리가 지배하는 오늘날 국제사회를 비판적 안목으로 바라보게 할 뿐 아니라 유럽 통합이나 신분 철폐 등이 실현된 현대의 지구적 삶과도 연결 지어 볼 만하다. 생각해 보면, 대학 축제마다 한결같이 '대동'이라는 이름을 걸던 때가 있었는데, 이는 구성원 모두 사사로운 경계 없이 하나 된 공동체 세상을 원했기 때문이 아닐까.

세상사 풍선 같구나

지리산 화개골 다원에서 가져온 우전차를 마시다가 슬며시 담배를 떠올린다. 담배 없이 살 수 있을까. 담배를 피우지 않고도 심지 깊은 불꽃처럼 창작의 화염을 꺼트리지 않을 수 있을까 의심하던 시절이었다. 회의는 침침하고 자욱했다. 담배가 없어도 밀어를 속삭이듯 편지를 쓸 수 있을까. 쓰다 말고 헛웃음 짓더라도, 읽다 말고 찢어 버릴지라도 편지를 쓰긴 해야 하는데, 찢어 버린 것은 종이가 아니라 지나간 기억이었다. 새벽마다 담배 연기에 쿨럭이며 야위어 가는 뱃가죽을 움켜쥐며 종이비행기로 날려 버렸던 원고들. 봄날 아지랑이 같은 문장을 편지에 담아내던 시절, 내 곁에는 늘 담배가 있었다.

금연 결정은 우발적이었다. 준비는 하고 있었으나 어느 날 한순간에 아무도 모르게 결행해 버렸다. 누구에게도 금연하겠다고 말하지 않았다. 금연 선언을 해놓고 또다시 담배를 피우는 모습을 보여 줬던 후안무치의 지난날을 되풀이하고 싶지 않았다. 금연을 결심한 자, 먼저 주위 사람들에게 그걸 선포하라는 말은 부질없는 조언이었다. 선언해놓고 또다시 담배를 꼬나물고 있는 모습을 보여 줄 수밖에 없었으므로 사람 꼴이 우스꽝스러워지는 건, 흡연에 대한 비난보다 견디기 어려웠다. 사춘기를 앞둔 딸아이들이 생일 선물로 사 주었던 금연 패치는 포장지를 개봉하지도 못하고 유통기한을 넘겨 버렸다. 금연을 자신한 뒤 '내가 담배를 다시 피우면 그놈 아들이다.'를 되뇌었다. '그놈'은 나를 가장 괴롭혔던 사람이자 내가 가장 미워하던 대상이었다. 하지만 별것도 아닌 일에 열 받은 나머지, 화장실에 쪼그리고 앉아 며칠간 참았던 담배를 한 대 피워 물었는데, 눈물이 났다. '그놈'의 아들이 된 기분에다 볼품없는 내 의지력이 치사했다.

「스탑 스모킹」, 「흡연의 문화사」 두 권의 책을 내게 건네준 철영이는, 술자리를 핑계로 담배를 꼬나물고 있는 나를 책망했다. 며칠 동안 한 대도 피우지 않았어도 단 한 모금을 마시는 순간, 지금까지의 금연 경력은 무효로 돌아가는 것이며 금연자에서 바로 흡연자로 바뀐다는 거였다. 변심이라는 말 앞에서 나는 멈칫했다. 흡연자라니. 다시는 듣고 싶지 않은 족쇄 같은 말이었다. 논산훈련소까지 따라와 눈물 콧물 다 쏟아내며 제대할 날까지 꼭 기다리겠다고 맹세했던 여자는 반드시 변심하더라는 훈련소 조교의 말은 좀 어긋나면 안 되는가. 쉽게 떠나 버린 연인이 남겨놓은 밀어는 기억하기조차 옹색할 뿐인데.

오랜 중독이므로 정신력으로는 금연이 불가능하다고 했다. 모월 모일 모시부터, 하늘이 두 쪽 나더라도 반드시 금연하겠노라, 이런 결심은 비장하게 들릴지 몰라도 성공 확률은 제로에 가깝다. 중독이라는 자기 안의 괴물을 무시하는 처사다. 보조제에 의존하든지, 금연 클리닉이나 금연 테라피의 도움을 받으면 조금은 더 수월해질 거라고 책이 가르쳐 줬다. 내 경우는 처음 2주 동안 금연 패치를 붙이고 다녔는데, 금단 현상이 나는 게 아니라 약한 살갗 탓인지 간지러움을 수반한 피부 두드러기 현상이 생겼다. 그래도 일단은 흡연 욕구를 피할 수 있었으니 패치의 위력은 증명된 셈이었다.

흡연 충동을 유발하는 술자리는 무조건 피하라 했지만 매일같이 주어지는 술자리만큼은 거부하기 어려웠다. 대신 집에 돌아오면 컴퓨터 앞에 앉지 않았다. 컴퓨터 데스크탑이 있는 방은 최적의 흡연 공간이었다. 모니터 앞에는 언제나 담배와 재떨이가 놓여 있었으며 방문을 닫기만 하면 누구의 간섭과 방해도 없이 편안한 흡연을 누릴 수 있었다. 적당한 취기에 젖은 채 담배 한 대를 피워 물고 인터넷 바둑의 승부에 빠져들었던 즐거움은 이제 사라진 것이다.

OECD 국가 중 흡연율 1위인 나라, 청소년 흡연율은 선진국의 두 배이며 여성 흡연 인구도 급증하고 있다고 한다. 담배는 하나의 기호이며 문화이므로 전염병도 아니고 악도 아니라는, 담배 예찬론자나 흡연권을 주장하는 분들이 여전히 건재하긴 하다. 담뱃값을 선진국 수준으로 올리겠다는 소식에 애연가들의 심정은 참담하다.

흡연은 인류 문화의 일부이다. 발명된 관습이고 이어온 유행이다. 기호와 탐닉의 도구이며 중요한 돈벌이 수단이다. 92세에 사망한 등소평은 장수 비결로 담배를 꼽았다. 프로이트는 아침에 눈 뜨자마자 담배부터 꺼내 물었고, 여송연 담배가 연구 능력을 극대화하고 자기 절제를 촉진 시킨다고 믿었다. 흡연은 남성성과 폭력의 상징이기도 했다. 전쟁터의 참호 속에서, 파티의 잔을 부딪히며, 침대 위의 쾌락 뒤에, 사나이의 우애와 영혼의 교감을 나누며, 열락의 여운을 위한 매개로 인류는 담배 연기를 피워 올렸다. 체 게바라는 쿠바의 산속에서, 전사의 삶에서 가장 소중한 친구는 담배라 위안했다. 〈영웅본색〉에서 권총을 든 주윤발이, 씹고 있던 성냥개비를 뱉고 담배를 꼬나문 모습에 반해 흡연을 시작한 청소년도 많았다.

유럽에서 담배는, 전염병을 퇴치할 수 있다는 믿음을 주었고 귀중한 약재 취급을 받기도 했다. 담배의 역사에는 필연코 사랑과 미움이 교차할 수밖에 없다. 수천 년 흡연의 역사에서 의학적 해악을 따지기 시작한 것은 불과 50년도 되지 않는다. 흡연은 진통이나 소염, 안정 등의 의학적 용도로 시작하여 쾌락적 목적과 접목되었다. 담배 연기 속에 '타르'와 '니코틴' 같은 유해 성분이 그대로 인체에 흡수되므로, 담배는 '죽음의 칵테일'이라는 판정을 받은 것도 역시 최근 들어서이다.

흡연 열풍의 정점은 1980년대였다. 빨리 어른이 되고 싶었던 청소년기부터 담배를 배우기 시작하여 성인의 7할이 담배를 피웠다. 나의 고등학교 시절을 회상하더라도 학생들 상당수가 담배를 피웠던 것으로 기억한다. 담배 한 갑에 부과되는 세금이 쏠쏠하다 보니 강력한 금연 정책을 펼 수도 없었다. 정부나 지방의 주요 세금 징수원 노릇을 해냈던 담배는 우리나라를 세계 최고의 골초 국가로 만들어 버렸다.

그러나 이제, 흡연자의 시대는 갔다. 과거에는 담배를 끊은 사람은 독한 놈이기 때문에 상종도 말라 했지만 요즘은 달라졌다. 주변과 직장에서 따돌림당하고 사랑하는 가족이 나서서 뜯어말려도 여전히 담배를 피우는 사람이, 이제는 독종이다. 세상이 변했다. 부와 멋의 상징이 아니, 가난과 질병의 상징으로 바뀌었다. 흡연의 기호는 쇠퇴하고 흡연 환경이 불편해졌는데도, 옷자락과 손끝에 악취를 매달고 사는 천덕꾸러기 신세, 세계의 광고 시장에서 멋쟁이의 대명사였던 카우보이 '말보로맨'도 구취를 남발하는 침울한 사내로 전락하고 말았다.

금연 책은 여러 가지 실천을 권유했다. 물을 많이 마시고, 담배 생각이 나지 않도록 운동을 하는 게 좋다고 했다. 특히 산에 다니는 것은 건강에도 좋을 테니 일석이조라 했다. 산 정상에 올랐을 때의 담배 맛, 남의 눈치를 봐가며 몰래 피우는 담배 맛이 기가 막히게 좋다는 것을 누구보다 잘 알았다. 언젠가 지리산 천왕봉에 올랐다가 사람들의 눈을 피해 담배를 피우려고 암벽 뒤로 돌아서려다가 낭떠러지로 떨어질 뻔했던 적도 있었는데, 산에 가야 담배를 끊을 수 있다니.

하긴 그랬다. 하다못해 동네 뒷산이라도 오르다 보면, 젊은 사람들보다는 나이 지긋하신 분들이 확연히 많았다. 지난 일요일에도 철영이와 함께 비옷 차림으로 무등산에 올랐다. 장맛비를 견디고 있는 땅은 질척거렸고, 나무 잎사귀는 빗방울을 머금었으며 먹구름은 검고 낮게 내려앉아 있었다. 철영이는 금연 전도사답게 시종 금연에 대한 화제를 끄집어냈다. 산에 다녀야 할 나이가 온 것 같다는 내 말에, 당연한 진리라며 그가 결론을 내렸다. 산에 다닐 나이가 곧 금연을 실천해야 하는 나이라는 것. 몰아치는 무등산의 비바람 앞에서 나는 고개를 끄덕였다.

담배를 끊은 지 오래다. 마찬가지로, 편지를 쓰지 않은 시간도 그만큼 지나갔다. 단 한 모금의 담배 연기도 마시지 않았던 처음 순간들은 견디기 어려웠다. 담배 없이는 편지도 안 써지는구나. 아니, 그 반대일 수도 있다. 편지를 쓰지 못해 쩔쩔 맬 때 담배도 사라졌다. 남들이 피우는 담배 연기를 맡으면서는 갈대의 자세를 취했다. 삶의 절정이 이리도 우습게 흔들려야 하는지, 술로 몸을 적신 후 편지를 찢고 담배 필터도 잘라 버렸다. 담배 없는 술자리도 힘들긴 마찬가지였다. 내게서 사라지지 않는 편지를 쓰고 싶은 충동.

술자리는 늘 그렇듯 한껏 달아올랐다가 지치지 않고 이어졌다. 화가이자 미술 교사였던 최상호 형은 최근 명예퇴직을 하고 모처럼 화실에 눌러앉아 창작에 몰두하고 있다고 했다. 오래전의 과거를 함께 나누는 자리였으므로 옛날의 추억담들이 왁자한 분위기 속에서 자유로이 넘나들었다. 술잔을 주고받는 그의 손에 담배가 들려 있었다. 빠질 수 없는 화제 중 하나는 담배였다. 스무 명쯤 되는 모임 인원 중 아직까지 담배를 피우고 있는 이는 몇 남지 않았다. 그 시절 생각이 났다. 한 시간 수업을 마치고 쉬는 시간 10분 동안에 재떨이가 놓여 있는 교무실 자리에서 다급하게 담배를 피우던 얘기는 그야말로 호랑이 담배 먹던 시절이었다. 세월이 흘렀고 다들 나이를 먹은 만큼 그사이 하나둘씩 금연자로 돌아섰다. 그런데도 소주잔을 건네받은 상호 형 손끝에 담배가 타고 있었다.

"형님은 담배 끊을라고 너무 애쓰지 마세요."

나는 그의 잔에 술을 따랐다. 사실은 담배 연기 속에서 형벌 같은 시간을 보내던 중이었다. 감내할 수 있는 잉여는 사치였다. 술자리를 뒤

덮고 있는 담배 연기를 피해 바람 부는 밤거리로 나갔다 온 뒤였다.

"다들 끊으라고 야단인데, 담배를 피우란 놈도 있네? 왜? 끊으면 안
돼?"

적막한 밤거리까지 담배 연기가 따라 나왔다. 바람이 되어 달려오기
도 하고 달빛으로 내려와 온몸을 휘감고 지나가던, 글쓰기에 대한 열망
에는 늘 담배 피우고 싶은 욕구도 엉겨 붙었다.

"담배 안 피우면 그림 작업도 잘 안될 것 아니요?"

그의 입가를 뒤덮고 있는 수염을 들여다보았다. 그는 담배 연기를
잘게 쪼개어 여러 번 나누어 내뱉었다.

"암만해도 그러겠제. 넌 담배를 끊어 봐서 알 것 아니냐? 글이 잘 안
써지던?"

세상사가 마치 풍선 같았다. 한쪽을 누르면 다른 한쪽은 부풀어 오르
는 법, 얻는 게 있으면 잃는 것도 생겨나기 마련이었다. 버림으로 인해 채
워진다는데, 금연만은 녹록지 않았다. 잃어야 할 게 건강이라니, 비장한
결심이 허둥대며 앞장섰지만 버리는 것도 비우는 것도 만만치 않았다.

흡연자의 시대가 저물고 있다. 질병과 사망의 원인 제공자인 담배
는, 건강이라는 법정에서 온갖 추악한 죄상을 폭로 당하는 피고인 처지
가 되고 말았다. 목숨을 걸고 담배를 꼬나물 것인가. 흡연으로 잃을 수
있는, 풍선의 다른 한쪽이 무엇인지 따져 물을 겨를도 없다. 담배는 인
류와 동물 사이를 가르는 잣대이기도 하다. 담배 피우는 동물은 없다.
오직 사람만이 담배를 피운다.

행복의 다른 이름

줄창 비가 내렸다. 토요일 오전 일정을 마무리한 뒤 주섬주섬 여민 바랑을 들쳐 메고 길을 나섰다. 목적지는 광양光陽 신혼집, 이름으로 봐서는 따뜻한 곳을 찾아가는 셈이었지만 가는 길 내내 빗줄기가 흩날렸다. 자동차 유리창으로 거칠게 달려들던 빗물은 순천을 지나자 기세가 꺾여 잠잠해졌다. 광양에 도착해서는 이름처럼 볕이 그리웠다.

세상의 모든 신혼집은 정갈하고 신혼부부는 아름답다. 어딘가 아프다는 신랑 때문에 부랴부랴 찾아왔는데도 대놓고 물어볼 수 없었다. 환자처럼 보이기는커녕 반가움의 표현을 보니 총각 때보다 더 씩씩했다. 광양불고기로 저녁 식사를 하고 신혼집으로 이동하는 도중 또다시 비가 내렸다. 맥주를 내왔지만 냅다 마실 수 없었다. 얘기를 나누고 있던 도중 신랑이 눈을 감고 있었기 때문이다. 어? 확실히 아픈가 보구나.

신랑이 환자라는 게 비로소 실감 났다. 성장호르몬의 과다 분비로 인한 점진적인 내분비 질환이라는 병명을 듣고도 전문적인 식견이 부족한 탓에 무슨 말인지 해독하지 못했다. 체격은 컸지만 깡마른 체형을 가진 신랑이 얻은 병치고는 터무니없었다. 손발 같은 신체의 말단 부위가 비정상적으로 커지는 병이라며, 양쪽 손가락을 펴 가면서 설명했지만 이전과 다른 점을 발견하지 못했기 때문에 그의 증상을 이해하기 어려웠다. 그래도 걱정만은 전염처럼 번졌다. 뇌하수체에 생긴 호르몬은 무엇이며 어떻게 자라는지 알 수 없는 나는, 병의 상태를 더 물을 수 없었다. 그러지 말고, 방으로 들여보내서 재워. 힘들어 보여.

네 사람 중 셋이 남았다. 남아 있는 자들끼리 따로 마셔야 할 술에 관한 의무란 애당초 없었다. 서로 얽혀 있는 추억을 화제 삼아 옛날이야기를 하는 동안 신랑의 병 얘기는 의도적으로 피했다. 베란다 창문을 열자 빗물이 들이닥쳤다. 비는 사람들에게 구실을 만들어 주었다. 여유를 부리는 만큼 안정이 되었고 시름을 감출 수 있었다. 비 내리는 창밖 풍경과 어울리는 것은 차가운 맥주뿐이었다. 살아왔던 얘기와 앞으로 살아가야 할 얘기들이 투명한 유리잔에 가득 부어졌다. 치열한 연애 끝에 결혼한, 그들의 연애 감정은 여전히 현재형이었다. 집으로 돌아가는 빗길에서 두 사람에게 필요한 우산은 하나로 족했다. 사랑하는 사람과 함께 걷는 길이므로 한쪽 어깨는 맞닿아 있었을 테지만 다른 쪽 어깨는 빗물에 젖어도 좋았다.

마음을 놓아 버린 신부의 근심은 깊었다. 비 내리는 밤이 지나고 찾아온 내일 아침 하늘은 좀 맑아질 수 없을까. 가늠할 수 없는 먼 골짜기 너머를 바라보는 심정이었다. 나는 신부의 젖은 눈을 바라보며 말했다. 그래도 좀 웃어. 웃음만 한 명약이 어디 있겠어?

웃음은 행복을 부르는 묘약이다. 아파 죽겠는데 웃으라고? 말이 돼? 하고 따질지 모르나, 무조건 말이 된다. 치료 약이 없어 속수무책 당하는 이들에게 웃음은 약이 된다. 불편한 현실일수록 웃음을 잃지 않아야 한다. '안녕'이라는 인사말이 무색할 정도로 참담한 일들이 주변에 넘친다. 새로운 소식을 만나기조차 두렵다. 보고 듣는 소식들에 눈과 귀를 닫으려 해도 사람을 가만두지 않는다. 본래의 이름과 달리 조롱과 비판의 대상이 되어 버린 정치인이나 경제인, 연예인들이 아니더라도 세상의 곳곳에서 들려오는 추문에 자유롭지 못하고 심란하다. 그러니 웃고 싶어도 웃을 수 없다. 충격적인 사건 사고들을 마주한 마당에 웃음은커녕 눈물이 안 나오면 다행이다. 이런 판국에 웃음이 나와? 웃음을 통제하고 나무라는 경직된 문화가 습관이 되어 버렸다. 웃음에 인색한 사회, 빈곤의 쓴맛으로 눈물 젖은 일상을 사는 이웃들, 불황의 긴 터널을 지나며 흉측한 사연들을 피해 고단한 삶을 견뎌내야 하는 보통 사람들의 음울한 표정이 우리의 민낯이다. 가난한 시절이 추억이 되지 못하는 한, 가난은 사람을 비루하게 하고 찡그리게 만든다.

똑똑함을 넘어, 정도 이상으로 심각한 사람은 가난뱅이보다 더 불행하다. 모르는 게 없이 잘난 사람, 전문성을 가진 자신의 직업 분야 말고도 세상을 향한 관심과 지식이 지나쳐 끊임없이 탐색하고 추구하긴 하는데, 웃지 않는다. 여러 사람이 모인 자리에서 혼자만 주도권을 잡고 얘기하는 사람, 쉴 새 없이 터져 나오는 얘기들을 통해 자신만의 개성과 기질을 마음껏 드러낸다 해도, 심각한 표정만은 그리 행복해 보이지 않는다. 얼굴에 웃음이 없기 때문이다.

어려운 시대일수록 웃음이 필요하다. 행복해서 웃을 수 없다면 웃어서 행복하면 된다. 가식이 아닌 바에야 일부러라도 웃어야 한다. 처음에는 어색할지라도, 근엄한 표정을 애써 없애고 웃음기부터 머금어야 한다. 웃는 것도 훈련이 필요하다면 TV 개그 프로그램이나 인터넷 유머를 찾아보는 것도 방법이 될 수 있다. 거울을 볼 때마다 일부러 입가를 찢어 미소 지을 필요도 있다. 거울 속의 나도 거울 밖의 나에게 미소를 던질 것이니 얼마나 흐뭇한가. 10초간 웃으면 4분의 조깅 효과나 나타나고, 하루에 30분만 웃음 짓고 있어도 그날 전체가 행복해진다고 한다. 사람의 뇌는 실제 웃음과 억지웃음을 구별 짓지 못한다니까, 억지로 웃는 웃음도 효과가 크다는 말이다.

웃음이야말로 우리들 일상에서 쉽고 편하게 일구어낼 수 있는 활력소이다. 가장 아름다운 화술은 웃음이라고 했던 나이팅게일의 말처럼, 웃음은 어려운 상대에게 친근하게 접근할 수 있는 자연스러운 수단이다. 웃는 낯에 침 뱉을 수 없으니, 처음 본 사람에게 보여 주는 웃음은 상대를 미소 짓게 만든다. 참기름처럼 고소한 양념이 되어, 웃음은 서로의 관계를 맛깔스럽게 버무린다. 웃음의 연쇄 반응은 긍정적인 방향으로 전염된다. 대인관계를 온정적이고 후덕하게 이끌 뿐만 아니라 불편한 상황에 참을성을 갖게 해 주며 새로운 일을 만들어 내는 창조성을 지어낸다. 우울증 같은 심리적 질병 외에도 육체적인 고통을 앓고 있는 환자에게도 웃음은 확실히 효과가 있다.

신혼부부에게는 어울리지 않는 사례까지 들먹였다. 이혼을 위해 법정 출석을 앞둔 어느 부부가 하찮은 농담 한마디에 실없이 웃다가 그 자리에서 화해했다고 하니, 웃음의 위력은 절박한 위기의 순간도 뛰어넘게 한다. 소문만복래笑門萬福來, 웃음의 문으로 온갖 복이 들어온다. 웃는 사람이 건강하다. 그러니 오늘 밤, 우리도 웃자.

자정이 지나는 시간, 날줄과 씨줄이 만나는 교집합의 시간, 민물과 갯물이 만나는 풍천 개울처럼 오늘과 내일이 만나는 시간이 되었을 때 우리는 힘든 표정을 거두고 미소 지었다. 보고 싶어 안달했던 간절함에 비해서 자리를 파하기는 이른 시각이었다. 의연하고자 애썼지만 남편의 황당한 병을 받아들이기에 신부는 너무 젊은 나이였다. 병원 출입을 시작한 날부터 한시도 신랑 곁을 떠날 수 없었노라 했다. 처음부터 끝까지, 병원 진료에 대한 신부의 기억을 듣고 우리는 눈시울을 닦고 웃음으로 바뀌기를 기다렸다.

일요일 아침의 신혼부부는 부지런했다. 간밤의 빗물을 걷어내고 하늘은 거짓말처럼 맑게 개어 있었다. 오늘, 1·6장, 장날이구나. 함께 달려들어 청소하고 광양 장에 갔다. 산과 바다를 동시에 끼고 있는 천혜의 지리적 조건을 갖췄기 때문인지 예상보다 큰 장이 들어서 있었다. 인파는 끝없이 이어졌고 물산은 풍성했다. 집에 가서 해먹을 요량으로 각자 필요한 식재료들을 샀고 임시로 가설된 주막에서 장터국밥을 먹었다.

두 손을 맞잡고 다니는 신혼부부는 아름다웠다. 활력 넘치는 왁자지껄한 장터의 소음 안에서 그들은 행복해했다. 신부의 손을 놓은 신랑이 슬그머니 내 손을 잡았다. 할 말이 많은 눈이었다. 처음엔 그랬어요. 병원에 누워 있는데, 억울하게 죄를 뒤집어쓰고 감옥에 갇혀 버린 죄수 같은 기분이었어요. 그런데 어느 순간 가만 보니, 저 사람이 곁에 있는 거예요. 아내를 바라보는 환한 얼굴에 투명한 미소가 넘쳤다. 육체의 병은 의학으로 고칠 수 있지만 마음의 병은 쉽게 치유하기 어렵다는데, 병을 잘 이겨낼 것 같은 믿음이 들었다. 안심이 됐다.

헤어져야 할 시간이었다. 너무 염려 마세요. 선생님. 이깟 병쯤이야. 내게 힘이 되어 준 사람을 위해 나도 힘이 되어 줘야죠. 애잔한 이별 의식이 있었고 그곳에 남겨진 채 멀어져가는 신혼부부를 백미러로 힐끔거리다 가슴안이 먹먹해지고 말았다.

병은 근심의 가장 큰 상위 항목이며 근심은 만병의 근원이다. 감내해야 할 병 앞에서, 영웅이든 천사든 똑같이 겸허해진다. 사랑과 가족은 행복의 또 다른 이름이라는 사실을, 그들 신혼부부에게서 배웠다.

사상을 가둘 감옥은 없다

코로나 창궐 이전 여름에, 체코를 갔다. 개인적 여행이 아니라 진학지도 유공자로 교육청에서 선발한 스무 명 남짓 교사들과 함께 해외 교육 현장 답사단이라는 이름으로 떠난 연수였다. 국적기를 통한 프라하 직항 노선은 언감생심 생각지도 못하고 모스크바를 경유하는 저가 항공 노선을 이용했다. 우리를 인술한 교육청 장학사는 쾌활하고 성실한 성품의 소유자였으나 조심성이 정도 이상으로 많은 나머지 조그마한 탈선조차 허용치 않았다. 한여름 땡볕 속 거리마다 넘쳐나는 노천카페에서 그 흔한 맥주 한 잔을 못 마시게 했다. 우린 놀러 온 게 아니라 연수를 온 겁니다. 혹여 술 마시는 장면이 누구에게 사진이라도 찍혀 떠돌면 큰일이에요. 시원한 코젤 흑맥주가 눈앞에 어른거렸어도 일행 중 누구도 토를 달지 않았다.

문제는 내 안에서 생겨나 움터 오르는 엉뚱한 욕구 때문이었다. 이방의 노천카페 특유의 분방함 속에서 시원하게 얼려진 체코 맥주를 못 마셔서 서운한 게 아니었다. 일정이 끝난 야간에 일행들과 나누지 못했던, 이국의 밤 정취가 아쉬워서도 아니었다. 아무도 눈치채지 못했더라도 이유는 딱 하나, 프란츠 카프카 때문이었다.

체코를 가기 위한 준비 기간에, 밀란 쿤데라의『참을 수 없는 존재의 가벼움』을 새삼 꺼내 읽었다. 1968년 소비에트연방의 체코슬로바키아 침공에 저항했던 민주화운동 '프라하의 봄' 이후에, 쿤데라의 조국 체코는 그의 모든 소설을 금서로 지정하고 가혹한 정치적 박해를 가했다. 체코어로 쓴 그의 소설이 체코에서 금지당하고 있는 동안 서구의 모든 언어로 번역되어 세계로 퍼져나갔다.『참을 수 없는 존재의 가벼움』은 체코를 떠난 쿤데라가 프랑스로 이주한 뒤 쓴 소설이었다. 그 후 '서울의 봄'도 그렇고 '북경의 봄' 때도 부당한 독재 권력은 수많은 책을 금서라는 해괴망측한 쇠사슬로 묶고 탄압했다.

가지 말라는 곳은 꼭 가고 싶고, 하지 말라는 건 더 하고 싶다. 호기심은 예기치 않은 곳에서 비롯된다. 말리는 것일수록 더 해 보고 싶은 법이니,『나는 소망한다, 내게 금지된 것을』이란 제목의 소설도 그래서 나왔을까. 금서禁書는 출판이나 독서를 법으로 금지한 책이다. 정통성에 자신 없는 지배자가, 권력에 반하는 생각들이 번지는 것을 막기 위해 자행하는 무리수다. 믿음 없는 사회에서나 벌어지는 일이므로, 금서는 사회 성숙도와 문화 수준을 가늠하는 지표가 된다.

금서의 역사는 거칠고 이유도 옹색하다. 서양의『일리어드』나『오딧세이』는 신을 모독했다는 이유로 금서가 됐다.『보바리 부인』은 불륜을 저지른 후 더 아름다워졌다는 표현 때문에,『젊은 베르테르의 슬픔』은 자살을 옹호하고 미화했다는 이유로 금서라는 멍에를 썼다.『유토피아』
를 쓴 토마스 모어는 교리에 어긋난다며 사형까지 당했다. 진시황은 통
치 체제 유지를 위해 '분서갱유'했고, 노자의『도덕경』도 당대 지배 이념
에 비추어 볼 때는 이단이었다.『열하일기』를 쓴 박지원은 정조 임금으
로부터 문체를 바르게 쓰라는 어명을 받았다. 맑스 베버는 우파임에도
'맑스'라는 이름 때문에 금서로 지정되는 해프닝을 겪었다. 군사독재 정
권 시대에 횡행했던 작가에 대한 검열이나 박해는 옛날의 사문난적斯文
亂賊을 떠올리게 한다. 그래서인지 금서라는 단어에서는 피 냄새가 난
다. 힘센 자의 밀어붙이기, 우리 역사 속에서 반복되었던 갈등과 투쟁
은 금서를 통하면 알 수 있다. 조선의 지배 이념인 성리학적 질서에 반
기를 들었던『정감록』의 경우, 체제 전복이나 폭력 투쟁에까지 이르지
않았는데도 백성들의 소망을 파악했기 때문에 조정은 무서웠을 것이
다. 지배자의 두려움은 금서를 낳는다.『태백산맥』은 빨치산을 다루었
다는 이유로,『백석 시집』은 시인이 월북해서,『오적』은 부패한 정치세
력을 비판했기 때문에,『조선책략』,『금수회의록』,『전환 시대의 논리』도
권력자의 눈 밖으로 내쳐졌다.

사람을 감옥에 보낼 수 있어도 사상을 가둘 수는 없다. 책은 불태워
막을지라도 사유를 막을 재간은 없다. 책의 사활을 결정짓는 것은 지배
자의 뜻이 아니라 책 자체의 품격이다. 인간의 DNA 안에 자유를 갈망
하는 창작 욕구가 내재되어 있는 한, 금서가 설 자리는 없다. 금서로 지
정되기만 하면 훗날 필독서나 베스트셀러 같은 명저가 되는 걸 보면,
금서를 쓴 작가는 당대의 불온한 문제를 가장 정확히 꿰뚫어 보는 혜안

을 지녔는지도 모른다.

반대의 경우라 해도 마찬가지다. 독재 권력에 야합했다 해서, 친일 경력 때문에, 향락과 퇴폐를 조장했다고 해서, 우리와 사상이 다르다는 이유로 금서로 묶을 수는 없다. 정조대를 채운다고, 사람의 욕망까지 가둘 수 있으랴. 사상을 가둘 감옥은 없다.

카프카는 낮에는 법률고문으로 일하고 퇴근하면 밤늦도록 남몰래 글을 썼다. 그러나 「변신」을 비롯한 그의 걸작들은 '부르주아의 불필요한 절망의 문학'이라는 이유로 금서 조치당했다. 카프카의 도시, 프라하에 그의 문학을 기리는 기념관과 박물관 같은 유적지가 있다는데 갈 수가 없었다. 프라하의 봄에 소련군 탱크를 막아선 시민들의 무대였던 바츨라프 광장까지는 일반적인 계획에 있었으므로 가 보기는 했다. 하지만 꿈에서도 어른거렸던 카프카 유적지는 일정 속에 없었다. 내가 가고 싶다고 해서 계획을 바꿀 수 있는 계제가 아니었던 탓에 들숨 날숨 참듯 욕구를 눌러 앉히며 연수단 꽁무니를 따라다녔다.

천년의 중세 도시 프라하는 오롯이 카프카의 도시라 믿었는데, 카프카를 만나지 못하고 그의 육필 원고를 볼 수 없으니 아쉬웠다. 가도 그만 안 가도 그만 아닌가, 다음에 와서 꼭 가 봐야지, 대충 넘기려 하는데 그럴수록 더 생각났다. 인파로 일렁이는 프라하성과 까를교, 블타강변을 거닐면서도 카프카의 유적 앞에서 사진 한 컷 찍지 못한 채 훗날을 기약해야 하느냐 싶어 안타까웠다. 카프카의 도시에서 답답하고 부조리하고 암울한, 카프카적 인간이 되고만 셈이었다.

동행했던 미술 교사가 안내해 줬던 아르누보 양식의 개척자라는 알
폰스 무하의 그림으로 허기를 달래려 했지만, 성에 찰 리 없었다. 드보
르작이나 레오시 야나체크의 음악도 위안이 되지 못했다. 온전히, 카프
카 때문이었다.

비 온다

비가 멎고 햇살 비칠 줄 알았는데 아침에 일어나 보니 비가 또 내린다. 예기치 않은 보너스를 받은 기분이다. 비 좀 그만 와라, 이제 지겹다고 남들은 짜증을 낼지라도 비 오는 날은 축제 기간 같다. 약물에 취한 듯 사지 육신에 힘이 빠지고 살갗 모공이 오므라들면 신경도 낮은 데로 가라앉는다. 수십 개의 그물을 던져두고 되감아 올리는 것 같던 장맛비도 이제 막바지인가 보다. 하늘은 흐려 보이지 않고 구름만 자욱해도 길을 떠나고 싶다. 내 고향 영광 바닷가는 가깝다. 걱정할 것도 없이, 바다는 그 자리에 그대로 있다. 바람이 불든 비가 내리든 바다는 그대로다. 태풍이 온다는 예보에도 바다는 변치 않는다.

바람이 분다. 빗물은 바람을 이기지 못하고 흩날린다. 물보라로 부서지는 빗줄기가 힘들어 보인다. 비는 제 뜻대로 내리지 못하고 진종일 바람에 시달리고 있다. 빗소리에 놀라 잠 못 이루는, 이 순간 어딘가에서 빗물과 싸우고 있을 사람들을 생각하면 죄악이다. 빗소리에 취해 일상의 일탈을 감행하고 싶다는 한심한 소리를 해댈 수 없다. 저급한 서푼

어치 싸구려 감상에 젖어 소주잔 기울이고 있을 그 시간에, 세상과 단절된 채 빗물을 상대로 사투를 벌이는 사람들이 있다. 논과 들에서 알곡과 열매가 튼실하게 영글기에는 지나치게 많은 비가 내렸다. 중앙 재해대책본부의 집계에 따르면 재난에 가깝다. 한반도 기후 변화로 장마철이 아닌 기간에도 폭우가 내릴 수 있다고 경고한다. 세상천지가 비에 시달리고 상처받았는데, 그놈의 저열한 낭만 따위를 끄집어 내려 하는가. 창밖을 보니 양궁장 일대 네온사인이 물빛에 잠겨 얼룩져 있다. 창문을 슬쩍 열었더니 비와 관련된 기억이, 튀는 빗물에 섞여 들어온다.

다들 그랬겠지만 내 어린 시절도 배고팠다. 동네 아이들과 칡을 캐 먹겠다고 쏘다녔는데 칡은커녕 나무뿌리에 묻은 흙을 털어먹었다. 황토를 손바닥에 올려놓고 후후 불어먹으면 입안이 까칠해졌고, 펌프 물을 길어 물배를 채우기도 했다. 초등학교 3학년 때까지 대성학교 관사에서 살았는데 그때가 오래도록 기억에 남아 있다. 살아 있는 동안 잊히지 않을 모진 기억, 관사의 양철 지붕과 처마에 비 떨어지는 소리가 좋았다. 관사 뒤란의 수돗가와 펌프, 쪽마루에 쪼그리고 앉아 도랑으로 모여드는 빗물을 보면서 빗소리를 들었다.

대성학교 교정에 꽃들을 재배하는 온실이 있었다. 본관동 뒤편의 아름드리 플라타너스 한 그루는 태풍이 몰아쳤을 때 뿌리까지 뽑혀 넘어졌으며, 비탈을 오르면 울타리를 겸해 심어 놓은 탱자나무 숲이 있었다. 학교 후문으로 내려가는 길은 적당한 경사가 져 겨울에 썰매 타기엔 제격이었다. '로케, 로케'를 외치며 미끄럼을 탔는데, 무슨 뜻인지는 지금도 모른다.

빗소리만 들어도 불안하여 잠을 이루지 못할 이들에게는 미안한 일이지만, 비 오는 날은 언제나 좋다. 내가 사는 아파트 11층에는 비가 내려도 제대로 된 빗소리가 들리지 않는다. 베란다 홈통으로 물 흘러가는 소리는 삭막하다. 비 오는 날 보따리를 싸서 집 밖으로 나서야 할까 보다. 널따란 마당이 있고 이끼 묻은 기와가 얹힌 한옥에서 활엽수 나뭇잎에 부딪히는 빗소리를 들으며 포근하게 잠들어 보는 것, 그딴 게 소원이라면 사치인가. 인공의 교량이어도 좋다. 다리 위에 잠시 서서 우산을 접어 버려도 무슨 상관인가. 강 안 깊숙한 곳부터 불어난 물살을 바라보며 교각 위에 오래도록 서 있을 때 고만고만한 고민의 무게도 강물에 던져 떠나보낼 수 있겠다.

가파른 기억의 언덕을 넘어가면, 1980년대가 나온다. 80년대라는 시기는 내게서 많은 것들을 앗아가기도 했고 살려놓기도 했다. 먹빛으로 어두워졌다가 무지개로 되살아났다. 장대비가 퍼붓던 날들은 해마다 있었을 테지만 군대 시절을 잊을 수 없다. 꿈결 같은 첫 휴가를 보내고 귀대하는 날 서울 가는 상행선 고속버스를 탔을 때 지옥으로 되돌아가는 기분이었다. 그곳으로 가지 않을 수 있다면, 하는 소망이 국방색 바리케이드 너머로 사라지던 시간인데 그러는 사이 줄창 비가 내렸다. 부대 주둔지가 있는 파주 금촌까지는 긴 시간이 소요되었다. 한강물이 무섭게 불어나더니 다리들은 위험수위 제한 표고에 자신을 방치했다. 부대로 가는 도로가 유실되어, 길을 걷는 건지 강을 건너는 건지 분간하지 못했다. 비는 모든 교통수단을 무력하게 했고 결국 귀대 시간을 넘기고 말았다. 미귀자로 처리되리라는 불안감에 시달린 나머지 위병소를 통과할 때 쓰러질 지경이었다. 한밤중 찾아간 부대는 군기 빠진 쫄병 하나를 기다리고 있었다. 비와 관련해서 부대에 복귀한 뒤 받았던 폭력의 기억은 돌이키고 싶지 않다.

1987년의 여름도 기억한다. 아침부터 비가 내렸고 막 연애를 시작했던 여자 후배를 만났다. 누가 먼저 제안했는지 모르겠지만 강변으로 가자고 했다. 108번 버스를 타고 나주 남평으로 갔다. 여닫이문을 밀치고 들어간 허름한 대폿집에서 드들강이 내려다보였다. 막걸리를 마시며 지금은 기억하지도 못할 얘기들을 시시콜콜 나누는 동안 다리를 덮칠 듯이 불어나는 강물을 보고 있었다. 비를 마음껏 즐긴 셈이었다. 장대비로 퍼붓는 빗줄기는 이리저리 안개를 몰고 다니며 강가를 부유했고 빗소리도 장쾌했다. 설레는 청춘 남녀는 엄청난 비의 기세에 아랑곳하지 않고 시야에 펼쳐진 드들강의 장관을 안주 삼아 마시고 또 마셨다. 날이 저물 무렵이 되어서야 드들강 다리가 잠길 듯한 기세로 떨고 있다는 걸 깨닫고 자리에서 일어섰다. 그녀를 지원동 집에 바래다주고 22번 시내버스를 타고 귀가했다.

이튿날 아침, 풀린 눈으로 TV 뉴스를 보았다. 놀랍게도 전국적인 집중 호우로 인해 수많은 사람이 죽어 나간 화면을 특집으로 보도하고 있었다. 내가 비를 즐기고 있었을 그 시각에 어떤 이들은 생존을 위한 사투를 벌이고 있었다는 사실을 알게 됐다. 내가 즐겼던 빗물이 그분들께는 생사를 가르는 공포였던 것이다. 그 후로도 비 오는 날이면 그날이 생각난다. 한정 없는 감상에 젖다가도 가만 고개 숙일 수밖에 없는 이유다.

여전히 비가 내린다. 살아온 날들 동안 비를 맞은 것처럼 앞으로 살아갈 날들도 어김없이 비를 맞을 것이다. 비만 오면 일상의 모든 것을 던져 버리고 삶의 저편으로 이주하고 싶은 오래된 지병도 나이와 함께 고쳐져야 할 텐데, 대책이 없다.

가만 놔둬도 흘러가는 건 시간, 저절로 하루가 저물기를 기다려 빗소리 들리는 집을 찾으면 된다. 낙숫물 떨어지는 소리가 들리는 곳에서 맑은 잔 안에다 서로의 얼굴을 담고 번잡한 마음이 반듯하게 비치도록 나누어서 한 잔씩 마시면 된다. 비에 젖고 취기에 젖어가는 시간, 투명한 소주잔에 빗물이 한두 방울 튀어 섞여 들어간다 해도 괜찮다. 빗줄기가 굵어지면 다음 장소로 발걸음을 옮길 테고, 택시 승강장에서 어깨를 적시는 밤비를 우산 따위로 가릴 것도 없다. 도무지 귀가를 서두르지 않는, 태평한 사람들에게도 비는 평등하게 내릴 것이다.

금호타이어

5·18 전야제인 오늘, 금호타이어 광주공장이 불타고 있다. 저렇게 큰 공장이 모조리 불타 버리다니, 밑불이 되어 가슴 안에 요동치는 공포의 시간이 언제 끝날지 모르겠다. 광주라는 공동체 울타리 안에서 보면 뉴스 화면 속에서 불타고 있는 공장은 먼 산 너머 남의 불행이 아니다. 생애에 다시 오지 않을 비극의 순간을 시민들 모두가 나누고 있다.

어렸을 때부터 나는 스포츠를 좋아했다. 앨범에서 사진들을 떼어내고 거기에다 스포츠 스타들의 사진들을 채워 넣었다. 한국화장품의 여우 김재박과 제일은행의 구레나룻 김우열, 지옥에서 온 저승사자 헥토르 카라스키야를 4전 5기로 물리친 홍수환, 왼손만 써서 따낸 염동균의 챔피언 벨트, 체조 요정 나디아 코마네치의 착지 장면, 그 속에 이회택, 차범근도 있었다. 수레 거車라는 한자를 배울 때 차범근의 존재가 맨 먼저 떠올랐다. 스포츠에 미친 사람들은 지식이 낮고 사고가 단순한 사람들이라고 비난해도 좋다. 해태 타이거즈가 우승했을 때 금남로에서 카

퍼레이드를 했는데 자전거를 타고 금남로로 달려가 그들을 따라다녔다. 교직 초년 시절에 아이들에게 '프로야구=망구亡球'라는 등식을 정권의 3S 정책과 연계해 가르쳐놓고도 아직도 프로야구에서 눈을 떼어내지 못하고 있다.

스포츠에 열광하는 이면에는 광주 사람이라는 공동체 정서가 깔려 있다. 2002 월드컵 스페인 4강전이 광주에서 열렸다. 무적함대 스페인 제국을 멸망시키려면 나 같은 일개 시민이 광주를 위해 할 수 있는 무엇일까 고민했다. 교통 체증을 걱정하는 대회 조직위의 유도에 따라 사흘간 승용차를 타지 않고 걸어서 출퇴근했다. 이심전심의 연대 의식이 광주의 거리에 퍼져 있었다. 마침내 스페인을 무너뜨리고 세계 4강이 확정됐을 때 붉은색 티셔츠를 입은 채 얼굴에 태극무늬를 페인팅한 시민들은 믿기지 않는 감격을 나누며 서로 얼싸안았다. 광주 사람들이 한데 모여 열광하던 모습을 금남로는 기억할 것이다. 금남로에 넘쳐나던 시민들의 연대 의식, 나도 그 안에서 목이 쉬도록 함성을 지르고 다녔다. 나 혼자 사는 세상이 아니고 이웃과 시민들이 함께 사는 도시가 광주였다.

시민으로서의 연대를 실감 나게 하는 공간은 단연 야구장이었다. 새 봄을 넘기고 여름으로 접어들 무렵이면 과거 공설운동장에서 무등경기장으로 이어졌다가 지금은 챔피언스필드로 바뀐 야구장으로 시민들이 모인다. 아이스께끼를 입에 물고 단체응원했던 중학생 때나 캔 맥주를 마시며 기아 타이거즈를 응원하는 지금, 야구장은 같은 자리에 있다.

해적판 신동엽 전집을 옆구리에 낀 채 유동에 있던 중앙고속 터미널 앞에서 구두를 닦고 서울로 떠났을 때 투박한 전라도 억양과 함께 흘려보낸 취기들도 광주 것이었다. 세월은 바람이 되고 안개가 되고 이슬이 되어 녹아 없어진 줄 알았더니 이제야 지친 걸음을 멈추고 광주로 되돌아왔다. 그때나 지금이나, 세월이 흐르는 동안 변하지 않는 딱 한 가지는 불경기가 오래간다는 것이다. 이 지경이 될 때까지 힘겨운 눈물과 땀이 시민들의 일상에 스며들어 있다. 그렇더라도, 주말이 되면 쉽사리 찾아가곤 했던 야구장이 있었다. 시가지 전역의 식당과 술집에서 타이거즈 야구가 중계되고 흥청망청 아니어도 좋으니 공 하나에 환호하며 요란을 떠는 소비가 이루어지길 원했다.

불경기 타파에 동참하려던 시민들의 의지가 무색하게, 문 닫은 가게가 늘어나고 있다. 옛 영화는 고사하더라도 한산해져 버린 상권에서 높아가는 공실률이 가슴 한구석을 무겁게 한다. 시민들은 서로를 믿고 도울 수 있을까. 정의와 인권을 목숨처럼 중시하는 사람들이 사는 도시, 어느 도시보다 공동운명체라는 말이 어울리는 도시인데 지역 경제가 다 죽어 버렸다. 엎친 데 덮친 격으로 전라도 경제의 중심이었던 금호그룹이 온전하지 못하다. 수영에 익숙하지 못한 사람을 막무가내 물로 끌어들여 공동운명체를 외친다. 자꾸만 수면 아래로 자맥질하는 사람에게 우린 한 가족이라는 외침은 지푸라기 낟가리보다 못하다. 잡아 봤자 아무 소용 없이 끊어져 버리는 허무의 끄나풀을 붙잡고 살아왔는데, 이게 무슨 잔인한 형벌인가. 금호타이어 공장이 불타고 있다. 공장이 전부 타야만 불이 꺼진다고 한다.

한때 재계 7위까지 올라섰던 호남 대표 재벌 기업인 금호아시아나 그룹. 모기업의 무리한 M&A와 워크아웃으로 유동성 위기에 시달리다

가 2018년에 금호타이어 최대 주주가 중국 더블스타로 넘어가고 말았
다. 1960년대에서 1970년대까지 삼양타이어였다가 1978년 금호타이
어로 바뀐 뒤 승승장구했던 회사였다. 곡성과 평택에도 공장이 있지만
그래도 금호타이어는 광주의 품에 안겨 있고 광주가 지켜보고 있는 가
운데 성장한, 광주의 가족이었다.

광주에 사는 사람 중에 금호그룹과 관련되지 않은 이가 거의 없다.
언필칭 '현대시'라고 할 만한 울산 정도는 아니더라도 금호는 광주의 상
징 같은 기업이 분명하다. 내 형과 누이, 그리고 매형이 금호에서 주는
급여를 받으며 살아온 적이 있었고 지금도 큰조카가 금호의 회사원이
다. 광주 모든 학교와 학급에서도 금호그룹을 다니는 부모의 아이가 반
드시 몇은 있게 마련이었다. 금호는 광주를 먹고 살게 하는 지역 경제
의 젖줄이자 산소 탱크였다. 그랬는데, 오너의 독단과 욕심이 그룹을
유동성 위기로 휘청거리게 하더니 대마불사 신화도 깨질 판국이다. 총
수의 과욕과 고집을 막을 방법이 1도 없는 오너리스크의 대표적 사례가
되고 말았다.

불타는 금호타이어 광주공장을 어찌하랴. 이 기회에 함평 월야에 추
진 중이던 빛그린 산단 부지로 공장을 이전하여 전화위복으로 삼자는
계획도 대두되겠지만 어떻게 될지 모르겠다. 유럽 공장 신축을 반대해
왔던 노조는 공장이 불타 없어졌는데 고용 불안 위기를 극복이나 할 수
있을지 불안에 떨고 있다. 노조에게 회사의 지침을 반발한 힘이나 남아
있겠는가. 1994년 노사분규 총파업이 났을 때 매형이 걱정돼 송정 공장
회사 앞까지 갔던 적이 있었다. 엄청난 파워를 내세운 노조가 야적한

폐타이어에 불을 지른 탓에 검은 연기가 밤하늘을 뒤덮고 있었다. 아 옛날이여, 다 지나간 이야기들이다. 밤하늘을 붉게 물들이던 그때의 불기둥이 아니다. 지금은 금호타이어 공장 전체가 실제로 불타고 있다.

금호타이어가 쓰러지면 지역 경제는 어찌 될까. 숱한 하도급 업체들이 줄도산을 당할 테고 그러다 보면 갈고리로 엮인 고통이 쓰나미처럼 몰아닥쳐 지역을 강타할 것이다. 누구의 책임인가를 따져 물을 때 당연히 책임 경영자의 오판과 무능 때문이라고 답하는 것이 지당하겠지만, 그래 봐야 무슨 소용인가. 뉴스 화면에 비친, 불타는 공장을 지켜보고 있는 한 노동자의 바싹 마른 입술이 마음에 걸린다. 이제는 거리로 밀려날 수밖에 없고, 싸워서만 될 일도 아닌데 어떻게 해야 하나. 척박하기만 한 경제 구조는 여전히 이 모양이니, 움켜쥔 주먹만큼은 아직도 풀 수 없는 것인가. 5월 17일 밤, 침울한 오월 광주다.

죽어도 가기 싫은 곳

한국 대중음악 최초로 미국 빌보드 싱글 차트 1위에 올라 K-POP의 위상을 세계만방에 떨친 7인조 보이그룹 BTS는 명실상부한 세계 최정상의 아티스트다. 눈에 넣어도 아프지 않을 그들이 유엔총회에서 전 세계를 향해 연설했을 때 '한국은 지난 60년간 두 가지의 큰 업적을 이루었는데, 하나는 민주화와 경제 발전이고 또 다른 하나는 BTS를 배출한 것이다'라고 했던 어느 외국 외교관의 말처럼 BTS는 누구도 대신하지 못할 국위 선양을 했다. 그룹 멤버 모두가 병역의무를 해결해야 할 20대였던 터라 면제 혜택을 줘야 한다는 여론이 들끓었다. 비인기 종목이어도 아시안 게임 금메달만 따도 주어지는 병역 혜택인 만큼 그럴 법했지만, 결국 그들 모두 군에 입대했다. 진과 제이홉부터, 지민과 정국의 군복 입은 모습은 국민을 매료시켰고 마지막으로 사회복무요원이던 슈가까지 소집 해제됨으로써 전원이 군 복무를 마쳤다.

오래전, 국내에서 최고의 인기를 구가하던 가수 유승준이 병역을 회피하여 미국으로 도주한 뒤 '스티브 유'라는 미국 사람으로 살기를 선택했을 때 우리 국민은 망설임 없이 등을 돌려 버렸다. 세월이 흐른 지금까지도 어떤 꼼수를 부려 몸부림친다 한들 그를 용서하지 않는다. 그와 반대로, 영화배우 현빈처럼 해병대에 복무하다 나오면 더없이 멋있어지는 건 당연하다. 가수 남진도 최고의 전성기에 해병으로 월남전에 참전했고 '악뮤'의 천재 뮤지션 이찬혁도 해병대에 자원하여 군 복무를 이행했다. 돈과 권력을 쥔 특권층의 아들이거나 대중의 인기를 생명줄처럼 여기는 연예인들이 병역의무를 피하려다 들통났다는 뉴스보다야 좋았다는 말이다.

고백하고 말 것도 없이, 군대는 가기 싫은 곳이다. '죽어도'라는 말을 붙인다 해도 어색할 게 없다. 임순례 감독의 영화 〈세 친구〉에서였던가. 남들도 모두 안 가려고 하는 군대를 내가 왜 가야 하느냐며 자신의 어깨 빗장뼈를 친구에게 각목으로 내려치게 하는 장면이 나온다. 입대를 앞둔 남자라면 한 번쯤 도모해 보려 했을지 모르겠다. 어떻게 하면 군대에 가지 않을 수 있겠는지를.

나부터 그랬다. 고등학교 시절 교련 교과목이 불편했고 대학에 들어간 뒤 원치 않아도 수행해야 했던 병영 집체교육이나 전방 입소 훈련이 싫었다. 입시 과목에 매달려야 하는 요즘 아이들은 알 턱이 없겠지만 예전에는 교련이라는 교과가 있었다. 고3 수험생들마저도 군대식 열병을 받아야 했고 공설운동장에서 도청 앞까지 군사 행진을 해야 했으며 그걸 준비하느라 봄날 운동장의 뙤약볕 아래에서 전교생이 집합하여 집총 총검술 훈련을 받아야 했다. 우리 학교만 그랬던 것이 아니라 유신 시대를 보냈던 전국의 고등학생들이 그걸 했다는 말이다. 그즈음 겪었던 군사문화 시절의 광포한 기억을 되새기다 보면 문득 어떤 장면 하나가 떠오른다.

고등학교에 입학한 뒤 얼마 지나지 않아서였다. 교련은 호기심과 두려움이 교차되는 시간이었다. 중학교 때까지의 교육과정에서는 만날 수 없었던 교련이라는 시간에는 반드시 교련복을 입어야 했다. 그 시절의 교련복이란, 무르팍이 도드라지도록 입다가 구멍이 숭숭 뚫어져야만 버려야 했던 이소룡 츄리닝에 비할 바가 아니었다. 대학생들이 곧잘 입고 다니는 교련복을 입어야만 정식으로 고등학생이 된 인증서 같은, 그리하여 옷이 없는 가난한 학생들은 교련복만 입고 등하교했고 거리를 활보했다.

첫 교련 시간을 맞이했는데 긴장 때문에 견딜 수 없었다. 빳빳하게 다린 군복 차림에 검정 선글라스를 쓴 장사남 교련 선생님이 철제 구령대에 올라서 있었다. 과장 섞인 동작이었지만 태권도 앞발 차기와 쩌렁쩌렁한 고함에 주눅 들지 않을 수 없었던 살벌한 분위기에서, 4열 횡대로 줄을 선 채 바짝 쫄아 있던 우리는 복장 검사를 받았다. 교련 선생님이 맨 처음 우리에게 실천을 요구한 것은 관등성명과 복창이었다. 이런저런 지적을 당하면 '시정하겠습니다!'라는 복창을 질러야 했다. 삐뚤어져 있는 요대와 바클을 슬쩍 지적하고 지나갈 때 힘껏 '옛, 34번 정강철!'을 힘차게 복창한 후에 '시정하겠습니다!'를 큰 소리로 외치면 됐다. 두발, 운동화의 색깔, 각반 상태를 점검할 때마다 우리는 '시정하겠습니다!'를 젖 먹던 힘까지 끄집어내어 외쳤다. 거의 모든 친구가 크고 작은 꼬투리라도 잡혀 '시정하겠습니다'를 외치고 있었다.

그 자리에, 한 친구가 있었다. 시골 중학교를 졸업한 뒤 청운의 뜻을 품고 향토 장학금으로 무장하여 광주로 유학을 온 촌놈, 나에게 가난한 유학생의 자취방이 어떤 모습인가를 처음으로 보여 준 친구 임정기였다. 그는 무슨 연유인지 얼굴의 한쪽에, 입가의 바로 곁, 그러니까 볼우물이 있는 부분에 깊은 흉터가 나 있었다. 불기운에 덴 것 같기도 하고 어찌 보면 꿰맨 자국 같기도 한, 누구의 눈에라도 쉽게 띌 수 있는 상처였다. 선생님은 그냥 지나치지 않고 그걸 물었다. 얼굴의 상처를 손으로 가리킨 채 울려 퍼진 선생님의 목소리, 특유의 군대식 어투였다. 이 흉터는 뭐야? 왜 이러나? 그 순간 벼락같이 내지른 친구의 대답, 옛! 시정하겠습니다!

집체적 강압이 강요하는 명령의 총체가 군대라면 이를 거부하지 않고 순치되어야 하는 대상이 군인이다. 그러므로 군대 생활해야 하는 군인은 필연적으로 괴롭다. 기상나팔 소리에 침상을 박차고 나가 구보로 시작하는 일과를 매일 똑같이 반복하다 보면 얻는 것도 있었다. 병약하기만 해서 한여름에도 감기를 끌고 살았던 내가 군대 생활을 마치고 난 후 한겨울에도 감기 한 번 걸리지 않을 만큼 건강해졌다. 반팔 러닝셔츠 차림으로 겨울을 지내게 됐고 겨울에도 더운물보다 찬물이 좋아졌다. 규칙적인 생활 습관과 팔도 사나이들과의 전우애를 알게 된 나는, 대한민국 육군의 강압적 틀 안에서 새롭게 개조된 사람이었다. 이 세상에 힘들지 않은 게 없다는 것을 군대 생활하며 배웠다. 세상은 그리 만만한 곳이 아니라는 것 역시 군대가 가르쳐 줬다. 국가대표 선수가 태릉 선수촌에 입촌하여 경기력 향상을 위해 땀을 흘리는 것처럼 군대는 몹시 불편한 조건을 제시하며 그걸 이겨낼 것을 강요한다. 쉬고 싶고 편안한 길로만 가고 싶은 마음이 왜 없겠는가만 그까짓 군대 생활쯤 견디지 못하고서야 사회에 나오면 무슨 일을 할 수 있겠느냐, 뭐 그런 매몰찬 도식이었다.

그렇다고 군대가 마초적 남성성만 극대화되었던 시절만은 아니었다. 고향에 두고 온 가족과 친구들, 애인이 군인의 혈액 속 피돌기를 따라 배회했다. 그럴 때는 한없이 약해빠진 감성으로 바뀌어 밤하늘의 별을 헤아리다가 종이비행기가 되어 날고 싶어 한다. 고향에서 오는 편지를 기다리다 못해 우편배달부가 되어 세상의 온갖 사연을 전달하는 메신저를 꿈꾼다. 군사우편은 꽃 배달 서비스처럼 아름다움으로 치장한 것만은 아니다. 김남주, 서준식, 신영복, 박노해의 옥중 서신 같은 사연도 있을 터, 산이라면 넘어 주고 물이라도 건너야 할 편지, 꾹 눌러쓰는 펜 끝에 그리움의 묘약이 묻어 있는 손편지가 민들레꽃처럼 피어난다. 요즘 MZ 군인들이 손편지를 쓰는지 모르겠다. 핸드폰 카톡 세상이지만 손편지의 즐거움은 있다. 헤비메탈과 강한 비트의 전자음악이 판을 치는 세상에서 언플러그 통기타 음악의 신선함이 있는 것처럼 제약 많은 군인이니 더 그럴 수 있다. 잉크를 묻힌 펜촉으로, 설원에서 불어오는 눈바람을 쓸어내고 더운 콧김을 내리 뿜으며 라라에게 편지를 써 내려가던 유리 지바고의 필기체 글씨가 담긴 봉투, 겉봉투에 우표를 침 발라 붙이고 빨간 우체통에 집어넣는 모습은 눈이 시리도록 아름답다. 자전거 페달을 힘차게 밟는 마리아 루뽈로는 향기를 실은 군사우편을 파블로 네루다에게 배달한다. 푸른 제복의 청춘이 고향 땅의 그리운 여인에게 가슴을 졸이며 불러주는 애타는 사랑의 연가가 편지에 담겨 있다. 전쟁으로 찢기고 조각 난 서러운 조국, 조국을 지키자고 떠나야 했던, 스무 살 청년의 기막힌 생이별의 뒷이야기가 종이비행기로 날아간다. 이념도 차별도 멈춘, 저 평등과 평화의 비무장지대로 날아다닌다.

남자들끼리 나누는 대화 중 군대 이야기만큼 흥미로운 게 없다. 갓 제대한 예비군부터 중장년층이 되어서까지, 비록 방위병으로 복무했더라도 해병대나 특전사 출신들이 치렀던 고생에 비해 부족하다고 물러설 리 없다. 임진강 푸른 물을 바라보며 어머니 생각에 눈물지었던 나약한 감상 따위는 깊숙이 감춰 둔 채 이름조차 가물가물한 그때의 전우들이 전라도 경상도로 나뉜 지역감정의 덧칠을 통해 무용담이 되어 터져 나온다. 점호, 취침나팔, 빗속의 연병장에서 벌였던 군대스리가 축구 시합, 바리깡에 뽑힌 머리털, 부대장 관사 싸모에 관한 야릇한 소문, 시간은 서둘러 지나가 버려야 할 대상이었을 뿐 가련한 청춘이 '동작 그만'으로 멈춰 있기를 소망했던 시기였다.

나의 의사와 상관없이 끌려온 군대였다. 논산훈련소에서 훈련병 시절이 끝나갈 무렵, 동기들의 최대 관심사는 전국의 어느 부대로 배치받느냐의 여부였다. 후반기 주특기 교육생으로 선발된 동기들이 하나둘씩 떠나던 무렵, 나를 포함한 훈련병 십수 명이 기이한 부대에서 나온 면접관들에게 호출당했다. 계급장도 명찰도 없는 희한하게 생긴 군복을 입은 요원들은 군인답지 않은 더벅머리 장발이었다. 입대하기 전 대학 생활에 관한 질문에 몇 가지를 답하고 면접이 끝났는데 돌아와서 보니 면접에 호출당한 대상자들의 공통점이 있었다. 고졸자가 다수였던 동기들 기수 중 대학 재학생들만 불려 갔다는 것과 결과를 보니 유일하게 나만 탈락하고 전원 면접에 통과하여 모종의 부대로 떠났다는 것이다. 들리는 말을 정리해 보면 그 부대가 바로 보안대였다. 나중에 첫 휴가를 나와서 보니 내가 입대한 후 아버지께서 근무하시던 시골 학교에 정보과 형사가 찾아와 신원조회를 해 갔다는 얘길 들었고 입대 직전까지 학내 문학 서클 회장을 맡고 있었던 점과 집안 내력 등이 얽혀 보안대에서 탈락했다는 사실을 알게 됐다. 안타까웠다. 보안대에서 편하게 군대 생활할 수 있었는데, 전방에서 힘들게 생활하던 내내 아쉬웠으나, 그게 전화위복이 되었다는 사실을 당시에는 알 수 없었다. 전역하면서 만났던 동기들이 전해 준 말이, 보안사로 갔던 동기들이 경향 각지의 보안대에서 근무하는 동안 일반 대학생들과 똑같이 대학으로 되돌아가 생활했다고 했다. 나중에 엄청난 이슈로 대두된, 보안사 학원 프락치 활동이 그것이었다. 나도 하마터면 보안대에서 복무하는 동안 학원가의 동향을 파악하고 사찰하는 프락치 활동을 했을 수도 있었겠다 생각하니, 인간사 새옹지마, 지금 생각해 봐도 소름이 돋고 등골이 오싹하다.

논산훈련소에서 배출된 나는 제발 후방으로 가게 해 달라 빌었지만 정작 의정부 306 보충대를 거쳐 서부전선 최전방 임진강 경계의 포병 부대로 배치되었다. 아이러니하게도 군대에서 가장 많이 배운 것은 술이었다. 지금도 그러는지 모르겠지만 그 시절의 군대 문화를 돌이키다 보면 술을 빼놓고 말할 수 없었다. 입대 전에는 소주 한 병에 알딸딸해졌던 주량이 군대를 거치는 동안 잠재력이 개발된 영재처럼 엄청나게

늘어 버렸다. '폴라포 그레이프'라는 얼음과자를 소주에 섞으면 냉장고
가 없던 그 시절에 시원하게 얼린 포도주가 되었다. 2개월 선임이었던
한 병사와 목숨도 나눌 것처럼 친하게 지냈는데 촉매가 바로 술이었다.
그가 근무하는 취사반에서 부식 창고에 짱 박아 둔 소주를 빼내와 맨날
마셨다. 어느 날은 뱀을 잡아 소주 됫병에 집어넣고 둘만 아는 산속 장
소에 파묻었다. 신령스러운 뱀술을 전역할 때가 되면 기념으로 마시자
고 약속했는데, 대학 교련 교육으로 3개월 단축 혜택을 받는 내가 고졸
인 그보다 먼저 전역하게 되었다. 그가 마지막 휴가를 가 있는 동안, 나
는 전역을 앞둔 말년을 보내고 있었다. 전역 파티가 있었고 준비한 술
을 다 마시고 이제는 더 마실 술이 없다는 사실을 알게 된 후 땅을 파서
뱀술을 빼내어 마셔버렸다. 휴가에서 돌아온 그에게 사실을 고했는데
실망과 원성을 있는 대로 들었고 헤어지기 전까지의 마지막 며칠 동안
원수처럼 지내야 했다. 그리고 세월이 지난 뒤 충북 제천까지 그를 찾
아가 군대에서 함께하지 못했던 뱀술의 몇 배를 보태어 마시는 것으로
회포를 풀었다.

　　세월이 흘러도 끝나지 않는다. 종신토록 지워지지 않을 트라우마,
야만의 기억들은 쉬이 사라지지 않았고 심지어 꿈에서까지 나타나는
시기가 있다. 복무 기간을 마치고 분명 제대했던 몸인데도 여전히 푸른
군복을 입고 뺑뺑이를 돌고 있다. 사람 환장할 노릇이지만 어쩔 수 없
다. 꿈이지 않은가. 지나간 청춘을 보상받고자 하는 것은 아니다. 그런
다고 해서 절해고도 같았던 서부전선에서 철조망에 철모를 기댄 채 박
봉우의 「휴전선」을 외며 시간과의 사투를 벌였던 처절한 날들이 되돌아

오겠는가. 이등병의 여린 가슴에 칼금을 그은 채 고무신 거꾸로 신고
떠나 버렸던 옛 애인이 되돌아올 수 없는 것처럼.

　양심적 병역 거부에 관한 찬성 판결로 찬반양론이 거세게 일었던 적
이 있었다. 폭력과 살인에 반대하는 개인의 신념과 자유가 소속 집단의
억압과 규제보다 앞서야 한다는, 지극히 인권 옹호적인 따스함이 우러
난 판결이었지만 도처의 반대론자들이 두부장 끓듯 반발했던 게 사실
이다. 우리가 어떤 나라에 살고 있는가. 당선이 유력해 보였던 지지율 1
위의 대통령 후보가 아들의 병역 문제 때문에 대권의 야망을 두 번씩이
나 접게 했던 나라 아닌가. 내기 싫은 세금이어도 반드시 내야만 하듯
병역은 마땅히 지켜야 할 의무인데 양심적 자유로 세금을 내지 않겠다
고 떼를 쓴다면 이를 용인할 수 있냐는 거다.

　요즘 군대가 좋아졌다고 하지만 인신을 속박당해야 한다는 본질은
그대로일 것이다. 죽어도 가기 싫은 곳이긴 하지만 기왕에 가야 한다
면, 오래도록 길들인 야만의 시스템을 근본부터 고쳐야 한다. 아들을
군대에 보내고 나서야 새삼스럽게 부모의 입장을 실감하게 되었다는
사람은, 교통 단속에 걸렸을 때 경례를 붙이며 다가오는 의경에게 이제
는 큰소리를 치거나 실랑이를 벌이지 못하겠더란다. 군대에 간, 아들
생각 때문에.

　동서고금의 인류 역사에서 전쟁으로 인해 벌어지는 인간 말살, 경제
적 피해, 사회적 혼란 등의 참혹한 결과야 헤아리기도 끔찍하지만, 아
직도 우리는 전쟁의 공포에서 벗어나지 못하고 있는 게 현실이다. 지금

까지 멸망한 국민 국가 60개국 중 50개국이 전쟁의 패전으로 인해 사라졌다. 현재도 러시아와 우크라이나, 이스라엘과 팔레스타인, 시리아와 아프가니스탄 등지에서 전쟁을 벌이고 있다. 두말할 것도 없이 우리는 세계 유일의 분단국가이며 휴전 중인 나라다.

전쟁 나면 어쩌나? 보따리 싸서 피난 가거나 사랑하는 가족과 헤어져야 하는 끔찍한 상상이 동심을 지배했던 어린 시절, 그 시절 반공 교육과 뒤엉킨 공포였는데, 임진강 부대에서 반복되는 군사훈련 도중 별다른 인과도 없이 두들겨 맞으면서 내무관 관물대에 걸린 사진 한 장에 가늠할 수 없는 미래를 맡겼던 청년 시절, 개인 화기의 차가운 금속성에 몸을 내던지고 살았던 기억, 그놈의 전쟁 준비의 기억이 숱한 세월이 흐른 지금 와서도 어쩌면 이토록 스멀스멀 살아나 나를 괴롭히는 것인지.

운명이니까

지역의 문화센터에서 주최한 '전문 직업인-작가와의 대화'라는 청소년 대상 프로그램에 강사로 초청받아 갔다. 거기에 참여하고 있는 중고생들에게 '직접 만나고 싶은 전문 직업인'을 설문했다는데 그 결과 1위가 형사였고 3위는 이름부터 매력적인 푸드스타일리스트였단다. 여기까지는 그럴 수 있다 치겠지만 놀라운 것은 2위가 소설가였다는 것이다. 믿을 수 없어서 다시 물었더니, 정통 문학 장르의 소설이라기보다 웹툰이나 스토리텔링 작가 쪽을 말하는 것 같았다.

센터를 운영하는 사람들의 표정은 밝았다. 오프닝 삼아 지금까지 살아왔던 이야기를 먼저 해 달라 요청받았는데 마땅히 할 얘기가 떠오르지 않았다. 꿈을 꿔야 할 청소년기에 자신의 적성에 맞는 진로가 무엇인지 모른 채 수능 점수에 맞춰 전공을 결정해 버렸던 선배들의 어리석음을 반복하지 말자고 했다. 학업 성적만을 좇는 공부가 전부가 아니라는 말을 강조하고 싶었는데 전후 맥락 없이 말하다가는 오해를 살 수 있었다. 아이들의 눈높이를 가늠할 수 없었으므로 질문을 받아 대답하는 방식이 나을 것 같았다.

　예상보다 많은 질문이 쏟아졌다. 소설가와 관련된 내용이 대부분이었다. 소설가가 되기 위한 수련 과정과 절차, 금전적 수입이나 미래 사회에서의 전망 등이었다. 질문하는 아이에게 내가 되물었다. 가장 최근에 읽은 소설은 무엇인가요? 학생이 대답했다. 한 편도 없는데요. 솔직한 아이였다. 그에게는 교과서에 나오는 「원미동 사람들」이나 「두근두근 내 인생」 같은 소설은, 소설이 아닌 모양이었다. 아이가 뒤늦게 생각났다는 듯 덧붙였다. 참, 인터넷 뒤져서 AI 소설이나 무협 소설은 가끔 읽어요.

　오늘 이 시간, 다른 것은 놔두어도 하나만 짚고 싶었는데 무거운 돌을 얹은 듯 가슴이 답답해졌다. 장르문학이라는 이름을 달고 활개 치는 소설들, (이런 소설들이 다 그런 것은 아니겠지만) 기존의 독법으로는 상상할 수 없는 변종 양식이 아이들의 영혼에 잠입해 있는 현실에서 어떤 말을 해야 먹힐까. 나는 생수병 마개를 따서 물을 마셨다. 특정 커뮤니티 사이트에 돌아다니는 판타지풍 소설들, 야설에 가까운 로맨스 음란물만은 되도록 멀리하고 지금 나이에 걸맞은 권장 도서를 읽자는 취지를 말하려 했다. 그랬는데 내 표정을 살피던, 학부모로 보이는 한 여성이 물었다. 아무것도 안 읽는 것보다는 그거라도 읽는 게 낫지 않을까요? 나는 망설이다가 나긋하게 말했다. 책을 읽을 수 있는 시간이 주어진 거잖아요? 백해무익까지는 아니더라도 양서를 찾아 읽을 수 있는 여건에서 굳이……. 어떤 여학생이 참지 못하고 손을 들었다. 그런 소설이 왜 나쁜 건데요? 나에 대한 완강한 반감이 그녀의 물음에서 느껴

졌다. 스마트폰이나 테블릿 같은 모바일 기기의 보급으로 문학 작품을
접하는 매체가 달라졌다는 것도 인정하지 않고 웹 소설의 서브컬쳐 장
르조차 이해하지 못하는 꼰대 아저씨로 보일 게 분명했다.

나도 모르게 목소리가 높아졌는지 모르겠다. 웬만하면 무협지를 가
까이하지 말라던 고등학교 때 독일어 선생님 말씀까지는 거론하지 않았
다. 내가 판단하는 기준, 나름의 장르적 영역이 있긴 하겠지만 청소년기
에 무익한 유해 소설을 읽으면 안 되는 이유를 조목조목 열거했다. 실제
일어날 수 없는 일들, 사실과 다른 황당한 얘기들이고, 사랑과 생명 같
은 진실을 소중히 다루지 않았으며 예술적 의도나 문학적 가치를 위해
만들어지기보다는 돈을 벌기 위한 수단이라는 것, 그리고 무엇보다도
이걸 읽으면 좋지 못한 충동에 시달리게 된다는 점을 말하고 있는데.

아이들이 눈을 반짝이며 화제를 바꾸었다. 소설 쓰는 건 재미있어
요? 사실 그대로 답해야겠다고 마음먹은 순간 마루야마 겐지의 말이 떠
올랐다. 친구를 만나지 말아야 한다. 아는 사람들과 거리를 두고 자신
을 고립된 상태로 가두어야 한다. 행복하거나 안정이 되면 소설을 쓰지
못하므로 불안과 분노, 고독과 슬픔을 벗 삼아 살아야 하는데 그럴 수
있겠어요? 사교성을 지닌 남들과는 반대로 반사회적으로 살아야 하고
질서보다는 혼란, 집단이 아니고 개인, 타협보다는 싸움을 선택해야 하
는 피곤한 삶, 그런 삶을 살 수 있겠냐고? 골프도 미루고 놀지도 못하고
술도 못 마시는데, 그래도 좋겠어요?

사실은 나에게 하는 말이기도 했다. 과장된 약속을 스스로 걸어놓
고, 그걸 지키지 못해 괴로워한다. 모래알처럼 많은 시간 속에 살면서

도 남의 소설을 제대로 읽긴 하는가. 해마다 도서관에 새로 들어오는 신간 소설들, 무덤덤한 면접관의 태도로 책을 펼쳐는 보지만 먼저 읽어야 할 우선순위를 정하지 않고 라벨을 붙이지도 않는다. 터덕터덕 언덕을 넘어가는 고물 자동차 바퀴처럼 굴러다녀도 사람들이 읽어줄 만한 얘기는 따로 있다. 낯선 사람이면 좋다. 처음 보는 모습들, 말도 안 되는 의외의 이야기, 상상해 본 적 없는 지독한 전개, 가슴 복받치는 울림 끝에 놀라운 결말로 끝나는 소설이라면, 마지막 장을 덮은 뒤 작가의 이름도 되뇔 것이다.

그럭저럭 행사를 마쳤다. 남들 앞에서 말하는 게 여전히 불편하지만, 달변가의 현란한 언변보다는 어눌한 화술이 설득력이 있다는 지론에 용기를 얻었다. 말 그대로 작가와의 대화이니, 대화만 하면 될 뿐 사전 준비도 필요치 않았다. 묻는 말에 답하고 어색한 침묵이 생기면 물을 마셨다.

내 소설 「그들만의 리그」를 읽었다는 어느 여성이 물었다. 내용이 너무 적나라해서 놀랐어요. 경험한 걸 쓰신 거예요? 나는 당황한 눈으로 그녀를 보았다. 난잡한 음란 혼음 사교 모임 얘기인데 경험이라니요? 사람들이 모두 웃었고 웃음이 그치길 기다려 답했다. 경험한 세계는 너무 잘 알아 쓰기 어려울지 몰라도, 상상의 세계는 별 얘기도 다 할 수 있는 거예요.

동네 대폿집으로 가서 센터 사람들과 술자리를 가졌다. 찬바람 불고 세찬 눈보라 흩날리는 날, 학교로 돌아가야 하는 당위를 외면해 버리고 막걸리를 마셨다. 대학입시 정시 원서 작성에 돌입한 학교는 연못처럼 가라앉아 있을 것이다. 세밑 풍경 속, 강사 노릇도 마쳤으니 또 하나 매듭을 푼 셈이다. 올해도 며칠 남지 않았다.

센터의 담당 선생님이 그랬다. 지난주 프로그램에 참여했던 강력반 형사는 경찰이 멋있다고 했는데, 오늘은 소설가가 괴롭다고 했으니 아이들이 어떻게 받아들일지 모르겠다는 우려를 웃으며 말했다. 나는 그의 양재기 잔에 탁주를 가득 부었다. 무슨 상관이에요? 별의별 어려움을 다 물리치면서라도 그래도 꼭 문학을 하겠다는 아이들은 죽기 살기로 달려들게 되어 있어요. 그러니 염려 마세요. 운명이니까.

몹쓸, 의기투합

언제나 그렇듯 술이 문제다. 다섯 명의 사내들이 마주 앉아 아무 근심 없이 술을 마시던 자리였다. 한 사람이 술잔을 내려놓더니 말했다. 허구한 날 이렇게 술만 먹지 말고, 우리 이제는 운동도 좀 해야 하지 않을까? 음주에 관해서라면 한 발짝도 물러서 본 적이 없었던 두주불사 용사들이었지만, 술을 따르다 말고 모두가 그 제안을 단박에 수용해 버렸다. 나는 그들 중 나이가 가장 어렸다. 그랬어도 나도 이제 그런 나이가 되었다는 것까지 부정할 수 없었다.

이를테면 증심사 등산로 같은 곳에서 동창생 친구라도 만나면 반가움을 섞어 나누는 얘기들이 그런 식이었다. 여기서 다 보네, 자네도 인자 산에 다닐 나이가 되었능갑네잉. 뭐 그런 나이가 따로 설정되어 있겠나 싶어 피식 웃고 넘어가지만, 예전과 달라진 몸뚱이마저 외면할 수는 없었다. 축구나 한 게임 거칠게 뛰고 말지언정 무료한 산행 같은 것은 죽어도 하지 않으리라는 젊은 날의 치기는 이제 효력을 잃었다. 건강을 챙기며 언젠가는 산을 찾아다닐 때가 올 거라더니, 그런 나이가 되어 버렸다. 혼자 가는 것보다 여럿이 산에 오를 때 미묘한 연대 의식 같은 게 느껴진다며 함께 가자는 것이다. 정의와 민주, 인권의 도시를 넉넉한 품으로 감싸고 있는 무등산만 하더라도 이름 그대로 등급이나 차별이 없는 평등한 산이지 않은가. 고향 뒷산을 오르는 기분으로 아무 때고 이무럽게 다니자고 했다.

매월 둘째 주 일요일, 부부 동반이 원칙이었다. 요즘은 걷기가 대세라니까, 산보다는 걷는 쪽으로 하자는 의견이 우세했다. 산이든 길이든 지역의 어디든지 우리가 갈 수 있는 곳만 있다면 찾아가자고 했다. 몇 년 지나면 근교의 후미진 고샅길 구석이라도 한 번쯤은 밟을 수 있겠지. 의기투합은 빨랐고 명쾌했다.

여수 금오도로 가는 막배를 탔다. 돌산에서 하룻밤 자고 아침 첫배를 탈 요량이었으나 그건 예정일뿐이었다. 서녘 섬으로 떨어지는 붉은 노을 아래 하얀 포말이 뱃머리에 부서졌다. 부산한 금오도 여천 선착장에 주말이 저물고 있었다. 차를 몰아 우학으로 갔다. 면 소재지가 있는 곳이라니 금오도에서는 가장 번화한 공간이었다. 섬에는 찾기 드문 모텔이 있었고 식당들도 즐비했다. 우리는 형형색색의 아웃도어를 입은 사람들과 섞여 음식을 나누며 잔을 부딪혔다. 여수 인근이니만큼 서대회가 흔했다. 쏨뱅이 볼락탕이라는데 생긴 모양은 금풍생이 사촌쯤으로 보였다. 칼칼한 국물에 마시는 잎새주가 사탕보다 더 달았다.

봄날의 일요일은 맑았다. 직포에서 심포까지 3구간과 4구간을 걸었다. 끝없이 펼쳐진 바다를 바라보다 노래를 흥얼거렸다. 어디가 하늘이고 어디가 물이오. 그 깊은 바닷속에 고요히 잠기면……, '비렁길'의 의미에 대한 해석이 분분했다. '벼랑길'이 대세였으나 '미역 널기 좋은 바위길'이라는 뜻도 흥미로웠다. 작정 없이 떠난 여행길이었는데, 비렁길 트레킹에 저마다 만족했다. 여기 오길 잘했어. 이렇게 좋은 풍광을 우리만 볼 게 아니라 다음에는 다른 사람들과 항꾸네 보자며 다짐하던 순간, 함께하고 싶은 벗들의 얼굴이 떠올랐다. 눈앞에 떠오르는 친구의 모습, 흩날리는 꽃잎 위에 어른거리오. 무엇이 산 것이고 무엇이 죽었는지 가려내야 할 당위가 사라진 바다, 누군들 가슴안에 섬 하나 떠다니지 않은 사람이 없듯 금오도는 그곳에 그대로 있었다. 갈퀴를 앞세운 바람만 살아 있을 뿐 비렁길은 말이 없었다. 텅 빈 강의실에 앉아 불편하기만 한 시대를 놓지 못했던 친구, 건들건들 몸을 흔들며 이제 세상과 손잡으라는 조언이 없기야 하겠는가만, 죽음의 땅에서 돋아나던 새순처럼 잠 못 드는 이의 창가에 찾아와 희망을 노래하던 친구를 잊을 수 없다. 호남선 열차를 타고 가면서 내리지 못한 정거장은 죄다 몇 개인지, 그놈 살이 썩어 들어가 더는 살 수 없는 작은 연못에 아직도 사슴 같은 눈망울을 거두지 못하고 있는지, 친구의 노래가 귓가에 어른거렸다.

그렇게 몇 년이 지나갔다. 일정이 흐트러져 그냥 지나쳐 버렸던 달도 있었지만 비교적 거르지 않고 꾸준히 다녔다. 송산교에서 만나 황룡강 둑을 타고 장성읍까지 걸었고, 영광 영산성지에서 출발하여 백수해안도로를 일주하기도 했다. 무돌길이라는 무등산 옛길을 코스별로 체험했으며 영암 은적산 자락을 누비기도 했다. 봄에는 논두렁에 쭈그리고 앉아 쑥을 캤고 가을에는 단풍잎을 꺾어 머리에 꽂았다. 길가의 가드레일 사이에 앉아 저질 체력을 한탄하며 신발 끈을 동여맸던 나날들.

평소 밟지 않았던 코스가 대부분이었으므로 매번 힘들었다. 가파른 바위를 오를 때 누군가의 도움이 필요한 순간마다 쇠사다리나 쇠줄 같은, 서로에게 버팀목이 되어 주기도 했다. 혼자 걷는 길이 아니었기에, 다른 사람과 함께 걷는 동안 같은 공간 속에서 서로를 향한 믿음과 고마움이 따라다녔다. 내가 먹는 음식이나 내가 입는 옷, 내가 사용하는 물건, 내가 사는 집마저 언제라도 나눌 수 있는 준비가 되어 있었다.

다섯 부부이니 열 명이 총원이었지만 전원이 무결석한 달은 그다지 없었다. 이번 달은 네 명의 남자와 세 명의 여자가 만났다. 화순 넘어가는 길이었다. 2수원지 가는 선교 입구에서 만나 너릿재를 넘는 옛길을 걸었다. 고등학교 2학년 때 그러니까 너릿재 터널이 뚫리기 전에, 이 길을 시외버스로 넘다가 고갯마루에서 고물 버스가 멈춰 버린 적이 있었다. 화순 사평 사는 친구네 집에 놀러 갔다가 돌아오던 길이었다. 다음 버스를 기다리면서 애를 태웠던, 먼지 흩날리는 비포장도로에서의 추억이 살아났다.

역시 문제는 또 술이었다. 몸 생각해서 시작했던 걷기 모임인데, 점심때만 아니라 말미에는 늘 술판이 벌어졌다. 소풍 가는 마음으로 꾸려 온 도시락 반찬을 안주 삼아 시작한 낮술 몇 잔은 워밍업이었을 뿐, 화순 장터의 홍어탕 집으로 옮겨 막걸리를 마실 때 이미 발음과 혈색이 달라져 있었다. 밤이 되어 광주로 돌아온 뒤 두어 곳의 단골집을 전전할 무렵에는 세상에 두려운 것이 없었다. 자정이 가까워지는 시각에 라이브 카페에서 18번 한 곡씩 열창하는 자체 공연을 끝내고서야 겨우 헤어졌다. 다음 달에도 이런 걷기 모임을 지속해야 하나? 드러내놓고 말하지 않았지만 저마다 그렇게 되뇌었을지도 모르겠다. 건강하게 살아 보자고 도모한 모임인데 몸이 축날 짓만 골라서 하는 셈이니, 따지고 보면 몹쓸 의기투합이었다.

자정 넘어 아파트 엘리베이터에서 만난 이웃집 남자도 만취 상태였다. 그는 테니스 라켓 가방을 어깨에 둘러멘 운동복 차림이었다. 나는 등산용 스틱이 꽂힌 배낭을 등 뒤로 감추었다. 눈인사조차 나누기 민망했지만, 서로들 별반 다를 것도 없는 어둑한 이웃이었다.

2부

기억나지 않는 모든 것

기억나지 않는 모든 것

블라인드에 감춰진 질투의 눈

얼음 조각이 유리잔에 부딪히는 소리가 났다. 예전에, 내 기억이 정확하다면. 소설 속 그녀가 다시 얘기를 이어나갔다. 무슨 말이에요? 아르튀르 랭보의 시집, 지옥에서 보낸 한철, 첫 구절이에요. 나는 고개를 끄덕였다. 시집 이름은 들어본 적이 있으나 시구까지 알고 있을 턱이 없었다. 소설책 세 번째 페이지에서 다시 등장한 그녀가 나에게 물었다. 랭보도 나처럼 불행했을까요? 지옥에서 보낸 한철이 따로 없었어요. 많이 힘들었군요? 나는 그녀를 위로하고 싶었다. 그녀의 말은 핏기 없는 먼지처럼 푸석푸석했다. 우리 집으로 살림을 옮기자마자 그 여자는 나를 꼬집기 시작했어요. 지금도 나는 누구에게 장난으로라도 꼬집히는 게 싫어요. 차라리 뺨을 맞는 게 낫지, 꼬집히는 건 죽기보다 더 싫었어요. 엄마라고 안 부른다고 꼬집고, 엄마라 부르면 엄마라고 불렀다고 꼬집고, 남들이 있거나 없거나 팔뚝이나 허벅지, 코나 귓불을 잡히는 대로 꼬집는 거예요. 아아, 저런……. 왜 그랬을까요? 탄식이 내 입에서 절로 나왔다. 그 여자는 날 질투한 거예요. 질투의 힘으로 하루하루 버텨낸 거죠. 불행한 여자였으니까.

　군대 시절에, 경기도 안양 출신 선임병이 있었는데 후임병을 때리지 않는 고참이어서 나는 그를 믿고 따랐다. 2인 1조의 야간 경계 근무를 함께 나갈 때면 그는 시를 쓴다는 자신의 친구 얘기를 나에게 들려줬다. 광명 소하리에 살았다는 그의 친구는 나중 알고 보니, 기형도 시인이었다.

　아주 오랜 세월이 흐른 뒤에, 로 시작하는 「질투는 나의 힘」이란 기형도의 시에 매료된 적이 있었다. 미래를 예측하여 오늘의 나를 응시할 수 있느냐의 여부를 가정하며 뜨거워지던 시기였다. 방황과 갈등이 날뛰는 가역반응의 현실에서 나를 지탱하고 있는 힘이 질투뿐이라니, 그 실체가 무엇인지 알 수 없었다. 그러던 중 같은 이름의 영화까지 개봉됐다. 좋아하는 시가 영화로 각색됐다 하니, 몽타주와 미장센의 장면들을 일일이 확인하고 싶었다. 관객들이 북적거리는 최신형 멀티플렉스 상영관이 아니라 지역 유일의 단관 상영관인 광주극장이었다. 고집스러운 예술영화 한 편을 감상한 기분으로 보았고 엔딩크레딧이 올라갈 때까지 자리에서 일어나지 않았다.

　의식의 물꼬를 틀어막고 내내 가슴안을 먹먹하게 했던 의문 부호가 마지막 장면에서 치밀어 올랐다. 단란한 편집장 가족에 포함된 주인공의 모습이 만족스럽게 처리되면서 편집장 딸과의 관계를 복선으로 남겨 두었다. 무얼 어쩌자는 건지, 그의 딸이 자신으로 인해 고통받는 모습을 나중에라도 연출하겠다는 거라면, '질투는 나의 힘'이, '복수는 나의 것'이 되고 말겠다. 그렇게 단순하게 뜯어 발기기에는 편집장의 캐릭터가 단순하지 않았다. 겉으로 드러나는 면만으로는 종잡을 수 없는,

매력적인 구석도 있었다. 주변에서 흔히 볼 수 있는, 실력 있고 배경 좋고 서구적인 자유분방함이 있으며 거기에다 적당히 인생을 즐기며 사는 로맨티스트의 면모까지 갖추었으니, 힘도 있고 멋있기도 한 위너의 전형, 그런 자를 질투의 대상으로 설정한 것 같았다. 편집장 캐릭터에서 '힘'이라는 또렷한 코드를 읽을 수 있었다. 힘을 가진 자는 포장이 수월하다. 말 그대로 힘이 있으니까. 사람들은 힘을 가진 자 뒤통수에다 짖고 까불다가도 면전에서는 꼼짝도 못 한다. 그러다가 그를 예찬하고 질투하는 자신을 발견하고 화들짝 놀란다. 어릴 적 갖고 있던 두 가지 꿈 중에서 문학은 이미 내던져 버리고 이제 남은 건 여자를 향한 즐거운 집착이라 말하는 편집장은, 우리 사회의 지배 논리를 대변할 수 있는 자였다. 힘을 가진 편집장 앞에서 아무런 원망도 표현하지 못하고 오히려 그에게 끌리고 마는 자신을 발견한다. 수치스럽게 말이다. 하지만 그런 자신을 책망하지 않는다. 기형도의 시에서 따온 모티프가 그것이었다. 너도 그렇고 나도 그렇고 우리 사회가 다 그러지 않느냐고 묻는, 일종의 공범 장치 같았다.

이분법은 아니더라도 우리 사회에는 편을 가르려고 해서 갈라지는 게 아니고 애초부터 나뉘어 있는, 도저히 하나 될 수 없는 계급이란 게 있다. 서로가 적의를 갖지 않으면 존재 가치조차 없는, 그래서 서로를 완고하고도 철저하게 밀어내야만 바람직한 발전 방향이라는, 변증법적 관계 같은 것 말이다. 자본가와 노동자의 관계라면 어떤가. 태생적으로 적의를 갖지 않으면 안 될 이들의 관계가 공생하거나 밀월해 버리면 어떻게 될까. 노조위원장이 밤낮으로 사용자와 붙어 다니며 사장을 흠모해 마지않는다면 이 무슨 해괴한 변칙인가. 돼지처럼 배부른 지주가 제 멋대로의 반인간적 언사를 늘어놓고 상식 밖의 폭거나 전횡을 일삼아도 상대가 안 되니 지레 포기해 버리고 복종했던 소작농의 비애, 지금이 그러한 시대도 아니잖은가. 픽션이란 어차피 비정상적인 인간을 다룰수록 큰 재미를 부여한다는 걸 전제한다면 궁금증도 없다. 평범하지 않은 생각을 지닌 평범한 사람들의 이야기, 나는 다시 기형도의 시를 읽었다.

아주 오랜 세월이 흐른 뒤에

힘없는 책갈피는 이 종이를 떨어뜨리리.

그때 내 마음은 너무나 많은 공장을 세웠으니

어리석게도 그토록 기록할 것이 많았구나.

구름 밑을 천천히 쏘다니는 개처럼

지칠 줄 모르고 공중에서 머뭇거렸구나.

나 가진 것 탄식밖에 없어

저녁 거리마다 물끄러미 청춘을 세워 두고

살아온 날들을 신기하게 세어 보았으니

그 누구도 나를 두려워하지 않았으니

내 희망의 내용은 질투뿐이었구나.

그리하여 나는 우선 여기에 짧은 글을 남겨 둔다.

나의 생은 미친 듯이 사랑을 찾아 헤매었으나

단 한 번도 스스로를 사랑하지 않았노라.

– 기형도, 「질투는 나의 힘」

자신 스스로는 사랑하지 않은 채 질투만이 삶의 동력이라고 말한다면, 주제를 관통한 것인가. 천성이 착해서 분노할 줄 모르는 인물이 얼굴에 홍조를 띠며 나타났다. 남들은 하찮게 생각하고 넘어갈 수 있는 일을 그냥 지나치지 못한다. 김수영처럼 별것도 아닌 조그마한 일에는 분개하면서 정작 자신의 사랑이나 자존심에는 아무런 방어나 저항도 못 하는 사람. 질투가 나를 움직이는 동력이라면, 동력의 실체가 무엇인지 답을 찾아야 했다. 질투가 사람을 움직일 수 있다면 그건 추악한 인위이며 조작이라는 생각이 들었다. 인위와 조작은 애당초 불온한 것이다. 들꽃은 들판에서 피도록 내버려두고 새들은 푸르른 대지에서 마음껏 노래하도록 놔둬야지 아파트 베란다나 새장에 옮겨놓으면, 그게 어찌 들꽃이고 새인가. 그걸 자연이고 우주라고 억지를 부릴 건가. 질투는 질투일 뿐, 그게 힘이 된다면 반칙이며 파행이다. 그런 의미에서, 순순히 맞이하고 싶지 않을 질투라는 감정을 곰곰이 되새긴다. 나의 의식 안에서 질투가 생겨나 나를 움직이는 동력으로 힘을 갖기 시작한다면, 그게 느껴진다면, 온몸으로 밀어내야 하지 않을까.

기형도를 이해하기 위해, 「질투」라는 알랭 로브그리예의 소설도 읽었다. 독법의 수준이 문제겠지만 잘 넘어가지 않는 페이지, 알아먹을 수 없는 표현들, 이걸 계속 읽어야 하나? 묵직한 회의가 따라다녔다. 흔히 소설책 뒤쪽 부분에 있어도 좋고 없어도 그만인 평론가 해설을 붙여놓은 경우가 있는데, 그것마저 읽게 됐다. 전통 소설의 기반에 반기를 든 누보로망 계열인 만큼, 작가랍시고 작품 속에 개입하여 감정적인 스토리를 전개했던 기존 소설 작법과는 확연히 달랐다. 흥미 있는 내러티브나 서사의 즐거움은 없더라도 낯선 기법만은 음미할 만했다. 이렇게도 소설이 될 수 있구나. 기발함에 무릎을 쳤다. 알랭 로브그리예는 글 쓰는 작가였지, 이야기꾼은 아니었다. 그에게서 질투는 무엇인가.

줄거리라 해 봐야 단순했다. 프랑스 식민지로 추정되는 아프리카의 어느 바나나 농장을 배경으로, 서술자인 남편이 아내와 이웃집 남자를 바라본다는 내용이 전부다. 아내로부터 버림받을 것이 두려운 남편에게 불안의 징후와 자폐적 발상이 일렁일 법도 하지만 끝내 감춰지고 만다. 질투(la jalousie)라는 프랑스 말에는 블라인드의 의미도 있다고 한다. 블라인드에 감춰진 카메라로 장면을 찍는 것처럼 모든 사물과 정황을 관찰한다. 아내조차도 A로만 지칭될 정도로 인물과 거리를 둬 버리니, 카메라 렌즈가 사람의 눈을 대신하는 것과 같다. 소설이 시작되고 한참 동안을 기둥과 테라스의 그림자와 각도, 난간의 나뭇결, 페인트칠 상태 등을 동위각, 사다리꼴, 수직, 직각 같은 수학에서나 다룰 법한 기하학적 묘사로 일관함으로써 읽는 사람을 지치게 한다. 난해하고 지루한, 이런 류의 소설은 다시는 읽고 싶지 않았지만 배울 건 있었다. 다름 아닌, 묘사의 방법이었다.

A를 보고, 프랑크를 보고, 그들을 둘러싼 배경을 보고, 빛을 보고, 공기를 보고, 보고 또 보고, 계속 보고 있는 중, 이야기는 그렇게 시작해서 그렇게 끝난다. 처음부터 3분의 1까지, 그림자의 각도, 바나나 나무의 배열, 난간의 페인트칠 상태, 테이블과 의자의 위치, A의 옷과 머리 모양, 지네의 죽어 있는 흔적⋯⋯. 알랭 로브그리예에게 한 수 배웠다.

소설 쓰기가 어려운 거라면 무엇이 어려울까. 늘 그렇듯 묘사가 어렵다. 냉정한 관찰자의 시선을 가졌으면 좋겠는데, 그게 안된다. 소설의 문장은 모든 장면과 장면의 세밀한 관찰의 결과다. 하나의 카메라가 되어 뷰파인더로 인물과 사물을 보듯 빠짐없이 담아내야 한다. 그러나 이는 불가능하다. 지금 눈에 보이는 인물과 사물을 어떻게 완벽하게 재현해 낼 수 있단 말인가. 말이 안 된다. 사물이 눈에 들어오는 순간, 주관적인 판단으로 바뀌어 버리기 때문이다. 흥미 있는 이야기 전개와 합리주의적 심리 분석을 바탕으로 하는 소설이더라도 그런 건 새롭지 않다. 대신에, 작가의 기억, 장면의 떠올림, 농밀한 묘사를 중심으로 새로운 형식과 기교를 구사하는 방식의 소설이라면 어떨까. 줄거리가 없어도 상관없다. 카메라의 눈을 빌려 인물을 바라볼 수 있다면, 소설의 인물이란 불리기 위해 존재하는 것이 아닌, 무엇을 보기 위해 존재하는 것으로, 심리 전개를 배제하고, 오직 눈에 보이는 것만 묘사된 소설. 나는 질투의 흔적을 추적하고 짐작했다.

집요한 병적인 묘사는 지독한 질투심의 또 다른 표현이었다. 불륜이 의심되는 아내를 관찰하는 남편에게서 침착한 감정 통제라는 게 가능하겠는가. 감정을 드러내다 보면 자신의 내면에 불같이 일렁이는 질투심을 들킬지 모른다는 강박을 블라인드로 감추고 있었다. 카메라가 역할을 대신한다면 고통받는 내면을 숨길 수 있겠다 싶었는지 뷰파인더에 사로잡힌 현상과 사물만을 아무런 감정도 없이 무덤덤하게 바라보고 있다. 달리는 기차 안에서 무심히 창밖 풍경을 바라보는 것처럼.

작가는 제시만 할 뿐 판단은 독자가 알아서 하라는, 이야기의 시간적 전개를 무효화시킨 채 주체적으로 읽을 기회를 독자에게 부여한다.

그런데, 서술자의 시선을 따라 대상을 관찰하고 있던 독자는 깜짝 놀란다. 자신도 모르게 서술자의 질투심에 동조하고 있기 때문이다. 결론도 암시도 없이 끝나 버리는 결말에 독자는 다음 장면을 상상할 수밖에 없다. 과연 아내와 이웃집 남자는 부정을 저질렀을까. 어찌 알겠는가. 작가가 알려주지 않으니.

기형도의 심정으로 다시 돌아간다. 블라인드를 들여다보는 카메라의 눈으로, 미래를 예측하여 지금의 나를 본다. 구질구질한 열패감과 열등의식을 떨치지 못한 채 나를 움직이도록 추동하는 동력은 다른 사람에 대한 선망과 질투 어린 시선이라는 뜻에 의문부호를 던진다. 사랑에 집착하고 살았던 것 같지만 오히려 사랑하지 못한 후회가 전부였다. 예전의 내 기억이 정확하다면.

기억나지 않는 모든 것

지난 주말, 책장을 정리하다가 오래된 사진첩을 꺼내 보았다. 전 국민의 손에 스마트폰 카메라가 들려 있는 요즘 세상이야 사진 찍는 일이 밥 먹고 물 마시는 것만큼이나 일상화됐지만, 예전에는 어디 그랬는가. 흔해 빠진 나머지 가치가 떨어진 사진들, 컴퓨터 하드디스크에 저장된 상태로 수명을 마치고 마는 요즘과는 달리, 현상 인화된 사진 한 장이 소중했던 시절이 있었다. 앨범에 끼워 두고 틈틈이 챙겨 봤던 사진들은 소멸해 가는 추억을 소생시키는 명의名醫 같았다.

그동안 잊고 있었던 장면들이 사진 속에서만은 살아 있었다. 어린 시절, 대성학교 관사에서 나와 백운동 집으로 이사했던 기억이 사진을 통해 살아났다. 까까머리에 쑥스럽게 웃고 있는 교복 차림의 중학생과 소풍날이었는지 교련복을 입고 친구들과 어깨동무한 고등학생이 있었다. 한 장을 넘기니, 가슴 아프도록 눈부시게 젊으신 부모님, 착한 누나들과 형이 오글오글 모여 있었다. 총각 선생 시절 학생들과 함께 갔던 설악산 수학여행, 결혼 후 신혼집의 소박한 살림살이와 주변의 풍경들,

태어나 성장하면서 기쁨을 안겨 주었던 딸아이들의 어린 시절 얼굴들, 먼 곳으로 떠났던 여행지의 풍광들, 철 따라 세월 따라 변해왔던 온갖 모습들이 사진 속에 있었다. 참 좋았던 순간이었구나. 갈 곳 모르고 배회하던 행복이 한걸음에 달려온 기분이었다.

지금까지 살아왔던 삶은 기억의 역사였다. 사는 동안 숱한 일들을 겪어온 만큼 앞으로도 깨알 같은 희노애락의 기억을 되새김하며 살아갈 것이다. 그런 의미에서 치매는 참으로 끔찍하고 무서운 병이다. 기억이 사라진 사람은 생물학적 명줄만 유지하고 있는 셈이니, 아름다운 추억을 잃어버린 채 사랑하는 가족도 알아보지 못한다면, 살아 있어도 살아 있는 게 아니다.

박인환의 「세월이 가면」을 중얼거린다. "지금 그 사람 이름은 잊었지만 그 눈동자 입술은 내 가슴에 있네"라는 구절을 음미하면 사람의 기억은 AI 인공지능처럼 냉혹하지 않다. 현재와 과거를 이어 주는 매개는 기억에만 국한되는 게 아니기 때문이다. 컴퓨터 메모리칩을 기억장치라고 할 뿐이지 추억 장치라고 하지 않는다. "사랑은 가도 옛날은 남는 것"이라고 노래했던 시인은 기억이 아닌 추억을 보듬고 살았을까.

어린 시절, 아버지는 산군처럼 엄하셨던 반면에 어머니는 한없이 나약하고 너그러웠다. 엄부자모嚴父慈母의 전형적 가정이었다. 그토록 무서웠던 아버지는 나에게 평생에 걸쳐 먹고 살 수 있는 자산을 마련해 주었는데, 그것은 엄정한 한자 교육이었다. 초등학교 4학년 여름방학 때 중고등학교 한문 교과서를 모두 외워 쓰도록 했고 충장로 동해물약국 2

층에 있던 '강은 서예원'을 다니게 했다. 얼마나 놀고 싶은 나이였겠는 가. 한자 외워 쓰기 그날치 정해진 목표량을 외면하고 골목길 친구들과 어울려 놀다가 아버지께 걸려 혼쭐이 났던 나날이 이어지다 보니, 또래 의 누구보다 한자 능력과 글씨 쓰기를 잘할 수 있게 됐다. 세상에 나아 가려면 한 가지만 잘해도 된다는 말에, 나는 전적으로 동의한다. 한자 를 알다 보니 문리가 트였고 서예를 하다 보니 글씨에도 자신이 생겨 지 금까지 그 밑천으로 살고 있다.

피는 물보다 진하다. 피는 생명의 증거이자 복제할 수 없는 유전자 를 결정한다. 아버지로부터 물려받은 피를 부정할 때 삶은 볼품없고 비 루해진다. 피를 부정하는 것은 뿌리를 외면하는 것이며 자신을 속이는 것이다. 아버지의 혜안은 자신을 위한 선택이 아니라 자식의 미래를 살 리기 위한 쪽으로 향했다. 한문 글줄이나 알고 글씨 좀 쓴다 한들 알량 한 솜씨로 재산을 모아 축적하겠는가마는 최악의 생존 조건에 내몰렸 을 때 마지막 연명 수단이 될 수 있다고 믿었다.

옛날처럼 무섭지 않은 아버지가 슬프다. 어머니의 굽은 등허리가 가 엽다. 만들어 주신 능력을 필요한 만큼 받긴 했으나 못나고 부족한 아 들이었다. 성에 차지 않은 위기를 넘기면서도 처량하고 참담할 때도 많 았다. 하지만 이제는 지나갔다. 불효자의 어설픈 변명이나 과몰입된 감 정으로 시간을 허비할 수 없다. 상황에 맞는 적절한 대화로 즐거움을 드려야 하는데, 비극적인 상황이어도 긍정적으로 받아들여야 하는데, 안타깝게도 시간이 얼마 남지 않았다.

묵은 사진첩에서 변함없이 웃음 짓고 있는 가족의 모습, 단어를 떠올리기만 해도 콧날이 시큰해지는 어머니, 할 줄 아는 거라곤 별것도 없는 막내아들이 마뜩잖았을 텐데, 내색 한번 하지 않았다. 가족에 대한 책임 의식으로 일생을 살아온 어머니, 백운동 주택의 거실 소파에 앉아 수줍게 미소 짓고 있는 엄마는 눈이 시리도록 젊었다. 이것도 안 되고 저것도 안 되어 풀이 죽어 있는 아들에게 불편한 기색 없이 믿어 주었던 엄마였다.

세상의 모든 엄마는 위대하다. 초라한 자식들이 영민하고 힘차게 살아가기를 바라는 엄마는 누구에게나 존재한다. 콩가루 집안에 막장 가족이라 해도 엄마에게는 목숨보다 소중한 자식들이다. 시시포스가 언덕 위로 바위를 밀어 올리듯 처연한 형벌을 수행하는 심정으로 자식들을 돌보았다. 긍정은 가족의 다른 이름이다. 미움과 갈등이 있을지라도 얼마든지 감내할 수 있는, 그 중심에 엄마가 있다. 인간의 생명이 어머니의 자궁에서 시작되었듯 엄마는 삶의 근원이자 모태이다. 세상의 모든 가족사는 아프다. 엉뚱하게 내쳐진 밑바닥 인생이라 손가락질할 것도 없다. 우리 가족의 모습이고 자화상이기 때문이다. 먹고살기 위해 아득바득 지내다 보니 무심히 놓쳐왔던 가족이 소중하다. 삶은 어차피 원하는 대로만 흘러가지 않는다. 어머니의 삶은 고단했고 목적지를 향한 이정표도 없이 스쳐 갔던 모든 정거장에 흔적을 남겼다. 그러기에 역사는 승자나 패자의 것이 아닌, 살아 있는 자의 것이라 하지 않던가. 늘 그렇듯 어머니가 안쓰럽다.

오랜 사진첩 속에 존재하는 가족은 기억을 공유한다. 터미널에 서서 돌아갈 곳을 그리워하는 회귀 본능, 이제는 각자 섬처럼 고립된 상태로 자신만의 기억 안에 갇혀 있다. 아련한 과거를 더듬다가, 그때의 형과 누나가 떠올라 서글프다. 비둘기처럼 다정한 사람들이라면, 노래를 읊조리는 가족.

기억에는 종착역이 없다. 떠나는 사람과 돌아오는 사람이, 자신도 모르는 사이에 섞여 있다가 운명처럼 스쳐 가는 곳. 떠남에 대한 두려움과 만남에 대한 설렘이 부유물이 되어 떠다니고 있다. 돌아오는 길인지 떠나기 위해 나서는 중인지. 지나간 기억 속 어느 지점인지 가늠할 수조차 없다. 기억은 잃어버린 시간을 되찾는 의식의 순례다. 과거의 일들을 완벽하게 되살릴 수 없다면, 기억은 과거와 현재를 교차시켜 새로운 거처에 머물게 된다. 시간과 공간의 확대를 통해 전혀 다른 조각들을 뭉쳐 하나의 새로운 그림으로 통합한 것이다. 잊고 싶다고 모두 잊을 수 있는 건 아니다. 할 수만 있다면 죄다 잊어버리고 기억 밖으로 떠나고 싶은 충동도 있다. 잊을 수 있는 것들은 잊고 생각나는 모든 것도 죄다 묻어 버린 채 오래된 나무 주변을 낙엽 덮듯이 재워 두고 싶을 때도 있다.

하지만 추억은 다르다. 기억은 지식에 기초하여 의식 속에 간직한 것이고 추억은 스토리에 기초하여 지나간 일을 돌이키는 것이다. 잊을 수 있으면 기억이고, 잊을 수 없다면 추억이 된다. 그런 의미에서 망각은 일정 정도 필요한 기전이다. 망각이 없다면 기억 용량 초과를 면할 수 없을 테고 사람들은 다양한 갈래의 미세한 정신질환에 시달릴지도 모른다. 추억은 인생을 아름답게 포장할 수 있는 은총이다. 붙잡지 않으면 부단히 흘러가 버리는 시간의 파괴를, 이겨낼 수 있는 신통한 묘약이다.

산다는 게 허허롭다. 아무것도 아닌, 지나고 난 뒤 돌이켜 보면 헛웃음만 나올 뿐인 사소한 일들을 가지고 상처를 입고 가슴안에 경계를 그어가며 살고 있다. 그 옛날 청춘의 시절, 푸르렀던 추억들만 되살리며 살아도 아까운 시간인데, 그 사이 계절은 깊어질 테고 바람도 알맞게 불어올 텐데, 변한 것이라곤 아무것도 없는 그대로다. 지금 서 있는 이 곳은 훗날 아름다운 추억의 자리다.

첫잔

며칠 동안 날씨조차 갈팡질팡했다. 햇볕 나다가 소나기 쏟아지고 다시 햇살 비추다 빗방울 흩뿌려졌다. 영락없이 호랑이 장가가려고 사잇길로 빠지는 날이다. 손에 잡히는 일 없이 이리저리 서성이다가 집어든 문예지에서 내가 아는 어느 시인의 시를 읽었다. 밥은 먹지 않고 묵어야 맛있고, 라면도 끼레묵어야 더 맚있더란다. 그런 의미에서 보면, 빗방울 오락가락하는 이런 날의 술맛도 횅하니 텅 빈 속 목구멍에 단숨에 털어 넘기는 첫잔이 뛰얏뛰얏허니 더 맛있을 게 분명하다.

유별나다. 시야 안의 것들은 죄다 젖어 있다. 더위도 한풀 꺾인 게 분명하고 바람도 알맞게 불어온다. 나무 이파리들은 갈수록 붉어질 것이며 색깔의 무게를 못 이겨 고개를 숙일 것이다. 뜨거운 여름밤은 가고 남은 건 볼품없는 계절, 흐린 가을하늘에 편지를 쓰자거나 가을 우체국 앞에서 부르는 노래가 어울리는 계절이 왔다. 아이들은 바뀐 계절에 맞게 한층 무거워진 부담을 안게 되었을지 모르겠다. 기적처럼 올라버린 성적 때문에 마침내 졸도하리라는 꿈을 꾸고 있는 녀석들. 시간은 빠르다. 시간은 생각하지 못하는 사이에 거침없이 흘러간다. 나이 먹어 가는 것에 조급해하지 않으려 해도 주름 잡힌 표정을 감추는 것만은 어색하다. 뜰을 쓸고 향을 피우는 것을 낙으로 삼을 나이, 뿌리치려 해도 지독한 타성이 따라붙는다.

극장 앞에서 소설가 형을 만났을 때 그에게 소설을 배우는 창작반 회원들과 영화를 보고 나오는 길이라 했다. 영화를 본 후의 소감이라는 게 늘 그랬다. 천편일률이란 있을 수 없으며 오히려 천차만별이 더 맞을 것이다. 오래전 줄리엣 비노쉬가 나오는 〈퐁네프의 연인들〉이라는 프랑스 영화가 있었는데 나는 잔잔하고 즐겁게 봤었다. 그 무렵, 연애에 미쳐 있던 선배가 요즘 무슨 영화 보면 좋을까 추천해 달라기에 사랑에 빠진 그의 처지를 감안하여 주저 없이 〈퐁네프의 연인들〉을 소개했다. 익숙하지 않은 프랑스 집시 문화더라도 파리 세느강을 배경으로 한 이방의 사랑 이야기는 선배의 처지와 맞아떨어질 것으로 봤다. 그랬는데 다음 날 출근해서 만난 그는, 나를 죽일 듯이 노려보았다. 세상에 그런 재미없는 영화는 처음 봤다고.

당연한 일이었다. 소감이라는 게 어떻게 같을 수가 있겠는가. 영화를 보고 난 소감을, 그것도 아주 간명한 방향으로 판박이처럼 묶어낸다는 것은 있을 수 없는 일이다. 소설도 마찬가지다. 남이 좋게 읽었다는 소설도, 세상 사람의 눈과 입을 통해 호평과 찬사로만 포장되는 소설도, 내가 재미없으면 그만이다. 한국 문단의 새 지평을 열었다는 등 평단에서 일제히 기립박수를 보낼 정도라 해도 나의 소설 읽는 눈이라는 게 뱁새의 실눈이라 해도 어쩔 수 없다. 그냥 조용히 소설이나 읽을 일이지, 별 쓸데없는 생각을 하느냐, 번잡해지는 머리를 감당하지도 못할 거면서, 라며 혀를 끌끌 찬다면 뭐 할 말은 없다. 좋은 소설은 좋게 읽히는 게 자연스러운 거지 자꾸 문제시하려는 소감이 어디 있겠는가. 그걸 모르는 바는 아니지만 이상하게도 유명한 작가의 아쉬운 소설에 대한 불만은 자꾸만 합성 세제 거품처럼 부풀어 오른다.

며칠째 폭음이 이어졌다. 좋아하는 선배 시인의 출판기념회에 갔고 뒤풀이 자리였다. 요즘 같은 세상에 출판기념회가 다 뭐야? 물었더니 일곱 번째 시집을 내는 동안 처음이라 했다. 드디어 첫잔의 시간이 왔다. 글라스에 소주를 따르고 시원하게 냉장된 병맥주를 따서 섞어 마셨다. 시인도 기분이 좋았는지 이리저리 다니며 술을 마셨다. 예전 같으면 특정한 화두를 붙들고 까고 씹고 뜯고 했을 터인데 저마다 먹고사는 얘기만 나누었다. 길고 질긴 술자리였다. 선선해진 밤바람 앞으로 나와 동창생 친구의 전화를 받았다. 막걸리나 한 사발 하자는 벗들의 제안은 뿌리친 놈이 어디서 술을 처먹고 있냐는 핀잔을 들었다. 바쁘다는 말은 거짓이었다. 단풍잎 지기 전에, 철새 돌아가기 전에 한번 보자, 자신 없는 약속을 반복했다.

뒤풀이 장소를 옮겼다. 화정동 시장 고샅의 선술집이었다. 세 분의 소설가 형과 두 분의 누이가 앉아 있었다. 시큼한 막걸리 냄새가 밴 탁자에 사기 주발이 엎어져 있고 하루의 노동을 마친 서민들이 격의 없이 회포를 풀고 가는 주점이었다. 화제는 다양했다. 네모진 프라이팬에 조리된 달걀말이가 곁들이 안주로 나왔다. 가만 시계를 보니 2시를 넘긴 시각이었다. 이러다가 외박할지도 모르겠다 생각했는데 다행히 술자리가 끝나고 있었다. 밖으로 나와 택시를 잡으려는데, 동행했던 분들은 아마도 24시간 포장마차로 술자리를 옮기려는 눈치였다. 포장마차를 피해 새벽길을 걷는데 방금까지 부렸던 호기로움이 일거에 가라앉고 그들을 향해 손짓하던 작별 인사가 공허한 반원을 그리며 내려앉았다. 지금이라도 귀가해야 그나마 그것이 일상이고 삶의 궤적이려니 여기며 넘어갔겠지만.

소설가들은 소설 이야기는 하지 않았다. 첫잔은 뚜렷이 기억하지만, 마지막 잔은 어디로 옮겨가 어떻게 마셨는지 주종은 무엇이었는지 기억나지 않는다. 내뿜는 담배 연기도 없이, 또 하루가 저물어갔다.

술 마시던 자리에서 고개를 숙이고 잠들었던 지난밤은 잊었다. 6시에 일어나 7시에 출근, 오전 3시간과 오후 3시간 수업, 야간 자율학습 감독까지, 하루는 길었다. 총총한 정신으로 버텨내야 할 일상과 쏟아지는 숙취와의 한판 싸움, 평소와는 다른 힘겨움이 좀체 나를 놓아주지 않았다. 술이 뭐길래 무엇 때문에 그걸 마셔서 이런 고생을 하나, 다시는 마시지 않겠다던 생각은 해 질 무렵이 되면서 서서히 풀어지고 말았다. 무던히도 게을렀다. 우왕좌왕하는 비를 보고서 마음의 거처를 찾는다. 글은 쓰지 못한 채 빈둥거리다가 저잣거리 아무 데나 놔두고 와버린 하찮은 기억을 떠올리는가. 야자 감독을 끝내고 밤 10시에 퇴근하는데 슬그머니 찾아오는 욕구, 그걸 뿌리치지 못하고 또다시 끌어당기는 술자리, 함께 술을 마시던 이웃 선생님이 그랬다. 아무래도 그거, 중독, 아닌가.

토요일도 출근했다. 차 있는 곳까지 걷는 동안 우산을 펴지 않아서 비를 맞아야 했다. 비를 피하려고 부산한 동작으로 호들갑 떨지 않았다. 비는 따뜻했다.

3층 교실에서 숲을 보았다. 빗물에 젖어 있는 운동장 끝, 뭉친 가지를 늘어뜨리고 있는 동산의 나무들을 보고 있다. 교정의 플라타너스와 향나무, 봄 한철 만개했을 왕벚나무 사이로 차분히 비가 내리고 있다. 앙상한 나뭇가지의 맨 끝을 보니 어지럽게 흩날리는 바람마저 보였다. 바람이 보인다니. 과장이 아니다. 바람도 보이고 비바람에 흩날리는 나뭇가지의 몸살도 보였다. 노트북 모니터 우측 아래 시간을 확인했다. 비가 계속 내릴 기세다. 교실은 더웠다. 창문을 열면 비가 들이닥쳤다. 냉탕과 온탕을 오가는 형국이다.

아침에 출근 채비를 하며 아내를 보았을 때 조금은 지쳐 보이기도 했다. 남편을 정상으로 대하기 힘든, 참으로 살기 팍팍한 여자로 만들었다. 하긴, 지난 1주일 쉬지 않고 폭주했다. 별 근심도 없는 시간이었는데, 주말이 되어 가족과 함께 시골 국도를 달려 나들이라도 갔어야 했는데, 무등산에 오르던지 온몸이 젖도록 격렬하게 운동했어야 하는데 그러지 못했다. 그렇게 맞이한 토요일 아침, 출근하기 싫었다. 학교 가기 싫은 아이처럼 투정을 부리다가 아내에게 핀잔을 들었다.

오늘 아침에 내린 비는 그래서 맞을 만했다. 회초리를 맞듯 더 거세게 맞아야 했다. 이렇게 비 오는 날에는 그냥 넘어가는 법이 없다. 본능인 양, 안식처를 찾아간다. 내일 날씨는 맑음, 어차피 내리는 비라면 장쾌하게 내려라. 한여름 비처럼 맨몸으로 맞을 수 있는 비는 아니어도 좋다. 오늘 비는 어떤 모양으로 지나갈까. 오늘은 또 어느 주점에 머물러 있을까. 바람이 불면 부는 대로 비가 오면 오는 대로, 그대로 갈 수밖에 없다. 빗소리를 뚫고 멀리서 종소리 들린다.

극장전

토요일 아침이었다. 시민회관에서 백범기념사업회 주관 백일장 행사가 있었는데, 심사위원 자격으로 내가 연단에 올라가게 됐다. 심사 규정과 시제를 안내하고 글쓰기의 실제 요령 같은 것을 간단히 알려 달라는 주최 측의 요청 때문이었는데 대중 앞에서 조리 있게 말한다는 게 그리 만만한 일만은 아니었기에 그게 부담이 되었다. 학생들뿐만 아니라 동행한 학부모인지 일반인 참가자인지 생각보다 많은 사람들이 모였다. 시제를 발표한 후, 먼 데서 소재를 찾으려 하지 말고 가까운 주변에서 찾되, 남들이 써먹었을 표현이나 이야기는 하지 말고 자신만의 독창적인 생각과 표현을 풀어내면 된다고 말해 주었다. 어쨌든 행사가 끝났을 때는 시원함과 허탈감이 적절하게 쪼개져 내 안에 머물러 있었다. 이럴 땐 무얼 해야 하나, 고민할 겨를도 없이 발걸음이 천변 너머 광주극장으로 향했다.

홍상수 감독의 영화를 보기 위해서였다. 광주극장에서 내가 만난 종업원은 여성 1명이었다. 그녀가 푯값을 받고 커피를 내려 팔고 내부 정리를 하는 등 1인 10역을 했다. 어두운 극장 안에서 세어 본 관객은 10명을 넘지 않았다. 대형 멀티플렉스 상영관이 흥행의 고기떼를 좇아 극장가의 물줄기를 바꿔 놓은 지가 언제인데, 광주극장은 지직거리는 엘피 디스크 음향 같은 을씨년스러운 단관극장을 고집하고 있다. 가끔 단편영화제를 열기도 하여 인디 영화의 삼매경에 빠질 때도 있다. 유명 프로덕션의 연출가 지망생들이 제작한, 어딘지 서툴고 어색한 이면에 어김없이 번뜩이는 아마추어리즘의 풋풋함을 만날 수 있어 좋다. 단편영화들도 달라져서 예산이 꽤 들어간 흔적도 보이고 70밀리 대형 화면에 한 번쯤 본 듯한 배우가 출연하기도 한다. 이러다간 저예산 독립영화라는 별칭마저 어색할 지경이다. 언젠가 「외등은 작고 외롭다」라는 내 소설을 〈전남일보〉에 연재했던 적이 있었는데 소설에 등장시켰던 주인공이 무명 인디 영화인이었다. 요즘 나오는 단편영화를 보면 그때와 견줄 수 없을 만큼 확실히 달라졌다.

　　광주극장은 그 옛날 추억 속 흑백사진 풍경 그대로 남아 있다. 학창시절 단체 관람의 설렘이 깃들어 있던 현대극장, 제일극장, 무등극장 같은 개봉관이거나 태평극장, 동아극장, 계림극장 같은 재개봉관 같은 그 시절 시네마천국은 지금 자리에 없다. 오래된 극장들이 사라진 곳에 복합 멀티 상영관으로 바뀌었거나 다른 업종이 들어섰지만, 광주극장은 기적처럼 그 자리에 그대로 있다. 1935년에 개관했다니 그야말로 백년을 바라보는 극장이다. 대형 스크린에 귀청을 찢을 듯 꽝꽝거리는 돌비 스테레오 사운드로 영화를 보던 어린 시절은 추억의 한 페이지로 움츠러들고 말았다. 옛날식 다방 같은 레트로 노포 광주극장은 계절의 변화에 취약하여 여름에는 부채를 부치기도 하고 겨울에는 구비된 담요를 덮고 관람하기도 한다. 상업영화나 최신작이 아닌, 예술성 있는 영화들을 선정하여 정해진 일정과 시간에 맞춰 상영한다. 한때 광주국제영화제의 주상영관이기도 했는데 잘되기를 바랐던 광주영화제는 진즉 결딴나 버렸다. 지금은 제 몸에 맞는 옷을 찾아 입은 듯, 멀티플렉스 개봉관에서는 흥행작들에 밀려 상영해 볼 엄두조차 내지 못한 독립영화나 제3세계 영화, 상영했더라도 사나흘 만에 종영해 버린 영화들, 국내 거대 영화사의 배급 구조에서 외면받았어도 예술성과 작품성이 뛰어난 영화를 선정해서 상영한다. 전국에서 가장 오래된 유일한 단관극장이라는 자부심은 차고 넘치지만, 장사가 되지 않으면 사라지고 마는 현실에서 여유와 의지가 없으면 못 할 일이다. 그런 이유로 광주극장을 바라볼 때마다 안쓰럽고 불안하다.

광주극장에서는 홍상수 영화를 하루에 1회만 상영했다. 혼자서 보는 영화의 맛은 다른 것에 비길 데가 없다. 그랬는데 영화가 끝나고 초여름의 햇살이 내리쬐는 거리로 나오면서 무언가 잘못된 것 같은 어색함이 찾아왔다. 생각해 보니 대낮이라는 시각 때문이었다. 홍상수 영화를 해 지기 전에 혼자 보다니, 술을 마시기에는 이른 시간이었다. 하긴 홍상수 영화에 줄곧 나오는 술 마시는 장면을 감안하면 낮술도 제격일 수 있지만 그렇다고 혼자서 술을 마시기에는, 아무래도 멋쩍었다.

〈극장전〉이라는 홍상수 영화는 광주의 다른 영화관에서는 상영하지 않았다. 광주극장으로 밀려왔다면 예술성이 높거나 상업성과는 거리가 먼 영화일 텐데, 홍상수 영화는 그쪽은 아니지 않은가. 그의 영화는 늘 같은 양상이 반복된다. 모임에서든 우연히든 남녀가 만난다. 술자리를 만들어 술을 마시고 상대의 감정을 염탐하듯 간을 보다가 서로 밀당하며 탐하려는 도식이 사람과 장소와 화제만 달라질 뿐 비슷한 이야기들이다. 영화를 보는 동안, 일상 언어의 정당성이 생활 속에서 인정된다며 비트겐슈타인적이라 평가받는 배우의 대사를 음미해 봤다. 시나리오를 썼을 작가의 입장이라는 것도 헤아려 봤다. 영화 속 대사들은 그의 다른 영화도 그랬듯이 평범한 일상에 머무는 듯하다가도 느닷없이 엉뚱한 반전을 꾀하고 남녀 사이를 전제로 돌발적 관계 맺기를 획책한다. 영화가 시작할 때부터 끝날 때까지 그 시도는 일정하다. 처음, 〈돼지가 우물에 빠진 날〉이나 〈오수정〉의 경우는 그게 신선했다. 보기 드문 시도였으니, 관객은 스크린 속의 장면을 자신의 얘기라도 되는 양 오버랩했다. 하지만 듣기 좋은 노래도 삼절까지 들으면 슬슬 짜증이 나는 법이다. 충동적인 관계 맺기는 일반의 시각으로 보면 낯설고 위태롭기까지 하여 부아가 치밀기도 한다. 개연성이 떨어지더라도 이해해 달라면 할 말이 없지만 영화 전편에 걸쳐 왜 이런 식이어야 하는지에 대한 설명은 없다. 불친절함에 눈살을 찌푸리다가 영화 장면에서처럼 술을 마셔야 한다. 함께 영화를 봤던 사람과 극단적이고 상반된 감상 결과를 놓고 논쟁을 벌이기도 한다.

　이제야 생각한다. 〈돼지가 우물에 빠진 날〉에 돼지는 무엇이고 우물은 어디에 있는가. 강원도에 갔더니 힘이 나기는커녕 삶의 열정마저 죽어 버린다. 〈생활의 발견〉에서 집요한 집착으로 시선을 흐리더니 〈극장전〉까지 왔다. 극장 앞에서 사람을 만나고 그와 관련된 사건의 연결이니 극장전前이었다가 극장전戰을 치르다가 극장전傳의 의도였는지 모르겠다. 홍상수 영화 중 친절한 셈이라 기대했었는데, 상황 연결에는 실패하고 만다. 결국 내기에서 이긴 도박사처럼 감독이 묻는다. 어때? 내 영화를 제대로 이해할 수 있겠니? 머리 좋은 감독은 기가 막힌 장치를 마련했나 보다. 그 장치는 여자 배우의 입을 통해서 찬바람이 쌩쌩 담긴 냉소로 돌아온다. 영화 잘못 보셨네요.

놀라고 말았다. 〈잘 알지도 못하면서〉는 홍상수 영화 중에서 그나마 쉽게 다가왔다. 쉽다는 말을 달리 표현하자면, 소통에 장애가 될 만한 불필요한 장치를 깔지 않았으므로 기존의 영화에서처럼, 저건 뭐지? 하는 의문부호가 떠오르지 않도록 했다는 얘기다. 감독이 생각하기를, 관객들은 무지하니 이번에는 쉽게 표현해야지, 라는 의도를 가졌다면 속상할 일이겠지만 그렇게까지야 하겠는가. 평범한 일상에서 특정 장면을 제시하며 관객에게 무얼 생각하라고 요구하는 듯한 불쾌함은 상당 부분 해소되었다.

시의 표현 기교에서도 모호성이라는 게 있어서 독자의 감상을 다양하게 유도하는 경우가 있지만, 그렇다고 해서 무슨 말인지도 모를 언어들을 마구 싸질러놓고 독자의 머리를 아프게 하는 '가짜시'를, 시라고 인정해 줄 수는 없다. 충분한 인과와 복선으로 이루어지는 장면은 개연성을 높여 주겠지만 그의 영화에서 드러난 것처럼 돌발적인 관계 맺기와 상대에 대한 집착, 관계 전후로 달라져 가는 속물적 인간의 모습들이 자연스럽지 못했다면 욕 좀 먹을 수도 있겠다. 농밀한 짜임에 의한 연계, 치열한 고민이 담겨 있는 장면들로도 관객의 선택을 받지 못하는 영화들이 허다한 판인데, 대충 짜맞춰 놓고 관객들은 알아서들 생각하시라, 이해하지 못하면 어쩔 수 없는 거고, 하는 식으로 영화를 내놓는다면 대중의 선택을 받을 수 있겠는가. 대중의 선택을 받지 못하는 영화는 자연스럽게 난해한 예술영화가 되어 버리는가. 그의 영화에서는 실제로 영화감독이 주인공으로 자주 등장하는데 그들이 꼭 그렇다. 흥행과는 거리가 먼 감독으로 대강대강, 비칠비칠, 슬렁슬렁 돌아다니며 '세상이 날 몰라주네. 뭐 어쩔 수 없지.' 냉소를 보내며 술을 마신다.

제목을 포함한 대사들도 음미해 봤다. 잘 알지도 못하면서? 그렇게 묻는다면 대꾸할 말이 없다. 영화 잘못 보셨네요, 의도가 뚜렷한 만큼 할 말은 사라진다. 공자가 자로에게 말하길, 아는 것을 안다 하고 모르는 것은 모른다고 하는 것이 진정으로 아는 것이라 했는데, 잘 알지도 못하면서 뭘 그래요? 당신이 내 맘을 알아? 당신이 그 사람보다 더 나아? 잘 모르면 나서지 말고 그냥 조용히 찌그러졌으면 좋겠어, 피해의식인가? 그런 아우성들 앞에서 나는 멈춰 섰다.

어쨌거나 홍상수 영화를 보고 나면 피할 수 없는 게 하나 있다. 술이 땡긴다는 점이다. 게다가 마시는 술잔마다 영화의 장면들이 끼어들어 그 맛은 배가된다는 것, 그건 어쩔 수 없다.

새해 아침에

일면식도 없는 고등학교 동문 후배에게서 연락이 왔다. 자신이 직접 전화한 게 아니고 사무실 여직원을 시켜서 내 주소를 확인해 갔다. 출판기념회 안내문을 보내 주겠다는 용건이었다. 포털사이트에서 후배의 이름을 검색해 보니 지역에 국회의원 예비후보로 등록되어 있었다.

연말을 보내며 출판기념회 홍수 시대를 실감했다. 금배지를 꿈꾸는 강호의 잠재적 주자들이 출판기념회를 통해 제 목소리를 내고 있다. 문단의 선후배들이 간난신고 끝에 펴낸 작품집을 기념하기 위해 모인 축하 자리와는 격이 사뭇 다르다. 작가가 책을 내기 위해 짜냈을 고통과 보람을 나누는 위안의 장이 아닌, 솜씨 좋은 대필 작가의 손을 거쳐서라도 어떤 식으로든 자신의 정치적 야망을 알리고자 몸부림치는 각축장 같았다. 모두 손가락질해도 자신만 아둔한 줄 모르는 아큐 같은 자들이 차고 넘친다.

훈훈한 도량으로 모두를 감싸안을 수는 있다. 쓸쓸한 세밑 거리를 걸으며 부채처럼 내려놓았던 묵은 과제들을 떠나보냈기 때문이다. 한

해가 저무는 마지막 순간에 돌이켜 보니, 가는 세월이 야속했다. 속절 없이 보내 버릴 줄 알았으면 좀 더 너그러울 걸 그랬다는 아쉬움이 남았 다. 날을 세운 채 옥신각신 다투지 않고 아량을 넓힐걸, 무얼 더 어찌해 보겠노라 발버둥을 치며 살았을까 하는 후회로 한 해가 가고 말았다.

그렇게 새해가 밝았다. 선생선사選生選死, 선거에 살고 선거에 죽는, 올해는 그야말로 선거의 해다. 늘 그래왔듯 새해라니까 막연한 희망에 젖은 눈치도 보인다. 선거 때가 되면 군대 말년이었던 1985년 12대 국 회 2·12 총선이 생각난다. 나는 현역병 신분으로 5공 정권 부재자투표 부정의 현장을 경험했다. 민정당 후보 당선을 위해 지휘관 눈앞에서 기 표했으니, 민주주의의 근간인 비밀투표 원칙은 막사 위에 펄럭이는 깃 발만큼이나 허무맹랑했다. 장병들은 포대장과 면담을 통해 고향 지역 구의 야당 출마자 중에 친인척이나 지인이 있는지 밝혀야 했고 여당 후 보에게 확실히 기표할 것을 약속했다. 믿지 않아도 하는 수 없지만, 실 제 그랬다. 군기 잡힌 병사들은 까라면 까야 했다. 기표한 투표용지를 포대장이 보는 앞에서 고향으로 발송될 부재자투표 봉투 속에 집어넣 었다. 아무리 군대라지만 남에게 강요받은 선택이므로 국민 주권이라 할 수 없었다. 아직도 지워지지 않는 기억의 음화 중에 군대 시절 선거 가 자리하고 있다. 고등학교 학생회장 선거만도 못했던, 웃기는 짬뽕이 었던 시절이었다. 그랬음에도 전두환 군사독재에 항거하는 국민의 의 사가 반영된 나머지 양 김 씨가 주도했던 정당이 제1야당으로 올라섰고 마침내 87년 시민 항쟁의 기폭제가 되었다.

새해 아침. 금당산 옥녀봉에 올라 일출을 보고 내려와 유수 일간지 신춘문에 당선 작품을 찾아 읽는다. 새해 소망도 조심스레 빌어 본다. 극소수의 부자들만 잘사는 나라가 되기보다는 골목 상권이 살아나 자영업자 지갑이 두툼해졌으면 좋겠다. 1대 1로 강한 정당끼리 맞붙어 갈등과 반목으로 아귀다툼하는 선거가 아닌, 소수 진보 정당도 제 색깔의 목소리를 낼 수 있는 선거였으면 좋겠다. 다문화 가정과 성 소수자, 장애를 지닌 약자들이 차별과 편견의 도가니에 빠지지 않고 당당하게 사는 세상, 학생인권조례 같은 제도가 교육 주체들을 설득하고 교사의 인권도 존중되어 사제 간 감화와 감동을 나누는 학교, 전쟁 없는 지구촌의 평화, 아픈 사람 없는 평온한 일상이 즐거운 새해가 되었으면 좋겠다.

아큐 같은 후보도 진부한 타성에서 벗어나 개혁은 좋은 것이라는 것을 깨닫고 동참할 것이다. 시민들은 고개를 갸우뚱한다. 혁명가가 누구인지 몰라도 대중의 뇌세포도 움직일 수 있었다는 점에서 의문을 거둔다. 아큐 손에 들려 있던 볼록렌즈를 뺏어 눈에다 붙여 본다. 혁명 앞에서 무기력해지는 허방다리 짚은 아큐가 의외로 많다. 아큐는 자신의 왼팔에 감겨 있는 완장이 자랑스럽다. 어깨를 으쓱대며 거리를 활보하는 기분, 자신을 두려워하기 시작한 마을 사람들의 눈빛들, 이게 정녕 꿈만은 아니겠지. 돌을 던질 수 있는 자, 자신 있게 던져 보라지. 변발한 자들한 발짝 앞장서 나서 보란 말이야. 반혁명 분자들이 무슨 할 말이 있겠어? 아큐에게도 이런 날이 올 줄 알고 있었나. 세상은 살고 볼 일이다.

세상이 망가질수록 쓸 거리는 많다

월산동 무등시장 골목이었다. 백운 로터리 쪽 신축 공사 아파트 숲 너머로 펫장처럼 엉켜 있던 먹구름이 몸을 풀더니 이내 비를 뿌렸다. 굵어지는 빗줄기를 피해 술집에 들어갔는데 낮술에 쩔어 해독 불가능한 이방의 언어를 뇌까리고 있는 옆 테이블 사내의 시선은 피하지 못했다. 반쯤 풀린 눈초리를 치켜세워 우리를 겨냥하고 있는 사내를 외면한 채 나는 철영이 앞에 놓인 잔에 소주를 따랐다.

흩어져 있는 지산 선생님의 작품 발굴은 좀체 성과를 내지 못하고 있었다. 미뤄왔던 전집 발간의 숙원을 계절이 바뀌기 전에 풀어야 했다. 흉내조차 낼 수 없는 효자 철영이는, 아버지의 문학과 삶을 기록하여 남기고 싶었다. 생각해 보면 지난 40년 세월 동안, 나의 사적 영역에서 가족이나 직장 동료 말고 가장 많이 만났던 사람이 철영이었다. 그렇게 오래도록 만나오면서 단 한 차례도 척지거나 틀어져 본 적 없는 우리는, 만날 때마다 예외 없이 통음했다. 죄다 기억할 순 없지만, 무엇을 해 보기 위해 망설였던 일들과 무엇을 도모하려다 그만두었던 일들, 이를 둘러싼 도도한 열망 때문에 늘 심각했다. 자잘한 고민을 공유하다가도 해결하지 못했을 때는 손 털고 웃어 버리면 그만이었는데, 이번 일은 달랐다. 『이명한 문학 전집』 발간, 시간 여유가 많지 않았고 더 미룰 일도 아니었다. 내게 한 줌의 능력이 있어, 지산 선생님의 문학을 집대성하는 사업에 가느다란 숨이라도 보탤 수 있다면 뭐든지 하겠노라 말했다. 벌써 일 년도 지나 버린, 지난해 여름의 일이었다.

'칠말 팔초' 1주일 주어지는 여름휴가를 반납하고, 방에 틀어박혔다. 1970년대와 80년대에 걸쳐 지면에 발표되었던 선생님의 중편과 단편들을 읽고 또 읽었다. 밤과 낮을 가릴 새도 없이 출판의 목적에 맞게 원고들을 정리하고 교열했다. 이 작품을 쓰셨을 때는 지금 내 나이쯤이셨을까. 시리도록 젊은 날의 감각을 추정하며, 무겁고 단단한 작가정신 사이로 전해지는 고뇌의 무게를 가늠해 보았다. 반세기의 세월을 넘나들며, 선생님의 젊음이 맹렬하고 왕성하게 되살아나 오늘의 길고 무더운 여름을 이기게 했다. 지금도 생생하게 살아 있는 작품들, 깊고 넓은 작품 세계가 오래 묵은 소설 같지 않게 싱싱하게 다가왔다. 소설을 읽는 게 아니라 소설 독본을 교습하는 것 같았다. 날렵하고 형형한, 평소 선생님 말씀이 바로 문장이고 행간이었다.

1980년대를 떠올리면 최루 연기가 묻어오는 것처럼 콧날이 시큰하고 가슴이 쓰리다. 얼치기 수작을 부려 문단 귀퉁이에 이름을 올려놓고는 저열한 치기를 앞세워 겁도 없이 이런저런 문단 행사를 찾아다녔다. 개근상을 받아 마땅한 모범생처럼 선생님은 늘 같은 자리를 지키고 계셨다. 안경 너머로 건네주시는 온후한 눈빛에 매료되어 또래의 문청들과 함께 수시로 지산동 한림원 철영이 집에 몰려갔다. 술이 고픈 가난한 청춘들이 달려들었어도 한약재 내음이 가득하던 한림원 술청의 매실주는 마르지 않았다.

오랜 연애 끝에 결혼을 결심하고 선생님께 주례를 부탁하러 갔던 날이었다. 하필 그 자리에 화니백화점 사보 편집부 기자였던 허미경 후배가 처음 보는 남자를 데리고 와 있었다. 알고 보니 그녀도 나와 같은 이유로 선생님께 주례를 부탁하러 온 모양이었다. 서로 축하의 덕담을 나누긴 했는데 결혼식 날짜가 똑같은 날에, 같은 시간대라는 게 문제였다. 난감해진 쪽은 두 쌍의 신혼 커플보다 두 결혼식 중 하나만을 선택해야 하는 선생님이었다. 상황의 심각성을 감지하게 된 그녀와 나는 마구 우기기 시작했다. 반드시 우리 결혼식의 주례를 서 주셔야 한다며, 선생님 주례가 아니면 결혼을 포기하겠다고 강변했다. 그랬는데, 천만다행하게도 결혼식장이 명성예식장으로 같았고 같은 장소 바로 다음 시간대임을 알게 되었다. 결국 선생님은 주례를 한 날 한 장소에서 연달아 '두 탕'을 뛰게 되셨다.

1990년대로 접어들면서 우리나라와 중국이 수교를 맺을 즈음이었다. 조선족이라는 신박한 존재를 알게 된 나는 열병 든 병자처럼 달아올라 있었다. 우리 남녘땅에 조선족이 발도 딛기 전이었으니 오늘날 조선족이 이렇게 많이 퍼질지 모른 채 당시의 나는 중국 현지에 사는 조선족의 삶을 소설로 쓰고 싶었다. 욕심은 앞섰으나 덜떨어진 재능 탓에 전망이 흐렸다. 한심하기 그지없는 노릇이지만 그땐 그랬다. 소설에 미쳐 있었으면서 자신 없고 불안했다. 소설을 쓰고 있었으나 나를 믿지 못하고 회의했다. 써 보려다 멈추기를 되풀이하다가 얄팍하고 미흡한 재주를 핑계 삼아 술만 마셨다. 언제라도 때려치울 궁리를 위해 술을 마시는 셈이었다. 뭐 하나 되는 것도 없고 창작은 제자리걸음이었으니 회의는 어지러이 내 곁을 떠나지 않았다.

설날이 되어 선생님께 새배를 갔다. 선생님께서 다과상에 놓인 작은 잔에 술을 부어 주시며 요즘 소설 쓰느냐고 물으셨다. 중국 조선족 얘기를 써 보고 싶은데 잘 안되어 그만두려 한다고 답했다. 좋은 소재라고 반기시며 포기하는 이유를 물으셨는데 비겁하게도 나는 덜 떨어진 능력 때문이라고 솔직하게 답하지 못했다. 현지의 조선족과 함께 살지는 못했더라도 조선족이 사는 그곳에 직접 가 보고 취재라도 해 봐야 쓸 수 있을 텐데, 중국 방문이 자유롭지 못했던 당시 형편에 엄두를 못 내겠다는 점을, 고민이랍시고 털어놓았다. 그랬는데, 안경 너머로 허허 웃으시며 건네주신 선생님 말씀이 찬물에 머리를 감듯 정신을 번쩍 들게 했다. 그냥 써 봐, 망설이지 말고 재지도 말고 무조건 쓰고 봐야지, 하셨다. 경험해 보지 않은 세계를 그려내는 게 소설이니 그러기 위해서는 상상력을 가동해야 한다고 하셨다. 꼭 가 봐야만 그곳 이야기를 쓸 수 있는 건 아니며, 가 본 적 없는 곳이야말로 상상력을 동원하기에 최적의 재료지 않느냐, 일단 써놨다가 현장 확인은 나중에라도 하면 될 것이니, 상상을 통해서라도 이야기를 써놓고 보라는 말씀이셨다. 항로를 잃고 밤바다를 표류하던 돛단배가 등대를 만난 기분이었다. 졸작 『신·열하일기』는 그렇게 해서 써낼 수 있었다. 지금도 내 책상머리에 '일단 쓰고, 정리는 나중에!'라는 선생님 말씀을 붙여놓고 있다.

김대중, 노무현 정권이 막을 내리고 이명박 정권이 시작되었던 2008년 무렵이었다. 광주전남 『작가』지에서 '이명한 선생님과의 인터뷰'를 특집으로 싣기로 했는데, 편집부에서 의뢰한 대로 내가 대담자로 나서게 됐다. 대인동 선생님 사무실로 찾아가 인터뷰 장면을 사진으로 찍고 선생님 말씀을 들었다. 준비해 온 질문을 드리기도 전에 선생님께서 미리 말씀하셨다. 보수 정권의 준동은 작가에게는 오히려 기회다. 그러니 풀 죽을 것 없다. 세상이 망가지고 문제투성이로 무너질수록 쓸 거리가 많아질 테니 곳간이 채워진 부잣집처럼 작가에게는 두둑한 양식이 될 것이다. 물 들어올 때 노를 저어야지, 사회적 고통의 시기에 대작이 나온다. 준비해 온 질문에 관한 대담보다 먼저 해 주신 말씀이 아직도 더 기억에 남아 있다. 그렇게 하고 난 뒤, 두어 시간 동안 나눈 대담 내용을 원고로 정리하여 편집부에 넘겼다.

그런데 보수 정권으로 바뀐 시국이라 문화계에 대한 지원이 신통치 않다더니만 『작가』지 발간이 지연되었고 그러다 보니 한참을 지나 발간된 잡지에는 선생님과의 대담 특집이 빠져 있었다. 지금 돌이켜 봐도 아쉬운 일이었다. 왜 그렇게 됐을까 궁금했는데 이래저래 들리는 말에는 대담 내용에 시의적절하지 않은 대목이 있어서라고 했다. 당시 '민족문학작가회의'에서 '한국작가회의'로 전환되던 시기였던 만큼 '민족'이라는 개념이 빠진 데 따른 선생님의 격정적인 토로를 대담 원고에 실었기 때문이라는 것이다. 평생토록 식민지와 독재 권력에 맞서 살아오신 선생님의 지론은 당당하셨다. 민족 문제는 정파성에 얽매일 대상이 아니므로 우리 문학인이 지향해야 할 중요 가치에서 '민족'이라는 개념이 빠지면 되겠느냐며, 작가는 모름지기 민족 앞에서 책임 있는 사관 같아야 한다고 힘주어 말씀하셨던 모습을 잊을 수 없다.

구시포 횟집이었다. 광주·전남소설가협회 모임에서 빈 병에 숟가락 꽂은 마이크를 잡고 부르셨던 빨치산 전사의 노래도 잊을 수 없다. 태백산맥에 눈 나린다. 총을 메어라 출진이다. 눈보라는 밀림에 우나 마음속엔 피 끓는다. 높은 산을 넘어넘어 눈에 묻혀 사라진 길을 열고……, 통일 염원은 선생님의 소원이었다.

잊을 수 없는 장면들, 어찌 다 한 번에 담아낼 수 있으랴. 불온한 시절 어느 날 하루도 허투루 보낸 적이 없던 지산 선생님, 같은 시간과 공간에 존재하는 것만으로도 문단 후배들에게 중심을 잡아 주고 힘이 되어 주셨다. 문학의 위기는 어느 때나 존재할 테지만 문학은 죽지 않는다, 종이책도 사라지지 않는다, 강조하시는 선생님은 식민지와 해방공간, 군사 독재라는 근현대사의 격동을 온몸으로 견뎌내면서 시류의 어떤 풍파에도 흔들리지 않으셨다. 수양산 그늘이 강동 팔십 리를 드리우듯, 우리에게 변치 않는 큰 어른이시다.

휴간일

똑같은 하루였다. 눈을 뜨면 아무렇지 않게 하루가 시작되었던 평범하기 이를 데 없는 아침이었다. 비가 곱게도 내리길래 오래도록 창밖을 바라봤는데, 장마가 시작되었단다. 그런 아침도 가고 이제는 정오마저 넘기고 있다. 그런데 아직도 어젯밤 기억에서 쉬이 물러설 수 없었다.

사람, 참 질기다. 술 깬 아침에 떠올리는 지난밤의 기억들. 2차, 3차로 이어졌던 차수 변경과 자리 이동 탓에 정오 무렵까지 속이 울렁거렸다. 실없기만 했던 간밤의 언행이 만신창이가 된 몸에 달라붙어 있다.

정수기에서 냉수를 내려 마셨다. 떨쳐내려 해도 자꾸만 살아나는 지난밤 행적, 비가 내리기 시작한 퇴근길에 누가 손을 내밀었더라도 마다할 리 없었다. 이른 저녁이었고 때마침 비바람까지 가세했으므로 그냥 귀가할 수 없었다. 팔로우 미. 누군가 호기를 부렸고 가출을 결심한 고삐리처럼 의기투합하여 술집을 찾았다. 가벼이 소주잔을 주고받으며 지금은 퇴직하고 없는 옛 동료를 추억하다가 취기에 젖어갔다.

골목집 구석 자리로 옮겼다. 침침한 조명 아래, 들창 바깥으로 빗소리가 들렸다. 백열등은 낮게만 가라앉았고 두부 접시에 검게 댄 자국이 나 있었다. 무슨 얘기를 나누는지 중요하지 않았다. 손에 잡히지 않는, 아무런 무게도 달지 않은 얘기들이었다. 잠시 열어놓은 창문 틈으로 빗방울이 떨어졌을 때 흠칫 놀라 나무 의자를 바꿔 앉았다. 별것도 아닌 얘기로 웃다가 별것도 아닌 얘기로 침울했다. 흐릿해진 시야 너머로 하루가 저물었고 자리에서 일어나 골목길을 나섰을 때는 밤도 솔찬히 깊어졌다. 우산을 뒤집을 기세로 바람이 불었다. 바람 앞에서 강한 자가 있나.

차수를 바꾸지 말자던 마지막 술자리, 종지부를 찍지 못한 게 문제였다. 집으로 향하던 택시에서 소설가 형들의 전화를 받고 충동적으로 행선지를 변경했다. 학교 동료들이 하는 말 중, 우리 회사에서 술을 제일 잘 마시는 사람은 정 선생이여. 아내가 가장 싫어하는 말이었다. 하지만 소설가 형들을 만나면 나는 깨갱, 하고 죽어야 했다. 술부심으로 무장한 전사 같은 그들의 술자리는 밤새고 날이 밝아야 끝났다.

흥성거리는 술집 골목에서 온몸을 구긴 채 쓰러져 있는 사내를 보았다. 택시를 기다리던 취객들이 뜨악한 눈으로 그를 피했다. 그의 얼굴에 덮여 있던 웃자란 수염에 내 얼굴이 겹쳐졌다. 날마다 술을 마시는 사내, 이유가 사라지면 새로운 이유를 만들어 냈다. 휘파람새가 날아와 노래하고 있는데도 그 소리가 파랑새 소리인지 까마귀 소리인지 구분하지 못하고 주저앉아 있는 모습, 언제까지 이렇게 살 것인가 푸념하며 생떼를 쓰고 있는 내 일상이 거기에 있었다.

술 마신 만큼의 형벌이 찾아온다. 다른 사람의 시선을 의식하며 목울대 너머로 넘어오는 불편한 기운을 삼켰다. 다시는 과음하지 않으리라, 국기 앞에 선 병사처럼 맹세했다.

맹세는 속성상 오래 가지 못하는 법. 점심때 칼칼한 국물에 속이 풀리면 얼굴에 화색이 돌아온다. 하오로 접어들면서 맹세는 무너지고 허기만이 살아난다. '리셋' 상태로 회복된 몸을 느끼며 가당찮은 자신감마저 생긴다. 오늘은 또 누구와 어디서 판을 벌일까. 거짓말처럼 말짱하게 초기화되어 버린 육신이 신기하다. 허허로워진 위장에 오늘은 무슨 술로 채울 것인지 궁리하는 시간이 돌아왔다. 개인지 늑대인지 가려낼 수 없는, 개도 아니고 늑대도 아닌, 개이기도 하고 늑대이기도 한 시간이다. 야속하게도 오장육부는 정상을 회복하여 개와 늑대의 시간을 맞이하고 말았으니, 주변의 관계인들로부터 얼마나 많은 눈총을 받고 살았을까. 술자리에 있으면 미묘한 흥분이 일어 심리적으로 안정되고 술 마시지 못하는 저녁이면 정처 없는 원망과 결핍으로 우울의 수렁으로 빠지고 말았던 허망한 조울증, 동네 술집에 앉아 아득한 안개와 늪 같은 술기운에 쩔어 헤픈 웃음과 과장된 슬픔에 우울해하다가 아침이 되면 밤새 술 마셔도 쌩쌩했던 젊은 날과 달리, 흐린 의식과 몽롱한 언사들로 하루를 보냈으니, 이토록 흉칙하고 참담한 날들이 어디 있으랴.

꿈 같은 나날, 허무한 세월이었구나. 이제라도 깨달았다면, 술로 점철된 황망한 시간을 반복하지 말아야 한다. 술 없는 세상도 있다. 몸무게는 빠질 테고 명료해진 정신과 개운한 감각, 가뿐한 의식으로 살 수 있다. 술 없는 세상이라니, 세상은 단정하고 멀쩡하며 이성적 수레바퀴를 타고 잘도 돌아갈 텐데, 저녁이 되면 어김없이 닥쳐올 매몰찬 공복이 남루하고 허기진 술 생각을 불러올 텐데, 그놈의 술 생각이 나를 결박하고 쓰러뜨리기 위해, 오늘도 저녁 시간이 다가오고 있으니.

창밖의 빗줄기는 기세와 속도를 바꾸지 않고 꾸준히 내리고 있다. 한 꺼풀이라도 더 벗겨내 내던지고 싶은 어젯밤의 기억을 돌이킬 틈도 없다. 시간은 어리석은 아편 같은 것인가. 하루도 지나지 않아 잊어버리고 싶은 과거가 되어 되돌아 앉는데, 비 때문만은 아니다. 슬픔도 단련이 되면 일상이 되고 지난밤의 시간도 흐르고 보니 돌처럼 굳어져 버린다. 개와 늑대의 시간이 다가오면서 생각나는 사람들. 살아 있을 때 그렇게 마셔대더니, 서둘러 떠나버린 창영이, 은명이, 형석이, 허망한 친구들.

아직 살아 있는 형들도, 벗들도, 버들잎처럼 나긋하게라도 살아남아 술을 즐기려면, 휴간일休肝日을 가져야 한다. 신문 발간 하루 쉬는 날 말고, 간도 하루쯤 쉬어야지. 그래야 또 기운 차려서 마실 수 있을 것 아닌가. 여름날 땡볕만 내리쬐는 게 아니라, 오늘처럼 비가 내리는 날도 있듯. 퐁당퐁당은 아니더라도, 사나흘에 하루쯤은 꼭 휴간일을 가지시길.

문학 동인 유감

동인同人이란, 지향하는 뜻이 같다고 하여 모인 사람들이다. 문학판이나 그림판에서는 동인이라는 간판을 걸고 모이는 사람들이 있다. 대다수 시인 작가의 문청 시절을 돌이켜 보면 크고 작은 동인 활동을 경험했을 것이다.

내가 다녔던 서석고등학교는 설립된 지 몇 년 되지 않은 사립학교다 보니 문예반이 없었다. 3학년이 되자 시 잘 쓰는 친구와 뜻을 맞추고 후배 몇 명을 규합해서 문학 동인을 만들었다. 그런데 그게 빌미가 되어 학생과에 끌려가서 뒈지게 얻어맞았다. 음성적 폭력 서클 단속에 걸려든 셈이었는데 학생과 바닥에 꿇어앉은 채 항변했다. 우리는 불량 서클이 아닙니다. 문학 동인입니다, 아무리 하소연해도 선생님은 믿어 주지 않았다. 이유는 하나, 동인의 이름 때문이었다. 유신 시대라는 폭압적 사회의 격랑을 빗대어 '소용돌이'라는 이름을 지었는데, 바로 그 이름이 문제였다.

대학에 진학해 보니, 별의별 문학 서클이 다 있었다. 그런데 그 이름들 앞뒤에는 반드시 동인이라는 별칭이 붙어 있었다. 나 역시도 그중 한 곳인 '터앝문학동인'에 들어가 활동했지만 지금 생각해 보면 동인의 개념은 미미했다. 굳이 동인이라는 이름을 붙이고자 했다면 '문학을 좋아하는 사람들', 좀 나아가서는 '문학을 하겠다는 사람들' 그러니까 동호인 정도의 의미가 아니었을까 싶다. 훗날 크고 작은 문학 단체에 알게 모르게 가입했다가 회의에 빠지기도 했다. 여럿이 함께하는 활동을 두고, 혼자가 아니기 때문에 겪을 수밖에 없는 시행착오나 치기 때문이었다. 창작은 모름지기 혼자 해내야 하는 작업일진대 동인 같은 게 무슨 소용인가, 동인이라는 이름을 걸고 모여 봐야 결국 개인 창작이 우선 아닌가.

동인이라는 이름으로 모여 창작 활동을 해야 한다면 몇 가지 정도는 뜻을 함께해야 한다. 예술적 기여에의 목적이 뚜렷하고, 이념이 같아 자연스레 에콜流波이 형성되면 제격이다. 같은 이념의 결집이라는 대목에서는 이견이 있을 수 있다. 모든 구성원에게 획일적인 이념을 요구하는 것은 문학의 다양성에 어긋나며 창작의 자유 정신에도 훼손될 거라는 반론이다. 이념 이전에 자유로이 창작 활동을 하고 각자의 개성을 인정하는 가운데 대립과 마찰의 과정을 거치다 보면 자신의 외연을 확대할 수 있다는 생각이겠지만, 작품을 자신의 취향대로 자유롭게 쓰자면서 동인 활동을 하자는 것은 언어도단이다. 그건 동인 활동이 아니다. 동인 속에서 또 다른 의미로 자신을 구속하게 되는 이율배반을 낳을 수 있다. 생각이 다른 다양한 사람들끼리의 모임에는 동인이라는 이름을 빼면 된다. 동호인과 동인은 다르다.

군 복무를 마치고 복학했을 때 입대 전 터앞문학동인 활동을 함께 했었던 후배들 여럿이 탈퇴해 버렸다는 사실을 알게 됐다. 남아 있는 후배들에게 그 이유를 듣고 난 뒤 그들과 질긴 언쟁을 벌여야 했다. 초점은 딱 하나, 문학판에서의 당파성이었다. 내가 군대 가 있는 사이 80년대 중반이었으니, NL과 PD로 나뉘어 싸우던 학생 운동의 노선 투쟁이 터앞 후배들의 활동에도 깊이 스며들어 있었다. 뜻을 함께하겠다는 깃발을 내세웠으므로 어찌 보면 이제야 동인의 모양과 성질을 갖추었다고도 볼 수 있었지만 무언지 씁쓸했다. 문학 동인이랍시고 수시로 만나 막걸리를 마시고 창작의 자양분이 될지 모른다며 연애질이나 하고 다녔던, 그 시절 친목회 수준보다 낮지 않냐며 안도할 수만은 없었다. 문학적 창조는 정녕 펜 끝에서만 나와서는 안 되며 반드시 당파성이 필요하다고 목소리를 높이던 후배들의 주장이 귓바퀴에 맴돌았다.

학내 소수파이던 PD 이념을 추종했던 터앞 동인은, 세월이 흐르면서 과거로 돌아앉아 버린 지난날의 고단했던 사상을 더는 끌고 가지 못했다. 엇비슷한 수정주의가 돌개바람을 타고 휘몰아쳤으며 계급적 변혁을 꿈꾸던 자들은 이런저런 비판에 맞서다 물보라처럼 흩어졌다. 그런 세월이 지나갔다. 그토록 힘겹게 보듬고자 했던 현실주의는 손에 잡히지 않았다. 그렇다고 해서 그때의 노동자가 갑자기 떼돈을 벌어 상류층으로 계급 상승을 한 것도 아니고 문학이 떠안아야 할 과제가 자본의 안개 너머로 자취를 감춘 것도 아니었다. 역사적 현장을 담아내고 그것을 증언해야 하는 문학의 과업, 여전히 중심 찾기는 필요하며 그걸 외면하는 그 어떤 전망도 문학판을 흐려서는 안 된다는 당위는 여전했다.

우리 세대만 살고 문 닫아 버릴 세상이 아니었다.

　강호 무림의 은둔 고수처럼, 문학판에서의 에콜과 당파성에 괘념치 않고 독고다이로 글을 쓰는 작가도 있다. 창작이란 본디 혼자 하는 작업이라 문학 단체를 패거리라 경원시하며 그 이상의 의미는 부여하지 않는 고집이다. 한 숟가락의 밥을 뜨면 그만큼 배가 불러올 줄 알기에 자신이 필요한 숟가락만 챙기는 작가지만, 때로는 남의 주린 배도 떠올리고 남의 숟가락도 챙길 줄 아는 사람이 더 좋은 창작을 할 수 있다는 사실을 외면한다. 혼술하듯 골방에 숨어 만족하는 문학은 그들의 손에 넘기고, 사람들 가슴과 원고지 칸 위를 금 긋지 않고 새들처럼 자유로이 넘나드는 창작을 했으면 좋겠다. '글쟁이'가 아닌 '글꾼', 문학을 하고자 하는 사람의 몫이고 살아 있음의 확인이며 창조해야 할 대상이다.

　문학 단체에 가입한 작가이거나 동인 활동을 하는 사람은 패거리라는 말에 상심할 필요는 없다. 패거리란 말도 맞기 때문이다. 함께 도모해야 할 사업이 있고 집단으로 모여서 목소리를 내야 할 일도 있다. 비껴가지 않겠다는 신념은 무도한 현실 위를 걷는 사람들에게 놓쳐서는 안 될 무기다.

　세계 2차대전 패전국 독일의 '47그룹'은 특정 이념을 내세우지 않고 새로운 문학 방향 모색이라는 기치만으로 출발했다. 반나치주의와 인도주의라는 이념으로 일정한 에콜을 형성하여 전후 독일 문학의 중흥에 영향을 끼쳤던 그들은 『양철북』의 작가 귄터 그라스나 데겐 하르트를 배출했다. 동시대를 사는 소속감으로 자신의 글을 쓰고 서로 나눔으로써 불온한 현실을 증언하려 했던 점에서 '5월시' 동인도 마찬가지였다. 시대의 고통을 함께 나누었던 '시운동'과 '시와 경제' 동인도 있었고, 우리 지역에 뿌리를 둔 국내 최장수 문학 동인 '원탁시'도 있다.

생각이 다른 사람과 같은 시대를 살아가야 하는 현실에서, 문제의식을 공유하고 그걸 형상화해 내는 작업을 함께하는 사람을 동인이라고 한다면 동인은 같은 시간에 같은 시선을 갖고 그래서 같은 일을 하는 사람들의 모임이어야 한다. 그렇다고 해서 모든 집을 죄다 기와집으로 짓자는 건 아니다. 사람 사는 좋은 집을 지으면 된다. 초가집을 짓든 띠집을 짓든 돌집을 짓든 그건 각자의 개성일 뿐이고 무조건 기와집을 지어야 좋은 집이 된다는 건 아니다. 고대광실의 번지르한 기와집에 눈멀지 않고 사람이 누워 편안한 집을 짓자는 생각을 나눠야 한다. 물론 무엇보다 중요한 것, 집을 지을 줄 알아야겠지만.

프로테우스의 세계인 문학은 변형과 변신을 통해 자유자재의 나양성을 누릴 수 있다. 동인이라는 모임은 자칫 그걸 제약할 수 있으며 유형무형의 억압을 받을 수 있으니 신중해야 한다. 세상을 바라보는 황홀한 프리즘의 시선들, 나의 편협한 시선으로는 알 수 없었던 다른 이의 시야를 비로소 알게 해 주는 만화경 같은 환희, 동인 활동이 이를 소망하게 한다.

봄날, 기억의 저편

호남고속도로를 달릴 때마다 그랬다. 논산 부근을 지나면서 가벼운 탄성을 내질렀다. 맞아, 저기다. 시야에 들어오는 육교 때문이었다. 논산훈련소를 가로지르는 고속도로 위로 가설된 육교, 그곳을 지나갈 때마다 묵은 동치미같이 시큼한 훈련병 시절이 떠올랐다. 지금은 달라졌을지 모르지만 그 시절 논산훈련소는 그랬었다. 훈련병 대열이 각개전투나 경계 교장으로 이동하려면 반드시 육교를 지나가야 했다. 그때마다 조교는 구보를 지시했다. 천천히 걸어 지나가는 순간, 행여 훈련병들의 지친 심신에 엉겨 붙을지도 모를 '사회 생각'을 미리 차단하려는 조치였는지 모르겠다.

경계 교장이었다. 통과의례처럼 아무런 이유도 없이 가해지는 얼차려를 한 따까리씩 받고 나서 '좌에서 우로, 우에서 좌로', '50미터씩 중첩되게' 따위의 경계 요령을 복창한 뒤였다. 10분간 휴식 시간이 주어졌고, 담배 한 발을 장전한 뒤 논산벌 야산과 들판을 흐릿한 눈으로 바라보았을 때였다. 가까운 산자락에 세워져 있는 관촉사 은진미륵 광고

판 옆 고속도로를 '광주고속' 버스 한 대가 달려가고 있었다.

아아, 광주. 저 광주고속 버스를 타면 고향에 갈 수 있겠지. 뽀얀 담배 연기를 내뱉으며 살며시 눈을 감았는데 가슴이 뜨거워졌다. 남자다운 군인이 되기 위해 군사훈련을 받는 시간이었는데, '광주'라는 고유명사 앞에서 군인이고 뭐고 없이 맥없이 무너졌다. 밤새도록 막걸리를 마시며 최백호의 '입영전야'를 불러주었던 친구들은 전망을 알 수 없는 미래에 자신을 던져놓았을 테고, 고향 집 안방에서 마지막 큰절을 올리던 순간 눈물을 감추지 못하시던 부모님은 소포로 배달되어 온 아들의 옷가지를 부둥켜안고 다시금 눈시울이 붉어지셨을 것이다.

그때 장난기 많던 동기 녀석이 앞으로 나서더니 큰 소리로 물었다. 지금, 뭐가 제일 먹고 싶냐? 야윈 훈련병들은 신이 난 표정으로 한 마디씩 보탰다. 짜장면 곱빼기는 두 그릇도 먹겠다. 통닭에다 시원한 맥주나 한잔 걸쳤으면 좋겠고만. 삼봉이나 치고 놀다가 낮잠이나 한숨 때린다면 소원이 없겠네. 부질없는 가정법에 다들 키득거렸고 나도 따라 웃었는데 상상만으로도 배가 불렀다. 남몰래 웃음을 주워 담으며 가만 중얼거렸다. 무등극장 옆 수련다방에 앉아 얼음 탄 냉커피 한 잔만 마실 수 있다면.

경기도 파주 임진강 포병부대로 자대 배치를 받고 졸병 생활을 시작했는데 '광주'라는 고유명사는 안온한 고향의 품이 아니었다. 광주라는 이름은 밑도 끝도 없는, 구타의 태생적 유발 요인일 뿐이었다. 광주 출신이라는 이유 하나만으로 두들겨 맞았다. 광주사태 때 뭐 했어? 격한 경상도 억양으로 묻던 고참병은 어차피 대답을 기다리지 않았다. 폭도의 도시, 빨갱이 새끼들, 미리 정해진 레퍼토리가 쌍욕과 더불어 쏟아졌다. 계급이 바뀌고 군복 물이 어느 정도 빠질 무렵까지 그랬다. 전두환과 5공화국, 끔찍한 야만과 폭력의 시대였다. 침상 끝 선에 머리를 처박고 눈을 감은 채 고요히 되뇌었을 물음, 세월이 흐른 지금도 끝없는 의문부호로 떠올라 사라지지 않는 질문, 그때 나는 무얼 했나?

그해 오월의 기억을 소환하자니 괴롭다. 벚꽃 이파리 날리던 봄날, 나는 광주서석고등학교 3학년 학생이었다. 공부해서 좋은 대학을 가겠다고 아득바득 몸부림치는 요즘 교실과는 달랐다. 쉬는 시간마다 복도 끝 화장실에서는 담배 연기가 자욱했고 일찍 까먹은 도시락 쪼가리에서 시디신 김치 냄새가 진동했다. 그 언젠가 나를 위해 꽃다발을 전해주던 그 소녀, 콧노래를 불러제끼던 우리는 상고머리에 검정 교복 차림이었다. 신설 학교였음에도 아이들의 어깨에 애교심만은 차고 넘쳤다.

몽매한 나이였지만 세상이 뒤숭숭한 건 알고 있었다. 지난가을, 영원할 줄만 알았던 대통령이 총 맞아 죽은 뒤로 그렇게 됐다는 것도 알았다. 나 역시도 학업에는 별 관심 없이, 시집 나부랭이나 옆구리에 낀 채 싸돌아다녔다. 세상 돌아가는 추이를 제대로 꿰지는 못했겠지만, 역마살에 다리가 풀려 틈만 나면 시내로 나갔다. 학교 앞에서 6번 버스를 타고 광주천변 현대극장에서 내려야 우리 집으로 갈 수 있었는데 방향을 바꿔 금남로로 나갔다. 대학생들 데모는 보는 것만 해도 가슴이 뛰었다.

운동을 좋아했기 때문에 개교기념 행사로 열리는 체육대회를 기다렸다. 가장행렬은 처음 시도하는 것인지 계획을 짜는 아이들도 즐거웠고 선생님들도 흥미로워했다. 나는 우리 반 농구 대표선수였다. 경종이가 덩치만큼이나 와일드하게 경기를 이끌었으나 막판을 넘기지 못했

다. 심판을 보던 키다리 김행문 선생님이 파울이라며 호루라기를 불었
다. 그러더니, 동네 농구와는 어울리지 않게 자유투를 선언했다. 그걸
로 우리 반이 졌다. 이럴 수가? 고등학교 체육대회에서 웬 자유투? 패
배의 쓰라림이 과장되기 시작했다. 속상하니, 술이나 한잔 마시자.

농구 선수로 함께 뛰었던 짝꿍 근하와, 순진한 효승이를 꼬드겨 후
문 가게로 나가서 소주를 마셨다. 운동장으로 돌아와 보니 체육대회 폐
회식이 끝나 있었다. 아이들이 스크럼을 짜고 교문 밖 진출을 시도했
다. 대학생들 흉내 낸 구호가 들렸고 선생님들이 교문을 막아섰다. 누
군가 돌멩이를 던지자 환호성이 터져 나왔다. 선생님들이 교문을 막고
크게 화를 내며 육탄으로 저지했다. 그 위세에 눌렸는지 더는 움직이
지 못했고 교문 밖으로 뛰어나가 기생충박멸협회 로터리까지 줄 맞춰
구보하고 다녔던 반들도 돌아왔다. 날이 어두워지면서 마침내 흐지부
지 해산하고 말았다. 성권이 생일 선물로 샀던 닐 다이아몬드 '송썽블루
(song sung blue)' LP 디스크를, 농성동 그의 집에 가서 건네주고 귀
가했다.

5월 18일은 일요일이었다. 무슨 바람이 불었는지 근하와 함께 시외
버스를 타고 정읍 내장산으로 놀러 갔다. 해 질 무렵 광주로 돌아와 대
인동 터미널에서 내려 금남로 5가로 나오는데 근처 상가의 유리창이 박
살 나 주인아저씨가 화를 내고 있었다. 근하와 헤어진 후 집으로 가는
발걸음을 재촉했다. 멀리 군용트럭과 군인들이 보였고 심상치 않은 분
위기 탓에 나는 금남로 쪽으로 가지 못하고 광주공원 쪽으로 빠졌다.
국밥집이 즐비했던 공원 광장에 세워진 군용트럭에 대학생들이 강제적

으로 태워지는 장면을 목격하고 바삐 자리를 옮겼다. 서동 골목길을 걸어 집으로 들어갔다.

저녁 식사를 하며 텔레비전으로 프로권투 박찬희의 세계 타이틀전을 시청했다. 믿었던 박찬희가 오쿠마 쇼지라는 일본인 복서에게 어이없는 KO패를 당했을 때 회사에 다니던 누나들과 대학생 형이 차례로 귀가했다. 금남로에서 오는 길인데 대학생들이 팬티 차림으로 발가벗겨진 채 트럭에 실려 갔다고 누나가 말했다. 전해 듣는 것만으로도 무서웠다. 마침 집에 놀러 오셨다가 오래도록 고립되셨던 외할아버지께서 손주들을 단속하기 시작했다. 어지러운 세상이니 밖에 나가지 말라 하셨다. 생업에 종사하고 있거나 학교에 다니고 있던 식구들은 저마다 내일을 두려워했다.

5월 19일, 월요일이었다. 평소처럼 시내버스를 타고 학교에 나갔으나 여느 날과 달랐다. 한 시간의 수업도 하지 못하고 선생님들 회의가 소집되었는지 교실에는 학생들만 있었다. 흉흉한 소문이 날을 세우고 교실 구석구석을 헤집고 돌아다녔다. 아이들에게 주워들은 얘기만으로도 간이 벌렁벌렁했다. 그때 용기를 낸 선호가 교탁 앞으로 나갔다. 여러분! 이렇게 가만히 있어야겠습니까? 우리 모두 금남로로 나갑시다! 선호의 외침에 아이들이 옳소! 금남로로 가자! 하고 화답했다.

그 순간 교실 뒷문이 열리더니 담임이었던 박점수 선생님이 들어와 굵은 남저음 목청으로 선호부터 진정시켰다. 조선호, 들어가. 교탁에 선 담임 선생님은 도무지 믿을 수 없는 말을 했다. 휴교령이 내려졌다. 당장 집으로 돌아가라. 지금 금남로에 시체가 즐비하다고 하니 시내 쪽으로 절대 들어가지 말고 외곽으로 돌아서 가라. 반드시 살아서 다시 만나자. 난데없는 종례였고 침울한 이별이었다. 교문에는 아들을 데리러 온 일부 학부모들로 웅성거렸다. 휴교라는데, 아무도 반기지 않았다. 충격과 두려움만이 서로의 눈망울에 가득했다.

어른이 되어 보니까 짐작할 수 있겠다. 당시 선생님들 역시, 미쳐 돌아가는 정국을 마주하며 얼마나 놀랐고 걱정되었을까, 조심스레 헤아려 본다. 혈기 넘치는 학생들을 다독이기 만만치 않았을 테고 예기치 않은 휴교령에 근심이 가득했으리라. 선생님들도 젊은 피가 들끓을 청춘이었다. 민주주의에 대한 신념과 유신 시대 획일적 군사 교육 사이에 갈등하셨을 그분들의 고뇌가 떠올라 새삼 숙연해진다.

월산동에 사는 시형이 철현이와 함께 학교에서 벗어나 돌고개를 거쳐 집으로 걸어갔다. 동네에는 소문이 무성했다. 종국에는 광주 시민 모두 죽을 수도 있겠다는 공포가 어른들의 표정과 입을 통해 돌아다녔다. 교사인 아버지도 휴교령 탓에 일찍 귀가하셨다. 식솔들을 수배하고 귀가 여부를 확인하며 단속에 들어갔다. 절대 집 밖으로 나가지 마라. 대성교회 부근 주택가에 우리 집이 있었는데 2층에 올라가 보니 길거리에는 창문이 뜯겨나간 버스들이 지나갔다. 시민들이 각목으로 버스의 표면을 두들기고 다녔다. 자세히 보니 어른들만 있는 게 아니라 교련복을 입은 고등학생도 있었고 나보다 어려 보이는 아이들도 있었다.

다음 날 시형이 집에 가면서 시위대를 보았다. 재술이 집에 갔더니 전대생 형이 사라졌다고 난리가 나서 이리저리 돌아다녔다. 또 하루가 지나갔다. 집에서 가까웠던 세무서와 장동 MBC 방송국이 불탔다. 분노의 도화선에 기름을 부은 격, 광주 시민을 폭도라 칭하여 태연하게 방송 뉴스에 내보낸 대가였다. 그러는 동안 석가탄신일도 지나고 총기로 무장한 시위대 차량이 이제는 편안하고 자연스러웠다. 계엄군이 퇴각한 자리를 시민군이 지켰는데 시민군 대열에서 아는 친구들도 보였다. 전두환을 찢어 죽이자, 허름한 플래카드에 살인마의 이름이 나풀거렸다. 월산동 대창석유 앞을 지나 대인동으로, 계림동 오거리와 전남여고를 거쳐 도청 앞으로 갔다. 분수대를 중심으로 운집해 있던 사람 중 한 사람씩 돌아가면서 연설했다. 가슴안이 쿵쾅거리며 불기둥을 안은 것처럼 뜨거워졌다. 불로동 다리를 건너서 집으로 돌아올 때까지 별의별 얘기를 다 들었다. 광주는 소문으로 감금된 도시였다. 온갖 풍문이 나돌아다니던 중 가장 절박했던 것은, 곧 군인들이 시가전에 투입되어 시민군을 진압할 것이며 광주 시내 전역에 가택수색을 실시하여 학생들을 잡아갈 것이라는 소문이었다. 늦은 밤 집에 돌아왔더니 나를 찾느라 집안이 발칵 뒤집혀 있었다. 나를 본 순간 어머니께서 눈물을 왈칵 쏟으셨고 외할아버지께서는 인공 때도 이러지 않았노라 혀를 차셨다. 아버지께서는 일단 유사시 장롱을 열고 이불 속으로 숨으라 지시했고, 나는 예행 연습까지 했다.

5월 27일 새벽, 계엄군이 투입되었다. 밤새 귀청을 후벼 파는 단말마의 여성 목소리가 동네를 돌아다녔다. 광주 시민 여러분, 지금 계엄군이 쳐들어오고 있습니다. 가두 방송 목소리는 지금까지도 그랬지만 앞으로도 죽을 때까지 잊히지 않을 것 같은 절규의 음성이었다. 집 근처였던 광주공원과 사직공원에서 콩 볶는 듯한 총소리가 밤새도록 귀청을 들쑤셨다. 부모님은 유탄이 날아들지 모른다며 이불을 뒤집어쓰라 했는데 나는 잠들지 못한 채 날이 새기만 기다렸다. 여명이 밝아오는 시각에 2층으로 올라가 창문을 열었다. 집 건너 아스라이, 대규모 군대 병력이 월산동 수박등을 넘어오고 있었다. 아침이 되어 총소리는 멎었으나 저공 비행하는 헬리콥터 소리만은 끊이지 않았다.

말할 수 없는 침묵의 시간들, 공포로 숨죽였던 나날들이 지나고 마침내 개학했다. 여름이 깊어지면서 학교도 평상으로 돌아간 것처럼 보였다. 이런 세상에 대학이 뭐냐며, 올해는 입시가 없어질 것이라던 뜬소문이 무색해졌다. 평상으로 돌아갔다지만 평소와는 달랐다. 친구들이 보이지 않았다. 총에 맞았다는 형문이, 시민군으로 잡혀가 풀려나오지 않은 석봉이가 자리에 없었고 1, 2등을 다툴 만큼 공부 잘하던 병욱이도 상무대에 감금되었다가 풀려나왔다. 싱숭생숭한 마음은 계절이 바뀌었어도 좀체 가라앉지 않았다.

개학 후 만난 친구들은 분개했다. 무용담은 무성했으나 결말은 씁쓸했다. 사람 좋은 웃음이 트레이드 마크였던 형문이를 잊을 수 없다. 신혼 시절에, 하남 금호아파트 앞에서 사진관을 운영하던 형문이를 자주 만났다. 그랬어도 그가 총에 맞았던 오월 이야기는 한 번도 꺼내지 않았다. 몸속에 박혀 있는 실탄을 빼지도 못했다는데, 상처가 아물기를 기다리는 쪽은 나보다 그가 가까웠을 터.

청춘은 고립되었고 꿈은 유폐된 채, 그렇게 고3 시절이 지나갔다. 죽어 버리면 몰라도, 살아 있는 한 잊을 수 없는 기억, 우리 모두 그랬으리라. 살아선 믿을 수 없는 현실을 목도하고 그 후의 삶이 통째로 제한되어 버렸다. 숙명이었다. 죽음을 피해 구차하게 살아남은 자들이므로 남아 있는 날들은 막 살아서는 안 될 일이었다. 87년 6월, 대구에서 왔다는 경북대 탈춤패 친구들을 망월동 묘역에서 만났을 때 그들은 무당의 열기처럼 들떠 있었다. 혁명의 도시, 광주가 신앙이라는 그들의 언어가 망월 하늘에 공허하게 흩어졌다.

오월 광주로부터 자유로운 자 누구랴. 스물을 앞둔 고3 시절, 미완의 나이에 겪었던 오월의 경험이 평생을 이끌었다. 어두운 기억의 저편에서 음울한 음각으로 새겨져 있다가 시도 때도 없이 살아나는 오월. 그로부터 오랜 세월이 흘렀다. 그러는 동안, 모두 그랬다. 저마다 직장이나 일터에서 불의와 타협하지 않고 불편부당함을 거부하며 기득권과 맞서 싸웠다. 편안한 길은 외면하고 험지를 전전하며, 손해도 보고 불이익도 당하며 그렇게 나이를 먹어갔다. 그랬어도 후회하지 않았을 삶을, 그해 오월이 가르쳐 주었다. 오월은 스승이었다. 그렇게 살아왔으니, 앞으로도 그렇게 살아가라. 오월은 등불이었고 정신이었으며 우리 삶의 방향타였다. 우리는 그렇게 오월을 보며 살아갈 것이다.

부끄러움, 고백

잘생긴 얼굴과는 거리가 멀었던 형연이 형은, 모범생의 전유물 같은 검정 뿔테 안경을 썼다. 그 시절 그랬다. 단과대 수석으로 입학해서 이름을 알고 있는 고등학교 동문 선배의 첫인상은 눈빛부터 달랐다. 퀭한 눈동자와 어둑한 눈자위에 안광만이 살아 있는, 선뜻 말도 걸기 어려운 인상이었다. 5월 어느 날, 중간고사가 끝난 다음 날이었다. 관행처럼 휴강한 탓에 집에서 자빠져 있는데 형에게서 전화가 왔다. 학교로 무조건 나오라는, 전화기 너머에서 생기라고는 전혀 없는 목소리가 들려왔는데 나라는 존재를 기억하는 것만도 감지덕지했다. 무엇에 홀린 것 같았다.

첫 경험은 잊히지 않는다. 태어나서 처음으로 술을 먹고 토악질을 한 첫 경험이었다. 시험이 끝났으면 끝난 거지 무엇 때문에 휴강하느냐는, 그의 불만이 술을 마시기 전부터 날 취하게 했다. 소주병 마개를 이빨로 따더니 소주를 큰 맥주잔에 따랐다. 원샷으로 마시는 그를 따라 소주를 들이켰을 때 시야가 비틀거렸으나 용기만은 차올랐다. 나는 그에게 능주 영벽정 야유회에 참석하지 않은 이유를 추궁했다. 그는 평범했던 나와는 결이 다른 사람 같았다. 단과대 수석을 했다면 모범생이어야 하는데 착실하게 보이지도 않았다. 야유회를 무단으로 불참했으니 더 말할 것도 없었다. 골목 대폿집에서 돈이 없어 음식은 시키지도 못했다. 깍두기 한 종지를 안주 삼아 석 잔쯤 마셨을 때 목구멍으로 치밀어 오르는 역한 기운이 느껴졌다. 형, 더는 못 먹겠어. 항복하고 말았다.

돌이켜 보면, 가여운 청춘이었다. 대학생이 되면 산으로 바다로 캠핑가고 싶었는데 산과 바다로 갈 돈이 궁했다. 함께 가자고 약속했던 이들을 만나기로 한 장소는 광천동 유스퀘어 터미널이 아니라 대인동 공용터미널 안의 약국 앞이었다. 기억은 단호하다. 기억을 공유할 수 있는 사람과 과거와 현재의 모든 연상도 똑같은 크기로 나누어 가질 수 있다.

스무 살의 봄을 기억한다. 눈부시게 푸르른 청춘이었다는 사실을 그때는 몰랐겠지만, 그때가 좋았어? 하고 물었을 때 그냥 좋았다는 평이한 대답일랑 공유하고 싶지 않다. 단순히 그냥 재미있었다는 인식을 나누기에는 아쉬운 스무 살이었다. 승용차를 몰고 산과 바다로 달려가 바비큐 안주에 외국 상표 맥주로 건배를 외치지는 못했더라도 그때가 좋았다. 무릎 나온 청바지 차림의 청춘들이 대인동 터미널 약국 앞에서 만나 주머니 속 동전을 뒤져 차표를 끊는다. 미지근한 콜라를 병따개로 따서 마시고 에어컨도 나오지 않는 시외버스를 타고 달려갔던 봄날 야유회. 눈부신 햇살이 떠오르기 전, 발걸음을 이리저리 옮기면서도 오직 에우리디케만이 오르페우스의 신앙이 되어가던, 그걸 느끼는 것만으로도 설레던 날들이었다.

터미널 약국에서 서성거리던 기억도 있다. 차표를 끊고도 끝내 버스에 올라타지 못했지만, 인생의 이정표를 알지 못했기에 서두르지도 않았다. 멍텅구리배를 타고 먼 바다로 나가는 꿈이라거나 들꽃 한 송이 꺾어 머리칼에 꽂으려 했던 망상일지라도, 어차피 내 인생을 걸고 보듬고 가야 할 업보라고 생각했다. 말로 담아낼 수 없는 복잡다단한 이야기 속에 필연적으로 가장 앞질러 오는 에우리디케의 존재, 말의 성찬이라고 내지를 수는 없었다. 만일 나에게 행복과 불행으로 나뉜 미래가, 갈등이나 타결, 절망이나 소망으로 나뉘어 다가온다면 어떻게 막아낼까. 타이나로스 문門에서 머리를 들고 오는 악령의 뱀, 차가운 머리는 가라앉고 뜨거운 가슴만이 살아난 오르페우스는 언제나 그녀 곁에 있다. 저승 땅을 지나 아베르노스를 벗어나기까지 에우리디케여, 뒤를 돌아보면 안 돼. 뱀의 이빨 자국이 당신의 성스러운 몸을 유린하고 있던 시각에 함께 있지 못해 죄스러울 뿐, 재앙은 그만 내 곁을 떠날 것이며 파멸은 이제 남의 것이 될 것이다.

밖으로 뛰쳐나와 골목 어귀 쓰레기더미 위에 오바이트를 했다. 눈물 콧물을 닦고 앞을 보니 형연이 형이 저만치서 학교 쪽을 향해 걸어가고 있었다. 어지러운 현기증을 몰아내며 나도 모르게 그를 따르게 되었는데, 미대 앞쪽에서 용수철처럼 튕겨 나오는 학생 몇이 우리 곁을 지나 내달려갔다. 뭐 하는 사람들이야? 나는 그들을 보고자 눈을 깜박였다. 그런데 눈이 떠지지 않았다.

잔디밭에 널브러지면서 형에게 물었다. 방금 저거, 뭐예요? 먼지 나 풀거리는, 허전한 도로 저편을 바라보았다. 데모하잖아. 왜? 관심 있냐? 남들은 시험 끝났다고 휴강하고 다들 놀러가 부렀고 너와 나는 이렇게 낮술이나 처마시고 취해서 해롱거리는데, 저들은 광주사태 땜에 저리 고생하잖냐. 부끄러움을 고백하자면 그랬다. 그날부터 세상은 달라졌다. 잘게 쪼개져 버린 청춘이, 푸르른 경고음을 울리며 시작된 날이었다. 청명한 하루, 오월의 이팝나무꽃 터지는 봄날에, 그렇게 나는 81학번 대학 생활 첫해를 보내고 있었다.

조르바처럼

문단 말석에 어설픈 이름을 올려놓은 탓에 더러 배달되어 오는 책들이 있다. 우편물 봉투를 뜯으며 아하, 이분이 책을 내셨구나, 하는 반가움이 앞서는 경우가 대부분이지만, 생경한 필명에다 잘 읽히지 않아 페이지가 넘어가지 않을 때도 있다. 창작 당시엔 날밤을 지새 가며 안간힘을 다해 짜냈을 작가의 고통을 짐작 못 하는 건 아니다. 도서관 서가에 꽂힌 엄청난 책들 보듯 건성으로 대해서는 안 되며 시구와 문장들을 차분히 음미해야 한다는 것도 안다. 어떤 책이든 쉽게 출판되는 것 없고 소중하지 않은 책이 없다. 왜 모르겠는가.

책을 읽고 독후감 같은 걸 강요받고 써야 할 때가 있다. 그 책을 읽어야만 원고를 써낼 수 있으므로, 쓰는 게 문제가 아니라 읽어내는 게 문제다. 책을 어떻게 읽어야 하나, 묵직한 무게로 다가오는 순간, 책 읽기는 즐거울 수 없다. 부담스러운 독서는 고역이 되고 만다. '하기'와 '겪기'는 다르다. 의무적으로 읽어야 하는 독서 행위는 고된 숙제와 같다. 즐겁지 않으며 감동도 식는다. 써내야 할 원고를 대비해 무언가를 메모해가며 책을 읽어야 한다는 것은, 식사 도중에 카메라를 들이대고 사진을 찍어대는 음식 먹방 유튜버나 그날의 컨디션과 상관없이 무조건 술을 마셔야 하는 술 상무와 같다. 자신이 선택하여 자기 돈을 주고 구매한 책을 편안한 시간과 공간에서 자유로이 읽는 독서가 진정한 독서다. 행복한 책 읽기, 바람처럼 휘몰아치며 단번에 읽어버리든 섣불리 읽지 못하고 조곤조곤 아끼며 씹어 삼키든, 행복한 책 읽기란 읽고 싶은 책을 읽고 싶은 순간에 자기 맘대로 읽을 때라야 비로소 이루어진다.

조르바가 그렇다. 여의치 않은 글쓰기에, 지지부진해진 일상이 쓸쓸해질 때면 조르바를 만난다. 국내 현역 시인들에게 영향을 주었다는 시인 첫 번째가 백석인 것처럼, 소설가들을 가장 많이 움직인 소설 속 인물을 꼽으라 한다면 조르바도 빠지지 않을 것이다. 그렇다고, 그의 깊이를 분석해내고 해석하여 의미를 부여하려는 무모한 짓을 할 의도는 없다.

조르바는 자유인이다. 책에서 배운 지식으로 세상과 사람들을 만나고 영혼을 위로받는 작가와 달리, 조르바는 누구의 눈치도 보지 않고 거침없는 언행을 구사한다. 죽은 지식인이 아닌 살아 있는 자유인이다. 조르바처럼 살았던 인물은 숱한 작품에도 등장한다. 위화의 '허삼관'이 그랬고 이문구의 친구 '유재필'도 분방하기만 했다. 성석제의 '조동관'과 '황만근', 양귀자의 '몽달 씨' 고은의 '머슴 대길이', 연암의 '광문이'와 '예덕 선생', 카뮈의 '뫼르소' 같은 이들도, 상식과 규범으로 설명할 수 없는 통찰력과 파격, 먹물의 머리로는 상상할 수 없는 저항과 자유의지를 펼치며 세상을 조롱했다.

이데올로기에 매몰될 리 없다. 슬프면 울고 기쁠 땐 웃으며 흥이 나면 춤을 추는 조르바. 늙은 카바레 가수와의 사랑에도 인색하지 않고 자신만의 개똥철학에도 늘 당당한 상남자였다. 놀고먹기만을 일삼는 것보다 일할 때는 자신의 전부를 바친다. 자유를 꺼리는 인간은 없다. 하지만 먹고 사는 게 문제다. 한 번이라도 본연의 의지대로 살아 본 적이 있는가. 고등학교 시절 생활기록부에 '사고가 어지러우며 일탈성이 강함'이라고 적혀 보지도 못했고, 조르바처럼 원초적 방법으로 자신을 표현하며 살아 본 적도 없다. 사방 데서 음험하게 도사리고 있는 눈치만 살폈다. 과거로부터의 낙인, 이념의 족쇄, 국가와 제도의 무게, 직장과 조직의 속박에 얽매여 살아왔다.

나는 대학 입시 교육 현장의 한복판에서 오랜 세월을 보내는 동안, 학부모와 학생이 간절히 원한다는 이유로 의과대학에 진학시키기 위해 영혼까지 비쳐가며 진학 지도를 했다. 기초과학이 외면당하고 공학도가 무시당하며 인문학이 무너지면서 국가의 미래가 어둡고 무기력한 긴 터널로 빨려 들어간다는 사실을 알면서도 어찌하지 못했다. 적성에 맞지 않아 엇박자가 날 게 뻔한 학생마저 의대에 합격시켜놓고 만족해했다. 서울대 자연대 교수인 동문 선배가 모교 후배들에게 했던 말이 인상적이었다. 고향인 광주를 갈 때마다 느끼는 건데, 잘 사는 동네의 가장 번화한 건물을 보면 죄다 병원 간판만 즐비하다 보니 청소년의 눈에 부유하고 안정된 직업으로 의사를 선호하게 된 것 같아, 그게 안타깝다는 얘기였다. 자신이 가고 싶었던 길이 의사였고 진정 자신이 하고 싶었던 일이 의업이라면 어쩔 수 없지만, 이 땅의 영재들이 죄다 의대로만 쏠려버린다면 어찌 될 것인가 생각하면, 교사라는 처지가 씁쓸하다.

하고 싶은 일만 하고 살 수 있다면 얼마나 좋을까. 출산 날짜를 떨며 기다리는 임산부, 애인이 생기기만 하면 무엇이든 해 줄 수 있을 것 같은 모태 쏠로, 수능이 끝나면 꼭 해 보고 싶은 것들을 아예 버킷리스트로 적어놓은 고3 수험생, 제대 날짜만 손꼽아 기다리는 말년 병장의 심정은 절실하다. 반드시 해야만 하는 일이 꼭 하고 싶은 일이고 가장 자신 있게 할 수 있는 일이기도 하여, 이 세 가지가 일치한다면 더할 나위 없이 좋겠지만 이게 쉽지 않다. 원치 않는 곳에서 내키지 않은 일들에 묶여 시간을 허비하며 살아가는 모습이 우리의 일상이며 자화상이다.

적성이나 취미에 맞춰 좋아하는 일을 아예 직업으로 삼아 살아갈 수 있다면 더 바랄 게 없을 것이나 만만치 않은 일이다. 여가로 즐기던 취미 생활이 직업이 된다면 노동의 절박함은 사라지고 현실적인 경제 관념과 멀어진 나머지 수익이 신통치 않을 수 있다. 생계를 책임져야 할 가장이 돈벌이가 되지 않는 일에 종사할 수는 없다. 죽어도 하기 싫은 일을, 죽도록 해야만 먹고 살 수 있는 게 우리들의 고단한 삶이지 않은가.

재미있게 놀면서 돈을 버는 연예인들, 일기장 같은 글줄을 끄적거리는 게 하는 일의 전부인 것 같은데 그게 수입이 되는 작가들, 남들은 취미로 하는 운동을 날마다 신나게 하고 사는 운동선수들은 자기가 좋아하는 일이면서 남보다 잘 할 수 있는 일이기 때문에 행복해야 한다. 하지만 꼭 그렇게 보이는 것만은 아니다. '하고 싶었던 일' '잘 할 수 있는 일'이었을 때는 그렇지 않았는데 '해야 할 일'로 바뀐 순간, '하기 싫은 일'로 변해 버릴 수 있기 때문이다. '반드시 해야 할 일'을 두고 더 잘해야 한다는 압박감과 스트레스에 진이 빠질지도 모른다.

하고 싶은 일만 골라서 하고 살 수는 없다. '해야 할 일'를 하면서도 불평불만을 내세우지 않고 묵묵히 임무를 수행하는 서비스업 같은 감정노동자들은 '좋아하는 일'을 하는 것처럼 표정 관리마저 해야 한다. 하고 싶은 일은 아무리 힘들어도 지치지 않지만 해야 할 일에 대한 중압감은 즐거움을 앗아간다. 우편배달부가 자신이 배달한 시와 문장으로 한 사람의 외로운 영혼이 위로받았다면 얼마나 즐겁겠는가. 피할 수 없다면 즐겨라, 라는 역설은 사고의 전환을 요구하는 말이다. 어차피 해야 할 일이라면, 하고 싶었던 일이라는 절박함으로 접근하는 지혜가 필요하다.

행복의 요체는 물질이 아니다. 지금 하는 일이야말로 그토록 간절하게 하고 싶었던 일이었다는 인식이 스스로를 행복하게 조율해 줄 것이다. 일에 대한 의지가 강한 사람은 마침내 그 일을 이루고 만다. 하고 싶은 일만 하고 살 수 있다면 좋겠지만 우리들 삶이 꼭 그럴 수 없는 거라면, 진정으로 하고 싶었던 일을 하게 되었다는 절실함과 세상이 필요로 하는 일을 하고 있다는 보람을 내세우면 된다. 고된 일일수록 마음먹기에 달렸다.

알 수 없는 미래는 불안하다. 만족을 모르는 현실은 풍요로운 삶과는 반대다. 조르바에게는 과거도 미래도 없다. 조르바 앞에서 나는 작아진다. 오직 그 순간에만 충실할 뿐. 질그릇을 만들려고 물레를 돌리려는데 손가락 하나가 걸린다고 잘라 버린다. 얻기 위해서 싸웠고 의기양양 잘난 체했으며 뺏기지 않으려 아등바등했던 허방다리 인생이 부끄럽다. 잔머리 지식인을 양산하는 교육체계, 길들이고 계산된 위선이 고개를 돌린다. 그럴 때마다 조르바를 만난다. 타성에 지친 퇴근길, 염주사거리에서 신호 대기를 할 때 초로의 조르바가 자전거를 끌고 허청허청 지나간다. 1톤 트럭에서 궤짝을 내리며 씨익 웃는 노인네, 어느 휴일에는 낮술에 취한 채 공원 목조 의자에 팔자 좋게 잠들어 있기도 했다. 들여다본 조르바의 얼굴에 시름은 없다.

조르바에게 묻는다. 어떻게 살아야 하나요? 화덕에 불을 지피고 양고기를 구우며 포도주잔을 들고 있던 조르바가 자글자글한 주름을 만면에 퍼뜨리며 대답한다. 자고 있나? 그럼 잘 자게. 먹고 있나? 그럼 잘 먹게. 그가 연주하는 산투리 소리가 바람결에 들려온다.

전업 작가, 박혜강

부음이 떴다. 긴 한숨이 나왔다. 단연코 받아들이고 싶지 않은 부고
였다. 알어? 혜강이 형 몸이 많이 안 좋다던디? 지인들은 그동안 나를
볼 때마다 형의 건강을 물었지만, 병세가 악화되었다는 소식을 들은 뒤
로 그를 만날 수 없었다. 형이 연락을 끊고 만나 주지 않았다. 병마와 싸
우는 허약해진 모습을 보여 주기 싫었을 것이라 짐작하고 쾌유만을 빌
고 있었다. 다른 사람의 경우, 깊은 병을 앓고 있는 환자의 마지막 순간
을 병문안하며 보았던 경험은 두고두고 편치 않았다. 나는 형의 병든
모습을 보지 못했고 장사 같던 몸과 기운만 기억하고 있다.

이대로 그냥 보낼 수 없다는 김준태 선생님의 뜻을 좇아, 조선대 병
원 장례식장에서 추도식을 열었다. 2024년 10월 16일 저녁이었다. 고
인의 소설에서 인상적인 문구를 찾아 보내 달라는 정양주 회장의 요청
에 따라 『꽃잎처럼』과 『제5의 숲』을 뒤졌다. 글귀를 찾아 볼펜으로 옮겨
쓴 노트를 사진 찍어 보냈더니 추도식 팜플릿에 그대로 실려 있었다. 형
의 글이니 형이 말하는 것과 같았다. 말 대신 글이라니, 실감 나지 않은

현실을 마주하기 힘들었다. 누군가 그랬다. 죽어 버리면 그만인데, 형에게 한 대라도 맞았던 몹쓸 기억을 가진 작가회의 회원 중에서 추도식에 참석하거나 조문하는 사람은 고인을 품에 안은 상남자고, 오지 않은 사람은 고인을 용서하지 못한 사람일 거야. 우리는 씁쓸하게 묵념했다.

고인이 되어 버린 형과의 일화들, 이런저런 과거가 살아나 과음했고 늦게 귀가했다. 문상객들은 남 일 같지 않다며 저마다 자신의 건강을 돌아보면서도 술을 마셔댔다. 형의 큰딸 고운 양의 울음에 모두 울컥했다. 아프다고 소문나면 청탁도 안 들어올 것이라며 중병에 걸린 사실을 알리지 말라던 아빠의 말을 우리에게 전하는 순간, 병마와 싸우던 마지막까지 글 욕심을 내고 있던 형을 떠올렸다. 그도 그럴 것이, 장례식장 한쪽에는 그동안 출간했던 소설책들이 전시되어 있었는데 그 양이 엄청났다. 그 많은 술을 마시는 동안, 저 많은 저술은 언제 다 만들어 냈던 것일까.

내 몸에 묻어 있는 땀을 씻어낼 때 형이 고인이 되어 버렸다는 비현실적 상황도 씻겨나가길 원했다. 발인에 가서 그의 시신을 운구해야 했는데 나는 지쳐 있었다. 형은 이미 운명해서 저세상으로 떠나 버렸고 남아 있는 자들이 모여서, 식어 빠진 소주를 종이컵에다 나눠 마셔야 하는, 그러면서 그와의 추억을 되새김해야 하는 현실이 힘들었다. 장례식장에 더 못 있겠어, 라고 해야 하는 것을. 너무 지쳤어, 라고 되뇌고 말았다.

일요일인데 창밖에 가랑비가 내리고 있었다. 화순 능주 시골집과 월산동 주택에 '하늘방'이라 명명했던 형의 작업공간이 살아났다. 뒷산에라도 올라가서 가을비를 맞아야겠다 싶어 집을 나섰다가 무작정 걷기 시작했다. 정오가 지난 12시 30분이었다. 백운동 로터리를 지나 외곽도로를 타고 화정동을 지나갈 때 형이 살던 하늘방을 스쳐 갔다. 광천 터미널로, 동운 고가다리로, 운암동 무등경기장으로, 용봉동으로 해서 비엔날레 후문에 도착하니 그제야 시내버스 정류장이 눈에 들어왔다. 87번을 타고 광주역으로 갔고 98번으로 환승해 집에 돌아왔다.

90년대 초반 내가 교사가 된 지 얼마 지나지 않았을 무렵, 형을 처음 만났다. 허름한 포장마차에서 전어구이를 안주로 많은 양의 소주를 마셨다. 대한석탄공사라는 좋은 직장을 접어 버리고 전업 작가의 길로 들어섰다는 얘기를 들었을 때 소설 쓰기에 대한 그의 열정을 단번에 알아차렸다. 수시로 형의 호출을 받고 함께 술 마시는 것까지는 불감청 고소원으로 더할 나위 없이 좋았는데, 문제는 나를 집에 쉽게 보내 주지 않는 것이었다. 이십 년이 넘는 세월 동안의 모든 만남이 한결같았다. 지치지 않는 입담에 완강한 고집, 저돌적으로 만들어놓은 술자리는 자신의 의지대로 굴러가지 않으면 안 될 독선으로 보였으나, 기실 하나부터 열까지 소설을 향한 그의 욕망의 결과였다.

어느 날 형은 남해안 정 중앙부인 광양이라는 곳으로 나를 데려갔다. 예로부터 숯불로 무얼 구워 먹는 먹거리가 발달한 곳이었다. 육고기는 말할 것도 없지만, 처음 만났을 때 먹었던 전어를 적쇠에 올려놓고 숯불로 구워 먹었다. 우리가 간 곳은 망덕이었는데 형의 고향은 진상이라고 했다. 살아 있는 전어는 회를 쳐서 먹었고 막 죽은 전어는 칼집을 내어 적쇠에 올려놓았다. 금세 누리끼리한 빛깔로 익어가는 전어를 보며 형이 말했다. 살아 움직이는 동물은 하찮은 미물일지라도 먹으면 좋지 않다, 두개골이 박살 나든 멱이 끊어지든 숨통이 막히든 그 단말마의 마지막 순간에 그 동물이 가지고 있던 가장 나쁜 기운이 똘똘 뭉친다니까, 나쁜 독소 같은 것이 일거에 모여드는 순간인데 그걸 어떻게 먹느냐는 거였다. 그런 이유로 전어는 회보다 구이가 더 좋더란 얘기였다. 소주를 한 잔 입에 털어 넣을 때 함께 있던 응순 형이 그랬다. 전어는 버릴 게 없당게. 대그빡부터 꼴랑지까지 다 씹어 부러도 되는 것이여. 잘 구워진 전어 한 마리를 입으로 통째로 씹고 있던 응순 형의 고향도 전어가 잘 잡히는 보성만 회천이었다. 지금에 와서는 두 형들 모두 고인이 되고 말았지만.

또 하루의 기억은 축구와 관련이 있었다. 복날이 되면 상것들은 냇가에서 개를 때려잡아 먹지만 양반들은 정자에 앉아 민어를 먹는 거라며 신안 증도로 민어를 먹으러 갔다. 한 번 뭉쳤다 하면 과잉으로 부풀어 올라 이른 귀가를 포기해야 했던 소설가협회의 남녀 혈맹 회원들과의 나들이였다. 그날은 월드컵 국가대표 축구 경기가 있는 날이어서 광주로 돌아와 축구를 보자고 했다. 나는 축구는 그냥 축구일 뿐이라고 생각했다. 월드컵을 두고 배면에서 벌어지는 온갖 부정적 요소들을 끄집어내어 고춧가루를 뿌리듯 훼방하는 사람들이 불편했다. 흑백논리로 나누어 월드컵에 열광하는 사람들을 무지렁이로 보고 공격해대는 시각이 못마땅하지만, 마찬가지로 축구를 마치 전쟁 치르는 듯 광분하는 것에도 마음 가지 않았다. 누군가의 제안에 따라 승패를 예측해 만원빵 내기를 걸었다. 결과가 어땠는지는 기억하지 못하지만 서둘러 광주로 돌아와 박신영 작가네 회사에서 축구를 보았다. 그런 후에도 차수를 바꿔가면서 술을 마셨다. 아침부터 만나서 마셨으니 24시간 함께 마시고 다음 날 현관에 배달된 신문보다 늦은 귀가를 했던 셈이었다.

술 심부름은 나이로 보아 내 몫이었다. 새벽에 모든 술집이 문 닫았을 때 네온이 켜진 여관에 가서까지 술을 사 온 적도 있었다. 술을 향해 저돌적으로 돌격하는 불굴의 투지가 따로 없었다. 사람들이 모이면 형에 대한 편견을 거론하는데 황당한 것만은 아니었다. 남들은 그냥 흘려버릴 만한 데도, 그에게는 이상하게도 폭력이 잠재된 서열 의식이 있었다. 나이와 예의를 따지다가 종국에는 폭력으로 이어지는 사건을 여러 번 목격했다. 광주 문단사에 흑역사로 기록될 사건들이 줄을 이었다. 무슨 일이 있더라도 폭력에는 동의할 수 없다고 형을 뜯어말리기도 했으나 그의 억지와 강인한 힘까지 제어하지 못했다. 피해 당사자가 생겨날 때마다 민망하고 불편했다. 어떤 시인은 형과 친하게 지낸다는 이유 하나만으로 나를 싫어했다. 같은 부류로 본 것이다.

그러는 그에게 장점도 많았으니, 지역 문단의 웃어른들을 각별하게 모셨고 소설가협회 혈맹 회원들을 남매처럼 살뜰히 챙겼으며 후배들이 부러워할 만큼 방대한 창작 활동을 보여 주었다. 후배가 술값을 계산하는 걸 용납하지 못하는 결벽에다 새벽 동이 틀 때까지 술자리를 펼쳐가는 스테미너는 흉내조차 낼 수 없었다. 징그럽게 이어지는 술자리에 질렸어도 단 한 번도 말없이 도망친 적 없는 나는, 그에게 늘 사정했다. 날이 밝으면 출근해야 하니 지금 집에 좀 보내 달라고.

형은 1970년대에 태동한 광주전남소설가협회의 역사를 누구보다 소중히 여겼고 문예지『문학들』을 성원하고 자랑스러워했다. 어떤 시기에는 너무 자주 만나 술을 마시며 얘기를 듣다 보니 어지간한 레퍼토리는 동나 버려 이미 들었던 얘기를 또 듣는 경우가 허다했다. 장소나 이름이 생각나지 않아 애먹을 때는 내가 대신 기억을 살려 주기도 했다. 문학판 좁은 바닥에서 소수의 엘리트 특권의식을 경계하는 진지한 화제도 있었지만 술을 마시고 활극을 벌였던 무용담을 다 외울 정도였다. 지금 생각해 보면 그때의 소설가들 모두 한창 젊었을 무렵인데 그 꼭짓점에 선 형을 따라 무던히도 모였고 돌아다녔다. 술상에 앉아 줄담배를 피워댈 때라 초저녁부터 새벽까지의 술자리에서는 담배 한두 갑으로는 부족했다. 별것도 아닌 일에도 이심전심 뜻을 함께 나누었고 다른 이들과의 접촉할 때 사람을 선별하지 않았다. 교류의 방식을 이해시키고자 했으므로 편견을 갖지 않았다. 까마귀 나는 곳에 백로가 동행할 때도 있었을 텐데 시대정신도 다르지 않고 지적 정서적 수준도 맞고 세계관이나 문학적 지향도 다르지 않았다. 그렇게 어울리다 보면 역겹거나 대꾸할 가치조차 없는 상대도 있었을 테고 가끔은 허전함을 느낄 때도 있었겠지만, 티 내지 않고 모두 즐겁게 어울렸다. 화양연화 같은, 참 좋은 시절이었다.

형을 생각할 때마다 프로스트의 시「가지 않은 길」이 떠오른다. 노란 숲속에 난 두 갈래 길 중에서 가지 않은 길에 대한 미련과 아쉬움은 끝이 없다.

소설을 쓰고 싶었던 나는 시간이 곤궁했다. 웃기고 있네. 무슨 시간 타령? 술 마실 시간은 넘쳐나고 글 쓸 시간은 없다던? 말 같지 않은 소리라고 나를 안다는 사람은 나를 나무랄 것이다. 과작에 태작, 대책 없는 음주, 차오르지 못한 작품 수준으로 어디에다 명함 내밀 처지는 못 되었어도 시간만 주어진다면 좋은 글을 쓸 수 있겠다 싶은 자신과 열망은 있었다. 군자가 군자연한다면 당연할지 모르겠지만 나는 작가연하는 게 쑥스러웠다. 작가는 신분적 존재가 아니라 행위적 존재여야 한다는 화두를 새기고 살았다. 교사라는 직업으로 생계를 유지하고 있으나 전업으로 나서서 글을 쓸 수 있다면 얼마나 좋을까 하는 소망을 달고 살았다. 근근이 쓴 소설은 응모하면 당선되었고 장편들도 결과가 나쁘지 않았다. 미숙아가 옹알이하듯 전업하고 싶다는 푸념을 늘어놓을 때마다 형은 기겁하며 만류했었는데 결정적인 순간이 있었다.

3천만 원 현상공모에 『블라인드 스쿨』이 낭선되었을 때였다. 평소 깔짝깔짝 써놓은 원고를 방학이 되어 일주일쯤 몰아 썼던 장편이 당선되다 보니, 시간만 주어지면 뭐든 써낼 수 있을 것 같았다. 화정동 응순이 형네 식당에서 소설가 혈맹 회원들을 모신 당선 기념 술자리였다. 쟁쟁한 소설가들에게서 축하받고 있는 나를, 형은 불편한 기색 없이 지켜보고 있었다. 자리를 옮겼고 술이 더 취했을 무렵, 문제는 기고만장해진 나로부터 시작됐다.

자신 있어요. 인자 학교 그만둘라고요. 형님처럼 전업해도 먹고 살수 있당게요. 한사코 고집을 부리자 형의 표정에서 웃음기가 걷어지기 시작했다. 만나면 무조건 나를 좋아해 주니 그를 따랐고, 그와 친했던 후배들도 한 번씩 얻어맞았던 판국에 맞기는커녕 나에게는 소리 높여 화조차 낸 적이 없었다. 그런데 그날, 형은 나에게 언성을 높였다. 잘 나가던 석탄공사 좋은 일자리를 소설 쓰겠다는 일념 하나로 던져 버렸던 젊은 날의 치기 때문에 감내해야 했던 가장으로서의 처절한 사투를 끄집어냈다. 아내와 자식들 어떻게 할래? 먹고 사는 문제가 그리 쉬운 줄 아냐? 사는 게 중한 거지, 소설이 뭐라고? 사는 것보다 더 중하다던? 써 봐야 얼마나 잘 써 보겠다고? 벌이가 없으면 사람이 얼마나 치사해지는 줄 알아? 나를 타이르고 나무라는 말은, 형 자신의 지나온 삶에 던지는 자폭 같았다. 그래도 교직은 글 쓰는 사람에게 글 쓸 시간을 확보할 수 있는 최적의 직업이라며 다시는 그따위 뜬구름 같은 유혹에 현혹되지 말라며, 씩씩거리는 나를 다독였다.

소설에 대한 욕망을 불태우다 더한 크기로 자신을 학대하더니 마침내 스스로 무너져 버린 형의 여적이 낙엽처럼 흩어진다. 한로가 지났으니 이제 가을도 깊어질 것이다. 상강과 입동의 절기가 다가올 것이고 마침내 소설小雪이 오면 스산한 바람마저 흰 눈으로 바뀔지 모르겠다. 형이 좋아하는 단어인 소설 날에는 그를 좋아했던 후배들끼리 모여 술이라도 한잔 헌배해야겠다.

세월은 흘러갈 테고 형 없는 세상에도 계절은 무심히 바뀔 것이다. 새봄이 돌아와 내뻗은 가지에 새순이 돋으면 흘러간 시간만큼 형 생각도 줄어들지 모르겠다. 글쓰기가 지치고 힘들 때가 있다. 현재에 대한 불만족이나 앞길에 대한 두려움 때문에 몸서리치다가, 문득 올려다본 밤하늘은 얼마나 막막하던가. 어쩌면 나 혼자만 이런 시련을 겪고 있는지도 모른다는 억울함까지 배어들면 소설 쓰고자 하는 의욕을 잃어버린 채 포기하고 싶을 때도 있다. 소설 쓰지 않고 살았으면 얼마나 좋을까, 여행도 다니고 골프도 치면서 결핍과 조바심 없이 여유 있게 살 수 있을 텐데, 투정 부리다가도 그 어려운 여건 속에서도 줄기차게 소설을 써내던 혜강이 형이 벌떡 일어나 나를 꾸짖을지 모르겠다 싶어 입을 틀어막고 숨을 죽인다.

미황사 가는 길

미황사 가는 길은 아늑했다. 차 한 대가 비켜 지나갈 정도로 좁은 길 가에 이름 모를 풀들이 나란히 키를 맞추고 있었다. 11월 9일 토요일 오후 5시를 넘어서였다. 산길을 걸어 내려오는 사람 중에 과학고 이원재 선생을 만났다. 괘불제가 끝났겠구나 짐작하고 있는 나에게, 괘불제 보러 오시오? 물었다. 그의 반가운 표정에는 좋은 행사를 함께 보게 되어 즐겁다는 정서적 연대가 묻어 있었다.

한반도 최남단, '땅끝'이라고 알려진 이곳에 이렇게 수려한 풍광을 가진 산이 있었는지 몰랐다. 더욱이 산의 품속에 이토록 아름다운 절이 있는지 알지 못했다. 대상에 대한 호감은 이름에서 비롯된다고 했던가. 산의 이름은 달마산達摩山이요 절의 이름은 미황사美黃寺였다.

이곳을 나에게 소개해 준, 준모 형은 아버님 병환의 위중함 때문에 오지 못했다. 대신에 그의 지기인 이귀현 사진작가가 줄곧 우리 일행인 정채철 형 내외와 총각인 김형진 선생에게 가이드를 자처했다. 이 작가가 내게 건네준 행사 팸플릿과 간간이 주고받은 대화를 통해서 미황사의 내력을 알 수 있었다.

신라 경덕왕 때 의조화상義照和尙에 의해 창건되었다고 하니 천년 고찰이라는 말이 무색하지 않은, 유서 깊은 사찰이었다. 미황사는 조선시대 중후반에 꿈결 같은 부흥을 이루었다가 급격하게 쇠락하고 말았다. 퇴락한 지 백 년이 지난 1989년에, 주지인 금강 스님이 폐허뿐인 미황사를 찾게 되었다고 한다. 흔적만 남은 명부전, 삼성각, 만하당, 달마전, 부도암 등을 복원하고, 쓰러진 세심당을 다시 일으켜 세웠다. 10여 년간 중창불사 원력을 세워 절치부심 노력한 결과 지금의 아름다운 미황사로 면모가 바뀐 것이다. 해마다 여름과 겨울에는 한문학당을 개설하는데 얼마나 인기가 높던지 이곳에 자신의 자녀를 보내기 위해 유력자의 줄까지 댄다는 얘기도 들었다. 단풍이 아름다운 가을에는 '달이랑 별이랑 사람이랑'이라는 이름으로 작은 음악회를 열고 있으며 매년 12월 31일과 새해 1월 1일에는 노을 맞이와 해맞이 기원 법회가 있다는 소식도 들었다.

절에서 공양한 비빔밥을 먹고 '작은 음악회'가 시작하게 될 6시를 기다렸다. 대웅전 앞뜰에 특설무대가 설치되었고 우리 일행은 앞자리에 앉았다. 대웅전의 한복판, 사찰의 가슴속까지 일반 중생에게 내주어 버린 형국이었다. 사면의 주위에 드럼통을 놓아 장작불을 피웠고 땅바닥에는 임시 담요를 깔긴 했지만 추위가 문제였다. 추위 때문에 칭얼대는 딸들을 달래고 보살펴야 했다.

우리가 도착하기 전, 1시에 시작했다는 괘불제掛佛祭는 끝나 있었다. 하루 전에 도착해서 괘불제를 봤다는 이귀현 작가가 말하길 자신은 불교 신자가 아니면서도 가슴이 뭉클하더라고 해서 그걸 못 본 우리를 안타깝게 했다. 대흥사 천운 큰스님이 법문을 했으며 12미터 높이의 괘불을 옮기고 봉안하여 공양하는 순서를 진행했다고 한다. 이애주 교수의 춤 공양이 있었다는데 그건 작은 음악회에서도 계획되어 있었다.

이윽고 '달이랑 별이랑 사람이랑, 작은 음악회'가 시작되었다. 금강 주지 스님의 법문을 시작으로 이애주 교수의 춤, 전병주의 대금 연주, 범능 스님의 노래……, 놀라고 반가웠던 범능 스님은 승복 차림에 통기타를 어깨에 둘러메고 등장했다. 동지들 모여서 함께 나가자, 무등산 정기가 우리에게 있다. 금남로에서 우리 모두 목 놓아 불렀던 '광주출전가'의 작곡자이며 민중 가수로 이름 날렸던 정세현이 홀연 속세를 떠났다는 것을 알고 있었다. 그랬던 그가 삭발하고 가사를 걸친 스님으로 나타나 과거 노래 운동의 전사였듯 불교음악의 대중화를 위해 노래로 불도를 전파하고 있었다. 땅끝마을 송지초등학교 어린이들의 동요, 작곡가 이원수의 피아노 연주가 이어졌고 정기열 옹의 판소리 심청가, 해남 우수영 농민들의 부녀 농요, 땅끝마을 어머니들의 풍물놀이와 민요가 계속되었다. 밤하늘에는 장작불에서 떨어져 나간 불티가 폭죽처럼 흩날렸고 사람들은 매운 추위 속에서도 자리를 벗어나지 않고 두 손을 모은 채 모든 것을 지켜보았다.

아름다운 밤은 그냥 오는 게 아니었다. 멀리 달마산 정상인 도솔봉으로부터 발원하여 밤하늘에 솟구치는 불티를 안고 왔으며 가녀린 대금 소리를 타고 스스럼없이 찾아왔다. 나는 합장이라는 예를 해 보았다. 누가 강요한 건 아니었다. 그냥 주변에 있는 불자들을 따라서 해 본 것이다. 사람들의 표정은 밝았고 일상에서의 근심이 사라졌다. 송지 마을 전체가 하나의 종교로 동화되고 육화된 듯 보였다. 오랜 세월 동안 지역민들과 풍찬노숙과 희노애락을 함께 나눈 사찰의 여유가 달마산의 곳곳에서 드러났고 미황사의 단청에 스며 있었다.

마냥 즐거워 죽겠다는 불자들의 표정을 살피는 도중에 뜻밖에 김경윤 형을 만났다. 그리고 절로 고개를 끄덕였다. 맞아, 이곳이 해남이지, 당연히 여기에서 만날 수밖에, 경윤 형의 얼굴은 넉넉함 그 자체였다. 같은 날, 같은 시각에 열리고 있을 작가회의 전주대회에 참석하지 못한 아쉬움도 나누었다.

놀라운 일은 음악회가 끝날 무렵에 벌어졌다. 해남 부녀자들의 노동요와 더불어 땅끝마을 어머니 풍물패가 등장하여 흥을 돋우고 있을 때였다. 북과 장구, 징과 꽹과리 소리가 산사의 정적을 한껏 부수고 있을 때 하나둘씩 풍물패 뒤를 춤추며 따르기 시작했다. 덩실덩실 춤을 추는 사람들, 처음에는 몇 명이었지만 스님 한 분이 가사를 휘날리며 춤을 추기 시작하자 일시에 사람들이 가세하게 되었다. 흐뭇한 광경이었다. 추위는 물러가고 사람들의 얼굴은 환희의 땀으로 범벅되었다. 대웅전 앞마당이 사람들의 춤 물결로 넘쳐나고 있었다. 덩더쿵, 탈춤의 춤사위를 흉내 낸 듯한 동작이었다.

신명, 그것이었다. 나도 모르는 사이에 사람들을 따라 덩실덩실 춤추고 있었다. 신명이라면, 그동안 말로는 많이 떠들었다. 손에 잡히는 것 없이 머릿속에 맴도는 박제된 관념을 붙잡고 이것이 신명일 것이라 예단해 왔다. 신경림 시인의 「농무農舞」에 나오는 "한 다리를 들고 날나리를 불꺼나, 고갯짓을 하고 어깨를 흔들꺼나"를 가르치면서도 사실은 모르고 있었다. "비룟값도 안 나오는 농사 따위"에 고통받는 척박한 농촌 현실에서 무슨 어깨춤이고 흥겨움이 나올 수 있느냐고 뜨악해하는 학생들의 눈망울을 향해, '우리는 예로부터 신명을 가진 민족이었다' 정도로 교과서적 지식을 나열한 것이 전부였다. 그런데, 정작 나 자신만은 모르고 있었던 그 신명이라는 것이 눈앞에서 살아나 움직이기 시작한 것이다. 왜 그렇게 되었는지는 모르겠다. 왜 몸이 절로 움직여지고 한 번도 춰 본 적이 없는 춤사위를 남들 앞에서 부끄럼 없이 보일 수 있는지에 대해서 알 길이 없었다. 하지만 이것이 바로 신명이구나 하는 생각만은 분명했다.

무대에 오른 그 스님의 말이 인상적이었다. 경북 안동에서 왔다 했고 음악회 시작을 알리는 법고를 능란한 솜씨로 두드린 바 있던, 하유何有라는 법명의 스님이었다. 남들이 덩실덩실 추는 탈춤 모양의 춤사위뿐만 아니라 디스코, 테크노, 막춤까지를 가리지 않았다. 전생이 무희였다니, 처음 보는 이들에게 웃음을 선물할 수 있게 만든 그 마당의 스타였다. 스님이 무대에 올랐다. 27살 출가하기 전에 전국노래자랑에 나가 인기상을 받았다는 경력을 개그맨 수준으로 말해 좌중을 장악한 뒤, 이게 바로 춤 공양이라고 했다. 우리는 예로부터 제도와 관습과 문화의 숱한 이데올로기적 억압에 짓눌려 자신을 표현하지 못하고 살았을 뿐 술 한 방울 마시지 않고도 자신도 모르게 분출되어 나오는 성정은 언제 어느 때고 터져 나올 수 있다는 것이다. 금강 주지 스님도 불자들을 얼싸안으며 춤추는 대열에 섞여 있었다.

밤이 깊어지면서 작은 음악회는 끝났고 우리 일행은 아쉬움을 달래며 미황사에서 내려왔다. 밤길을 달려 땅끝 바닷가로 갔다. 횟집에서 시켜 먹은 돔회와 소주 맛은 달기만 했다. 음악회의 여운이 좀처럼 우리를 놓아주지 않았고 자정을 넘기면서도 달과 별과 사람과 음악과 부처와 중생과 산과 바다를 얘기했다. 무엇보다 이 순간, 술로 인해 고조되고 있는 신명을 나누었다.

일요일 아침에 오른 달마산은 장관이었다. 삼면이 트인 바다가 한눈에 들어왔다. 정상의 이름이 도솔봉이라는 걸 알고 이 지역 주민들은 쉬이 부처의 품을 벗어나 살 수 없겠구나 싶었다. 달마산 도솔봉의 정기를 받고 사는데, 개화 시대에 몰려온 서양 외래 종교는 이곳에서만은 발붙이기 힘들었겠다는 생각이었다. 중도에서 만난 안양에서 왔다는 산악회 등산객들은 가장 긴 코스를 선택했는지 새벽 5시에 출발해서 점심나절까지 산을 타고 있었다. 달마산은 능선을 따라 길게 산행해야 하는, 어려운 코스를 갖고 있었다. 그렇게 긴 시간 동안 능선을 타면서도 지루하지 않은 것은 탁 트인 바다를 볼 수 있는 시야 때문이었다. 그래서인지 어린 딸들도 지치지 않고 따라다녔다.

오후가 되어 하산했고 3시를 넘겨 해남을 출발했다. 대흥사, 두륜산, 땅끝 등지를 찾아 그간 숱하게 왔다 갔던 지역이었지만 이번만큼 생동감 넘치는 감흥을 느낀 적이 없었다. 주민과 하나 된 종교, 사람 속으로 걸어가는 불교, 사람들에게 다 내주어 버린 사찰, 중생과 함께 노는 부처를 만났다. 특정 종교에 매료되어 본 적이 없는 범부로서 내면에 감추어 온 우물에서 두레박을 발견한 심정이었다. 달마산 도솔봉 정기를 받아 작은 두레박을 길어 올리고 싶었다.

소설 속 주인공에게

봄바람치고는 지나치다 싶었다. 이쯤 되면 뉴스의 헤드라인으로 황사 소식이 오를 것이라 짐작했지만 정작 확인하지는 못했다. 교정의 벚꽃들이 아낌없이 꽃망울을 터뜨리고 있는 것을 보면 계절도 깊어지긴 했나 보다. 심술 사나운 바람을 맞고 눈송이처럼 흩날리는 꽃가루를 지켜보았다. 빈 교실에 들어가 형광등 스위치를 내리고 정수기에서 물을 받아 마셨다. 취기를 걷어낼 겨를도 없이 오전이 지나가고 있었다. 운동장의 트랙을 걷다 멈춘 동네 주민들이 벚꽃 아래에서 핸드폰 사진을 찍고 있었다. 봄날 오전의 교정 풍경이었다.

또 1주일이 지났다. 그사이에 한 줄도 쓰지 못했다. 내가 한 일이라고는 호기심으로 가득 찬 아이들의 눈망울에다 겁을 잔뜩 심어 주는 일뿐이었다. 어떻게 하루가 지나가는 줄도 몰랐다. 해가 저물면 어김없이 술집에 앉아 하루의 고단함을 되새겼다. 즐거울 일도 없고 원망할 일도 없는 마당에 술만 꾸역꾸역 마셨다. 고단한 노동의 하루, 그것만이 문제였다. 이 소주 한 잔이 아편이 되어 모든 걸 다 잊게 하라 되뇌며 마시고 또 마셨다. 그러나 잊히던가. 아무것도 못 하는 사람이면서 늘 편안하던가.

시간이 해결해 줄까 싶어 도서관에서 신간들을 가져왔다. 차분히 생각해 보려고. 어디서부터 잘못된 건지. 다 쓰지 못하고 죽어 버린 작가들이 살아나 호통이라도 치면 그때나 정신을 차리게 될지. 아무리 생각해도 서글프기만 한 하오의 일상이었다.

친한 사이는 아니고, 지역 문단 행사에서 스치듯 만나곤 했던 여성 소설가의 단편 한 편을 읽었다. 유력 매체의 유명 작가의 소설도 손이 가지 않는 판에 이 소설은 달랐다. 첫 대목부터 단번에 눈길을 사로잡더니 끝까지 긴장하며 읽게 했다. 읽는 도중, 몇 번이나 생각했다. 이 사람이 소설을 잘 쓰는구나. 이렇게나 잘 쓰는 줄 몰랐네. 단편임에도 마지막 마무리하는 솜씨도 좋았다. 무심한 사람으로, 만날 때마다 심드렁하게 지나치고 말았던 지나간 순간들이 떠올라 무색했다.

나의 경우, 이번에는 다른 경험을 했다. 『문학들』 문예지 봄호에, 소설 한 편을 발표해 놓고 내내 어지러웠던 맘고생이 생각났다. 소설 발표 후, 처음 겪는 일이었다. 소설을 보내놓고 출간될 지면을 기다리는 동안, 자라나는 아이의 키를 재듯 우쭐함에 설레곤 했는데, 이번에는 아니었다. 청탁에 따라 소설을 쓰기 시작했고 이리저리 벌여놓은 이야기 덩어리를 짜깁기하며 묶어나갔지만, 시간이 짧았다. 마감에 쫓겨 작품을 넘겨버린 뒤 찜찜함에 속이 쓰리던 판에, 줄거리에 반영했어야 할 메모장 뭉치가 뒤늦게 발견됐다. 기차는 떠나 버렸고, 구성조차 갖추지 못하고 뒤죽박죽 엉켜 버린 엉터리 소설이 발표되고 말았다. 한 푼어치라도 진정성이 담겨 있는 글이었는지 아닌지를 가려보았다. 지워 버리고 싶은 충동을 애써 눌러야 하는 부끄러운 대목을 새삼 확인했다. 독자들의 소중한 시간에 어쭙잖은 소설을 읽게 한 잘못을 갚을 길이 없었다. 물릴 수도 지워 버릴 수도 없고, 난감했다.

발표해 놓고, 내가 쓴 소설이 싫기는 처음이었다. 나부터도 되돌아 읽고 싶지 않은 소설이었다. 시험을 망친 소년처럼 울고 싶었다. 보이지 않는 어느 곳에서 누군가에게 멸시당하고 조롱당할 것을 상상하니 견딜 수 없었다. 창피했으나 변명조차 모냥빠져서 못 할 지경이었다. 시일이 촉박한 청탁은 거절했어야 옳았다. 미리 써놓지 않은 소설은 발표하지 말아야겠다는 다짐도 따라다녔다. 다른 작가의 잘 쓴 소설도 읽어야겠고 무엇보다, 지금 이 부끄러움만은 잊지 않으리.

새로 나온 문예지에 발표된 신작들을 읽는 재미가 있다. 평소 좋아했던 작가들, 익히 드나들었던 친숙한 이웃처럼 수월하게 읽었다. 안면이 있는 시인 소설가들의 매력적인 작품들을 무시로 접했으면서도 그 글들에 나는 단 한 줄의 감상도 표하지 않은 사람이었다. 이성이었다면, 행여 나풀거리는 지분 냄새를 뿌리며 무슨 수작이나 거는 것처럼 보일 게 두려워, 아니면 자칫 서툰 언어 사용의 참을 수 없는 가벼움으로 여겨져 글 쓴 분의 맘을 조금이라도 상하게 하지나 않을까 하여, 그도 아니라면, 작품의 수준에 동화된 탓에 가슴이 쑤셔서 감히 반응을 보일 엄두조차 못 냈을 수도 있었다.

어느 소설가의 단편집을 읽었다. 다른 작가의 신간 소설을 놓치지 않고 읽어야 한다는 조바심 같은 건 없다. 어쩌다 잘 된 소설을 읽으면 조용히 감탄하기도 하고 아무도 몰래 전의를 불태우면 된다. 봄날 오후의 교정은 생기로 들떠 있는데 나만 가슴안이 묵직해지고 말았다. 교실 창밖으로 벚꽃 이파리가 눈송이처럼 떨어졌다. 아이들은 까닭도 없이 웃음을 흩뿌렸고 나는 숨을 죽였다. 지금껏 나와 나이가 같은 줄 알았던 소설가는 실제로는 나보다 나이가 한 살 더 많았고 학번도 빨랐다. 역마살이 있다는 사실을 작가로서 무슨 훈장쯤으로 여기는 듯했다. 산사의 요사채에서 머물며 소설 쓰기를 좋아하고 제주도에서 몇 년 머물렀다 했는데 요즘에는 수도권 소재 대학에서 문학도들을 가르치고 있다고 했다.

소설집의 내용은 봄빛의 부챗살처럼 다양했다. 사람과 사람의 만남이란 게 서로를 강렬히 원한다 해서 억지로 이루어지는 것이 아니라는 것을 알았다. 자연을 배반하는 인위는 반드시 비틀어지게 되는 법. 원하는 것은 억지로 이루어지지 않는다는 사실만 깨달아도 된다는 말이다. 그러나 사람이 외로울 때도 있으니 별의별 생각도 하게 되고 생각지도 못했던 시도도 해 보게 된다.

또 한 편의 소설이 나를 위축시켰다. 이토록 혼란스럽게 사랑을 이야기하다니, 작가의 삶이 바탕이 되었을까 궁금했다. 작가의 다른 작품, 좋았던 소설의 기억이 떠올라 기대가 컸는지도 모르겠다. 인물들이 마치 우리 주변의 누군가인 것도 같은 실감을 주기도 했다.

소설 속 주인공이 찾아간 금촌은 서울이 아니다. 복판이나 중심이 아니고 변방이나 외곽이라는 말이다. 그가 서울로 돌아가지 못하고 금촌에 눌러앉은 이유는 야물지 못한 성격 때문이었다. 다른 남자와 결혼

한 첫사랑 여자의 집이었는데 남편이 감옥에 가 있는 바람에 빈집이었
다. 염치없이 그 집에 눌러앉은 상황은 비상한 것이었다. 그래서 찾은
곳이 금촌이었는데 공장 노동자로 취업하여 거짓 없이 살고자 했다. 거
칠고 닳아빠진 생활인으로 그럭저럭 살다가 결혼하고 아이도 낳았다.
아내는 남편을 자신보다 한 뼘이나 큰 존재로 인식한다. 문제는 사랑을
넘어선 집착과 강박이라는 점이었다. 마침내 남편을 믿지 못하고 자살
해 버린 아내의 죽음 앞에서 원인을 제공한 자신을 용서할 수 없던 사내
는 마침내 금촌을 떠나고 만다.

　사랑의 출발과 종착은 불가해한 것이다. 난해한 인수분해 문제 같
은 사랑에 대하여, 누구라도 입에 담으려 하지만 아무도 결론을 낼 수
없다. 아내의 죽음 이후에 자신도 죽는다면 천애의 고아로 남겨질 아이
의 미래가 암울하다. 이쯤 되면 사랑의 의미를 따져 볼 필요가 있다. 부
모가 자식에게 베푸는 맹목적인 사랑, 연민도 동정도 아닌 보호 본능의
사랑, 이런 의미만은 아니었을 거라고 보았다. 흔한 말로 사랑에는 국
경도 없다는데, 이렇게 혼란스러운 사랑의 범위를 어떻게 재단하고 규
정하랴.

　소설을 읽는 동안 '월롱'이라는 지명을 마주하고 먼 기억 저편에서
군가 한 소절이 떠올랐다. '월롱산 정기 받아 한뜻으로 뭉친 우리, 산하
를 넘고 건너 적의 무리 쳐부수고 백두산 정상까지 노도처럼 돌진 돌
진', 나는 보병 101여단가를 부르며 행군하고 구보했다. 파주군 금촌읍
야동2리 부대에서 군 생활 전부를 보낸 것이다. 월롱산, 탄현, 일산, 봉
일천으로 훈련을 나갔는데 천지가 논밭이었던 그곳이 지금은 도회로
편입되었다. 군대 시절의 기억이 떠오르는 동안 수줍은 기색이거나 불

안한 표정들, 숨 막히는 교감이 나란히 키를 맞추고 있었다. 침 발라 우표를 붙이고 빨간 우체통을 찾아 편지를 부치던 사연도 아울러 살아났다. 언젠가 금촌에 있던 부대를 찾아가려 했지만, 사방이 아파트로 둘러싸여 있어 부대는커녕 주둔지의 흔적조차 남아 있지 않았다. 파주는 그런 곳이었을까. 수도권 팽창으로 인해 서울도 아니면서 서울로 편입되어 들어가는 개발 지역의 상징 같은 공간이었다.

수배자로 쫓기던 사내처럼 현실에서 얼마나 많은 인물이 파주 같은 변방으로 흘러 들어가 공장 노동 운동을 하다가 투옥이 되고 싸웠겠는가. 소설에서는 어떤 대사나 장면에서도 그걸 노골화시키거나 강제하지 않았다. 이런 식으로 살아야지, 왜 너는 그렇게 살고 있니? 라고 훈계하여 독자를 불편하게 하는 시도는 없었다. 그게 작가의 힘으로 느껴졌다.

봄이 깊숙이 왔다. 책상 왼쪽에 '하루에 2시간씩, 일단 써놓고 정리는 나중에', 네임펜 굵은 필체의 글씨가 압정에 꽂혀 있다. 잡담처럼 아무 얘기나 그냥 두드리자고 마음먹었다. 자판 연습이라고, 습관이 되어 노트북을 열기만 하면 무엇이든지 막 두드리는 대로 써질 수만 있으면 얼마나 좋을까 생각했다. 속살이 훤히 보이는 물길을 헤집고 다니며 개울을 건널 그만큼의 용도만 필요하다. 쭉 뻗은 도로나 다리보다는 꼭 있어야 할 곳에 노둣돌을 놓아 그것만 딛고도 건너편 땅을 밟을 수 있는, 징검다리 같은 문장이어야 한다. 욕심을 버리고 힘을 빼려면 부사어 같은 수식어를 줄여야 한다. 수식어가 많아지면 명료하지 못하고 산만해지는 걸 뻔히 알면서 그게 어렵다. 짧은 문장에는 비문도 없다. 쉽게 써야 재미있는 글이 나온다는데, 그게 안 된다.

가까이 머무르지 못하고 먼 곳에서 떠돌고 있는, 내 소설의 주인공에게 편지를 쓴다. 내 앞에 너울거리면서도 흩어져 버릴 가락으로 존재하고 말 것인지 묻는다. 당신이 오기 전에 봄이 먼저 왔다. 이 봄이 지나고 여름이 오면 가까운 데서 종소리 들리고 당신이 심어 놓은 봉숭아 꽃잎에 붉은 물이 충만할 것이다. 적적한 어둠에 지쳐 잠들면 종소리까지 붉은 물이 오르고 돌무덤 쌓이듯 새벽이 온다. 속눈썹 헹구고 떠오른 햇살 받으며 아침 식탁을 차리려는데 아침보다 먼저 눈 뜬 종소리 들린다. 혈맥 굵은 작가의 팔뚝으로 살려낸 성긴 힘줄로 당신을 맞이하고 싶다. 춘래불사춘春來不似春, 봄이 왔어도 봄날이 아니었다. 오늘처럼 바람이 거센 날은 바깥출입도 쉽지 않다. 동네 불량배 같은 바람에 벚꽃 다 지겠다. 춘한노건春寒老健, 오래 가지 않는 것들이다. 바람의 심술은 오늘로 종지부를 찍고 비로소 햇볕이 나올 것이다. 쓰린 눈자위를 씻어낸 뒤처럼 맑고 푸른 날씨에 봄기운으로 태탕한 봄날을 기다린다.

학교는 벚꽃 세상이 되었다. 점심시간이면 인근 교육청 직원들마저 학교로 몰려와 교정을 거닐다가 간다. 점심을 먹고 나도 벚꽃에 이끌려 운동장으로 나가 트랙을 걸었다. 덕린관 앞에서 만난 낯익은 교육청 장학사에게 뭐 하러 왔냐 물으니 점심 먹고 여유가 생겨 직원들과 꽃구경 왔다고 했다. 해맑은 아이들의 웃음을 젊은 후배 교사가 카메라 앵글에 담고 있다. 창문을 열고 담을 넘어 아무도 찾지 않는 먼 곳으로 도망가고 싶은 봄날이다.

탈출을 꿈꾸지만 도망가지 못했던 슈호프도 그랬을 것이다. 아무런 범죄 행위를 한 적 없으며 특별한 정치적 임무를 띠고 활동한 적도 없는, 그야말로 장삼이사, 평범하기 그지없는 농부였다. 그런데도 저 높은 담장에 둘러싸인 채 너울거리는 구름도 멀리하고 새들의 비상에도 시선을 두지 말라니, 이놈의 지긋지긋한 구속을 당신들도 견뎌 보라지. 사실, 당신들도 마찬가지 아닌가. 비굴하고 편협한 행위를 보여 주는 것이야 페추코프도 그렇고 반장인 추린도 희생물이긴 마찬가지 아닌가. 먹는 것, 작업 배당, 잔꾀와 속임수 같은 것들에 자유로운, 잎담배도 사 피우며 줄칼 조각도 검사에 걸리지 않고 오늘 하루도 무사히 넘어갈 수 있을까. 해가 지려면 아직 당당 멀었는데 하늘이 뿌옇게 흐린 게 봄비가 오려는 것인가. 지친 노동 끝에 달콤한 휴식을 담보할 비를 기다리는, 이반 데니소비치 슈호프의 하루.

실수투성이의 어수룩한 사람

비가 내린다. 온도가 더 내려가면 눈으로 바뀔지 모를 겨울비가 내리고 있다. 추위 때문에 밖에 나가지 않는 대신, 지난주에 일본 오사카에 가서 찍었던 사진들을 골라내 저장했다. 더 미루면 안 될 것 같아 사진을 분류하고 있지만 이번 여행을 생각하면 한심하기만 했던 나의 행적 탓에 얼굴이 화끈거린다. 함께 갔던 일행에게 메일을 통해 사진들을 전송하고 나니 정오가 지나갔다. 돌이키기도 민망한 기억을 상쇄시키려면 오후에는 바깥으로 나가 풍암호수를 한 바퀴 돌아야 할지도 모르겠다. 지금 내리는 비가 눈으로 변했으면 좋겠다.

새해 벽두에 일본 오사카 지역을 다녀왔다. 여행기를 술회하기에는 민망하고 어처구니없어서 생각하기도 싫고 입에 담고 싶지 않을 만큼 한심스러운 얘기지만, 실수는 할 수 있되 반복하지 않기 위해 기억을 되살려 본다.

지난해 가을쯤, 동료 직원들 몇 명이 겨울이 되면 일본 오사카에 가

자며 의사를 모았다. 부산에서 페리호를 타고 다녀오는 코스가 있는데 가성비가 좋다며 다들 동의했다. 그랬는데 막상 겨울이 다가오면서 함께 가자고 약속했던 동료들이 하나둘씩 빠져나가기 시작했다. 색다른 페리호 체험은 개뿔, 무엇보다도 부산까지 가야 하는 수고로움과 선박 여행의 남루함과 지루함, 그리고 연초밖에 잡히지 않는 일정뿐만 아니라 싼 게 비지떡이지 않겠느냐는 저렴한 여행 경비 탓에 밀려드는 알 수 없는 불안감이 막아선 것 같다.

마침내는 두 가족 부부, 네 사람만 남고 말았다. 나도 망설이긴 했지만, 어차피 여행인데 무슨 방법으로 어디든 못 가랴 싶은 마음에 가기로 했다. 연말이 되면서 함께 가기로 한 준모 형과 예약을 서둘렀는데 패키지가 편하다는 데 동의했다. 1월 1일 출발, 부산발 팬스타 호를 타고 가는 오사카행, 나라와 교토를 경유하는 코스였다.

모든 것은 순조로웠으며 여행을 앞둔 사람들이 그렇듯이 자질구레한 준비를 마쳤다. 출발 전날에는 담당 직원에게서 안내 문자 메시지를 받고 잘 알겠다며 여유롭게 내일 만나자는 답장까지 보냈다. 오사카 일원에 관한 상식과 간단한 일본어 관광 회화를 인터넷으로 찾아 출력했고 섣달그믐날 밤이 지나기만 기다렸다.

새해 아침, 준모 형 부부와 우리 부부 네 사람이 탄 승용차가 부산을 향해 출발했다. 차 안에서의 수다는 여행의 설렘을 부풀게 하기에 충분했다. 조금 이른 시간에 부산에 도착하여 점심을 먹고 승용차를 국제 여객선 터미널에 주차한 후 팬스타 대기석으로 갔다. 약속된 시간에 여행사 직원을 만나 예정된 수속을 밟았다. 모든 과정이 자연스러웠고 그 순조로움에 겨운 나머지 가지고 간 신간 문예지를 읽고 있었을 정도의 여유까지 있었다.

그런데, 한 통의 전화가 걸려 오면서 모든 순조로움과 여유가 한꺼번에 깨져 버렸다. 여행사 직원의 목소리였다. 혹시, 구여권을 가져오지 않으셨어요? 전화기의 다급한 목소리를 통해 전해지는, 사태의 심각함을 깨닫기까지는 그리 오랜 시간이 걸리지 않았다. 허겁지겁 출국장으로 달려가 내 손에 쥐어진 여권을 보니, 구여권의 지나간 유효기간이 눈알을 쑤시고 있었다. 내가 지금 무슨 짓을 했나. 그냥 웃고 말기에는 말도 안 되는, 상상조차 해 본 적 없는 어처구니없는 상황이었다.

집에서 준비물을 챙길 때가 문제였다. 외국에 가는 사람에게 여권의 중요함이야 더 말해 무엇하겠는가. 여권을 보관하고 있던 서랍에 하필 아이들 여권과 함께 구여권이 들어 있던 것을, 일이 잘못되려고 그랬겠지만 아무 생각 없이 덥석 구여권을 가져온 것이다. 울상이 된 아내를 진정시키고 함께 가기로 한 준모 형 부부와 대책을 상의하는 순간에, 여권을 챙겼던 나 자신이 한없이 초라하고 무책임한 인간이라는 것을 깨닫고 있었다. 팔다리를 뻗고 후회한다고 해서 해결될 성질이 아니었다. 그동안 외국의 이곳저곳을 여행해 본 경험은 다 어디로 갔던가. 여권 없이는 외국에 한 발짝도 움직일 수 없다는 사실을 누구보다도 잘 알기에 절망감은 깊었다.

어쩔 수 없제라. 그냥 형님 부부만 가쇼. 우린 집으로 돌아갈라요. 차마 입 밖으로 떨어지지 않는 말을 겨우 뱉었다. 망연자실, 한심한 표정으로 나를 바라보고 있던 준모 형도 웃음을 되찾았다. 어찌 우리만 가고 자네는 집으로 돌아가라 하겠는가, 이번 일본 여행은 포기해불고 자갈치시장 가서 꼼장어에 소주나 한 잔씩 함서 놀고 가드라고. 나는 고개를 숙였다. 아내는 나를 향해, 늘 이렇게 실수투성이로 허당끼 가득한 사람이라 놀렸다. 그러는 동안 시간은 속절없이 흘렀고 다급해졌다. 어이없고 기가 막히는 상황을 타개할 방법을 찾아야 했다. 나는 준모 형에게 침착함을 가장하며 말했다. 사람이 죽으라는 법 있다요? 일단 형님네는 예정대로 일단 가쇼. 어떻게든 찾아가 볼라요.

여행사 직원에게 방법을 물었다. 내 마음을 헤아렸는지 기사회생의 묘책을 내주었다. 예정에 없던 경비야 더 들겠지만 감수할 수만 있다면, 여행을 포기하지 말고 일단 선배 부부를 먼저 팬스타 호로 보내고 난 뒤 우리 부부는 남았다가 집에서 여권을 찾아와 내일 아침 비행기로 오사카를 찾아가면 된다는 아이디어였다. 좋아요. 그렇게 하면 되겠네. 확신은 없었지만, 그 방법을 따르기로 했다.

준모 형 부부를 태운 팬스타 호가 떠나 버리자 우두망찰 남은 우리 부부는 착잡하기 이를 데 없는 가슴을 쓸어내렸다. 정신을 추스르고 광주로 전화했다. 초등학생과 유치원생 딸들을 맡겨놓은 처가에는, 총각인 처남이 있었다. 지금 바로 우리 집으로 가서 여권을 찾아 고속버스터미널 수하물로 보내달라 부탁했다. 그런 다음, 여행사로 가서 다음날 아침 오사카행 항공편을 알아봤더니 다행히 좌석이 있었다. 저렴한 비용을 위해 선박 여행을 추진했던 것은 다 잊고 편도 오사카행 항공권을 끊었다. 일본에 가서 선배 부부를 찾아가는 데 소요되는 경비 등을 따질 겨를이 없었다.

여행사 직원에게 오사카 간사이 공항에 도착한 후의 예상 경로를 물었다. 내일 아침 우리가 대처해야 할 행동 요령을 예상 시나리오로 만들어 수첩에 적었다. 그랬어도 간사이 공항에서 내려 일행을 찾아가 만날 수 있을자는 여전히 자신하지 못했다.

첫 단추를 잘못 꿰면 계속 어긋날 수밖에 없다더니, 여객터미널에 가서 여권을 찾는 것도 헤프닝의 연속이었다. 전라도 쪽에서 오는 고속버스이니 부산의 동남쪽에 있는 터미널에 가서 기다렸는데 올 만한 시간이 지났어도 기다리던 버스가 오지 않았다. 터미널 직원에게 물어보니 광주에서 오는 버스는 부산의 북쪽 터미널로 온다고 했다. 부산이 얼마나 길쭉한 도시인가. 황망한 기분을 쓸어 담으며 북쪽 터미널로 찾아갔다.

밤은 깊어졌고, 고속버스터미널에서 이곳저곳을 물어 천신만고 끝에 여권을 찾아 손에 쥐었다. 그리고 다시 김해 공항 가까운 곳으로 가야 했다. 부산의 지리 여건상 정반대에 공항이 있었다. 공항과 가까운 곳까지 택시를 타고 가 숙소를 잡았는데 그제야 허기가 몰려들었다. 창졸간 황망한 처지에 동분서주하다 보니 배고픈 것도 잊고 하루를 보낸 셈이었다. 근처 식당에서 아구찜 하나를 시켜놓고 주린 배를 채울 겸 소주를 한 모금 넘기며 서로를 바라보았는데, 울컥해졌다. 여전히 아내는 나를, 실수투성이의 어수룩한 사람으로 바라보고 있었다.

다음 날 일찍, 김해 공항에 가자마자 발권했고 마침내 비행기에 오를 수 있었다. 오사카 간사이 공항에 도착한 후 여행사 직원의 설명을 기억하여 리무진 버스를 타고 고베 산노미아 역으로 갔다. 하릴없이 외국 도시의 시가지를 경험해 보자는 여유는 없었다. 낯선 이국땅에서 이동 중인 우리 여행팀을 찾아간다는 것은, 당나라에서 왕서방 찾기, 아니 일본이니까 오사카에서 나카무라 찾기만큼 어려웠다. 산노미아란 곳은 모름지기 고베시 최대 터미널의 교통 혼잡 지역이었는데 택시라도 잡아타야겠다고 생각해도 행동으로 옮기기가 쉽지 않더란 얘기다. 우리나라처럼 '택시'하고 불러서 세워 탈 수 있는 것이 아닌 바에야.

겨우 택시를 타고는 일본어 기본 회화를 다운받아 놓은 유인물을 뒤적거리며 우리가 가야 할 '고베 포트타워'라는 곳을 기사에게 말했다. 일본 택시 기사의 친절함은 상상을 뛰어넘었다. 자료에 있는 간단한 일본어 회화를 떠듬거리며 택시 기사와 '오늘 날씨는 어떻습니까' 따위의 아무 필요도 없는 대화를 주고받았다. 어제부터 내내 머릿속을 괴롭히던, 과연 우리는 낯선 고베 도심에서 일행들과 무사히 합류할 수 있을까, 라는 우려를 마침내 주저앉히고 마침내 준모 형 부부와 감격적인 상봉을 했다.

감개무량이라고 말한다면, 엄살이라고 흉을 볼까. 하는 짓이 어리숙한 놈이 감내해야만 할 업보라 비웃으며 손가락질할까. 하지만 그 순간 그랬다. 여행은 삶의 변곡점이며, 여행을 통해 일신의 피로를 풀고 일상을 새롭게 전환할 수 있는 활력을 얻는다지만, 때로는 집 떠난 여행이 영혼을 지치게 하고 육신을 고단하게 할 수도 있다는 것을 온몸으로 느꼈다. 사소한 실수 하나로 인해 당사자인 우리 부부뿐만 아니라 준모 형네까지 힘들게 했다는 죄책감은 잠시 밀쳐두고 상봉의 환희를 만끽했다.

그다음은 어떤 일들이 있었을까. 그 후로는 고생 끝, 즐거움 시작이었으니 생략할 수도 있겠다. 오사카 번화가 돗톤보리에서 일본식 와규와 스시, 차가운 사케를 마셨을 때 이전의 낭패감은 사라져 버리고 절

망의 순간들이 재현해 낼 수 없는 소중한 경험을 했었다는 뿌듯함으로
바뀌었을까. 이런 기억 따위가 추억이 된다면, 실수투성이의 서툴고 어
수룩한 사람의 '업業'일 뿐이다.

손에 잡히는, 오월 문학

봄볕 태탕하던 날, 망월동에 갔다. 외지에서 온, 구묘역에 익숙한 사람들이 놀란다. 웅장하게 단장된 국립묘지의 위용이 낯설었나 보다. 80년대를 기억하는 사람들은 그렇다. 제 자리를 찾지 못해 구천을 떠돌던 혼령을 위한 것이라면 무엇이든지 해야 했다. 오월이 되면 망월동에 가기 위해 전경대의 저지선을 뚫어야 했던 기억이 선명하다.

상무대 헌병대 영창이 있던 곳도 찾았다. 공항에서 셔틀버스를 운영하는지 다른 지역 억양을 쓰는 사람들 행렬이 헌병대를 둘러보고 있었다. 홍희담의 「깃발」에 나올 법한 자전거가 방문객을 위해 여러 대 놓여 있었고, 아이들은 핸들 앞쪽에 태극기가 꽂힌 자전거를 타고 헌병대 경내를 돌아다녔다. 목이 말라 자판기에서 음료수를 뽑아 아이들과 나눠 마셨다. 이렇게 오월이 오는구나. 상무대 영창에서 롤러 블레이드를 타고 노는 아이들과 함께 아무 일 없었다는 듯 다시 오월이 오는구나. 광주에서 살다가 광주에서 살아남아 있는 게 원죄가 되어 있는 사람들이 담담히 오월을 맞이하고 있었다.

5·18 기념일을 맞이할 때마다 고통스럽지 않은 시민은 없다. 보수 정권 때는 마음 둘 데 없이 괴롭기도 했다. 몽니 부리며 어깃장 놓는 불량배처럼 '임을 위한 행진곡' 부르는 입을 틀어막고 패악을 저질렀다. 억지로 불렀던 노래가 아니었다. 독재 정권 시절, 극장에서 영화 시작되기 전에 일어나 일제히 불렀던 애국가와 다른 노래였다. 눈물을 닦고 가슴속 통증을 견디며 불러왔던 노래였던 것을, 그대로 두면 될 텐데 인위적 수단으로 자기들 입맛대로 바꿔 버리겠다는 심보가 못됐다. 자연을 거스르는 역사는 퇴보한다. 대신 작가들은 물을 만났다. 태평성대와는 거리가 먼, 비뚤어지고 뒤틀려 심란한 세상일수록 작가에게는 호재다. 쓸거리가 많아지는 세상이 원망스럽지만, 원망이 모여 고스란히 문학이 된다.

새내기 교사 시절, 학교에 적응하기 위해 애를 먹던 참이었다. 수업도 업무도 빌빌거리던 초보 교사에게 일부 선배 교사들이 다가왔다. 출퇴근 개념조차 몰랐던 나였지만 퇴근하고 소주나 한잔하자는 제안을 거절할 리 없었다. 올해 임용된 교사 중에 '오월문학상' 출신이 있다드만, 글먼 끝난 거 아녀? 선배 교사의 말에는 신임 교사의 성향 분석과 사상 검증은 안 해도 될 거라는 막연한 믿음이 깔려 있었나 보았다.

'오월문학상'은 전국 단위의 공모전이었다. 대학 4학년 때 나는 「타히티의 신앙」이라는 소설을 응모하여 정도상과 공동 당선됐다. 덕분에 전남대 용봉문학회 회원들을 비롯, 혈기 왕성했던 문청들을 만날 수 있었다. 연세대 우상호도 시 부문 당선자이기도 했다. 시상식이 끝나고 그 무렵 술판이 그랬듯 마지막 술자리는 여관방이었다. 오월 문학의 정체성에 관해 토론하던 중, 오월 소재 소설을 발표하며 한창 주가를 올리던 소설가가 거론되자 의견이 엇갈렸다. 크게 다투지는 않았지만, 나는 그 여관방에서 나왔다. '광주출판사'에서 당선 작품집『너의 이름에 붉은 줄을 그으며』를 펴내고 출판기념회를 열었을 때 지금은 익숙한 선배 동료 작가들을 만날 수 있었다.

그로부터 20여 년이 지났을 즈음, '오월문학상' 소설 부문을 심사하기도 했다. 심사평을 쓰는데 '오월 정신' 운운하려니 미안하고 어색했다. 열띤 창작으로 오월 정신을 실천했어야 했는데 그렇지 못했던 삶에 대한 자책이었다. 내가 당선되었을 당시의 다짐이 떠오르는 것도 새삼스러웠다. 작가회의 사무실로 심사평을 담은 이메일을 보내놓고, 교실에서 창작 실습하고 있는 문예반 아이들을 바라보았다. 봄 햇살이 커튼 자락을 뚫고 들어와 한 아이의 졸음을 돕고 있는데 이 불온한 시대에 문학을 해 보겠다고 꿈꾸고 있는 아이들. 저들도 장차 '오월문학상'에 응모하게 될까.

탕감해야 할 부채처럼 오월을 소설로 형상화해 보려 노력했으나 능력의 한계에 부닥쳐 제대로 이루지 못했다. 오월이라는 말조차 금기시되던 시절에도 목숨을 걸고서라도 광주를 증언하려 했던 책무가 꿈틀거렸다. 오월은 글을 써야 하는 이유였다. 그러면서도 소설이랍시고 끄적거린 글줄은 항쟁의 진실을 기록한 다큐멘터리보다 쓸모없다는 자책이 앞섰다. 살아남은 자가 감내해야 했던 내상의 흔적이 시간을 넘나들며 나를 들쑤셨다. 허투루 오월을 써먹은 작품, 오월이라는 이름에 누가 되는 짓을 하는 자에게 내려지는 호된 꾸지람이 떨어질까 두려웠다.

바람에 지는 풀잎으로 오월을 노래하지 말라던 시인의 일갈이 여전히 쟁쟁하다.

최근, 오월 문학을 집대성한 『오월문학총서』를 보았다. 5·18광주민 주화운동 기록물이 유네스코 세계기록문화유산에 선정된 것을 기념하고 오월 정신을 기리기 위하여 발간한 책이었다. 흩어져 잊힐 수 있는 작품들을 꼼꼼하게 챙겨 묶었다. 5·18의 총체성과 민족사적 의미를 담아낸 작품들을 중심으로 학살의 참상과 진상 규명, 항쟁의 진실과 기억의 현재성, 인간해방과 민주주의 실천 등 참다운 오월 정신의 계승과 발전에 부합되는 작품들을 다뤘다. 말 그대로, 오월 문학을 망라했다.

넘치는 자의식과 유약한 감정 분출, 소소한 신변잡기 일상에 매몰되어 있는 경향 속에서 오월 문학은 의연하기만 하다. 현실에서 겪게 되는 비민주적인 억압과 불편부당함에 대하여 정의로운 시선을 갖고 또렷한 목소리를 내는 것이 오월 문학 정신이라면, 오월 문학은 계속될 것이다.

휴가 아닌 휴가

그때 그랬다. 바람 불더니 눈이 내렸다. 지금은 겨울이잖아, 하고 알려 주는 눈이었다. 산다는 것이 별것 아니라 생각하면서도 나도 사람인지라 지치고 힘들 때는 표가 났다. 갓 마흔이 되었던 나이, 지금 생각해 보면 아주 젊었을 때였는데 그때는 편한 게 우선이었다. 글은 왜 쓰는가, 강호의 명망 있는 작가에게 물었는데 '살아 있음의 확인'이라고 서슴없이 답하는 분이 있었다. 이 무슨 황당 개그인가. 존재의 서슬 퍼런 확인이라는 팻말을 걸었다면 이보다 더하게 자신의 작업을 미화시킬 수 있는 방편이야 없을 테지만 쓰지 않고서는 견디지 못하겠다는, 그래서 글 쓰는 행위가 무슨 업보나 생존쯤으로 내세우고자 하는 치장으로 보일 뿐이었다. 그렇게 거창한 화두를 안고 글을 쓰는 사람이 있구나 싶었지만, 내가 그해 겨울에 경험했던 바로는, 아무래도 그 작가의 말은 공허한 수식으로밖에 들리지 않았다. 실제와는 거리가 먼.

그해 1월 초의 겨울 방학, 그러니까 딱 1주일의 휴가가 주어졌다.

개미처럼 살지도 못했지만 1주일이나마 베짱이가 되어도 좋다고 허락된 날들이었다. 하지만 그때 나는 그럴 수 없었다. 빚쟁이 독촉에 쫓기는 채무자처럼 써내야 할 것들이 있었다. 아내와 어린아이들은 예전부터 원했던 강원도 동해안 일주 여행을 가자며 보챘고 심지어는 내가 거절하기 어려운 조건을 동원해서 시위마저 벌였다. 가 버리면 다시 오지 않는 시간, 기다리고 기다리던 겨울 방학 황금의 1주일이었으므로 두 눈 딱 감고 모든 걸 참아내기로 했다. 가족 여행은 다음 여름 방학 때 가자며, 아내와 아이들을 설득하고 양해를 구하던 참에 제자들한테서 전화가 왔다.

처음으로 고3 담임을 맡았던 해의 우리 반 아이들이었다. 늘 그랬듯이, 집으로 찾아온 그들과 우리 집 거실에서 성급한 술판이 벌어졌다. 그들과 나이 차이도 나지 않고 학교를 졸업한 이후로도 너댓 명 아이들은 무시로 우리 집을 찾아와 줄기차게 술을 마셔댄 탓에 졸업 후 그들의 성장을 지켜볼 수 있었다. 대학 다니다가 군대에 갔고 제대한 뒤로도 꾸준히 나를 찾아와 쉬지 않고 술을 마셨다. 집에서 마시고 동네 술집에서 마시고 여름이면 지리산 계곡 민박집으로 옮겨 밤새도록 마셨다. 그러는 중 여자 친구들이 합세하기 시작했고 그 여자 친구가 애인으로 변해가는 과정들을 증인처럼 지켜봤는데, 그날만은 뭔가 분위기가 달랐다. 애인인 수미를 데려온 중성이가 말했다. 선생님, 저희 결혼합니다. 나는 터져 나오는 탄성을 감추지 않고 축하했다. 20대 후반으로 접어드는 나이니까 요즘 경향으로 보면 이른 것 같았지만 잘했다고 손을 잡았다. 그런데 중성이가 준비해 온 멘트는 따로 있었다. 선생님이 주례를 서 주세요. 나는 황급히 표정을 바꾸었다. 요즘 결혼식이야

주례 없는 경우가 대부분이지만 그때는 주례라는 걸 꼭 세웠던 시절이었다. 이런 미친, 내가 나이가 몇 살인데, 난 못 해. 나는 단호히 거절했다. 말도 안 되는 일이었다. 겨우 마흔이 된 나이에, 아직 결혼도 안 한 내 친구들도 수두룩한데, 나는 분위기를 깨면서까지 손사래를 쳤다. 함께 온 친구들이 입을 모아 응원하고 나섰다. 선생님 해 주세요. 지금 하셔야 다음에 우리도 주실 거 아니에요? 나의 강경한 거부에 굴하지 않고 중성이와 수미는 더 세게 나왔다. 선생님이 주례 안 해 주시면, 우리 결혼 안 할랍니다. 그 말에 굴하지 않고 나는 독하게 한 방을 더 날렸다. 어? 그래? 그럼 결혼하지 마라.

하늘은 잔뜩 찌푸렸다. 더는 지체할 수 없다는 조급함이 숨통을 조여오기 시작했다. 간단한 세면도구와 옷가지를 넣은 배낭 하나, 그리고 노트북을 차 뒷좌석에 싣고 집을 나섰다. 눈이 내릴 거라는 예보가 있었기 때문에 해가 저물면 곤란하겠다 싶어 마음이 급해졌다. 혼자 운전한 차는 광·송 간 도로를 지나 송정리로, 월야로, 문장으로, 그리고 영광에 도착했다. 영광은 내가 태어난 고향이었다. 짐승의 귀소 본능이었을까. 정처는 당초부터 없었으며 어딜 가야겠다는 의지를 곧추세웠던 것도 아니었다. 마음이 틈을 내주지 않았어도 발길은 고향에 닿아 있었다. 거기에서 새로 난 법성포까지의 도로를 다시 달렸다. 마침내 도착하여 숙소로 잡은 곳은 가마미해수욕장 쪽 바닷가의 싸구려 민박집이었다.

출발하기 전부터 나를 괴롭힌 의문, 막상 이게 무슨 꼴인가 싶었다. TV도 욕실도 없이 네모난 온돌방 한가운데 우두커니 앉아 생각했다.

편안하게 살고자 했다면 구태여 이 시간에 여기에 있을 이유가 없었다. 글 써서 무슨 영화를 보겠다고, 그렇게 될 리도 없겠지만 글만 써도 충분히 먹고 살 수 있는 무슨 방도를 마련하는 것도 아니며 세상에 그 어떤 이가 나의 이러한 행위를 인정해 주고 좋아할 리도 없었다. 숫제 휴가 때마다 일부러 찾아다니는 지옥이었다. 무슨 호강을 보겠다고, 보상도 없는 이따위 짓을 하려 하나 싶었다. 육체노동의 거친 손들이 전능하게 나를 바라보고 있다면 사치이며 호사라고 꾸짖을지도 모를 요상한 짓거리였다.

계획된 일주일이 지나 집으로 돌아가면 중성이 결혼식에 가야 했다. 축의금을 내고 신랑과 기념사진을 핸드폰으로 찍은 뒤 신부 입장에 탄복하며 손뼉 치다가 밥과 술을 얻어먹고 오면 끝나는 게 아니었다. 예식장의 한복판에 서서 신성한 결혼식을 관장하고 증언하기 위한 주례를 서야 했다. 나이 마흔에 주례라니, 상상만으로도 오금이 저리고 머릿속이 하얗게 지워져 버렸다. 지금의 중성이는 쌍둥이 아빠로 그때의 내 나이보다 더 늙은 중년의 가장이 되었지만, 그때는 그랬다. 주례의 첫 경험은 나의 모든 신경과 세포 줄기를 멈춤 상태로 되돌려 버렸다.

하루 이틀 지나며 평소 집에 있을 때는 생각나지 않았던 것들이 의식 안으로 달려들었다. 지금처럼 스마트폰 시대가 아니어서, 피시방이라도 가서 무언가 해소하고 싶어 안달하는 내 모습이 처량했다. 쓰려고 했던 소설은 써지지 않아 더디기만 했고 막무가내로 엉겨 붙는 충동과 고민이 내 안에서 날을 세웠다. 일상에서 미처 감지하지 못했던 중독들이 일어나 야바위판 물방개처럼 휘젓고 다녔다. 동치미 국물에서부터 고사리 조기 매운탕까지, 어린애처럼 먹고 싶은 것이 마구 떠오르기도 했고 예상했던 대로 술 마시고 싶은 욕구는 한숨이 절로 나올 만큼 심각한 지경이었다.

원자력발전소가 있는 홍농으로 나와 목욕탕을 갔고 하루에 한 번 식당에 가서 백반을 시켜 먹었으며 농협 하나로마트에 가서 빵과 음료 따위를 사서 숙소로 돌아왔다. 인적이 뜸한 겨울 바닷가를 찾은 가족들이나 연인들을 우두커니 바라볼 때마다 이 짓만 아니라면 가족들과 함께 동해안 북단 대포항에서 물회에다 소주잔을 털어 넣으며 수평선을 바라보고 있었을 터인데 하는 생각이 들었다. 같은 바다이면서 왜 이다지도 다르게 보였던지, 당장 모든 걸 던져 버리고 돌아가고 싶었다. 아무래도 이놈의 짓이 누구 말마따나 존재의 확인이라면 이보다 더 어리석은 확인은 없었다.

집을 나설 때부터 핸드폰을 꺼 버렸으니 밤인지 낮인지도 모른 채 시간만 흘러갔다. 낯선 곳이었지만 며칠 지나며 생경함도 줄어들었다. 밤이 깊어지면 파도 소리가 거칠어졌다. 글은 써지지 않고 새벽은 밝아 오는데 만족할 만한 소득이라고는 없는, 한심한 시간이 지나갔다.

그러던 어느 날, 물리고 지쳐 이제나 집에 돌아가 버릴까 주저하다가 설핏 잠들었는데 깨어나서 밖으로 나와 보니, 세상이 바뀌어 있었다. 밤새 조용히 눈이 내렸나 보았다. 신천지가 이런 것이었을까. 파란 바다 색깔만 빼고 죄다 흰색이었다.

차를 몰고 엉금엉금 기어서 법성포로 나왔다. 작업부들이 트럭을 몰고 나와 제설작업을 하고 있었는데 사람이 그리웠던지 눈길에서 만난 그들이 반가웠다. 주린 배를 채우고 목욕탕에 갔다 나와 보니 눈은 더 탐스럽게 내리고 있었다. 며칠 지나지도 않아 육신도 벌써 지쳐 버렸을까. 더 버틸 재간이 없었다. 집에 돌아가고 싶었다. 중성이 결혼식에 대한 걱정은 어쩔 수 없는 거라 치고, 늘 그랬듯 계획된 분량만큼 써내지 못한 소설은 다음으로 미루면 될 일이었다. 그런데 차를 움직일 수 없었다. 이제는 집에 돌아가고 싶어도 갈 수 없었다. 더딘 작업에 따른 자격지심과 고민 덩어리가 가득한 내 안에, 아무도 찾지 않는 서해안 오지에서 눈 속에 고립되면 어쩌나 하는 걱정이 추가되었다. 하얀 눈꽃 세상을 바라보고 있어도 한 줌의 낭만조차 감정선에 잡히지 않는, 철없는 인식에 질겁할 일이었다. 다시 그 망할 놈의 방으로 돌아가면 복사지 나부랭이와 무기력을 일깨우는 노트북이 나를 조롱하고 말 것을.

무엇 때문에 이런 짓을 하고 있나. 집을 나설 때부터 모든 회로를 올망졸망 짓누르고 있던 회의가 울컥 치받고 올라오는데 갑자기 코끝이 뜨거워졌다. 바다 쪽의 시계는 어두워졌고 무심한 눈발은 시야를 흐리게 했다. 하고 싶은 일만 하고 하기 싫은 일은 절대 하지 않기로 치면, 이 일은 하고 싶지 않은 일임이 분명했다. 누가 시킨 것도 아니고 설사 누가 시켰다손 치더라도 고개를 설레설레 흔들며 도망가 버리면 그만인 일이었다. 이놈의 짓을 계속해야 할 것인가, 끊임없이 되물었지만 멍해진 머릿속은 쉽사리 정돈되지 않았다.

그렇게 시간이 지나갔다. 가족의 울타리로 돌아왔고, 어설펐다는 기억뿐이지만 중성이 결혼식도 마쳤다. 설도 쇠고 보고 싶은 사람들 만나서 술잔도 마주쳤으며 방학도 끝났다. 그리고 또 세월은 흘렀다. 숱하게 계절이 바뀌는 동안 어김없이 찾아왔던 방학들이 왔다가 또 지나갔다.

휴가를 맞이할 때마다 무언가 써내야 한다는 압박에 시달렸고, 그렇게 휴가가 끝나면 다음 휴가를 기다렸다. 다시금 정신 나간 충동이 도지지 않기를 바랄 뿐이지만 올해도 어김없이 여름이 찾아오고 겨울도 다시 찾아올 텐데, 자유로이 누릴 수 있는 휴가는 여전히 먼 곳에 있다.

신춘문예 당선 공식

　작년 세밑에, 지방 일간지 신춘문예 소설 부문을 심사했던 김에 몇 번의 신춘문예 심사 경험을 뭉뚱그려 그 소감을 말하려 한다. 신춘문예는 올림픽처럼 은메달이나 동메달을 시상대에 올리지 않는다. 준우승조차 의미 없는 경연이므로 당선되지 않으면 관심을 두지 않지만 내 생각은 다르다. 신춘문예나 문학상 심사를 할 때마다 당선작 못지않게 본심에 오르는 작품을 주목하게 하는 것도 이 때문이다. 올해도 어김없이, 많은 작품을 본심에 올리려 했고 실제 본심에 오른 7편을 일일이 호출하며 심사평을 달았다.

　소설 쓰는 어떤 선배가 오래전 술자리에서 했던 말이 기억난다. 신춘문예나 문학잡지 신인상에 작품을 투고해 놓고 당선 통보를 기다리는 심정은 누구라도 경험해 본 적이 있을 터, 당선 통지를 받을 만한 날짜가 지났어도 연락이 없을 때, 올해도 글러 먹었구나, 하고 실의에 빠졌다 했다. 통음으로 며칠을 보내고 새해 벽두 1월 1일 자 신문을 펼쳐

들었는데, 하필 당선자가 강철이 자네더란 말이여. 공교롭게도 그해 지방 일간지 신춘문예에서 그랬는데, 몇 년 지나 투고했던 『문학사상』 신인상 때도 당선자가 또 자네더라고. 지면으로 확인해 본 당선자의 당선 소감과 심사평에 하필 동일한 한 사람, 나였더란 것이다. 그 선배가 하는 말, 내가 최종심에 올랐던 두 번 다, 당선자는 자네였단 말이시. 말이 돼? 우연이라 치기에도 참으로 어쭙잖은 노릇이었지만, 어쨌든 그 선배는 바로 다음 〈동아일보〉 신춘문예에서 중편소설 부문에서 당선되어 더 화려하게 등단했으니 전화위복이 따로 없었다.

나 역시도 유명 문예지의 장편 공모에 『신·열하일기』 원고를 보내놓고 가슴 졸였던 기억이 있다. 당선은 되지 못하고 두 차례 최종심에 오른 탓에 심사평에 내 작품이 거론됐는데, 그 당시 당선자들은 나중에 소설 문학계에 큰 자취를 남긴 작가가 됐다. 그랬는데 또 몇 년 지나서 세상은 돌고 돌기 마련이다. 『블라인드 스쿨』이 3천만 원 현상 공모에 당선됐을 때, 누군가는 최종심에서 탈락하여 분통을 삭였을 것 아닌가. 그렇지만 떨어졌다고 나쁠 건 없다. 운전면허와 신춘문예는 단번에 붙지 않고 많이 떨어질수록 좋다. 공모에 떨어진 소설은 더 갈고 다듬어 단단한 작품으로 다지는 기회를, 보너스처럼 얻었기 때문이다.

심사할 때 일정한 수준과 개성을 갖춘 투고작을 읽으면 즐겁다. 소설이란 모름지기 인간의 삶에 관한 이야기일 테니, 우리 현실을 담아낸 작품이 주를 이룬다. 우리 사회의 어두운 단면, 고단하고 팍팍한 일상에서 겪는 아픔과 상처가 주종이긴 하나 세상살이에 대한 문제의식과 성찰이 부족한 이야기는 성에 차지 않는다.

칼은 갈아 쓰지 않으면 녹이 슬게 마련이다. 칼은 제 스스로 무게에 의해 내려치지만, 칼 쓰는 자의 손힘도 작용한다. 짧고 정확하게, 최적의 효용으로 내려칠 때 진정 칼다울 수 있다. 쓰지 않아 무뎌진 날이라면 그걸 칼이라 할 수 있을까. 아무리 잘 갈아진 칼이라고 한들 아무렇게나 휘두를 수는 없다. 농사꾼이 낫을 쓸 때 숫돌에 너무 많이 갈아버리면 버리게 된다. 지나치게 옥갈은 칼도 좋은 건 아니다. 적절하게 갈아진, 그래서 단 한 번에 내리치더라도 칼날이 갖는 예리함에 움찔거릴 수밖에 없도록, 섬찟함에 목덜미를 움츠리더라도 혼신의 힘을 다해 내리칠 수 있는 단 한 번의 동작. 칼이 칼다울 수 있을 때 빛난다.

문장이 우선이다. 기막히게 재미있는 얘기라 할지라도 문장이 되지 않으면 독자는 등을 돌린다. 문장을 모르는 사람이 좋은 소설을 쓰고자 한다면 어불성설이다. 말하는 걸로 치면 말 잘하는 화술이다. 별것도 아닌 이야기를 능란한 말솜씨로 풀어내어 청중을 사로잡는 능력과 같다. 문장에 흠이 없고, 서사에 짜임새를 갖췄다면 자신만의 목소리를 내고 있는지 살핀다. 오랜 시간 공들여 썼겠다는 짐작만 맴돌 뿐 수련 과정이 더 요구되는 작품은 안타깝지만 내려놓는다. 매력적인 제목과 첫 문장, 서두 부분부터 눈길을 끈 작품은 끝까지 읽는다. 신춘문예 당선에 요행은 없다.

그렇다고 문장만 가지고 소설이 되는 건 아니다. 남들보다 조금 매끄러운 문장력 정도를 내세워 당선을 기대할 수는 없다. 이제 고민은 새로운 곳에서 시작한다. 탄탄한 문장은 어떤 이야기라도 소화해 낼 입담이나 그릇 정도는 되겠지만 새롭지 않은 이야기는 누구의 시선도 끌지 못한다. 아무도 상상한 적 없고 누구도 써 본 적 없는 이야기를 써야 하는데, 빈약한 상상력이 문제다. 마지막 칼날이 번뜩여야 할 곳은 바로 이야기 자체에 있다. 상상력이란 작가가 소설을 보듬고 살아온 이후 쉬지 않고 부대껴온 과제였을 것이다. 소설은 결국 새로운 얘기에 대한 도전의 역사가 아닐까.

상상력의 전개 여부가 승부의 관건이다. 과거의 신화적 화소가 원형이 되어 오늘날 반복될지라도 새로운 상상력의 덧칠이 가해지지 않고는 시선을 끌 수 없다. 새로운 상상력이 넘쳐흐른다면 평이한 상식이나 진부한 언어들도 다소나마 포장할 수 있고 무엇보다도 재미를 부여할 수 있지 않겠는가.

신춘문예 당선자야 문단에 데뷔할 자격이 주어지고 상금도 두둑하니까 천하를 얻은 듯 기쁘겠지만 최종심에 올라 아깝게 탈락한 작품도 소중하다. 1월 1일자 신문을 펼쳐 보았을 테고, 최종심에나마 자신의 작품이 거론된 심사평을 읽고 비칠대던 자신감은 살아날 것이며 다음 기회를 도모할 여력이 보충될 것이기 때문이다. 그래서 심사평에다 본심 작품을 일일이 언급한다. 이번에는 심사위원의 시각이 편향되어 아깝게 탈락했지만, 절대 손을 놓지 마시라. 지금 당선자보다 더 큰 작가로 탄생할 수 있다는 의미를 드리는 거다. 최종 후보작 2~3편 중 하나로 올랐다가 떨어진 작품은 아깝다. 응모 봉투에 적힌 이메일 주소를 찾아 심사평에 다루지 못한 또 다른 평을 길게 보낸 적도 있었다. 방대한 내러티브로 보아 단편으로 압축할 이야기가 아니니, 분량을 늘여 장편으로 바꿔 보시면 어떨지. 남들이 갖기 어려운 개성을 소설 속 인물에 잘 입혀서 절박한 갈등 구조로 바꾼다면 좋겠다는 의견을 제시하기도 했다.

투고작 중 더러는 주제의 깊이에 빠져 헤어나지 못하는 경우가 있다. 이야기를 끌고 나가는 내내 무거운 주제에 부담을 가진 작품은, 읽는 사람을 불편하게 한다. 주제는 복잡다단한 골칫거리가 아니다. 무얼 써야겠다는 의도가 설정되었다면 홀가분해져도 된다. 주제의 무게감에 눌려 허우적거리다가 끝까지 써내지 못하고 중도에서 손을 털고 마는 경우가 얼마나 많은가. 주제의 깊이란 따지고 보면 막연한 것이기도 하지만, 그 깊이라는 것은 읽는 사람 모두에게 상대적인 잣대를 가진 것이어서 애당초 그걸 가늠하여 시작할 필요는 없다. 습작기의 작가 지망생은 처음부터 주제의 깊이를 가지고 허우적거리다가 완결을 맺지 못한 채 손을 털어 버리는 수가 허다하다는 것이다.

신춘문예 지망생에게 조언하는 말은 한결같다. 특징 없는 서사인데도 당선되는 사례가 있는데 그건 문장 때문이다. 문장이 좋으면 다른 단점들도 누를 수 있다. 어떤 얘기를 술술 풀어서 말해나가는 능력이 있느냐 없느냐의 문제이다. 어렵게 돌려 말하지도 않으면서도 다른 이에게는 맡을 수 없는 독특한 향내가 있다면 더없이 좋다. 주제야 어떤 누구든 설정할 수 있는 것이다. 사람들을 만나 보면 왜 그렇게도 자신의 삶은 기구한 것이며 극적인 것인지, 그게 사람 사는 이야기이고 모두가 소설의 주제가 될 수 있다는 것이다. 장편 대하소설도 사람들 입으로만은 무한정 나올 수 있지만, 그걸 글로 써내는 사람이 소설가 아닌가.

상황이나 사건을 설명하려 하지 말고 암시나 복선으로 제시만 하고 넘어가도 된다. 하고 싶은 말을 다 하려 하지 말고, 설명해 주지 않으면 독자들이 모르지 않겠느냐 하는 조바심은 우려일 뿐이다. 심지어는 신춘문예 상투적인 당선 공식 같은, 강렬한 제목, 독특한 첫 문장의 강렬한 인상, 몇 문장 지났을 때 드러나야 할 발단 부분의 긴장이라면 억지로 지어내도 좋다. 김현 선생의 말을 덧붙인다면, 작가의 욕망과 독자의 욕망이 만나야 한다. 작가가 자신의 현실 속에서 이루고 싶어 하는 세상을 그려 놓으면 독자는 자신의 욕망과 일치하느냐를 따진다. 지금의 현실과 가장 잘 맞아떨어지는 작품이 바로, 그해 당선작이다.

흔한 달걀찜 레시피

남자들이 그렇다. 한 번쯤 주방을 기웃거리다가 음식을 만든다든지 설거지를 거들다 보면 난리를 피우며 정도 이상의 오버를 한다. 갈라진 이 손바닥 좀 봐, 주부습진 운운하며 엄살을 떤다. 어쨌거나 시도 때도 없이 주방을 얼쩡거리는 이놈의 주책없는 버릇은 어찌할 도리가 없다. 내 손으로 직접 요리해서 가족들과 나눠 먹을 수만 있다면 뭐가 됐든지 배워 보고 싶다는 의지를 누가 말리랴.

생색내며 간단하게 만들 수 있는 요리 중에 달걀찜이라는 게 있다. 가격이 아무리 오르더라도 그 옛날 달걀이 귀했던 시절과 견주어 보면, 달걀만큼 싼 먹거리 재료도 없을 것이다. 세월이 흘러도 가격이 오르지 않은 달걀, 이것저것 따져 보면 그 차이는 뚜렷하다.

배고팠던 어린 시절, 고마운 분에게 선물할 때면 설탕이나 달걀이 제격이었다. 볏짚 속에 고이 넣은 달걀을 포장하여 선물 심부름했던 기억이 난다. 달걀 프라이는 아무나 먹는 음식이 아니었던 만큼 잘 사는 집 학생들 도시락밥 위에 얹어져 있었고, 찐 달걀은 소풍 때나 겨우 까

먹었을 뿐이다. 1970년대 달걀 한 판이 300원이었고 자장면 한 그릇이 100원이었으니, 달걀 가격이 자장면의 3배나 됐다. 그런데 지금은 어떤가. 달걀 한 판과 자장면값이 같다. 모든 물가가 자신의 뜀뛰기로 저마다 뛰어올랐으나 달걀만은 그다지 오르지 않은 편이다.

언제 어디서나 흔하게 만날 수 있는 국민 식재료 달걀, 한국인은 언제부터 먹게 됐을까. 경주의 고분군 발굴 때 토기와 함께 스무 개의 달걀이 발견됐다니, 신라 시대에도 달걀을 먹었다는 사실을 알 수 있다. 한글로 편찬된 조선 시대 조리 책자 『주방문酒方文』에 '알찜'이라는 요리가 소개되어 나오는데, 밥 짓는 그 위에 별도의 용기에 담은 달걀을 찌는 방식으로 보아 어렸을 때 어머니가 만들어 주셨던 솥밥 위의 달걀찜과 비슷할 것 같다.

달걀찜 요리계의 강호 무림 고수들이 즐비하겠지만 나의 경우, 완성의 길에 오르기까지 겪었던 시행착오는 돌이키기도 민망하다. 뚝배기에 달걀을 깨뜨려 휘저은 뒤 가스 불에 올려놓고 기다리는……, 처음에는 보통의 방법을 썼다. 달걀을 풀어 햄이나 실파 따위를 잘게 썰어 넣고 간과 양념을 하고 물을 부어 뚝배기에 넣은 뒤 가장 연한 가스 불에 올려놓고 기다리면 됐다. 옛날 어머니의 레시피라면 밥솥 속에 뜸 들이는 과정에서 달걀찜을 해 먹었고, 그보다 더 옛날에는 나무 땔감 때는 아궁이의 밑불에다가도 달걀찜을 했다지만 지금은 인덕션이나 가스 불, 전자레인지 말고는 달리 방도가 없다.

그나마 새로운 방법이라고 해서 창의력을 발휘한 게 있다면, 물 대신에 우유를 넣어 본 것이다. 우유를 넣는 이유는 응고되는 속성 때문에 솟아오른 거품이 잘 꺼지지 않을 거라 믿었기 때문이다. 우유만 쓰다가 나중에는 우유 반 물 반을 넣었다. 간도 소금으로 하지 않고 새우젓을 섞거나 명란을 으깨 넣으면 좋았다. 소란, 왕란, 특란, 청란, 황란, 백봉란같이 달걀은 크기별 색깔별로 이름도 다채롭다. 부화 가능 여부를 놓고 유정란과 무정란으로 나누는데 무언가 맛도 다르다. 단백질 성분으로 운동 후나 다이어트에 좋다는 것쯤이야 다 아는 사실이고 면역력에 좋은 비타민A, 뼈가 튼튼해지는 비타민D, 눈에 좋은 루테인 성분이 함유되어 건강에도 그만이다. 계란은 일본식 언어이니 쓰지 말아야 한다는 말도 있는데 진위는 모르겠다. 계란은 한자어고 달걀은 부화하면 병아리가 되는 닭의 알이란 말로, 순화된 우리 고유어 아닐까.

동네에 단골로 가는 간이 횟집이 있다. 그곳에서는 곁들이로 나오는 안주 중에 꼭 달걀찜이 나온다. 그런데 이게 굉장히 맛있다. 내가 그 집에 술을 마시러 간다면 숙성시킨 우럭이나 돌돔 세꼬시 때문도 아니고 생선 대구빡 구워 주는 이유도 아닌, 오직 그 달걀찜 때문이었는데 어느 날부터 궁금해진 것이다. 손님이 엄청나게 몰려드는 가게에서 도대체 가스 불이 몇 개나 되기에 연한 불로 이 많은 달걀찜을 동시에 그것도 빠르게 만들어 내는가에 대해서다. 사장에게 물어봐도 가르쳐 주지 않았다. 맛도 맛이지만 그 수수께끼를 해결하지 못하니 안달이 날 수밖에.

지성이면 감천이라고, 그러다가 마침내는 알게 되었다. 달걀찜을 신속하게 만들 수 있는 비법을, 도도하기만 하던 사장이 은밀하게 귓속말하듯 내게 가르쳐 주었다. 뚝배기에 바닥만 채울 만큼 물을 조금만 넣고 가장 쎈 불로 팔팔 끓이세요. 우유 넣고 끓이면 어때요? 물었더니,

우유를 절반 섞으면 더 빨리 끓겠지만 굳이 그럴 것까지야. 물이 최고
조로 끓을 때 그 안에다 달걀 풀어놓은 걸 그대로 부어 저으면 곧바로
'고봉'으로 부풀어 올라 풍성하게 넘치는 달걀찜이 된다고 했다. 시작부
터 끝까지 1분에서 2분이 채 안 걸린다는 것이다.

　누구나 다 알고 있는 레시피인지 모르겠다. 비법이란 본디 부단한 수
련 과정을 겪은 후에야 완성의 길에 이를 수 있는 법, 단번에 이루려고
달려들어서는 곤란하다. 아픈 만큼 성숙해지듯 뚝배기 바깥으로 내용물
이 넘치고 바닥이 까맣게 눌어붙고 하는 과정을 몇 차례는 겪어야 한다.
오늘 저녁 식탁에는 달걀찜을 만들어 올려놓고 반주 한잔을 해 볼까.

공원 이발관

잘린 머리카락이 영학이 아저씨 발밑에 떨어졌다. 노인의 가늘고 흰 머리카락은 제 주인을 닮았는지 힘이 없었다. 오래전 달아나 버렸던 청춘이 쉬이 되돌아오지 않듯 노인은 한 줌도 남지 않은 여생의 가파른 고갯마루를 힘겹게 넘고 있었다. 유서 깊은 공원의 팽나무 그늘 밑이었다. 그런 곳이면 어김없이 영학이 아저씨가 찾아왔다. 참말로 또 왔는갑네. 노인들은 귓속말을 주고받으며 편치 않은 걸음을 옮겨 하나둘씩 모여들었다. 그는 거리의 성자였다.

어린 시절부터 내가 다녔던 동네 이발소의 영학이 아저씨, 그가 도착하면 노인들이 찾아 들었다. 약속한 것도 아닌데 그가 오기만을 기다리던 할아버지도 있었다. 많은 장비가 필요치 않았다. 그가 봉고차에서 플라스틱 간이의자를 빼고 곤때로 얼룩진 보자기를 펼쳤을 때 그걸 돕는 이는 없었으나 차례만은 지켰다. 난로에 연탄불 갈다가 손님들 면도 해 주고 수건을 개키던 아줌마가 세상을 떠난 몇 년 전부터 영학이 아저씨 혼자 이발소를 운영했다. 그가 맞이한 노인들의 몸은 온전치 않았다. 구부정한 허리와 빠져나간 치아 사이로 헛바람이 불어왔다. 가위질에 능숙한 그의 손길이 속도를 낼 때 이동식 거울 앞의 제 모습을 묵묵히 지켜보고 있는 노인의 눈자위에 침침한 눈물이 고였다.

어쩌시오? 어르신. 기분 좀 좋아지셨소? 노인의 야윈 목덜미에서 이발용 보자기를 걷어내던 그가 사람 좋은 웃음을 건넸다. 어색한 웃음을 흘리던 노인은 대꾸하지 않았다. 고맙다는 의사를 표현하고 싶었어도 답례에 익숙하지 않은 탓에 마음을 드러내지 못했다. 말할 기운마저 잃은 이들도 있었다. 공짜라는 게 믿기지 않다는 표정조차 나누지 않았다. 어디선가 공적 지원금을 받고 이런 일을 하겠지, 세상에 대가 없는 선행이 어디 있어? 기약 없이 모여들었던 노인들이 정처 없이 흩어졌다.

도덕 교과서에서나 나올 법한 뻔한 잠언 따위는 감흥이 없다. 행복이란 물질에만 있는 것이 아니라 자신의 마음속에 있어야 한다는 것쯤은, 그도 알고 있었다. 누구도 부인할 수 없는 진리지만, 실천은 쉽지 않았다. 아내가 그의 곁을 떠난 뒤로 마음을 잡지 못하고 헤매고 돌아다니다가 공원을 찾게 됐다. 정적과 스산함으로 휘어 늘어진 나뭇가지 아래에서 기운을 잃은 노인들을 보았고 자신이 할 일도 찾았다. 이발소가 쉬는 화요일이면 그는 이발 도구를 챙겨 공원으로 갔다. 평생 먹고 살게 해 준 일이 가위질이니 남을 위해 할 수 있는 일도 이것뿐이었다.

이발소는 바람 앞의 촛불 같았다. 손님이 갈수록 줄어들었다. 남자들마저 이발소를 찾지 않았고 미용실이나 사우나에서 머리카락을 자르고 다듬었다. 오래된 골목이었지만 행인들의 발길마저 뜸해졌다. 가게를 정리해 봐야 먹고 살 다른 방도가 없었다. 이발 기술만큼은 누구에게도 뒤지지 않을 자신이 있었지만 세상은 자신감만으로 사는 게 아니었다.

사우나 같은 데에 보증금을 밀어 넣고 새로운 둥지를 틀 수도 있었다. 그렇게 되면 공원의 노인들을 만날 일도 없다. 가위질을 멈춘 그의 손가락 끝이 가볍게 떨렸다. 영화로웠던 상권이 신작로 너머의 신도심으로 이동해 버린 것처럼 세상은 요동치며 바뀌었다. 앞으로도 그럴 테지, 가늠할 수 없는 모양으로 달라지겠지. 가로수 그늘이 드리워진 목조의자에 앉아 움푹 팬 눈을 껌벅이며 순서를 기다리고 있는 노인의 남은 숫자를, 영학이 아저씨가 하나둘 헤아려 보았다.

산간에 뜨는 달 맞으러, 백제의 돌담을 나서다

예정대로 영암에 갔다. 함께 가고자 했던 사람들 모두 참여하지 못한 탓에 반쪽 여행이 되었는지 모르겠지만 느닷없이 내렸던 비처럼 그것 또한 어쩔 수 없었다. 하늘은 하룻밤의 고행을 예견하기라도 하듯 온통 먹빛이었다. 비는 차가 출발하기 전부터 내리기 시작했다. 어, 비 오네. 나도 모르게 내뱉은 혼잣말 속에는 기대와 우려, 극단의 양쪽 감정이 서로 치받고 있었다. 비 오는 날 결행하는 여행인 만큼 빗속에서 겪게 될 예상되는 그림이 비좁은 자리로 비집고 들어앉았다. 밤새도록 비를 맞고 싶었던, 그래서 온밤을 통째로 비에 젖고 싶었던 바람을 풀 기회일 수도 있었다.

영암읍을 지나 목포로 가는 819번 국도로 접어들 때까지 와이퍼를 적신 것은 가랑비였다. 차창 밖에서 위용을 드러내기 시작한 월출산의 기암괴석은 끝도 없는 빗물의 수렁에 잠겨 있었다. 월출산을 볼 때마다 산행의 절정에서 천황봉의 험준한 암벽을 만나 힘들었던 기억이 살아났다. 하늘보다 높다 하여 천황봉天皇峯인데, 이름 그대로 통천문通天

門을 지나야 정상에 오를 수 있었다. 일찍이 매월당 김시습은, "남쪽 고을의 한 그림 가운데 산이 있으니 달은 청천에서 뜨지 않고 이 산간에서 오르더라"고 했다지만 어차피 달을 맞이하기는 어려운 날씨였다. 지난봄 내내 벚꽃이 진 자리에 초록으로 물들어 있는 나무들이 빗물을 들이마시고 있었다.

올해, 왕인문화축제가 대박이었다드만. 영암 출신이어서 우리를 이곳으로 안내했던 친구의 말이었다. 벚꽃 백 리 길이라는데, 수많은 관광객이 영암을 다녀간 덕분에 단순한 문화 행사를 넘어서 지역 경제에도 엄청난 소득을 올렸다니, 이제는 전국적인 축제로도 손색이 없을 터였다. 백제의 찬란했던 문물을 일본 땅에 전파해 아스카문화를 꽃피우게 했다는 왕인 박사가 살아나 오늘날의 영암을 일으킨 셈이었다.

우리가 묵을 숙소는 바로 왕인 박사의 고향이었다는 구림 마을에 있었다. 깨끗하게 지어진 전통 한옥이었는데, 전남도에서 지정한 수십여 한옥 스테이 민박집 중 하나였다. 호남의 명촌 마을에서 하룻밤을 묵는다는 안온함이 절로 일어나는 아늑한 공간이었다. 반질반질하게 닦여 있는 마루턱에 걸터앉아 바라본 월출산은 사람의 음성도 거룩해져 버릴 것만 같이 차분해 보였다. 멀리서 다가온 구름은 가까이에선 안개로 변했고 군데군데 돌출되어 있는 기암절벽들은 자연의 엄숙함이 아닌 친근한 벗으로 다가와 있었다.

저녁밥을 지어 먹으며 펼쳐진 술자리에 초로의 민박집 주인이 찾아왔다. 그가 자랑삼아 얘기하지 않았더라도 이 마을의 대동계는 유명했다. 5백 년을 거쳐 이어져 내려온 대동계는 주민 다수결 투표를 통해 마을의 주요 의사를 결정하는 향약의 성격도 가졌다고 했다. 어찌 동네 아주머니들끼리 모여서 곗돈 붓는 모임에 비하랴. 영암 사람들은 말이 시, 대동계 계원 자식이면 묻지도 따지지도 않고 데려간당께. 그의 말에, 계원에서 소외된 사람들의 정서를 거론하며 토를 달고 싶지는 않았다. 자부심으로 활개를 치고 다녔을 그들의 일등주의는, 오늘날 상류사회 사람들의 특권인 자기들끼리만의 선민의식을 갖지 않았겠느냐는 의문도 제기할 수 없었다. 왕인 박사뿐만 아니라 고려의 도선국사도 이마을 출생이라는 사실 또한 그들의 자랑이었다.

시민들의 자발적 모금이나 기부를 통해 보존 가치가 있는 자연 문화 자산을 사들여 영구 보존하자는 운동을 펴고 있다는 '한국내셔널트러스트'에서는, 보존 가치가 높으나 훼손 위험이 큰 보전 대상지에 대한 공모전을 벌여 '꼭 지켜야 할 자연 문화유산 12곳' 중 하나로 이곳 구림 마을을 선정했다고 했다. 폐교를 개조해 만들었다는 도기 문화센터에 그 기념비가 있었다.

밤이 되면서 점점 시야가 제한되었다. 일행 중 먼저 쓰러진 사람은 아무도 없었다. 자주 만날 있는 기회가 없는 벗들이었기 때문에 시간마저 아까웠다. 누구도 먼저 자겠다고 할 것도 없이, 함께하는 시간 동안 서로의 얘기를 들어 줬다. 술잔이 비면 술을 따르고, 잔이 채워지면 술을 마셨다.

아침이 되어서 바라본 하늘은 놀랍게도 거짓말처럼 활짝 개어 있었다. 비둘기의 숲이라는 뜻을 가진 구림 마을을 등지고 떠나는 길은 그래서 아쉽기만 했다. 영산강 물길 따라 바닷길이 열렸다는 곳, 고대 중국과 일본을 찾아가는 해상 교역의 중심지였다면, 백제 시대에는 그야말로 국제적 문화도시였을 것이다. 그 자취라고 할 수 있는 상대포 나루터를 배경으로 단체 사진을 찍었다. 그만큼 하늘은 맑아 있었다.

도갑사를 찾아가는 길은 깨끗하게 정돈되어 있었다. 산문인 일주문을 지나자 석조 기단 위에 햇살을 가득 안고 있는 해탈문이 시야에 들어왔다. 해탈문이라면 말 그대로 속세를 벗어난 중생을 부처님의 품으로 인도한다는 문인데, 국보 50호로 지정되어 있었다. 약한 배흘림기둥 양식에 사천왕상 대신에 문수보살상과 보현보살상이 자리하고 있었다. 도갑사는 달이 숨겨진 보물, 오랜 불사 끝에 절과 숲이 어우러진 불심 깊은 도량이었다.

도갑사의 경내에 들어섰을 때 어떤 이가 새로이 짓고 있는 커다란 대웅보전 건물을 가리켰다. 요즘 절에 가면, 무슨 공사들을 많이 하는지. 쓸쓸한 표정을 짓고 있던 그는 이내 자신의 푸념을 거두었다. 경내의 한복판에 짓고 있는 대웅보전은 불자들의 복전함을 거두어 짓는 단순한 중창불사가 아니었기 때문이다. 현재 위치한 대웅보전이 심하게 뒤틀려 개축해야 한다는 의견이 대두되자 목포대 박물관에서 발굴 조사를 벌인 결과, 백제의 기와편이 출토된 곳을 추정하여 옛날의 가람 배치를 확인하고 정확한 위치를 찾아 복원 불사를 추진하고 있다는 것이다. 그런 이유로 거의 다 완공되어 가는 대웅보전을 새삼 돌아보게 되었다. 경내 한쪽에 커다란 나무가 눈에 들었는데, 소원을 기원하는 황금빛 나뭇잎이 주렁주렁 매달려 있었다. 대웅보전 편액을 감상하고 뒤편으로 흐르는 계곡물을 따라 오솔길을 걸었다.

가파른 돌계단을 올라 찾은 석가여래좌상을 뒤로하고 우리는 월출산을 떠날 수밖에 없었다. 녹차밭을 끼고 있는 경포대를 찾아가자는 본래의 일정도 미뤄야 했다. 일요일이긴 했지만 다들 바쁜 모양이었다. 오후에라도 가게 문을 열어야 한다는 친구가 재촉하면서 시작된 동요는, 별수 없이 다음을 기약하기로 하고 돌아섰다. 바삐 차를 몰아 광주로 돌아오는 길목에 멈춰 서서 우리는 일일이 손을 잡고 헤어지는 의식을 치렀다. 각자가 가지고 있을 법한 심란한 갈등이나 고민 따위는 다 감추고 하룻밤 즐겁고 편안한 표정만을 보여 준 벗들이 좋았다. 앞으로 하는 일들 막힘없이 잘되기를 빌었다.

3부

일탈도 힘이 된다

봄 소풍

소풍을 간다. 수능을 앞둔 가을에는 소풍을 가지 않으니, 고3 학생들 처지에서 보면 이번 봄 소풍이 자신들 학창 시절의 마지막 소풍인 셈이다. 학년별로 모여서 한곳으로 몰려갔던 과거와 달리 요즘에는 각자 학급별로 간다. 이름도 소풍이라 하지 않고 체험학습이란 걸로 바뀌었다.

문제는 장소의 선정이다. 칼자루를 쥔 담임 교사 욕심으로는 아이들을 데리고 산에 오르고 싶다. 장불재의 너른 공간으로 아이들을 데리고 갈 꿈을 꿔 보기도 하지만 그들은 비명을 지른다. 장불재는 고사하고 중머리재나 새인봉도 싫다 한다. 미친 거 아냐? 명색이 소풍날인데, 죽기보다 싫은 등산이라니, 그들의 안중에 무등산은 없다.

그렇다면 아이들이 선호하는 소풍 장소는 어디겠는가. 새삼 물어볼 것도 없다. 가까운 곳으로 가면 좋고 그래서 일과를 빨리 끝내 주면 최고다. 하루도 쉬지 못하고 밤늦은 시각까지 자율학습 하느라 고생했으니 목 빼고 기다리다 수령한 상여금처럼 하루쯤 여유를 부리며 놀고 싶어 한다. 대낮의 거리를 활보하다가 보고 싶었던 영화라도 한 프로 보든지 그도 아니라면 친구네 집 놀러 가 하다못해 라면이라도 끓여 먹으며 뒹굴고 싶은 그 심정을, 무심한 담임인들 모르랴. 비라도 내리면 금상첨화다. 소풍날을 연기할 수도 없고, 아침에 만나자마자 바로 종례부터 해 줄지도 모르니.

요새 변한 게 또 있다. 소풍이 학급별 체험학습으로 바뀐 후로는 관광버스라도 대절해 어딘가 의미 있는 곳을 찾아가면 좋다. 공장 견학이든지 유서 깊은 유적지를 찾아서 깨달음을 얻어야 하고 이를 기록으로 남겨 생활기록부에 올려야 한다. 그래야만 대학입시에서 요구하는 스펙 쌓기가 되는 것이다.

아무리 그렇더라도 소풍이란 계획을 짤 때가 즐거운 법이다. 아이들의 뜻을 물었는데 중구난방이 따로 없다. 목포 해양연구소나 여수 향일암, 순천만 등지로, 멀고 먼 여정을 결정한 다른 반의 사례를 들먹이자 손사래를 친다. 어쩔 수 없이 담임다울 수밖에 없는 내 생각을 밝힌다. 문화공연은 아니더라도 유명 사찰 일주문을 지나서 미술관 관람을 하고 얕은 야산이라도 등반하고 내려오자는 의견을 아이들에게 던졌더니, 돌아온 것은 여지없이 비명이다. 그들의 표정에 묻어 있는 명백한 푸념. 하여간 울 담탱이는 빨아 널어도 말릴 수가 없어.

그러면 어쩌자고? 어쨌든 간에 매듭을 지어야 했다. 방금 철도청 사이트에 들어가 봤는데 말이야. 애인을 꼬드기듯 얘기를 꺼내기 시작했다. 서광주역에서 10시 18분에 출발하는 무궁화호 열차가 있더라. 예당이나 득량에서 내려 수문까지 걸어서라도 바다를 보면 참 좋겠다만 시간이 많이 들어 너희가 싫어할 테고, 그러니 30분 만에 내리는 능주로 가자. 정암 조광조가 사약을 받았다는 적려유허지를 거쳐 논개의 남자로 알려진 의병장 최경회를 모신 삼충각도 가고 영벽정 푸른 물 앞에서 단체 사진도 찍자. 어머니 신경 쓰이지 않게 도시락도 쌀 것 없다. 능주 고향반점으로 몰려가서 자장면으로 때우자. 곱빼기는 필수 탕수육은 선택이다. 종례는 능주 터미널에서 각자 '고맨 고, 있으맨 이쓰' 하자.

계획만으로도 아이들의 표정은 밝았다. 내심으론 쾌재를 불렀으면서도 끝내 말하지 않은 게 있었다. 능주 고향반점은 내 고교 동창이 운영하는 가게이고 능주고 교사로 근무하는 또 다른 친구가 마중 나와 준다는 것. 담임과 부담임이 자장 국물을 안주 삼아 소주를 나눠 마시는 자리에, 흘깃거리며 술맛을 궁금해하는 놈이 있거든 한 잔만 가득 따라 줄 생각이라는 것. 봄날의 산천에 속절없이 피어 있는 이팝나무꽃 이파리가 열아홉 살 청춘들 가슴을 넘보며 살포시 내려앉거든 그 순간만은 수학 정석도 영어 단어장도 모의고사 점수도 잠시 잊어버리는 것.

만우절

좀체 점수가 나지 않았다. 무기력한 타선은 측은하기까지 했다. 안타를 때려내지 못하는 기아타이거즈 선수들이 안타까웠지만, 손에 잡힐 듯 가까이 관전할 수 있다는 것만으로 위안이 됐다. 경기는 이제 후반으로 접어들었고 이래저래 캔 맥주만 속절없이 나가떨어지고 있던 순간, 문자가 한 통 왔다. 어디세요? 선생님.

수년 전 졸업했던 우리 반 아이였다. 경기도 육군 전방 부대에서 ROTC 장교로 복무 중인 녀석인데 이 시간에 뭔 일인가 싶었다. 그러면서도 오늘이 만우절이지, 하는 생각이 앞섰다. 아침부터 만우절이라는 이름으로 속아 넘어갔던 크고 작은 해프닝 때문이었고 무엇보다 친한 후배에게 받은 문자의 영향이 컸다. 망설였던 출가를 드디어 결행하게 됐습니다. 속세의 모든 인연을 접고 이제 산으로 들어갑니다. 한마디 상의도 못 하고 떠나게 되어 미안하고 아쉽습니다. 그간 인연이 고마웠습니다. 잊지 못할 거예요. 잊히지 않고 언제고 생각나거든 제가 거처하는 절을 찾아오세요. 만우절로 말입니다.

한마디 반전을 위해 장황한 문자를 찍어 보냈을 후배의 노력이 가상해 마침내 웃고 말았지만 처음 순간의 당황함은 감출 수 없었다. 나는 전광판을 바라보았다. 무등경기장 시대가 막을 내리고 목을 빼고 기다렸던 기아챔피언스필드가 완공되어 올해 드디어 개장했는데, 홈 개막전 직관을 놓치지 않았다. 관중석에 앉아 치맥을 마시고 있는 모습을 지우고 나는 만우절에 걸맞은 거짓 답장을 담담하게 보냈다. 지금 야자 감독 중인데 웬일? 휴가 나왔니?

학교에 계신다고요? 거짓말 마세요. 녀석은 내 말을 믿지 않았을 뿐만 아니라 한술 더 떴다. 야구장이죠? 다 알아요. 예전의 고3 담임이 야구 좋아하는 줄은 알고 있으니 시즌 홈 개막전은 반드시 보고 있으리라 추측했겠지만, 그래도 그렇지, 챔피언스필드의 붉은 의자에 앉아 있던 나는 깜짝 놀라고 말았다. 기아의 안치홍 안치홍 안타 치고 도루하고, 야구장에 넘쳐나는 관중들의 응원가와 함성을 외면한 채 기왕 만우절이라는 장난끼와 결합한 마당에 고집스러운 답장을 보내고 말았다. 답장을 찍는 손끝은 냉정했다. 미친, 야구장은 무슨? 지금 학교에서 야자 감독 중이라니까. 결단코 녀석을 속이고 말겠다는 의연함까지 보태 맥주 한 모금을 더 마셨다.

그랬는데, 전방 경계 부대의 내무반에서 야구 중계를 보고 있던 소대장에게는 만우절이 통하지 않았다. 선생님이 TV에 나왔어요. 야구장 모습이 화면에 잡혔다고요. 녀석의 문자를 확인한 나는 자리에서 벌떡 일어나 어딘가에서 나를 찍고 있을 카메라를 살폈다. 이럴 수가. 중계방송 화면에 내가 나오다니, 텔레비전에 내가 나왔으면 정말 좋겠네, 가 아니었다. 카메라는커녕 유형무형의 파놉티콘처럼 어디에선가 나를 감시하고 있을 만한 눈초리를 찾아낼 수 없었다. 오늘은 거짓이 통용되는 만우절이지 않은가, 그랬어도 녀석에 대한 의심을 여전히 거두지 못했다.

빌빌거렸던 경기력이었지만 운 좋게 승부에서는 이겼다. 역사적인 경기인 만큼 에이스 양현종이 등판하여 8회까지 무실점으로 틀어막았고 FA로 영입한 이대형이 결승 득점을, 마무리 용병 어센시오가 9회를 틀어막아 1대 0으로 이김으로써 선동열 감독에게 홈 개막전 승리를 안긴 것이다. 기분이 한껏 고조된 나머지 동행했던 사람들과 연달아 2차를 간 탓에 술 젓는 막대기처럼 취해서 귀가했다.

다음 날은 만우절이 아니었다. TV 야구 중계방송에서 나를 봤다는 녀석의 증언이 떠올라 인터넷을 뒤졌다. 경기 다시 보기를 통해 문자를 받았던 시간대의 장면을 확인해 보았다. 타이거즈 머리띠와 유니폼을 입은 젊은 여성 두 명이 바로 앞자리에서 열광적인 응원을 하더니만, 거기에 부록으로 딸려서 꽤 오랫동안 화면을 타고 있는 내 모습이 나왔다. 나만 아니었으면 지금까지 숱하게 보았던 스포츠 중계방송 중 자연스러운 장면이었다. 넘쳐나는 관중석의 파도 응원 속에서 나도 그들 중 한 명이었으니, 화면에 잡혔던 사람들의 모습이 남의 일이 아닌 게 됐다.

그렇게 지나버린 만우절의 하루. 용납될 수만 있다면, 유쾌한 거짓말이 난무했더라도 좋았을 날이었다. 화면을 확인할 것도 없이 갖은 추측과 상상력만이 활개 쳤을 뿐 진실성 여부는 무의미했다. 녀석이 받아들였을 나의 거짓말은 어떤 모양이었을까. 애써 도모하던 일이 어긋났을 때 원하지 않은 실수로 곤경에 처했을 때의 거짓말은 아니었다. 실수한 것도 아니고 자기 존중감과 충돌하는 낯부끄러움을 해소하기 위한 것도 아니며 허구를 내세워 면피할 수 없는 지경임을 알더라도 최면을 걸어 자신을 정당화시킨 것도 더더욱 아니었다.

　거짓말을 해 본 사람은 안다. 거짓말은 무시로 약동하며 스스럼없이 진화한다는 것을. 독일의 역사학자 볼프강 라인하르트는 사회와 문화가 발전함에 따라 거짓말도 자연 도생한다고 보았다. 거짓말을 하지 않은 사람은 없다. 거짓은 거짓으로 덮을 수밖에 없으므로 거짓은 의례적이고 필수적이며 때로는 유익할 수도 있다. 사람은 하루에 200번의 거짓말을 하고 산다고 한다. 성경에도 모든 사람은 거짓말쟁이라 했으니 소소한 일상의 거짓말이야 더 말할 것도 없다. 남을 속이지 말자. 진실만이 진리다. 이렇게 외치지만 제대로 이루어질 리 없다. 과연 진실만이 통용되는 세상이 가능한가.

　거짓말은 정치, 경제, 미디어, 학문, 일상 등 다각도에서 진화한다. 거짓 공약을 내걸지 않은 정치인을 본 적이 있나. 현실이 아닌 가상의 세계를 그려 진실과 충돌하는 미디어 시장에서도 거짓이 판친다. 미디어 공룡은 진실의 목을 죄고 세상을 허구화시킨다. 진리 탐구가 본래의 목적인 학문에서도 마찬가지다. 모든 거짓말을 다 나쁘다고 할 수 없듯 만우절의 거짓말을 나무랄 수 없다. 오늘따라 멋진데? 라는 달콤한 거짓말은 들어도 싫지 않다. 성적이 취약하여 가능성이 보이지 않는 학생에게 잘할 수 있다고 격려하는 교사, 악성 질병을 앓고 있는 환자에게 희망을 주는 의사, 아이에게 부부싸움을 감추려 하는 부모, 이들의 선량한 거짓말을 탓할 수는 없다.

옳고 그름을 판가름하는 상대적 기준이 날로 모호해지는 현대 사회에서 거짓은 필요악이 됐다. 위선은 도덕의 조건이 되고 거짓은 민주주의의 양분이 되어 사회가 유지된다. 자기합리화에 능숙한 거짓말쟁이일수록 유능한 사람으로 인정받는 세상이다. 그렇다고 하더라도, 인간에게서 진리와 진실에 대한 동경을 몰아낼 수는 없다. 진실을 알지 못하더라도 진리가 아닌 것을 가려낼 능력이 인간에게 있기 때문이다.

남에게 속았다 한들 유쾌할 수만 있다면 나쁠 것도 없다. 만우절 장난에 깜박 속아 어이없게 당했다고 치자. 그런데 목숨을 위협당할 만한 큰 피해는 없고 지갑이라도 털려 금전적 손실을 본 것도 아니라면, 숨막히는 세상에 모처럼 크게 웃을 만한 양념 같은 변주곡을 선물 받았다고 쳐버리면 그것 또한 너그러운 일 아닌가. 화를 내기는커녕 씽긋 웃어 주며, 짜식, 재밌는 놈이네, 이렇게 툴툴 털고 지나갈 수만 있으면, 이쯤 되면 즐겁게 속았다고 말할 수 있을 텐데. 속일 거라면 가능한 한 통쾌하게, 호탕하게 한번 웃을 수 있도록 그래서 정말로 즐거워질 수 있을 만큼 한번 해 봐라, 주문을 걸고 만우절을 기다릴 수도 있다.

하필 만우절에, 거짓말이었으면 하는 심정이야 절절하지만 안타깝게도 진실이 드러나는 경우도 있다. 〈중경삼림〉에서 금성무가 연인에게서 이별 통보를 받은 날이 바로 만우절이었다. 홍콩 영화배우 장국영이 만다린 오리엔탈 호텔에서 투신자살한 날도 만우절이었으니, 사실이 아니길 바라는 사건이 만우절에 터져 버린 것이다. 거짓이 용인될 수 있는 만우절에.

계절이 바뀌듯

계절이 바뀐다. 섣불리 가지 않을 것 같던 여름이 느닷없이 큰 걸음으로 물러가고 있다. 에어컨 바람은 이제 사절, 찬바람에 적응해야 할 일만 남았다. 여름 교복이 반바지라면 깔끔하고 시원해 괜찮을 텐데, DJ DOC의 노래는 그 효용을 다했다. 정식으로 반바지를 교복으로 입는 학교가 등장했다. 학교 안에서 반바지 입는 것이야 당연한 일이고 학교 밖에서도 반바지 등하교가 묵인된 지 오래다.

학교는 변해 가는데 세상은 그대로다. 수십 년 동안 자기들 입맛에 맞는 세상을 만들기 위해 유형무형으로 모사를 꾸며온 자들이 수면 위로 떠올랐는데 그 몰골이 추하다. 스스로 목숨을 거두어야 마땅한 조직이 생명 연장을 위해 별의별 수단을 다 쓴다. 쉽게 죽겠어? 여러 가지 카드를 써 보겠지, 예상은 했지만 씁쓸하다. 교활한 자들, 자신이 죽게 생겨 엉뚱한 곳으로 시선을 분산시키더니, 자기를 죽이려 달려드는 상대의 약점을 실실 흘리고 다닌다. 방어만큼은 자신 있는 그들, 다음 카드는 무얼까, 웬만해서는 죽지 않을 것 같다.

아이들은 그딴 거에 관심 없다. 늙다리 어른들 세상, 한심한 찌질이로 보여 왕짜증이 날 뿐이다. 수시 원서를 냈다고 끝난 게 아니다. 수능 준비에 총력을 다해야 할 건곤일척의 순간이 다가오는 마당에 곁눈질할 겨를이 없다. 새로운 계절이 오는 길목에서, 아이들은 안쓰럽고 어른들은 무심하다.

조목조목 '꼰대 6대 증상'을 포스트잇에 써서 눈앞 책꽂이에 붙여놓았다. 이렇게는 하지 말자, 다짐하고 실천하기 위해서였다. 나도 젊은 교사 시절에 나이 많은 교사가 불편했던 적이 있었다. 학생들이라고 늙다리 교사가 좋으랴. 어떻게 굴러먹더라도 꼰대 소리는 듣지 말아야겠다, 매번 반복하며 신경 써 왔는데 누군가 포스트잇을 들여다보더니 그랬다. 이런 것도 다 꼰대 짓이여. 그 말을 듣고 결국 포스트잇을 떼어 버렸다.

나보다 나이 어린 사람에게 위축된 지 오래다. 어린 막내였을 때는 몰랐는데, 세월이 흐르다 보니 조직에서 나이 많은 사람이 되고 말았다. 젊은 날, 또래의 동료 교사들이 너나없이 기피했던 교무 업무와 기획 분야, 고3 담임 일만 전담하며 정신없는 나날을 보냈을 시기에는 학교에 힘이 되었을 수도 있었다. 세월이 흘러 나이 먹고 뒷방 고인 물로 물러난 지금은 학교와 후배 교사들에게 짐이 되어 버렸다. 매사에 조심스럽고 눈치가 보인다. 나이는 생물학적 숫자일 뿐이라며 정신 승리를 중얼거릴 수도 없다. 노마식도老馬識道라고 늙은 말이 길을 안다는 한비자韓非子 구절을 인용하며 관록이나 경험 따위를 내세우다니, 꼴통 꼰대들이나 하는 큰일 날 소리, 젊은 사람들은 그런 것이 필요치 않다.

나이가 깡패였던 시대는 끝났다. 나라를 이끌어가는 유력 정치인들 나이가 이제 나보다 젊다. 60년대 생은 IT로, 70년대 생은 플랫폼, 80년대 생은 스타트업 창업으로 인재의 흐름이 형성되었고 요즘 세대는 K-컨텐츠가 주를 이룬다는데, 정년을 앞둔 나는 어디를 기웃거릴 것인가.

이래저래 줄곧 해왔던 일, 책 읽고 음악 듣고 글 쓰고 산책하고 술 마시는 것……, 늘 해왔던 혼자만의 일인데, 나이 어린 사람에게 불편을 주거나 신경 쓰이지 않게, 추레하게 보이지 않게, 그저 가만히 늙어가는 것, 그게 가능할까.

학기 초면 그랬다. 어김없이 배치되는 빡빡한 업무들이 장승처럼 우두커니 숨통을 가로막고 서 있었는데 이제는 달라졌다. 달라진 교실에는 분필 가루가 흩날리지 않는다. 광통신과 빔 프로젝트가 연결된 전자칠판을 사용한다. 분필 대신 전자펜으로 판서 내용을 쓰면 칠판에 그대로 나타난다. 디지털 교과서와 전자칠판을 통해 학생과 교사가 실시간 피드백으로 상호 작용한다. 전 교사가 모여 업무를 보던 초대형 교무실도 없어졌다. 교무실은 세분화되어 교사들은 저마다 자기 자리로 들어가 묻혀 버린다. 보고 싶은 동료가 있으면 그의 자리로 찾아가면 되고, 진정 보고 싶지 않은 동료는 며칠이 지나도록 만날 일이 없다. 창문을 열어 가을바람을 맞아들이고 스피커 볼륨도 높일 수 있다. 학교는 한없이 자율화되고 학생들의 자기 주도적 학습 능력은 극대화되었다. 디지털 시대에 걸맞게 아이들 손에 태블릿 전자기기가 무상으로 보급되었고 와이파이 통신망이 짱짱하게 구축되었다. 수업 집중도와 만족도를 높이기 위해 보급된 스마트 전자기기, 교육의 본질과 방식에서 근본적인 변화가 실감 나는데 여전히 핸드폰은 강제로 수거하고 있다. 스마트 패드를 무상으로 공급해 주고 다시 스마트 기기를 강제하는 이율배반이 아리송하지만, 어쩔 수 없는 노릇이다.

학교는 한시도 고요한 적이 없다. 교육계의 문제점이 백가쟁명의 목소리로 제기되고 그때마다 혁신과 개혁의 요구가 빗발치지만 마땅한 정답이 없다. 대학입시 때문이다. 새로운 개정 교육과정에 의해 내신 등급도 조정되고 고교학점제에 맞춰 새롭고 다양한 교과군이 등장한다고 해서 입시 결과에 의한 학교의 서열화 경쟁이 사라질 리 만무하다. 폭우와 폭설 같은 기후 위기와 코로나 국면에서 반강제적으로 경험해야 했던 온라인 비대면 가정학습이 확대될 것으로 보이고 4차 산업혁명 시대에 발맞춘 AI 인공지능이 현장에 도입됨으로써 교실은 미래역량 교육 중심으로 바뀌었다. 학생 개개인의 학습데이터 분석에 의한 스마트 클래스로 맞춤형 교육이 자연스러워졌다. 교실이 달라졌다. 학교는 새로운 물결을 타고 정신없이 돌아가고 있고 앞으로도 그 기세는 멈출 것 같지 않다.

하지만 내 책상 주변은 어질러져 있다. 커피와 녹차가 든 용기들, 머그컵, 목캔디 깡통, 십수 년 전 식영정으로 소풍 가서 찍은 학급 단체 사진 액자가 걸려 있고, 노트북과 전화기 곁에는 숫자를 바꿔 적은 교무수첩이 있다. 이승우 소설집 『오래된 일기』는 어디만큼 읽다가 저기에 놓여 있을까. 신량등화新涼燈火라 하여 가을의 소슬한 기운에 등잔 아래 책 읽기 좋다 하는데 책을 덮어 버렸다. 날씨가 한나절 사이에 서늘해졌다. 바람은 창문을 흔들어대지만 그래 봐야 이제 가을 아닌가. 내일은 토요일, 금당산이라도 올라갈 시간이 주어질까. 모처럼 지인들 만나 회포도 풀고 한 주일 쌓였던 스트레스도 날려 버리라고 주어진 주말인데 그런 즐거움이 온전히 주어질지, 우선 금요일 밤이 먼저 찾아오고 있다.

벚꽃 질 무렵

담양에 갔다. 오전에 병풍산으로, 오후에는 삼인산으로 산행을 했다. 토요일이니만큼 산에 오르는 사람들이 많았다. 반도의 동쪽 강원도 지방이 태풍의 영향으로 고통을 겪고 있다는 소식에 마음이 무거웠는데 내가 있던 담양 땅은 비 한 방울 내리지 않았다. 그렇다고 맑은 날씨도 아니어서 하늘은 낮았고 구름이 가득했다. 바람이 거센 나머지 땀이 나더라도 곧바로 식었다. 지나간 시절의 누군가에 의해 오늘의 내가 존재하기 때문에 고립을 자초할 수 없다. 바쁘다는 핑계도 구차해진다. 사람들을 만나고 서로의 안부도 묻고 술잔도 나누고 해야 하는데, 몸이 지치니 마음도 따라 지쳤나 보다.

일요일의 하루가 지나고 있다. 이런 날을 언제쯤 보내 봤나 싶었을 정도로 빈둥거린 하루였다. 늦잠을 즐겨야지 했는데 야속하게 평소처럼 6시에 눈이 떠져 버렸다. 막상 할 일이 떠오르지 않았다. 하고 싶은 일도 해야 할 일도 없었다. 모처럼 화분들을 들여다보며 잎도 자르고 물도 주었다. 짜장라면을 끓여 먹은 뒤에는 양파 냄새가 날까 봐 입을 열지 않았다. 반신욕을 하려고 물을 받아났다가 너무 뜨거워 오래 하지 못했다. 오후 2시가 되자, 내내 마음에 걸려 숨조차 쉬기 어렵게 만들었던, 서울로 간 선생님들이 생각났다. 서울역 앞에서 전국교사대회를 하고 있을 시각이었다. 광주에서는 아침 9시에 상무시민공원에서 모여 대절 버스로 출발했다. 며칠 전 나는 분회장에게 불참을 통보했다. 이번 서울 대회에 못 가겠소. 피치 못할 사정이 있다는 듯 말했지만 사실은 아무 일도 없었다. 무슨 일이 생겨날 것 같은 예감이 있긴 했어도 행사에 참여하지 못할 핑계로는 궁색한 것이었다. 예전처럼 닭장차를 각오할 일도 없는데 마음이 움직이지 않았다. 보수 정권이 주도하는 교육 정책은 공룡이 되어 버렸다. 학교 현장에 무도한 일들이 벌어지고 있는 탓에 울분을 참지 못하는 순박한 교사들은 만사를 제쳐놓고 서울역으로 모여들 것이다. 만사는커녕 단 한 건의 바쁜 일도 없는 나는, 그냥 못 가겠다고 했다.

불편해진 심정은 나를 집 안에 가두었다. 집 밖으로 한 걸음도 나가지 않았다. 언제나 바빴던 일요일이었기 때문에 멍때리고 있는 내 모습이 어색했다. 미뤄 두었던 문예지를 읽다가 TV도 보았고, 그리고 졸았다. 소파에 묻혀 책을 읽다가 야구를 보다가 비실비실 졸면서, 한순간에 세 가지 일을 동시에 진행하고 있었다. 순수한 교사들이 더 나은 교육 현실을 만들어 보고자 구호를 외치며 빡빡한 걸음을 옮기고 있을 그 시간에, 나는 한심스럽다 못해 찌질한 교사로 전락해 있었다.

자전거를 끌고 아파트 상가를 돌아 자전거 점포에 갔다. 홀쭉해진

바퀴에 바람을 주입하며 자전거를 판매하는 곳인지 대여해 주는 곳인지는 모를 점포를 둘러보았다. 나부터도 하체 단련을 위한 운동 삼아서 가끔 자전거를 타기도 하지만, 요즘 들어 자전거 타는 사람들이 부쩍 늘었다. 전문 장비를 갖춘 라이더 무리가 시골 국도를 질주하는 광경을 흔히 볼 수 있다. 자전거는 우리 세대에게 자장면만큼이나 많은 추억을 기억하게 한다. 미곡상 구석에 놓여 있는 짐바리 자전거는 너무 커서 탈 수 없었고 동네 친구가 삼천리호 신사용 자전거라도 끌고 나오면 그는 바로 우상이 되고 말았다. 비토리오 데 시카 감독의 〈자전거 도둑〉도 있지만 김소진의 「자전거 도둑」도 좋았다. 왕샤오수아이 감독의 〈북경자전거〉도 인상적이었다. 중국인의 심리라고 한들 보편성의 측면에서 보면 얼마나 다르겠는가. 왕년의 중국은 어디를 가나 자전거 물결이었다. 한중 수교 이후 방학만 하면 중국의 이곳저곳을 다녔다. 베이징에 빵차라고 불리는 미엔띠가 사라졌듯 중국 어느 지역이나 급격하게 변했어도 자전거는 그대로였다. 힘차게 페달을 밟으며 일터로 나가는 중국인의 탄력 있는 장딴지에 신중국의 미래가 출렁이는 듯했다.

자전거를 타고 인근 체육공원을 돌았다. 학창 시절에는 자전거를 타고 출퇴근하는 선생님을 많이 보았다. 벤또라 불리는 도시락을 자전거 뒷자리에 묶고 다녔던 모습이 정겨웠다. 요즘도 유명 정치인이나 대학 총장이 자전거로 출퇴근한다는 뉴스를 보긴 하나 자전거로 출퇴근하는 교사는 없다. 퇴청주도 없이, 퇴근만 하면 저마다 번쩍거리는 애마를 타고 집으로 내빼기 바쁘다.

일하지 않은 자 먹지도 말라 했는데, 나는 한 끼의 저녁 식사를 위해 숟갈을 들었다. 토막 난 동태 눈이 비굴하기만 한 나를 째려보았다. 차라리 무슨 일이라도 있었으면, 그리하여 핑계의 수위만큼 바쁜 척이라도 할 수 있었으면 이렇게 찜찜하지 않았으련만, 교사대회에 가지 못한 죄책감을 고백성사하듯이 털어놓아야 했다. 그러는 동안, 일요일의 밤은 씩씩거리며 깊어져 버렸다.

월요일 출근길, 신호 대기를 하며 아스팔트 위로 희끗희끗 흩날리는 빗방울을 바라보았다. 기상 악화로 인한 약간의 정체는 견딜 만했다. 아침 뉴스의 한 꼭지가 마음에 걸렸다. 자녀의 사교육비로 수입의 절반을 지출한다는 어느 40대 가장의 사연이었다. 사교육의 바다에 떠 있는 공교육의 섬, 더운 국에 밥을 말아 먹는 손이 멈춰졌다. 계절은 마지막 신음을 토해내는데 세상은 흉흉했다. 바람에 흔들리며, 목구멍 너머로 밀어 넣지 못하고 흘리고 마는 밥알만큼이나 나의 체중은 뿌리를 알 수 없는 소모성 질환에 야위어 있었다. 해체된 뼈를 맞추는 것처럼 외투를 벗어 옷걸이에 걸었다.

습관인 양 노트북을 열었다. 버튼을 눌러 모니터를 켜면 까만 어둠의 세계였던 네모 안이 천연색으로 바뀌며 온갖 얘기들을 띄어놓고 있다. 시야 안으로 달려드는 낯익은 이름을 부른다. 이름만으로도 반가운 이들이다. 산길을 걷다가 만난 이름도 가물가물한 풀꽃들. 고운 소리로 지저귀는 새들, 산행의 반가움을 나누는 사람들, 하지만 누구에게도 이름을 묻지는 않는다. 풀꽃이며 새들의 이름을 알지 못해도 세상은 그대로다. 이름을 알고 싶어 이름을 묻는다면, 익명성이 주는 아련하고도 신비로운 마력은 떨어져 나갈 것이다. 익명의 황홀한 바다에서 오늘도 마음껏 헤엄을 친다. 익명이라는 편리한 무장을 한, 웹 시대이며 넷 세상이다.

　관심 있는 커뮤니티 몇 군데를 둘러본다. 고등학교 동창인 친구 녀석이 죽었다는 부고 메시지가 떠 있었다. 사람이 죽었다는데 난데없이 드는 쓸데없는 생각, 안타까움과 함께 불편한 기억이 달려들었다. 졸업 20주년 홈커밍데이 행사를 할 무렵 동창회 총무 일을 자원했던 녀석이었는데, 행사 기금을 유용해 버렸다. 수도권과 다른 지역에 거주하는 잘나가는 동창들을 찾아다니며 모금 활동을 하는 것까지는 좋았으나, 그 돈을 쌈짓돈처럼 써 버렸다. 정작 행사할 시기에는 행방을 감춰 버렸고, 기금을 낸 사람과 안 낸 사람이 뒤죽박죽 섞이고 말았다. 너는 왜 기금을 안 냈냐? 하고 물으면, 어? 총무에게 냈는데? 이런 대답들이 공허한 메아리가 되어 동창회를 들쑤시고 다녔다. 지병이 있는 줄은 알았지만, 40대에 불과한 나이에 막상 죽어 버리니 허무하네. 다른 동창 친구에게서 전화가 왔다. 조문을 가야 하나 말아야 하나? 고민은 끝나지 않았는데 창밖에 비가 내리고 있었다.

　온라인이지만 그래도 사람들 모임이다 보니 천차만별의 생각들이 자신의 개성을 보태어 등장하고 때때로 부딪힌다. 동문회나 향우회 하다못해 동아리 모임이라도 그 동기와 당위성에 일정한 명분들이 있을 테고 구성원들의 질서가 있을 것이며 앞으로의 전개도 뚜렷하게 보일 것이다.

　뉴스에서는 절차에 불과한 싸움질들이 연일 흘러나온다. 세상에 존재하는 모든 차별과 계급을 나누어 처절하게 갈라치기하고 있다. 쇼트트랙 경주하다가 서로 엉켜 자빠지면 모두 패자가 된다. 하나도 다를

게 없다. 태극기와 성조기를 펼치고 대중 집회를 여는 사이비 목사의 귀에도 찬송가가 들려올까. 성경책에 한 손을 얹어 놓고 기도하면 세상은 진정 신의 은총이 내려 행복해질까. 서로에게 서로를, 일곱 번에 일흔 번이라도 용서하면 상처는 깨끗이 치유될 수 있을까.

지방 선거에 출마하고자 하는 친구에게서 문자가 왔다. 386 운동권 출신 이력조차도 쉽게 내밀 수 없는 세상이 되었다던 친구의 탄식이 떠올랐다. 선거사무실 개소식이 열리는 그 시각에 함께 가 보자는 친구들을 섭외했다. 진보를 표방하는 정당에서 활동하고 있는 어느 후배는 위장취업으로 공장 생활하다 손가락이 잘렸다. 잘린 손가락을 감추며, 잉여 인간, 룸펜 고등실업자라는 말이 과분한 것이라며, 세상이 쓸모로 하지 않는 그 누구와의 조우도 피해 다녔던 시절도 있었는데, 지금은 뭔가 달라진 게 분명하다.

비가 내리네. 누군가 하는 말에 창밖을 바라봤다. 어? 비가 그친 줄 알았는데 또 와? 했는데 그게 아니다. 프린터로 출력했더니 잉크가 부족해 인쇄물에 비가 내린다는 말이었다. 실소만 남고 말았는데 창밖이 먹먹하다. 치이고 날리고 흩뿌리다 유리창에 달라붙어 있는 벚꽃 이파리가 힘겹다. 가만 보니까 비가 아니라 눈이 내리고만. 비를 몰아오는 바람 때문인지 벚꽃 이파리가 우수수 날리는 풍경이 마치 눈발이 흩날리는 듯했다. 날씨를 검색해 보니 '흐리고 비' 예보다. 기온은 모르겠다. 어젯밤 추위는 아직 완연한 봄이라 할 수 없으니 속단하지 말라는 계시일까. 어딘가에 잠복해 있다가 일시에 불거져 나온, 꽃샘추위라는 몽니가 아직 가시지 않았다. 변산반도 내소사의 산수유는 꽃망울을 터트리기 위해 안간힘을 쓰고 있을 것이다.

　절친 소설가들 호출에 구시청 사거리 골목에서 생맥주를 마시다 남광주로 넘어갔다. 우산을 쓴 채 걸었는데 살갗으로 튀는 빗물 온도는 적당했다. 비는 사람들에게 저마다의 구실을 만들어 준다. 명분도 출처도 분명치 않은 횡설수설을 나누며 비 내리는 봄밤에 어울리는 분위기가 연출되었다. 술에 취해가면서 살아가는 얘기들이 풀어헤쳐졌고 지나간 아쉬움이 하나둘씩 옷을 벗었다. 눈자위가 풀어졌어도 머리카락이 흐트러졌어도 빗물에 섞인 소주를 마셨다. 술기운이 육신에 스며들어 취하는데도 집으로 돌아가지 않았다. 술기운은 우산 쓰기를 소홀히 만든다. 사랑하는 사람과 함께 걷는 길이라면 우산을 쓰더라도 한쪽 어깨는 빗물에 흠뻑 젖게 될지도 모른다.

　비에 젖은 봄밤에 나를 던져놓고 어디로 가야 할까 고민한다. 생각해 보니 죽은 친구는 고등학교뿐만 아니라 중학교 동창이기도 했다. 가늠할 수 없는 먼 골짜기 너머로 떠나 버린 친구에게 가기로 결정된 바도 없이 남광주의 밤이 깊었다. 그런다고 이렇게 일찍 죽어 버리냐? 내가 흉보고 욕하는 소리라도 들었던 걸까. 얄밉기만 하던 친구 녀석의 빈소를 찾아가 순진한 동창생들과 지나간 시시비비를 따지며 종이컵에 담긴 소주를 홀짝일 것인가. 집으로 돌아가 친구처럼 나도 잠들어 버릴까, 충동은 몸을 가만 놔두질 않았다. 조금이라도 걷고 싶었다. 눈가루처럼 흩날리며 떨어지는 벚꽃 이파리들, 건너편 아파트 공사장으로 아우성치며 몰려다닌다. 다정도 병이 되는 계절, 저러다 꽃들 다 지고 말겠다.

봄날, 교실에서

노동자의 날도 보름이나 지났다. 얄밉도록 맑은 하늘에서 철없는 새들이 지저귀는 봄날. 국립5·18민주묘역에 갔다. 가슴에 담아 두기에 벅차 콩닥콩닥 뛰는 심장을 진정시키며 추모탑에 묵념했다. 그리고 아내의 발길을 따라 처이모부, 최강식 열사의 묘지에 엎드려 참배했다. 손을 내밀어 잡초라도 웃자랐는지 살폈다.

최강식 1954. 2. 2. 生 ~ 1987. 7. 15. 卒 (3-36)
동생을 찾으러 나섰다가 공수부대원의 잔학한 만행에 분노하여 시위에 참여함.
아세아자동차공장에서 가져온 장갑차를 타고 공수부대원과 대치 중 화염방사기에 온몸을 맞아 화상을 입고 붙잡힘.
1987년 7월 15일 사망하였으며 재야 원로들과 수천의 시민들의 애도 속에
전남도청 앞에서 노제가 열림.

한 번도 뵌 적 없는, 처 이모부인 그는 5·18 희생자였다. 고인에 대한 처가 어른들 회고에 의하면, 기골이 장대하고 천하장사처럼 기운이 셌으며 불의에 맞서 옳고 그름을 가려낼 줄 아는 상남자였다고 했다. 정의롭고 당당한 노동자의 삶을 살았다는 그는 젊은 날 한 시절을 불꽃처럼 살다 가는 동안 아들 하나를 두었는데, 그 아들이 우리 학교를 졸업한 최준배였다. 서너 살 나이에 아버지를 잃은 준배는 생계를 위해 일터로 나간, 엄마 없는 집에서 혼자 밥을 챙겨 먹고 혼자 공부하며 혼자 사춘기를 이겨내더니 나중에는 수학능력시험 광주전남 수석을 차지했고 지금은 서울에서 정신과 전문의로 병원을 운영하고 있다.

희생자가 물려준 자산은 노동자의 고귀한 희생이었고 유가족의 삶은 노동의 행복을 얻어내기 위한 처절한 투쟁이었다. 아무도 신경 써주지 못했을 텐데 눈치 볼 것도 없이, 세월은 흐르고 말았다. 그러는 동안 세상도 그만큼 변했다. 몇 차례 정권이 흔들리고 바뀌면서 사람들 의식이 보수화되고 우경화되었다 해서 오월 정신마저 위태롭지는 않았다. 노동자 천국은 무슨 개뼈다귀 뜯어먹는 소리인가. 월급 노동자로 살아온 나는, 임금 쟁의 한번 못 해 봤고 메이데이에 쉬어 본 적도 없다.

망월민주묘역의 영령들은 변해가는 세상을 지켜봤을 것이다. 기념식 참석은커녕 고등학생들에게 망월동 근처도 못 가게 했던 엄혹했던 시절은 지나갔다. 지금은 오월이 오면 5·18 계기교육과 기념식을 하고 합동 묵념을 한다. 우리 학교는 어느 해인가 5·18 마라톤에 2학년생들을 전원 출전시켰고, '예관원'이라는 역사 교실에서 '오월 사진전'을 열기도 했다. 이유도 개념도 없이 우편향되어가는 요즘 아이들은 오월의 사진들을 보면서 무슨 생각을 할까 궁금했는데, 80년 오월에 대해서 아무것도 몰랐던 고등학생들이 사진전이 열리는 역사 교실을 다녀가면서 '임을 위한 행진곡'을 흥얼거리는 모습을 보고, 우려는 역시 기우였다는 사실을 깨달았다.

역사 교실을 다녀온 아이들에게 5·18 계기수업의 일환으로 이청준의 「벌레 이야기」를 읽게 하고 이를 영화화한 이창동 감독의 〈밀양〉을 보여 줬다. 아이들에게 영화를 본 소감을 물었다. 교회를 고발하는 반기독교적 주제가 아니냐는 대답이 주를 이루었는데 내가 의도했던 5·18과의 연결고리는 찾지 못하고 있었다. 교회를 부정하고 비판하는 내용을 앞세우려는 아이들에게 그건 아니라고 말하며 시선을 다른 데로 돌려 보라, 생각할 시간을 주었다.

기억 속, 나는 어느 시기에 교회를 다녔고 언제 그만 다니게 되었을까. 어린 시절 동네 교회는 배고픈 아이들에게 먹을 것을 나누어 주는 구호소 같은 좋은 곳이었다. 하지만 성경 교실 한쪽 벽면에 붙어 있는 성금 그래프에 눈금이 낮은 아이에게 창피함이 무언지 가르쳐 준 곳이기도 했다. 사춘기 시절에는 또래 여자애들을 수줍게 만날 수 있는 곳이 교회였다.

논산훈련소로 입대하여 어쩌다 천주교 미사에 참석했다가 경건함에 매료되어 성당을 다녀야겠다 결심했다. 전방으로 자대 배치를 받고 맞이한 첫 일요일에 성당 미사에 참석했다가 선임병한테 빠따를 맞은 뒤로 모든 종교 활동을 접고 말았다. 전방 부대의 일요일 성당 미사는 부대 밖 민간인 지역으로 나가는데, 병장들만 집합해 있는 대열도 이상했고 정작 성당 미사에는 이등병인 나 혼자 참석했으며 미사가 끝나는 시간에 어디선가 나타난 병장들은 술에 취해 있었다. 전방 부대의 천주교 종교 행사는 고참병들이 부대를 떠나 민간인 지역으로 가서 음주할 수 있는 합법적인 시간이었다. 열받은 사수가 나에게 빠따를 때리며 했던 말, 쫄따구 새끼가 빠져가지고. 니가 성당에 갈 군번이야?

'잃어버린 우산'이라는 노래를 불렀던 우순실이 다닌다는 교회 성가대가 우리 부대로 위문을 왔던 성탄절 밤에 부대 내 교회를 찾기도 했으나 그 후로는 종교 행사 근처도 얼씬거리지 않았다. 영화 속 종찬(송강호)의 모습이 나일 수도 있었다. 성경책을 펼치고 근엄한 표정으로 찬송가를 부르고 있지만 정작 잿밥에 눈이 멀고 신앙심과도 거리가 먼 사람.

영화를 보고 반기독교적 기운을 느꼈다면 역시 이창동이라는 감탄을 들을 만하다. 한국 기독교 교회에 대항하여 예상할 수 있는 반발과 그에 따른 두려움을 감수하며 영화를 만들 감독이 많지 않을 것 같기 때문이다. 김추자의 '거짓말이야'가 나오는 사운드트랙과 그 장면은 압권이었다. 하지만 이 영화는 기독교에 관련된 함의보다도 훨씬 큰 내용을 담고 있었다. 상처받은 인간을 구원할 수 있는 존재는 신인가, 아니면 다시 인간인가, 하는 인간 구원의 문제를 다루었다. 나는 아이들에게 이청준 소설과 연결 지어 보라고 주문했다. 80년 오월 광주에서 일어난 국가 폭력 상황에서 가해자와 피해자를 나누어 상정한 뒤, 피해자는 한없이 순진하고 착하기만 해서 용서할 준비도 겨를도 없이 고통받으며 살고 있는데 가해자가 먼저 나서서 용서와 화해를 외치고 다니면 되겠느냐고 물었다. 소설을 영화화한 문학의 변용과 확장 영역으로 접목하여, 광주와의 연결고리를 강조하고 있던 참에 누군가 제목의 의미를 물었다. 시크릿 션샤인, 비밀스러운 햇살이라니, 경상남도 밀양을 한 번도 가 본 적은 없던 나는 우물쭈물 대답을 찾았다. 대신 마지막 엔딩 장면의 의미를 생각해 보자고 했다. 자신이 살던 여염집 마당에 신애(전도연)가 머리카락을 자르는 장면에서 종찬이 신애를 돕기 위해 거울을 받쳐 들고 서 있는 장면으로 영화가 끝났다. 그 곁에 비친 마당의 햇볕, 영화 음악이 나오고 엔딩크레딧이 올라가면서 연출자의 의도가 드러났을 장면을 함께 생각해 보았다.

오월 광주를 형상화하는 예술가의 작업은 고단하다. 대중적인 상품 가치 운운하며 문학과 영화, 심지어 정치인들조차도 잡귀 만난 듯 광주 얘기에 도망 다니는 사람들이 있다. 이제 신물 난다며, 광주 얘기는 그만하라고 흘러간 노래를 듣는 분위기로 벽을 치는 어른들 세상을 아이들에게 물려줄 수 없다. 그런 의미에서 〈에스케이프 오브 광주〉를 만든 독립영화인들을 다시 보게 된다. 학생들에게 보여 주어야 할 오월의 모습을 만들어가는 사람들이었다. 나는 어떤 교사로 보일까. 신자유주의 체제에서 몇 푼어치 지식을 팔아먹고 사는, 알량한 지식소매업자로 보이지는 않을까.

소설도 제대로 쓰지 못하는 얼치기 무명 작가로 사는 나도 악다구니 지르며 오월로부터 도망치려 한 적도 있었다. 오월과 무관한 이야기를 찾으려 했다. 그럴수록 오월은 명징하게 다가왔다. 유행가 가사처럼, 오월 앞에만 서면 나는 왜 작아지는가. 오월 작가답지 않은 글쓰기를 용납할 수 없고, 오월을 경험한 시민답지 않은 교사로 교단에 설 수 없으며, 오월답지 못한 삶을 살 수 없었다.

동트기 전에 깨어나 동쪽 창문을 바라봤다. 여명의 어둑한 산등성이
에서 희미한 빛줄기가 새 단장을 하고 떠올랐다. 뜻 없는 속삭임은 멀
찍이 밀어놓고 익숙한 동작으로 머리칼을 헹구고 살갗을 씻었다. 그래.
두려워 말고 가자. 불편한 출근길, 오월의 길목인데 바람은 사납다. 날
은 서늘하고 바람은 못됐다. 방자했던 권력이 무너졌다. 그 자리에 새로
운 권력이 들어앉는다. 기관이나 학교, 어디든 마찬가지다. 누적된 중력
은 불안하고 힘은 셀수록 위험하다. 누구든지 나서서 만류하지 못할 만
큼 걷잡을 수 없이 힘이 넘치면 필연코 화를 부른다. 아름다운 힘이라고
송가까지 부르면 갈 데까지 간 거다. 막을 수 없는 힘을 가진 자, 괴물이
되고 만다. 다양한 구성원의 요구에 귀 기울이지 않고 한 사람에게 시선
이 모이다 보면 독단과 전횡의 길을 걷게 된다. 역사가 그랬다.

나부코를 저주한다. 미치지 않고선 히브리 왕관을 탐하겠는가. 바
빌로니아에 포로로 잡혀 쇠사슬에 묶여 노역하는 유대인들이 조국 예
루살렘을 그리워하며 피눈물을 닦으며 부르는 노랫소리가 들리지 않는
가. 금빛 날개를 타고 날아가라. 향기에 찬 조국의 비탈과 언덕으로 날
아가 쉬어라. 요르단의 큰 강둑과 시온의 무너진 탑들에 참배하라. 빼
앗긴 조국이여. 솔로몬 성전을 침탈한 바빌론의 독재자는 눈을 김고 귀
를 닫는다. 유프라테스 강변에서 민족 해방과 자유를 갈망하는 히브리
노예들의 합창을 들으면 금남로에 핏빛으로 뿌려진 오월의 노래가 떠
오른다. 금남로를 탱크로 짓밟은 장군이 바로, 유다의 신을 모독하고
성전을 불태우라 명한 나부코다.

어느 학교나 공사 진행 중이다. 무엇인가를 부수고 새로이 짓는 공사의 소음이 끊이질 않는다. 나라 살림이 나아지고 교육 관련 예산이 늘다 보니 더 나은 교육환경을 제공하려 한다. 운동장에 불도저와 포크레인이 들어와 땅을 갈아엎었다. 개교 이후부터 선배들의 손으로 돌멩이를 걷어내고 무수한 소금 가마니를 풀었던 탓에 비가 그치자마자 곧바로 체육활동을 할 수 있었던, 선배들의 땀방울이 전설처럼 배어 있던 운동장이 녹색 잔디로 교체됐다. 음악실에서 들려오는 피아노 소리와 아이들의 합창 소리가 공사의 소음에 묻혀 버렸다. 이름도 거창하다. 단순한 시험이 아니라, 국가 수준 성취도평가다. 아이들의 모습이 컨베이어 벨트에 실려 가는 조립 제품 같다.

수능 성적이 공개된 후 학교는 폭격 맞은 전쟁터가 되어 버렸다. 전국 42위를 마크한 수학 교사들이 점잖게 표정 관리를 하는 동안 전국 100위 안에 들지 못해 리스트에 오르지 못한 국어와 영어 교사들은 숨을 곳을 찾고 있다. 성적을 내지 못하는 프로팀 감독은 퇴진할 수밖에 없는 무한 경쟁의 정글처럼 교사들도 평가를 받는 시대니, 실력 없는 나는 위축될 수밖에 없다.

져서는 안 되는 싸움에서 지고 난 뒤, 형벌 같은 나날을 보내고 있다. 오월의 깊은 밤, 고3 교실을 지키고 있는 나는 변해가는 학교가 두렵다. 오월문학상 수상 경력 탓에 나는 일부 선배 교사들에 의해 진보적 좌파 교사쯤으로 오해를 받았다. 심각하게 받아들이지 않으려 해도 뻥튀기 튀밥 튀듯 나를 부추겼을 때 부끄러웠다. 진보적 교사는 나의 지향이긴 했지만 부러짐 없는 강한 삶을 실천하지 못한 채 송장처럼 살았으므로 자격이 없다. 가까이 어울리는 사람 중, 자신의 지향이 진보가 아니고 수구나 보수라고 말하는 이는 없다. 그런데 진보 안에서도 이를 교묘히 비틀어서 편을 가르고 한쪽으로 줄서기를 강요하는 경우가 있다. 자신의 의견을 내세우고 자신의 입맛대로 관철하려 할 때 두 쪽으로 나뉜다. 두 쪽 모두 잘 되기 위한 주장이라고 하니 두 쪽 다 진보인 듯하나 어떤 사안에 따라서 확연하게 갈라선 두 입장 중에 하나를 선택해야 할 때가 있다. 또 어떤 이들은 이걸 아주 싫어한다. 왜 편을 가르고 서로 싸워야만 하느냐, 이번에는 그동안 해온 대로 하고 다음에 고쳐서 하자, 하고 넘어가려고 한다.

기존의 담론이 무너지면서 서구 좌파들은 인간을 상품화하는 신자유주의 체제로 눈을 돌렸다지만 관용하자는 심리적 강요에도 불구하고 극우에 대해서만은 용납하지 않았다. 같은 직장에서 일하며 퇴근해서 소주도 나눠 마시고 애경사도 함께 거들 수 있다. 하지만 일방통행으로 움직여온 그간의 관성을 끊고 더 나은 방향으로 가야 하는데 그 결정만큼은 냉정해지지 않으면 안 된다.

나는 좌파라고 내세우거나, 온건하게라도 진보적이라고 말하지 못한다. 그렇게 살지 못했기 때문이다. 극단적으로 편을 갈라 싸우는 세상에 살고 싶지도 않다. 하지만 하는 수 없이 두 쪽으로 나뉘는 선택을 강요당한다면 단연코 나는 왼쪽에 설 수밖에 없다. 교무실에서 철야 단식 농성할 때 나는 위문차 찾아온 친구를 따라 슬그머니 농성장을 빠져나왔다. 배고픔에 지친 선배 교사들이 눈에 밟혔지만 그들 몰래 따뜻한 국밥을 사 먹었다. 시치미 떼고 다시 농성장에 합류했던 나는 무엇인가. 아무리 생각해 봐도, 1920년대를 살았다면 카프 쪽에는 근처에도 못 가고 동반자작가 근처나 얼쩡거렸을지 모르겠다.

　오월의 교실에서 생각한다. 가짜로 꾸며진 행복에 마음 뺏길 순 없다. 땅바닥에 발이 디뎌지지 않는 얘기들은 부질없다. 고단한 노동자의 눈에 비친 권력과 자본이 아름다울 리 없다. 국립공원 산자락에 뚫린 케이블카에 감탄하고 자연의 물줄기를 거스르는 대운하를 찬양할 수 없다. 교묘한 해피엔딩으로 봉합한 억지 논리에 눈감을 수 없다. 빛나는 역사라니, 좋은 게 좋은 것, 그냥 웃으며 살자 한다. 홍상수 영화처럼, 스크린에 재현된 찌질한 자화상이 부끄럽다. 부끄러움은 그만 고백하고 치욕의 과거는 덮어두고 살자는데, 소설도 영화 같을까. 독자들을 불편하게 만들고 비감에 젖게 하는 소설이, 좋은 소설 아닌가.

숙제 없는 세상

교과서에 나오는 소설은 전문이 아니라 부분만 발췌되어 나온다. 장편소설은 더욱 그렇고 단편의 경우도 지면의 한계 때문에 소설 전문이 수록될 수 없다. 그럴 때 아이들에게 소설 전체를 읽게 할 방법으로는 숙제만 한 게 없다.

독후감 숙제는 자필로 직접 써서 내도록 한다. A4용지에 프린터로 출력한 것은 인정하지 않겠다는 말이다. 읽기 까다로운 작품도 독후감이랍시고 인터넷에서 다운 받아 제출하려고 마음먹으면, 한 편당 10분도 안 걸린다. 설령 남의 독후감을 베끼는 한이 있더라도 자신의 손으로 손수 써나가는 가운데 작가와 주인공, 대강의 줄거리라도 되새겨 보라는 의미에서, 직접 써서 내라고 한다. 독후감 숙제를 성적에 반영하겠다고 엄포를 놓던 지난날과 달리 지금은 현장성을 중시하는 수행평가에도 넣을 수 없으니 난감하기는 하다. 학생 편에서 추정하여 보건대, 작품을 필독해야 하는 이놈의 숙제를 안 할 수는 없고 그렇다고 해서 없는 시간을 쪼개어 정성을 다하기도 어려우리라는 것을, 난들 모르는 바는 아니다.

독후감 숙제는 학기 초부터 필독 도서 목록과 함께 일찌감치 공지된다. 학기당 3편을 내면 되는 것이니 많은 양도 아니다. 독서 노트는 똑같은 양식으로 따로 배부되어 있다. 독후감이라는 특성상 주관적인 잣대를 들이대기 곤란하므로 평가하는 일이 녹록지 않다. 편수를 채우지 못해 감점을 주거나 남의 것을 베꼈다고 인정하지 않을 방도가 없다. 정해진 매수와 칸을 채워서 기한에 맞게 제출하기만 하면 통과다. 지나치게 무성의하거나 남의 작품을 베낀 흔적이 역력해도 자필로 써서 내기만 하면 된다. 정량평가와 정성평가의 적절한 혼재, 참으로 어설픈 숙제 시스템이지만 어쩔 도리가 없다. 그렇게라도 해야만 될 최소주의적 처지가 안타까울 뿐이다.

그런데 아이들 독후감을 읽다 보면 놀랄 때가 있다. 자필로 써야 한다고 강조했으니 필체가 눈에 들기 마련인데, 남자 고등학생의 거친 필체라고는 도저히 볼 수 없는 여성스러운 필체가 눈에 띈다. 요즘 남학생들의 글씨는 천편일률적으로 악필이고 난필인데, 이런 필체는 두말할 나위 없이 학부모의 글씨일 거라 짐작한다. 숙제를 직접 하지 않고 엄마를 시키다니, 괘씸하다는 생각이 부글거려 즉각 무효로 판정하고 다시 제출하도록 해야 할 순간이다.

하지만 내 손은 결국 무효 판정이라는 망치를 두드리지 못한다. 아들의 숙제를 대행하기 위해 분주한 일상을 저만치 밀쳐둔 채 손가락 마디가 아프도록 그걸 써 내려갔을 엄마의 고충이 떠올랐기 때문이다. 고난도 수학 문제 풀이에 바쁜 아들을 지켜보다가 수능에 나오지도 않는 독후감 따위를 숙제로 내준 얼빠진 국어 교사가 야속하긴 했겠지만 어쩔 수 없이 해야 한다면 엄마라도 대신해 줌으로써 아들의 시간 절약에 조금이나마 기여하겠다는 눈물겨운 배려의 결과로 느껴진 것이다. 취소 판정을 주더라도 반발할 명분은 없겠지만, 머리가 빠개지도록 수능에 매달려야만 하는 아들을 위해 그렇게라도 돕고 싶은 엄마의 안간힘을 무참히 외면할 수는 없다.

그럴 이유는 또 있었다. 내가 바로 그 엄마와 똑같은 사람이었다. 나 역시도 두 딸아이를 키우는 동안 이러한 변칙과 파행에 순순히 동참해 왔다. 아이들의 학교에서 내줬던 무수한 숙제들이 빚쟁이의 아우성처럼 나를 독촉했다. 숱한 나날들 동안, 공작물을 만들고 포스터를 그리고 종이를 찢어 붙였으며 사진을 인화하여 보고서를 만들었다. 일요일도 없이 딸아이의 수행평가를 위해 신문 기사를 스크랩하여 노트에 붙이고 인터넷을 검색하여 자료를 확보하느라 하루를 보냈다.

학교에 출근해서는 숙제를 내주고, 집으로 퇴근해서는 숙제를 하는 사람. 아침에는 숙제를 내주고 저녁이 되면 숙제를 해야 하는 신세. 누구를 탓하고 무엇을 원망하랴. 피할 수 없으면 즐기라는데, 피할 수 없을 만큼 하기 싫은 것을 어떻게 즐기겠는가. 그렇다고 해서 즐길 수 없으면 피하라, 는 좌우명을 내세울 수도 없는 노릇이고, 아아, 숙제 없는 세상에서 살고 싶다.

벽해를 바라보며

교사가 되고 나서 얼마 지나지 않았던, 그러니까 20대 후반 총각 선생 때의 일이다. 토요일 오전 수업을 마치고 1, 2학년들 모두 하교한 뒤 여느 때처럼 토요일 오후를 황토문학동인회 아이들과 보내고 있었다. 고교동 1층 빈 교실에서, 동인 한 명의 시를 칠판에 적어놓고 열띤 작품 토론회를 하던 중이었다.

그때 어떤 중년 남자가 교실 문을 열고 들이닥쳤다. 그리고 한 학생이 그의 손에 의해 끌려 나갔다. 그가 학생의 아버지라는 사실을 금세 알게 됐다. 그의 눈에 비친 나는, 새파랗게 젊다 못해 철딱서니도 들지 않은 애송이 선생이었을까. 경찰이라고 자신의 직업을 밝힌 그는, 다시는 자신의 아들을 이따위 한심한 집단에 끌어들이지 말라는 얘기를 훈계조로 퍼부었다. 그의 거친 언사에 당황한 나머지 무엇 때문에 이러느냐고 제대로 묻지도 못했는데 그가 그걸 어렵지 않게 답해 주었다. 아주 당당하고 또렷한 목소리였다. 죽어라 공부해도 모자랄 소중한 시간에 쓰잘데기없이 모여 앉아 빨갱이 소설이나 읽고 있는데, 어느 부모가 그걸 가만 놔두겠냐는 거였다.

　빨갱이 소설이라뇨? 겨우 입을 뗀 내 앞으로 그가 증거물을 제시했다. 몇 주 전쯤엔가 교무실 복사기를 이용해 배부해 주었던 단편소설 유인물이었는데, 황토문학동인회 독서토론을 위한 그 주의 필독 작품은 다름 아닌, 황석영의 「삼포 가는 길」이었다. 무슨 말씀이냐고 항변하는 나에게, 황석영이 빨갱이가 아니고 뭣이여? 얼마 전에 본께, 제 발로 북으로 넘어가 김일성이하고 찍은 사진이 테레비 뉴스에 나와부렀드만. 그는 흥분했고 나는 머뭇거렸다. 「삼포 가는 길」을 읽어나 보셨냐고 묻고 싶었지만 나는 결국 고개를 돌리고 말았다. 단 몇 초간이라도 신출내기 초짜 교사의 말을 귀담아들어 줄 것 같은 구석이 그의 표정 어디에도 없었기 때문이었다.

　그로부터 30년이 더 지났다. 강산이 세 번이나 변하고도 남았을 사이에 황석영의 소설은 교과서에 수록되었을 뿐만 아니라 대입 수능에 출제될 가능성이 가장 높은 작품으로 예상 문제집을 누비고 있다. 상전桑田이 변하여 벽해碧海가 된 것이다.

　황석영은 나에게, 소설 쓰기의 방향타를 알려준 작가였다. 대학 1학년 때 캠퍼스를 어슬렁거리던 중 느닷없이 월부책 외판원의 화술에 넘어가 『창작과 비평』 영인본 전집을 사들였다가 어머니에게 영민하지 못한 팔랑귀 아들이라며 꾸지람을 들었는데, 정작 그걸 다 읽고서 금전으로 얻지 못할 세계를 알게 되었다. 그 무렵 '창비'를 통해 소설을 가르쳐준 작가가 여럿이었는데 황석영이 앞자리에 있었다. 「객지」를 통해 공사판 노동자들 삶을 들여다보았고 「한씨연대기」를 읽고 조국 분단과 이데올로기의 대립으로 고통받는 개인을 알게 됐다. 그 후로도『무기의 그늘』을 통해 미국이라는 나라가 우리에게 어떤 의미인가를,『장길산』을 읽고 역사 발전의 주체가 밑바닥 기층 민중이라는 사실을 깨달았다. 작가의 지목하는 세상, 그의 손가락 끝을 따라가며 응시할 수 있었다.

황토문학동인회 토론 도중 두 학생이 맞붙은 적이 있었다. 지도교사인 나에게 모범답안을 요구했으나 선뜻 답을 내지 못했다. 조국 분단의 원인이 무엇인가에 대한 의견 대립이었는데 고등학생다운 상식과 패기를 내세웠다. 분단의 원인은 우리 민족 내부의 문제가 아니라 미국과 소련, 즉 외세 때문이 아닌가? 한 아이가 말했을 때 많은 생각들이 스쳐 갔지만 나는 말을 참으며 다른 아이의 대응을 기다렸다. 외세는 피상적인 거지, 분단의 실질적 원인은 피지배 계급이 주도한 저항의 결과, 계급 투쟁의 산물인 거지, 두 번째 아이는 조정래의『태백산맥』의 사건들을 예로 들며 말했다. 그들에게 나는 더 물을 수 없었다.

국가보안법으로 투옥되었다가 김대중 정부에서 특사로 풀려난 뒤에도 황석영은 줄기차게 소설을 써냈다. 꽃섬이라 불리는 쓰레기 매립장 얘기『낯익은 세상』은 같은 시대를 사는 우리들 얘기였다. 새로운 제품 광고와 소비 욕구가 판을 치는 환락의 시대에 어울리는, 우리 주변의 낯익은 세상이었다. 쓸모 때문에 생겨난 게 쓰레기다. 당초에는 긴요한 물건이었을 테고 사랑도 받았을 것이다. 버려지기 전까지 최적의 효용을 자랑했겠지만 쓸모를 잃어버린 순간, 쓰레기가 되고 만다. 그런 쓰레기가 작가의 눈에 예사로 비칠 리 없었다.

쓰레기 없는 세상이 있겠는가. 문명은 풍요를 가져다주었으면서 한

편으로는 폐기물 더미에 인간을 몰아넣고 운명처럼 살아가도록 강요했다. 분리수거에 대한 개념조차 없던 과거에는 쓰레기가 나오면 무조건 태워 없애려 했다. 학교 운동장 맨 끝 모퉁이, 연기 피어오르는 소각장에 쪼그리고 앉아 쓰레기를 태우는 동안 불티가 들어간 눈을 찔끔거리며 담배를 피웠다. 골목길 어귀에서 청소차 종소리가 딸랑딸랑 들리면 쓰레기 포대를 들고 골목 끝으로 뛰쳐나갔다. 조금 진화한 다음, 아파트로 이사한 후에는 주방 쪽 벽면에 뚫린 쓰레기 투입구를 열어 오물을 투척했다. 5층짜리 아파트가 대세이던 시대에 1층은 쓰레기 냄새로 괴로웠다.

음과 양의 모습으로 우리를 둘러싸고 있는 거대한 나라, 세계 평화와 정의를 수호하는 보안관의 나라, 이름도 아름다운 미국美國이다. 아름다운 나라 미국은, 하늘공원이라는 이름으로 완벽한 변신에 성공한 난지도를 연상해도 되겠다. 꽃섬은 쓰레기 매립장의 또 다른 이름이다. 그곳에서도 사람이 산다. 쓰레기 더미를 뒤져 주워 먹을 것을 찾아 달려드는 사람들이다. 반입되는 쓰레기차에 따라 구획이 나뉘어 있어 권리금을 내야하고 등록증도 갖춰야 한다. 치열한 경쟁은 물론이고 권력의 질서마저 존재한다. 우리가 버린 쓰레기 더미 속에서 사람이 살고 있다. 쓰레기를 뒤져 본 적이 있는 사람은 안다. 악취 나는 오물 속에서 금은보화가 나오지 않는다는 것을. 파국을 예감하는 불안정한 삶이 칙칙하게 이어지는 동안 미적지근한 온기의 사랑을 나누며 하루하루 살아간다.

쓰레기 매립장이 되기 전 아름다웠던 꽃섬을 되찾고 소박했던 그 세상으로 돌아가고 싶다는 작가의 의도가 다른 작품에서도 반복된다. 덜 소비하는 만큼 쓰레기도 줄어들 듯 조금 없이 살아도 홀가분했던 옛날 모습대로 살아가자고 한다. 자본주의는 몰락하고 말 것이라 예언할 뿐 당장 그렇게 될 것 같지도 않다. 오히려 신자유주의의 경쟁 체제가 최첨단의 소비 욕망을 부추기고 있는 현실이다. 하늘공원은 난지도의 기억을 지우고 싶지만 쓰레기의 시대는 현재진행형이다. 지옥 같은 꽃섬을 낙원으로 돌려놓으려면, 지켜야 할 것들에 대한 성찰이 필요하다. 한눈을 팔고 딴전을 피울 때 지구온난화와 기후 위기 같은 재앙이 온다.

『무기의 그늘』에 등장하는 미군의 모습은 뽕나무밭이 푸른 바다로 변하듯 달라졌을까. 1980년 고립된 광주를 외면한 미국은 정의와 평화를 지키는 아름다운 나라가 아니었다는 것을 보여 주었다. 모두가 한목소리를 내며 무형의 연대를 이루어내기만 한다면 못 할 것 없는데도 변해 버린 것들이 너무 많다. 진보 진영 정당의 국회의원 공천에서 386세대는 자진해서 물러나야 할 퇴물이 되었고, 노동조합 소속 교사라면 학부모와 학생들이 기겁하며 거부하는 세상이 되고 말았다. 요즘 운동권은 상품 가치가 떨어져 대중에게 안 먹히는 시대가 되었으니 운동권 글을 써서 책이 팔리는 시대, 그런 시대는 지나갔다는 말이 난무한다. 상품 가치라니, 간판을 내리라니, 모욕적인 언어가 아니더라도 약발이든 대중성이든 다른 말로 바꾸더라도 서글프기는 마찬가지다.

생각해 보면 그렇다. 험악했던 폭정의 시대를 거치면서 사람들이 열망했던 것은 '민족'이나 '민중'이라는 생존의 영역에서 순수성에 기초했던 일이었다. 운동권이든 비운동권이든 이제 와 변질된 당파성은 큰 의미를 갖기 어렵게 되었다. 지나간 청춘은 후일담이라 돌려세우고 한 발짝 물러서 바라보는 전형적인 변절자로 살았다. 후일담이야말로 형편없는 합리화가 입혀놓은 넝마다. 나이를 먹어가며 다가왔던 문제들. 취직해야 했고, 결혼도 해야 했으며 직장에서는 굴종할 수밖에 없었고, 아이가 태어나 양육을 해야 했기 때문에 그 뻔한, 먹고사는 문제가 점점 커져 버렸다. 대아가 아닌 소아로 움츠러들고 만 것이다. 그런 종류의 압박에서 벗어날 수 없었다. 문학의 거울이 그 시대의 모습을 그대로 비춘다고 볼 때 예전과 지금은 무언가 달라진 게 분명하다.

조국 분단의 원인이 외세 때문인지 아니면 해방 공간에서 지주와 소작 사이에서 벌어진 계급 투쟁의 결과인지 격론을 벌였던 황토문학동인회 아이들은 지금은 어디서 무얼 할까. 어떻게 변해 있을까. 후일담으로 돌아서는 그 쑥스러운 발치에 미국은 아직도 건재하다. 천승세의 「황구의 비명」에 나오는 토종견처럼 아프다. 우리의 무능, 애리조나 카우보이를 흉내 낸 청바지를 걸치고 맥도날드 햄버거에 커다란 코크잔을 든 한국판 얼양키, 귓바퀴에 웅웅거리는 강한 비트와 메탈, 스타벅스가 지배한 커피 시장, 우리말보다는 영어의 힘을 믿는 아메라시안. 우리의 자화상 아닌가.

남과 여

제자들 여럿이서 우리 집에 왔다. 이미 결혼했거나 결혼을 앞둔 나이인 만큼 그들의 아내와 애인들도 함께한 자리였다. 밥 먹고 술을 마시면서 옛날 학창 시절 에피소드를 주고받으며 즐겁게 보내기만 했으면 되었던 것을, 깜냥에 선생이랍시고 그들에게 변화된 세상과 평등한 남녀 관계에 대해 떠들었다. 따지고 보면 기가 막힐 일이었다. 쥐뿔이나 실천하지도 못하는 주제에 가사와 육아의 분담 사례들을 열거하며 남과 여의 동등함을 말하고 있는 선생 앞에서 술 취한 그들은 고개를 끄덕였다. 하지만 그들이 알았을까. 가정에서의 남녀 간 공평한 가사 노동을 주장했던 선생은 자신들이 돌아가자마자, 아이고 겁나게 취하네, 지껄이다 거실 소파에서 뻗어 버렸고, 그보다 더 취한 탓에 내내 불안하게만 보이던 사모가 술병이며 음식 쓰레기와 그릇들을 정리하고 난 뒤 잠을 잤다는 사실을 그들이 알 턱이 있었겠는가. 고백하기도 어색한, 부끄러움에 얼굴을 파묻을 일이었다.

1980년대 연애 시절, 페미니스트라 자처했던 남자는 이제 없다. 90년대 학교에서 가르쳐 왔던 페미니즘을, 21세기의 학교에서는 말하지 못한다. 페미니즘은 여권 신장과 양성평등을 넘어 남혐과 여성 우월주의의 불편한 개념으로 바뀐 지 오래다. 악화의 길을 치닫고 있는 젠더 갈등의 심각한 문제는 해소될 기미조차 없다. 남녀 문제는 계급 차별로 인식되고, 여친이 페미라면 단연코 헤어지고 말겠다는 남성이 절대다수인 현실이다. 수업 중 고정희 시인의 「우리 동네 구자명 씨」에 나오는 여성해방을 가르치다가, 문득 아이들의 달갑지 않은 표정과 더불어, 선생님? 페미인가요? 급작스러운 질문에 수업 진도를 멈출 수밖에 없었다. 그들에게 페미 선생으로 낙인찍히는 순간이었다. 남자 고등학생들에게 잠재된 여혐 의식은 상상했던 것 이상으로 단단했다. 그들에게 페미는 여성 우월주의를 넘어 여성의 남성 비하와 남성 혐오주의의 화해할 수 없는 얼빠진 인식으로 각인되어 있었다. 성차별 없이 서로 배려하고 돕고 함께 살아가는 세상은 날로 요원했다. 젠더 갈등 정도가 아니라 그들은 죄다 전쟁터에 나선 전사 같았고 나중에는 자칫 비혼주의자의 길로 이어질 것만 같았다.

세상은 달라졌고 아이들도 변했다. 학생을 마음 깊은 곳으로부터 사랑하고 눈높이에 맞춰 이해할 것이며 그들 마음에 들지 않는 언행은 하지 않겠노라 다짐한다. 그렇게 해도 좋은 교사 노릇하기 어렵다. 〈죽은 시인의 사회〉의 키팅 선생처럼 돌발적 행위도 서슴지 않아 아이들의 창조적인 의식 너머의 무한한 촉수를 건드리고 싶지만, 그게 아닐 때가 있다. 부지불식간에 달려드는 낯선 거리감, 엄정한 괴리와 선명한 차이, 입으로 엉겨 붙는 저급한 욕지기, 초라한 위선들, 곧바로 찾아드는 자기합리화를 향한 음험한 음모, 그럴 때마다 얼굴을 가리고 몸을 떤다. 안 그러려고 몸부림쳐도 왜 그렇게 되고 마는지 지나간 시절을 돌이켜 보면 알게 된다. 미래 말고 과거다.

여성과 관련한 고용과 지위, 상속 등의 법령이 정비되기 전 그러니까 20세기 말, 그 무렵의 교사들은 남녀 가릴 것 없이 페미니즘을 가르치는 것이 당연한 자신의 책무인 양 여겼고 그게 자랑이기도 했다. 누대로 답습해 온 여성 차별은, 잠재된 의식의 물꼬를 막고 알량한 합법화의 가면을 쓰고 있었던 군사 문화, 가부장 문화, 부조리 문화, 이런 것들만큼 완고했다. 무서운 일이었다. 아무리 털어내려고 발버둥 쳐도 이를 악물고 달려드는 악령들로부터 해방된다는 것은 우리 세대에서 불가능하다고 보았다.

뿌리째 뽑지 않으면 안 될 정도로 강하게 이식된 소름 돋는 자의식은 지금 아이들에게 없다. 같은 세대 여학생들 사유를 짐작해 본다. 여성의 경제적 지위가 남성과 동등해질 때 여성이 남성의 마초 손아귀에서 벗어날 수 있다고 보았다. 따분한 서양식 페미니즘 논리를 접목하더라도 많은 여성이 경제활동을 위해 자신을 던지고 있는 오늘날, 남에게 의지하지 않고 자립했기 때문에 그들이 원하는 세상이 도래했다고 볼 수 있을까. 백번을 접어 생각해도, 우리 사회보다 선진적인 서구에서 여성이 경제적으로 독립되었다는 지금, 그들 사회에서 마초 문화는 사라졌는가. 여성의 경제적 독립이 상당히 진척된 서구 환경에서 마초들은 기가 죽어 움츠러들어 있느냐 따져 볼 일이다.

돌이키기도 민망하지만 내 어린 시절만 해도 여성이라는 이유로 학교를 보내지 않고 돈벌이에 내몰리던 일은 허다했다. 남존여비에 여필종부, 조선 시대의 얘기가 아니다. 학교에서의 배움은커녕 책 읽기도 금기시했다. 책을 소유하거나 읽는 행위가 남성에게만 허용됐던 시대에 여성은 숨죽였다. 근대 이후 글을 읽고 쓸 줄 아는 여성이 늘어나면서 책을 통해서 자신의 영역을 구축하기 시작했다. 책을 읽고 현실의 남루한 굴레를 벗어던진 여성은, 남성에게 위협적인 대상으로 바뀌었다. 암탉이 울면 집안이 망한다, 책 읽는 여자는 위험하다는 시각은 그렇게 대두됐다. 책은 현실 감각을 잃게 하고 몸을 허약하게 만들며 독서에 몰두하는 경우 정신병을 앓는 것과 같다며 여성의 책 읽기를 뜯어말렸다.

서양의 경우지만, 독일 작가 슈테판 볼만은 책 읽는 여자의 모습을 그린 그림이나 사진을 시대별로 소개하면서 독서에 매료된 여성의 역사를 추적했다. 미켈란젤로의 '쿠마이의 무녀', 렘브란트의 '책을 읽고 있는 노파', 빈센트 반 고흐의 '아를의 여인' 등 미술 교과서에 나오는 친숙한 명화부터 『성경』을 든 성모 마리아나 『율리시스』를 읽고 있는 마릴린 먼로까지, 오랜 금기와 억압에서 해방되어 자신의 세계로 몰입하는 여성을 조명했다. 차별과 편견을 극복하고 지혜의 길을 따라 걸을 수 있는 독서는 결코 위험한 행위가 아니라는 사실을 알지 못했다.

서구의 페미니즘을 우리 여성에게 그대로 적용할 수는 없다. 살아온 역사와 문화가 다르고 토양이 다르기 때문에 정서와 현실이 제대로 맞아떨어지지 않는다. 서구 환경에서 여성은 경제적으로 홀로서기를 시도할 수 있지만 지나간 시대에 우리 여성이 홀로서기를 시도한다는 것은, 시도했을지는 모르지만 완벽하게 될 리 없었다. 남성에 의지하지 않고 철벽을 치는 여성을 페미라 조롱하는 한국 남성 사회 환경에서, 여성이 과연 경제적인 독립을 선언한다고 해서 마초 사회에 온전히 대항할 수 있을까. 일부 여성은 그게 가능하다고 자신할지 모르나 대다수 여성에겐 쉽지 않은 일이다. 여전히 많은 여성이 독립을 시도하다가 태생적 가족의 끈과 새로이 태어난 자식의 굴레에서 헤어나지 못하고 있다. 홀로 설 수 없는 여성의 아픔을, 역설적이긴 하지만 서구 사회의 페미니즘이 우리 사회에선 가능하지 않음을 보여 주고 있다. 오히려 서구식 페미니즘의 환상을 깨버리는 것이 더 급할지 모른다. 실천 가능한 우리 식의 페미니즘을 고려하여 현실을 분석하고 체험을 곱씹어 보며 여성해방을 가로막는 현실의 문제가 무엇인가를 캐내야 하는데, 독립을 시도하려는 여성을 가로막고 있는 돌무덤이 여전히 무겁다.

변화된 페미니즘에 대한 인식 공유는 여성만의 문제가 아니며, 페미라 금을 긋고 조롱하는 안타까운 환경은 여성에게만 피해를 주는 것이 아니다. 남과 여의 역할 분배를 아무리 노력한다 해도 이를 실천함에 있어서는 절대 똑같아지지 않는다는, 이율배반을 느끼며 살고 있다. 버는 것, 쓰는 것, 가사 노동, 육아, 자녀 교육 등에 그 무엇도 차별하지 않는 동등한 인식과 실천을 다짐하지만 어느 순간 느닷없이 불거지는 남성 중심 가치의 도그마는 여전하다. 남성우월주의의 원죄는 윗세대가 물려준 천형이며 지금 시대를 사는 남과 여 모두 부숴야 할 주적이다.

지양되어야 할 것과 지향해야 할 것을 가려야 한다. 스스로 왜소해져서 현실의 열악함에 버거워하는 힘겨운 발걸음은 지양되어야 할 것들이고 실천하지 못한 채 다분히 선언적인 몸부림 속에 속 좁은 편향만을 앞세워 아이들을 대했다면, 그것 역시 지양해야 한다. 그러나 퇴보도 있고 절망도 있지만 한두 발 앞서 절망의 끝 어디쯤에서 숨죽이며 달려들 것 같은 희망에의 예감과 그 숨 막힘, 패배는 단지 책에서의 패배였을 뿐 반드시 바꿀 수 있다는 신념이 미래형 전선 앞에서 또렷하게 살아 있어야 한다.

아무리 세상이 변했다 해도 절대 변하지 않는 것이 있다. 모두가 밝은 세상이라고, 그래서 웃고 마시고 난장을 벌여도 세상은 여전히 어둡다고 걱정하는 사람들은 있기 마련이다. 좁은 한반도 땅덩이를 남과 북으로 가르고 전라도 경상도 동서로 가르고 종교로 가르고 세대로 가르고 빈부로 가르더니, 이제는 남자와 여자를 성별로 갈라 질시와 적대감으로 서로를 무찌르게 하는 전쟁은 끝내야 한다. 여성은 더 이상 약자가 아니라 남성 위에 군림하는 포식자라는 확증편향을 거두고 보듬어야 한다. 어둠이 깊으니 밝은 날도 멀지 않았다. 남이라 갈라치지 말고 서로의 든든한 어깨만을 의지할 뿐 아직은 자유롭지 못하다고 깊은숨을 들이마시는 사람을 거두어야 한다. 메마른 아파트 단지를 걷는 사람들, 창백해진 아스팔트를 달리는 차들, 거기에는 남과 여의 차별이 없다. 생각이 다른 여성을 페미라 몰아세우며 거칠게 배척하는 모습에서 터프가이나 테토남, 상남자가 아닌 루저 느낌이 날 뿐이다.

일탈도 힘이 된다

고등학교 동기동창 친구들이 뜻을 모아 책을 내기로 결의했다. 우리가 고3 시절이었던, 1980년 5월 광주항쟁의 역사적 증언을, 동창생들 저마다의 기억을 소환하여 책으로 묶어내자는 데 뜻을 모았다. 편집과 교정 일에 참여해 달라는 동창회장의 간곡한 제안을 나는 거절하지 못했다. 책이 출판되기까지 길고 고된 앞으로의 여정이 불을 보듯 뻔했으나 고3 시절 함께 겪었던 오월 광주에 대한 부채 의식이 나를 놓아주지 않았다. 출간 사업을 주도하고 있던 동창회장만큼 개인적 시간과 열정을 소모하지는 않았어도 수집된 동창들의 원고를 정리하고 교정하는 데 적지 않은 시간과 공력이 필요했다. 2년이 넘는 세월 동안 그 일을 해내는 동안 다짐했다. 어떠한 어려움이 닥쳐도 기필코 책이 출간되도록 미력이나마 힘을 다하겠다는 것과 출판 전후 상황에서 내 개인의 희생이나 푸념, 공치사와 같은 이해관계에 조금도 관심을 두거나 보태지 않겠다고 마음먹었다.

친구들의 원고를 받아 정리하며 좋았던 것도 많았다. 녀석들의 체험을 들여다보는 동안 우리의 고교 시절이 눈앞의 스틸 필름처럼 살아났기 때문이었다. 그들의 원고에서 70년대 촌놈들 자취생 책가방에서 흘러나온 김칫국물 냄새가 났다. '쏘울'과 '로끄' 음악, 한대수와 김민기, 딥 퍼플과 레드 제플린, 그 시절 대학가요제 노래들이 들렸다. 폭력이 일상이던 교실에서 유신 독재 체제를 공고히 구현했던 교육 현장이 아프게 떠올랐다. 교련복을 입고 소풍이란 이름 대신, 행군이라는 걸 가서 얼치기 기타 솜씨를 뽐내며 고고춤을 추었다. 70년대 후반에 고등학교 시절을 보낸 우리는 진정한 '고고' 세대는 아닐지 모르겠다. 오히려 대학 입학 후 허슬 춤이 유행했고 디스코 춤이 천하를 평정했으니 그쪽 세대에 가까울지 모른다. 친구들의 원고를 들춰 보면서 내 기억장치에 저장되어 있던 그 시절 추억의 장면들이 떠오를 때 고개를 주억거렸다.

기억은 무섭고 단단하다. 〈싸움의 기술〉이라는 영화를 연출한 신한솔 감독이 우리 학교 졸업생이다. 〈싸움의 기술〉 영화를 보면서 감독의 고등학교 생활을 그려 봤다. 그는 조용한 학구파 모범생이었는데 그런 그도 고등학교 생활이 진절머리 났을까. 그러니 자신의 장편 데뷔 영화에 그걸 담아냈을 거다. 몽둥이로 학생들을 두들겨 패는 교사가 나오는 장면에서 나도 모르게 움찔했다면 그가 졸업한 학교의 교사였기 때문 아니겠는가. 나 역시도 감금 통제 교육의 암묵적 동조자가 되어 주입식 입시 현장의 최전선에서 복무했으니.

나는 그가 영화판에 뛰어들지 전혀 예상하지 못했다. 그가 학교를 졸업하기 직전, 수능도 끝났고 대입 원서도 쓴 후였다. 겨울비가 부슬 부슬 내리는 날이었는데 학교 경비실 처마 밑에서 단둘이 얘기를 나누었던 기억이 영화의 한 장면처럼 살아난다. 기숙사 생활의 추억과 대학 진학, 알 수 없는 미래에 대한 두려움들이었을 것이다. 그가 직접 시나리오를 쓰고 연출한 영화를 보며 새삼 되새기게 되었다. 학생의 장래는 정말 모르는 것이구나. 지금 내 앞에 있는 한 학생이 장차 미래의 세상에서 무엇을 도모하며 살 거라는 것은 아무도 모르는 것이고 굳이 짐작할 수 있다면 그 장래라는 게 예측할 수 없을 만큼 무한하다는 것 정도, 그리고 학창 시절의 경험은 자신이 살아갈 자산이고 터전일 수 있다는 것이다.

운명은 결정되어 있지 않으며 성취는 개척하는 사람의 몫이다. 날마다 쉽게 걸어 다니는 길은 처음부터 닦인 길이 아니었다. 많은 사람이 같은 길을 걷다 보니 길이 된 것이다. 남이 걷지 않은 길을 떠올려 보고, 전인미답의 새로운 길을 개척해 나가는 사람이 큰일을 한다. 자신이 꾸는 꿈이 남과 다를수록 그 가치는 커질 수밖에 없다. 남들이 걷는 길을 벗어나는 것에는 일탈도 있다. 자제하고 속박하는 힘을 버리고 한 번쯤 일탈하고 싶은 충동을 깃발처럼 내걸고 싶은 학생이 있다면, 불치병으로 도지기 전에 일탈해 보는 것도 힘이 될 수 있다고 말해 주고 싶다. 지난날 내가 썼던 장편소설 『블라인드 스쿨』에서 고3 학생 '신화'가 등장하는데, 주인공의 목소리인 소설의 첫 문장은 이렇다. "나는 오늘 학교에 가지 않았다."

수년 전 우리 반 아이도 그랬다. 가출했다가 1주일 만에 아버지에게 잡혀 돌아온 그에게 그동안 어디에서 뭘 했냐고 물었다. 수학여행 때가 봤던 제주도에 다시 가 보고 싶어서 다녀왔다고 대답해서 더 추궁하지 못했다. 유채꽃 만발한 제주에 다시 가고 싶었다는 충동을 누를 자격이나 자신감이 담임에게는 없었기 때문이다. 수학여행 갔다 왔으면 됐지, 제주도엘 또 가? 윽박질러 봐야, 수학여행이 제대로 된 여행인가요? 라고 대거리하면 할 말이 없을 터였다.

또 다른 경우, 경찰서에 가서 신원보증서를 써 주고 사고 친 아이를 데리고 나오면서 위안했다. 일탈도 힘이 되고 성장판이 되었으면 하는 바람을 되뇐다. 학교에서보다 많은 걸 배웠을 수 있다. 창밖까지 달려온 계절을 만나지도 못하고 붉은 벽돌 건물에 갇혀서 교과서와 문제집에 짓눌려 지내는 것보다 콧바람도 쐬고 푸른 바다도 보고 올레길도 걷다가 돈이 떨어지면 감귤밭에서 알바도 해 보는 것도 배움이 될 수 있다.

그렇게 아이들은 길을 찾고 성장한다. 엄정한 구속을 강요하다가는 진취를 잃는다. 하고 싶은 말 참으며 낮은 곳으로만 흐르면 바다에 닿지 않을 수 있다. 흘러가다 머문 갈대숲에서 흩어지지만 않으면 좋겠지만 모범생은 거창한 수사로만 이루어지는 건 아니다. 일탈은 본디 도발적이다. 대답 없는 메아리가 되어 천산만학에 부랴부랴 흩어져갈 이름을 어슬렁거리며 찾아 헤매고 있는 질풍노도의 시기다. 학교를 떠나 터미널 매표소에서 서성거린다. 차표를 끊어야 하나 말아야 하나. 여전히 가망 없는 회색의 이정표를 향해 끝없이 달려야 하나 말아야 하나. 찾아간다면 바다일까. 지금은 겨울도 아니니 보고 싶던 새, 죽고 없었네, 라고 노래하지 않아도 되고 허무의 불, 물이랑 위에 불붙지 않아도 되는데, 그 바다는 어찌 되었을까. 황급히 보내 버린 수학여행 때 봄은 뒤를 돌아보지 않았는지, 여름은 어떻게 맞이해서 어떻게 보낸 것이며 지나간 계절의 술렁임에는 어떻게 대응했는지, 그리고 가을은 또 어떤 모양으로 다가올 것인지. 낯선 벗들이 손 모아 긋는 성호는 어찌 받아들였을까. 그 바다, 그대로 있을까.

원고지여도 좋고 오선지여도 상관없다. 가만있어도 흘러나오는 노래를 그대로 옮기기만 해도 좋다. 노래는 노래니까. 지옥 같은 일상을 지치지도 않고 버틴다. 새들이 날고 적당하게 지저귀며 따분한 바람도 부는 아침 등굣길, 친구들의 투명한 웃음소리. 하루의 일과가 시작하는 분주한 몸놀림, 1교시 시작종 소리, 수업이 끝날 무렵, 다시 바빠지는 발걸음, 그렇게 하루가 가고 저녁이 되면 야간 자율학습, 하굣길로 접어들어 엄마 자동차 시동 켜는 소리, 차가 밀리는 도로 위에서 알맞게 반복되는 에프엠 라디오 방송, 문득 수학여행 때 가 본 제주의 푸른 바다가 떠오른다.

바람이 불고 있을까. 그 바다, 처음 가 본 곳이었지만 낯설지만은 않던 그 바다는 오래 살던 동네처럼 친근감이 있었다. 그랬을지도 모른다. 숱하게 만났던 꿈속의 바로 그곳이었을지도 모른다. 그 바다, 푸른 물감으로 전신을 휘감은 채 바다를 응시하던 몇 분 동안 넘치고 넘쳐 해일이 되어 밀려오는 노래들. 소년이여 야망을 가져라. 무책임한 격언 따위에 저 바다를 호령하는 거야. '꿈과 책과 힘과 벽'을 듣다 보면 어른들 말에 휘둘려 자신의 꿈이 흔들리는 소년들의 목소리가 나온다. 우리는 어째서 어른이 된 걸까. 하루하루가 참 무거운 짐이야. 어른들 말만 듣고는 돈도 못 벌고 잘 살 수도 없다. 선실 밖 갑판으로 나가지 말고 그대로 있으라는, 세월호의 어른들 안내 방송이 귓바퀴에 징징거린다.

그 바다에 괭이갈매기가 날고 있었으니 가만히 지켜봐야 했다. 푸른 하늘에 맞닿은 수평선에서 오래된 삽화처럼 가물가물 멀어지고 말았던 그 바다. 또 하루의 아침이 밝았을 때 단지 아무것도 아닌 하루의 아침이 밝은 것일 테지만 지금까지 빗나가 버린 숱한 날들의 아침일 수 있는데, 하루가 가고 또 하루가 지나던 그 어느 날 하룻밤이었을까. 밤길을 걸어 외등 높은 골목길 아래에서 올려다본 밤하늘, 추락하는 성적표에 대고 비틀거렸던 언어들, 이슬 맺힌 별빛에다 대고 말했을까. 일탈도 힘이 된다. 그렇게 오늘 밤도 깊어만 가겠지만, 기어이 아침은 오고 말 것이다. 아무렇지 않은 듯이.

수시 마감 날

끝났다. 이제부터는 다른 세상이다. 전국 주요 대학 수시 원서 접수가 마감됐기 때문이다. 몇 주째 무겁게 짓눌렸던 부담은 이제 없다. 시원섭섭한 심정으로 책상 위에 널브러져 있던 수시 자료들을 치웠다. 생활기록부 같은 아이들의 개인 정보에 관련된 것들은 문서 파쇄기에 넣어 돌렸고 전국의 대학에서 보내온 수많은 홍보물은 박스째 없애 버렸다. 그냥 놔둘 수도 있었는데도 일부러 치웠다. 이제 그만 보고 싶다.

입시 관련 프로그램을 노트북에 깔아놓고 수시 응시 여부를 상담했다. 예비 상담 때는 연필로 썼던 대학교와 학과 이름을, 확정됐을 때 볼펜으로 입혔고, 원서 접수를 확인한 순간 동그라미를 쳤다. 나중 합격하는 곳엔 형광펜으로 두를 것이다. 수시는 합격하면 반드시 가야 하기에 당연히 상향 지원했다. 아무래도 여긴 힘들겠는데? 그랬어도 원하면 쓰도록 했다. 수능을 잘 봐야겠다는 격려가 아이에게 좋게 들릴 리 없다. 수시로는 어려우니, 정시를 준비하라는 의미일 터.

'자소서'가 '자소설'이 되는 현실에서, 나를 꼭 뽑아 주세요, 아이들의 절규는 눈물겨웠다. 우리 반이냐 아니냐 상관없이, 3학년 전체 27명의 자소서를 개인당 적게는 두 번씩 많게는 열 번 이상 봐줬다. 대신 써 줄 수 없는 노릇이었기 때문에 말 그대로 봐주기만 해야 하는데, 버릇처럼 손질이 갔다. 개인차가 있는 아이들은 일정 부분 인정했다. 구체성과 진정성, 이걸 자소서에 담아내야 한다는 말부터 이해시켜야 했다. 진학 담당 교사보다 더 많은 정보를 꿰고 있다는 점을 과시하던 일부 학부모들도 이젠 진학실에 오지 않을 것이다. 엄마 아빠가 원하는 대학과 자식이 원하는 대학이 같다면 모를까, 괴리의 간극이 클수록 불행의 불씨가 점화할 심지도 컸다.

끔찍한 사건일수록 오래 남는다. 고3 남학생이 성적 때문에 자신을 때리고 괴롭히는 엄마를 죽이고 수개월 집에서 함께 지냈다는 뉴스를 잊을 수 없다. 왜 이런 비극이 벌어지는가. 우리나라 청소년 사망원인 1위는 질병도 사고도 아닌 자살이다. OECD국가 중 청소년 자살률 1위인 나라, 원인은 입시경쟁에 있다. 성적이라는 철창에 갇힌 가엾은 아이들이 죽거나 죽이거나 미치거나 병들어가는 현실이 아프다. 경쟁을 강요당하는 교육 현실로 인해 망가진 부모와 아이의 성적과 스펙 기록에는 가식도 여과도 없다.

성적 경쟁이 있는 한, 부모는 행복할 수 없다. 부모는 자식에게 귀감이 아닌 반감의 대상이 된 채 명문대 합격만을 요구한다. 자식들도 마찬가지, 자신이 누구인지 모르면서 부모 뜻대로 대학과 성공을 위해 죽기보다 싫은 공부를 '해 드려야' 할 뿐이다. 사랑이라는 미명으로, 엄마는 자식을 소유물 삼아 일거수일투족을 간섭하며 통제한다. 사교육에 관한 정보력으로 무장하고 자녀를 총지휘하지만 정작 자신의 삶은 없다. 모든 걸 바쳐 희생하는데도 기대에 미치지 못하고 자꾸만 엇나가는 자식이 야속할 따름이다. 피차 불행할 수밖에 없는 공멸 구조에 매몰되는 것이다. 좋은 대학을 나와야 승자독식의 주류사회에서 낙오하지 않을 텐데, 공부를 못하면 아무것도 아니다. 가진 것을 다 털어 부을 수 있다. 아이의 미래뿐이라 아이의 성적을 위해서라면 불 속이라도 뛰어들 기세다. 남편은 포기해도 자식은 포기할 수 없는 엄마는, 늘 우울하다.

엄마를 제어하기 어려운 아빠는 가정에서 애완견보다 서열이 낮다. 술에 취해 외롭다고 비관하지만, 자식에게 권위도 영향력도 없다. 나처럼 살지 말라던 부모 세대의 교훈이 다음 세대로 세습되었다. 나는 누구이며 누구를 위해 이렇게 살고 있나. '엄친아'라는 말을 만들어 낸 사회, 학벌과 스펙을 조장하는 매스컴이 공룡처럼 활개 치는 나라에서 적자생존의 정글로 자녀를 내던져야 하는 부모. 자식 농사 잘 지었다는 부러움을 한 몸에 받고 싶은 기이하고 병적인 풍토에서, 남의 눈을 의식하지 않고 자기 자녀만 따로 떨어져 자발성을 갖게 하는 것은 용인할 수 없다. 남들이 가는 대학, 남들이 타는 차, 남들이 사는 아파트에서 살게끔 자식을 키워야 마땅할 사람이 부모니까.

극단적이고 자극적인 사례라고 힐난할 수도 있다. 그렇지 않은 가정도 많을 거라는 기대에 위안 삼는다. 부모의 마음이 편해지면 자녀 사랑이 쉬워진다는데, 그러기 위해서는 부모가 자식으로부터 독립해야 한다는데, 만만치 않다.

각각의 사연을 담아 추천서 쓰는 일도 고역이었다. 단 한 줄도 기존의 발상에 의존하지 않은 새로운 추천서가 필요했다. 한 명의 추천서를 끝내면 머리를 뒤흔들었다. 다른 아이의 추천서는 새롭게 접근해야 했다. 막연한 미사여구나 추상적 어휘들은 불합격으로 가는 지름길일 것이므로 의도적으로 배제했다. 스펙 강박에 몸서리치는 아이들을 떠올리며 임팩트 강박에 시달렸다.

한고비를 넘긴 셈이다. 진학실 담임 교사들의 표정이 비로소 풀렸다. 돌아오는 금요일 저녁에는 야간자율학습 감독을 부담임들께 맡기고, 회식하기로 했다. 순간이나마 걱정도 잊고 불안감도 없는 시간, 술잔도 돌리고 소리도 지르면서 불금을 보낼 것이다. 수시 접수가 끝났으므로.

다짐

오전에 졸업생이 학교로 찾아왔는데, 나는 그를 바로 알아보지 못했다. 선생님, 저 모르시겠어요? 그에게 무심해서가 아니었다. 내 잘못이라기보다는 그의 잘못이 컸다. 학교 다닐 때 100kg을 훨씬 상회하는 몸이어서 그게 고민이었던지라 담임이었던 나와 그걸로 상담했던 기억이 났다. 몇 킬로 나가냐고, 물어보기에도 머쓱한 살찐 체구였다. 세월이 흘러 군대를 제대하고 복학하여 이제는 대학 졸업을 앞두고 있다는 지금은, 75kg이라는 것이다. 그러니 당연히 못 알아볼 수밖에.

이십 대 중반의 한창나이인 만큼 낯빛이 생기 있게 살아나, 호리호리한 체격의 청년으로 변해 있었다. 전혀 다른 사람이 되어 버린 그를 보고서, 예전의 모습을 떠올려 보려 했지만 쉽지 않았다. 이놈아. 사람만 달라지고 말 일이지 옛날 모습까지 다 지워 버리면 어떡해. 내내 참고 있다가, 비빔밥 한 그릇을 뚝딱 비운 그에게 겨우 물어보았다. 일부러 뺀 거냐? 저절로 빠진 거냐? 그게 궁금했다. 어떻게 하면 살이 그렇게 빠지던? 그렇게 묻고 있었지만, 다이어트는 언젠가부터 내게서도 화두이며 깃발이 되어 있었다. 갈수록 멀어져 가는, 찢어진 깃발이어서 문제지만. 과도한 음주로 인한 뱃살은 나의 트레이드마크가 된 지 오래다. 술을 끊겠다는 다짐을 실천하지 않는 한 날씬한 몸매로 돌아가는 것은 요원한 일이었다. 그런데 그의 입에서 나온 대답에 귀가 번쩍 뜨였다. 아직 멀었어요. 65kg까진 빼려고요. 결국 나는 젓가락을 내려놓을 수밖에 없었다. 뭐라고야? 그 숫자는 내 꿈인디야.

일본 후쿠시마 오염수 방류 문제로 온 세상이 분노와 격정으로 들끓었을 때 나 역시도 소시민적으로 다짐했다. 다시는 생선회 따위는 먹지 않겠노라고. 하지만 속성상 다짐은 오래가지 않는 법, 언제부터인가 슬그머니 생선회를 술안주로 먹기 시작했을 테고 오염수 같은 끔찍하고 혐오스러운 말은 기억에도 희미해졌다. 내 안에 냄비근성이 도사리고 있나 보다. 펄펄 끓던 그때의 다짐은 식을 대로 식어 먼 수평선 너머로 아득히 멀어지고, 광안리 밀치, 통영 다찌, 우도 물회, 나로도 도다리, 상무지구 오마카세의 기억들이 여름밤 불나방처럼 날아와 나의 다짐을 뒤흔들어 버렸다.

동네 헬스클럽에 연간 회원권을 끊고 런닝화와 트레이닝복을 샀다. 언제였던가, 날마다 술을 마시고 다녔어도 한때는 그럴듯한 몸을 유지할 때가 있었다. 가녀린 턱선과 잘록한 허리, 손가락 끝으로 누르는 것조차 조심스럽기만 했던 탄력 있는 피부, 믿지 못하겠다면 하는 수 없지만, 혼자 보기에도 아까웠던, 그야말로 봐줄 만한 몸을 가졌던 시절이 나에게도 있었다.

이제는 문제없다. 그 시절로 돌아가겠다는 다짐이야 두 눈을 깜박이는 것보다 쉬운 일이다. 헬스클럽에 오면서 만나는 사람들은 하나같이 나를 보고 놀란 눈치를 보낼 것이다. 엘리베이터에서 만난 동네 이웃 아저씨도 그럴 것이다. 난 또 누구라고? 언제 이렇게 변해 버렸어요? 그는 내 몸의 위아래를 훑어보며 정신을 잃을 지경이라는 표정을 지을 것이다. 샘물처럼 솟아오르는 질투심을 감추느라 속으론 땀깨나 흘리겠지만 나는 그럴 때면 가능한 자비로운 웃음으로 상대하리라. 겉모습에 무관심한, 느려빠진 게으름은 이제 내 것이 아니다. 운동과는 거리가 먼 그의 뭉툭한 손가락 마디는 두 번 다시 보고 싶지도 않지만 그 심정을 표현이라도 하는 날에는 나도 그와 다를 게 없다.

뱃살은 인격의 상징이야. 나이 먹은 만큼 나잇살 붙는 거야 당연한 거지. 이따위 혐오스러운 말은 다시는 입에 담지 않겠다. 헬스클럽 관장이 내 주위를 맴돌며 강조한다. 빼먹지 마세요. 가만 보니까 일주일에 잘해야 한두 번 나오시드만, 그래갖고는 몸 못 만들어요. 비가 오나 눈이 오나 하루도 빠지지 않고 제시간에 등장하고 싶지만 그게 마음대로 되지 않았다. 피할 수 없이 뛰어넘어야 할 허들처럼, 자천 타천으로 형성되는 술자리가 문제다.

사이클 페달을 굴리다 보면 슬슬 땀이 나기 시작한다. 러닝머신 위를 달리기 시작하면 가슴이 빠개질 만큼 숨이 차오른다. 타이머가 멈추기 전에는 절대 내려오지 않는다. 댄스 음악에 맞춰 훌라후프를 돌리다 보면 땀이 온몸을 휘감기 마련이다. 전면 거울을 보며 바벨을 들어올리기도 하고 벤치에 누워 덤벨을 밀어 올렸다가 천천히 내려놓는다. 들숨과 날숨을 교차시키며 날로 변신해 가는 내 몸을 바라본다. 그렇지, 이제 좀만 더 노력하면 예전의 몸으로 돌아갈 수 있겠구나. 한순간에 두 눈은 마비되고 뇌 신경 세포에서 어지러움을 느꼈을 때 형용할 수 없는 황홀경에 빠지고 만다.

방심은 금물이다. 헬스가 끝나면 악몽 같은 공복이 스멀스멀 위장을 휘감아 온다. 별의별 먹고 싶은 음식이 떠오르는, 그중 선두는 시원한 맥주다. 내 몸을 이 지경으로 망쳐놓은 주범인 맥주를 커다란 팔 동작으로 뿌리친다. 부풀어 오르는 살덩이를 보듬고 살기보다야 차라리 굶고 말아야지. 물만 먹어도 살이 찌는 체질이라니, 물 한 모금도 마시지 않은 채 땀방울과 사투를 이어 간다.

숨이 가빠진다. 목울대까지 숨이 차오르면 이를 악물고 뛴다. 내 몸에서 떨어져 나갔어야 마땅한 살들이 덩달아 움직일 때면 더욱 힘찬 동작을 한다. 유산소 운동은 체지방이 많은 사람에게 최적의 방법이라니, 꿈결에서라도 찾고 싶은 예전의 몸을 위해 뛴다. 남이 듣거나 말거나 마구 악을 내지르고 싶다. 내 안에 잠재되어 있던 에너지는 모두 일어서라. 지방질은 죄다 분해되고 콜레스트롤은 그 자리에 주저앉을 것이며, 그리하여 다시는 학생들 입에서, 선생님 곧 출산하시겠어요, 라는 망령 난 언어만큼은 사라지도록 하여라.

집으로 돌아가기 전에 들러야 할 마지막 코스가 사우나이다. 내 몸에 달라붙어 있던 땀들을 남김없이 씻어 내야 한다. 뽀얀 수증기가 거칠게 코를 틀어막을 때는 눈을 지그시 감으면 된다. 처절한 시간, 내 몸에 대한 전쟁을 선포한 이상 할 수 있는 모든 걸 해 보려고 하는 이 마당에, 원푸드 다이어트를 가르쳐 준 유튜버는 나에게서 구세주였다. 술을 멀리하는 대신 사과 조각만 씹고 살라는 명령을 계시처럼 받아들였다. 헛것이 보이긴 하지만, 지금 내게서 허기진 배 속이야 무슨 대수랴.

그런데 이게 무슨 일인가. 술 마시자는 전화를 걸어온 친구가 있으니, 도대체 가당하기나 한 일인가. 술 끊었다는 내 말에, 이런 미친놈, 개가 똥을 참냐? 친구는 비웃었지만 칼로 무 자르듯 일거에 거절해 버리기를 얼마나 잘했는지 모른다. 중국요리 집에서 만나기로 했으니 술은 먹지 마라지만 그 황홀한 빛깔과 냄새를 어떻게 감당하라고. 나는 친구가 싫어졌다. 사람들이 싫어졌다. 나를 그냥 내버려두지 않는 몰상식한 인간들.

아, 그런데 왜 이럴까. 몸이 한없이 가라앉고 있다. 기운이란 기운은 내 몸에서 다 빠져나가 버렸나. 숨이 차서 일어설 수 없다. 사우나를 끝내고 집으로 가서 스쿼드 자세로 티브이를 보다가 섀도복싱을 해서 팔뚝 살을 강화해야 하는데 어지럽다. 오늘 하루 일정을 반성하며 내일 새로운 다짐을 다져야 하는데, 자꾸만 몸이 무겁고 정신은 혼미해져서 일어설 수조차 없으니, 이를 어쩌나.

좋은 아침, 이라니

TV에 나오는 어떤 오락 프로그램을 보는 중이었다. 요즘 MZ세대가 쓰는 신조어와 유행어를 문제로 내놓고 연예인들이 그 뜻을 맞추려 경합하고 있었다. 몇 차례의 공방 끝에 차츰 정답을 찾아가는데 무슨 대단한 발견이라도 되는 양 그것을 알아내기 위해 온갖 말도 안 되는 오답을 열거하여 웃음을 유발하더니 알아내지 못하는 사람은 벌칙을 받았다. '편백족'이라는 문제가 나왔을 때 순간이나마 나도 머리를 굴려 보았다. 특정 행동 성향이나 부류를 가리키는 접사 '~~족族'은 많다. 모루밍족, 눕프족, 파랑새족 등은 들어 본 적 있어도 편백족은 알지 못했다. 문제를 마주하던 시청자들도 불안하지 않았을까. 그 단어를 모른다면, 시대에 뒤떨어진 무지렁이 취급이나 받지 않을까 하는 불안감을 느꼈을지도 모르겠다.

편백족은, 편의점에서 끼니를 해결할망정 백화점에서 명품을 구매하는 세태를 반영하는 말이었다. 출연자들이 야단법석을 떨고 있는 장면을 바라보고 있을 때 나 역시도 착잡해지고 말았다. 아이들의 언어

정도는 알고 있어야 한다는 강박 때문이었을까. 무엇보다 글 쓰는 사람으로서 세대와의 소통에 무심하면 안 된다는 것쯤은 알고 있다. 그런 고민은 어제오늘의 일이 아니어서 새삼스럽지도 않지만 청소년을 가르치는 교사의 입장이라면, 그것도 우리말을 가르치는 국어 교사라면, 보통 고민이 아니다. 고백이랄 것도 없이, 국어 교사라면 우리말의 용법을 완벽히 마쳐야 하는데 지금도 나는 자신하지 못한다. TV 프로그램 〈우리말 겨루기〉에 나간다면 좋은 성적을 거둘 자신이 없다. 교사 초년병 시절에는 꿈속에서 가위눌림 당할 정도로 우리말의 적확한 사용에 애를 먹기도 했다. 실력 없이 교단에 나선 탓이다.

아이들의 언어는 절묘하다. 학교에서 가르치지 않은 말, 부모에게서 배우지 않은 말들을 쓴다. 교과서에 나오지 않으니 국어 교사가 가르칠 리 없는 언어를 아이들은 시도 때도 없이 구사한다. 세상 물정 모른 채 그들의 언어를 부정하거나 무시하다가는 언어의 가역성을 인정하지 않는 극혐 퇴물 교사로 낙인찍힌다. 아이들은 숏폼 콘텐츠에서 반복되는 밈으로부터 소통을 배우고 그들만의 커뮤니티 유행어로 소비되는 사회적 이슈를 통해 자신의 의사를 전한다. 복잡한 생각은 한심하고 따분한 찌질이나 하는 짓이므로 사고는 단순해지고 비판은 무뎌진다. 아이들의 언어로 세상을 바라보면 생각하는 주체가 되기보다는 즉각적으로 반응하는 존재가 되고 만다. 비판하는 사고는 실종되고 비판하는 흉내만 내다 보니 정보의 옳고 그름은 따지지 않는다. 필독을 권장하는 단편소설조차 읽지 않고 커뮤니티의 바다에 떠 있는 요약 글을 건져 올려 대체한다.

그러는 사이, 독서는 위험한 행위로 전락한다. 가뭄에 콩 난 듯 발견되는, 독서량이 많은 아이는 한편으로 불행하다. 어렸을 때부터 책을 좋아해 도서관 출입이 잦고 또래의 친구들이 읽지 않는 책을 왕성하게 읽어나가는 아이는 지적 수준의 키가 맞지 않은 친구들과 놀지 못한다. 독서량이 늘수록 타인으로부터 고립되고 유폐되어 혼자만의 세계를 구축하게 된다. 남들 놀 때 놀지 않고 책만 읽는 이상한 아이는 친구들이 볼 때도 재수가 없다. 독서는 내면의 힘을 기르게 하지만 친구들로부터 따돌림을 자초한다. 아이들의 언어를 모르는 교사도 마찬가지다. 울 담탱인 문찐이야. 좋지 않은 어감에 마음이 걸려 자존심 상하지만 그 뜻을 물었다. 문찐? 그게 뭔데? 아이들은 자신들의 언어로 키득거린다. 문찐이요? 문화찐따, 문화에 뒤떨어진 사람이요.

동료 교사들이 우리말 용법을 몰라 어려움에 부딪힐 때 국어 교사에게 묻는다. 전지전능한 능력으로 즉각 답을 해 줘야 하는데 국어사전을 뒤적일 때가 있다. 학교 내부 통신망에 문법에 어긋난 글을 올리는 국어 교사가 있을 정도로 우리말 사용은 어렵다.

남들은 모르는, 나 혼자만의 고민이 있었다. 글을 쓸 때나 학생들 앞에서 말할 때 무시로 '적'이라는 말이 거침없이 튀어나온다. 일찍이 이오덕 선생은 국어 교사는 그걸 조심해야 한다고 타일렀다. 그런데 지금까지도 고쳐지지 않았다. '적'의 쓰임은 사람을 고매하게 만드는 마력이 있다고 여긴 것인지. 우리말이 가지고 있는 아름다움이 훼손되어 가는 우려에 대해서는 돌아볼 겨를조차 없이 마구 썼다. 일본어의 잔재, 중국어의 영향, 영어 번역 투의 거친 문장들이 의식하지 못하는 사이

에 우리의 언어 환경을 지배해 버렸다. '적'을 붙여야만 멋진 말이 될 거라고 믿는 무의식을 아직도 나는 버리지 못하고 있다. 고전을 가르치다 보면 여실히 느끼는 게 있다. 중국어 '的'이나 일본어 'の'가 파수꾼도 없는 이 땅에 들어와 관형격 조사인 '의'로 번역된 것이다. 이인직을 비롯한 친일 신소설 작가들이 쓰기 시작했고 이광수는 이를 토착화시킨 장본인이었다. 이들이 등장하기 전 우리 고전 문헌 어디에도 관형격 촉음 'ㅅ'이 아닌, 관형격 조사 '의'의 사용 흔적이 없다.

이러한 사례는 말만 바뀌었을 뿐 오늘날에도 얼마든지 많다. 우리말 오염의 주범을 밝혀 공개 재판하려는 의도가 아니다. 신조어와 유행어, 국적 불명의 감수성, 기발한 상상력이라는 포장을 두르고 위풍당당하게 점령해 버린 언어 환경을 돌이킬 수는 없다. 나부터도 번역 투의 난폭한 문장을 부지불식간에 남발하고 있는데 무슨 변명이 필요하랴.

출근한 어떤 선배 교사가 '좋은 아침'하고 인사를 한다. 미국에서 살다 오신 분도 아니고 영어 교사도 아니다. 그렇게 아침 인사를 나누면 스스로가 고상해지고 하루가 상쾌해질 거라고 여긴 걸까. 인사를 나누기는 하지만 고개를 가우뚱할 수밖에. '밥 묵었는가?' '진지는 자셨소?' 이런 사투리 인사는 밥도 못 챙겨 먹고 살았을 지난날의 궁핍한 역사가 반영된 듯하여 마음 쓰리지만 그래도 우리 식의 인사법이다. '식사하셨어요?' '뭘 먹었니?'라는 인사는, 좋은 음식을 제대로 먹고 다녔으면 좋겠다는 바람이 녹아들어 있다. 굳이 인사말을 통해 곤궁했던 지난 살림을 소환하기 불편하다면 평범한 인사말도 많다. '안녕하세요?' '잘 잤니?' '잘 있었니?' '얼굴 좋네' '별일 없제?' 생각해 보면 좋은 인사 거리가 널려 있는 게 우리말이다. '좋은 아침'으로 인사를 주고받고 창밖을 보니 궂은 날씨에 비가 주룩주룩 내리고 있다.

　새로운 사회 현상에 따른 신조어야 어쩔 수 없다 쳐도, 기존에 문제 없이 써오던 관용어를 오염된 줄도 모르고 잘못 쓰는 경우도 많다. 언어도 질병에 걸린다. 자신을 소개할 때 '정강철입니다' 하지 않고 '정강철이라고 합니다'라는 번역 투 문장으로 말한다. 어렸을 때 본 영화 〈튜니티라 불러다오〉가 생각난다. '배고프네' 하면 될 말을 '배고픈 것 같아'라며 자신의 판단을 남의 몫으로 돌려 버린다. '다른'과 '틀린'을 구별하지 못하고 '내 생각은 너와 틀려'라고 말해 오해를 불러일으킨다. 축구 중계방송 해설자가 문전에서 슛하지 않고 지나친 선수에게 탄식하면서 '때려야죠. 아하, 슛을 때렸어야죠'라고 소리친다. 이렇게 되면 '때리다'라는 동사의 용례에 '슛을 때리다'도 포함되고 말 것이다. 야구 중계 해설가가 '이번 7회가 롯데에게는 위기라고 보여집니다'라고 피동형으로 말하면 누가 보는 것이며 해설은 누가 하는 것인지 헷갈린다. 회의 시간에 사회자가 '지금부터 회의를 시작하겠습니다'라고 하지 않고 '지금부터 회의를 시작하도록 하겠습니다'라고 한다.

　최첨단 이두식 단어에, 거침없는 이중 시제, 국적을 가릴 수 없는 이종교배의 콩글리쉬 문장들이 우리말의 목을 조르고 있다. 사이버 영토를 전가의 보도로 여기며 날렵한 발꿈치를 옮기고 있는 아이들의 맑은 영혼과 상상력에 검붉은 멍이 드는데, 국어 시간의 언어 용법으로는 도저히 풀이할 수 없는 언어들이 아이들의 언어 체계에 깊숙이 자리 잡아 버렸다. 그걸 인정하지 않고서는 구닥다리 교사로 몰려 눈조차 맞추지

못할 처지에, 조회 시간에 만난 학생들에게 늙은 담임이 손을 들어 인
사한다. 좋은 아침!

봄 편지

너희와 헤어진 지 벌써 두 달이 되어 가는구나. 다들 건강하게 잘 지내고 있겠지? 카톡 단톡방에 간혹 짧은 안부를 나누긴 했어도 긴 편지는 쓰지 못했다. 학기 초라 조금 바쁘다 보니 여태껏 미루고만 있었다. 이제는 학교가 너희에게 과거형으로 바뀌어 모교가 되었겠구나. 불과 두 달 지났을 뿐인데. 시간 참 빠르다. 이맘때쯤이면 학교에 어떤 장관이 펼쳐질지 짐작하고 있겠지? 그래. 벚꽃이다. 천지가 벚꽃 세상이 되었다. 운동장 주위를 넉넉하게 감싸고 있는 하얀 꽃들의 세상, 기억하겠지? 체육관 오르는 길, 기숙사 주변, 단재관 뒤편에서 중학교 후정까지 학교의 모든 담장에서 활기를 띠고 피어 있는 꽃들의 축제 말이야.

벚꽃은 어김없이 4월 첫 주가 되면 절정에 이른다. 이럴 줄 알았으면 '우리, 4월 첫 주말에 학교에서 만나자' 반창회 약속이라도 해둘 걸 그랬다. 공 한 번 차고 만대동산에 모여 조촐하게 막걸리 파티라도 벌였으면 좋았겠다. 고3 때는 공부하느라 맘껏 누리지도 못했을 꽃 구경을 늦게나마 만끽할 수 있었을 텐데. 아쉬움만이 흩날리는 꽃가루에 묻히고 마는구나.

졸업식 날을 기억하느냐? 그토록 오랜 나날을 부대꼈는데 이별의 순간은 너무 짧지나 않았는지. 의례적인 식순이 끝나고 교실에 모여 어수선한 분위기에서 졸업장과 앨범을 나눠 주기에 급급했다. 너희와 일일이 눈길도 마주치지 못했다. 교문을 나서는 영광된 졸업의 순간에 손 한 번 잡아 주지도 못하고 떠나보냈으니, 이렇게 허무하고 어리석을 데가 없다.

나는 올해도 3학년 수업을 하고 있다. 담임은 맡고 있지 않다만 1년을 주기로 반복되는 학습 과정에 지칠 때도 되었나 보다. 작년 우리 반 교실에서 만나던 너희의 얼굴들이 자연스럽게 오버랩된다. 청소함 속 아령은 야속하게도 여전히 그 자리에 있고 너희 손으로 포장한 선풍기의 투명 비닐이 후배들의 여름을 기다리고 있다. 칠판 위의 교훈과 급훈 액자도 그대로이고 흰 꽃무늬 테를 두른 타원형 거울도 환경 게시판 벽에 붙어 있다. 모든 것은 그대로인데 너희의 모습만 사라져 버렸고 아직은 낯선 후배들이 그 자리를 지키고 있다.

자꾸만 변화하는 입시제도에 대해 어떻게 기억하고 있을까. 획일화된 제도 교육 속, 폐쇄된 장막 안에서 보냈던 고3 시절이 어두운 음화로 되살아날지도 모르겠다. 불안한 미래를 알 수 없어 힘들게만 보낸 사계절이었다고 회상할까. 그럼에도 현재의 너희 모습은, 울고 웃던 지난 고3 생활로 말미암은 것이었다고 선선히 고개를 끄덕일까.

기억나느냐. 긴 복도의 끝을, 네모 난 창문과 네모 난 책상에서 촌각마저 멈추게 한 그 안의 정적들을, 시간과 사투를 벌이던 안쓰러운 얼굴들을, 제대 날짜를 지워나가는 병사처럼 디데이라는 걸 정하고 서로의 어깨를 어루만져 주던 너희의 스터디플래너 수첩들. 자율학습 수칙. 졸지 않는다. 말하지 않는다. 돌아다니지 않는다. 오늘 문제는 오늘 풀어야 한다. 그곳에서 나는 무엇이었을까. 끌려온 소들에게 물을 먹이려고 고삐를 당기는 교사, 너희의 소망은 한없는 무기질의 수면 아래로 가라앉고 있는데 위선이야 아우성치면서 또 다른 위선을 덧씌워 가르쳤던 교사였지 않았을까. 열네 개의 형광등이 너희의 파리한 목덜미를 비추는 동안 책상 위엔 고단하게 드러누운 낙서들, 결전, 디데이, 점수, 대학, ……스무 살을 기다리는 초조한 시간이었다.

그래. 나는 안다. 삭막한 입시 교육의 현장 지휘관이었다 해도, 처절한 고3 교실의 혹독한 담임 교사였다 해도 모든 게 덮어지지 않는다는 것을 나는 알고 있다. 원하는 대학과 학과에 합격시키는 것이 지상 과제인 현실에서 낭만이나 감상이 무슨 소용이겠냐. 스무 살이 되었을 너희에게 솔직하게 말하고 싶다. 너희들 내면으로 들어가지 못한 채 내 마음대로 재단해 버린 편견의 잣대로 대했을 것이다.

재수하는 아이들은 힘을 내라. 무능한 담임을 만난 탓에 원치 않은 고생을 겪고 있는 거라 여기니 마음이 무겁다. 수능시험 한번 못 봤대서 좌절했을 너희에게 위안이 되려나. 수능시험이야 너희 앞날에 무한히 펼쳐질 숱한 고난의 시험 중 고작 하나일 뿐일 텐데, 너희 마음속의 넘쳐나는 자유는 한 발짝도 떼지 못한 채 환절기의 기침 소리만 메마른 쇠북 소리가 되어 유리창 밖으로 뛰쳐나갔구나. 움츠러든 너희의 목선 앞에 떨어져 있던 오지선다의 문제들. 정답을 맞히는 것만이 세상살이의 능사가 아니라는 사실을 알려 주지 못했다. 수능시험은 언제 그런 일들이 있었냐는 듯 거짓말처럼 끝나 버렸다. 그리고 무슨 일이 있었느냐. 언론과 평가원에 의한 난이도 기만극이 어김없이 되풀이되었다. 망연자실한 너희의 눈빛들, 절망의 빛깔은 가늠할 수 없는 담장 너머로 숨어 버렸다. 가슴 밑바닥에서 밀고 올라오는 너희의 한숨을 난들 왜 몰랐겠냐. 얼굴을 들 수 없고 말을 붙일 수 없었던 처절한 형벌의 시간이었다.

체육 시간이 끝나고 땀 흘리며 들어섰던 교실이 그립지 않으냐. 화장실 옆 정수기에서 물 한 모금 마시고 졸음을 이겨내야 했던 5교시 수업. 복도 가운데 위치한 진학실. 에어컨 전원을 넣었습니다, 방송에 환호하던 여름을 기억하느냐. 한 번 가면 다시 돌아오지 않는다는 고3 시절을 울고 웃으며 함께했던 벗들을 기억하느냐. 서른네 개의 책상과 서른네 개의 의자에 조립되어 앉아 있던 서른넷의 친구들. 교정을 뒤덮은 함박눈을 헤치고 눈싸움하던 친구들의 웃음소리가 들리느냐. 시작종 울리면 적막한 세상으로 바뀌는 학교, 송이 눈으로 덮어 버릴 세상일 줄 알았다면, 날을 세우고 옥신각신하지 않고 그냥 편안한 그대로 놔둘 것을, 무얼 더 어찌 해 보겠다고 발버둥 쳤을까. 지나고 보면 한 줌 낙과落果 같은 학창 시절이었는데, 모의고사 점수 몇 점을 올리기 위해 온 신경을 다하던 너희에게 조금은 여유 있고 따뜻한 시선으로 바라볼 걸 그랬다.

이제 손을 흔들어 헤어져라. 청소년기여 안녕. 숱한 암기 사항들도 안녕, 수학 공식 노트도 영어 깜지도 갈기갈기 찢긴 채 안녕, 가능한 면

곳으로 던져 버려라. 인권도 메마른 학교여, 제도 교육이여, 이젠 안녕, 익숙하지 않은 체온에 세상은 잠시 비틀거릴 것이며 얄밉던 범생들도 나뭇잎 배처럼 멀어질 것이다. 그렇게 스무 살이 왔으리라. 먼 미래가 아니라 날이 밝으니 곧장 왔다. 푸르고 희망찬 청춘의 날들이 숨죽이며 다가왔다. 홍역처럼 치러 낸 수능시험과 대학 입시, 세상을 결딴낼 것처럼 호들갑 떨었지만, 아니란다. 지나 보면 그게 아니란다. 그게 전부가 아니란다. 더 큰 세상이 너희 앞에 펼쳐져 있다. 동녘 하늘에 희망이 떠오르는 것처럼 너희의 스무 살을 힘껏 끌어당겨라. 더 큰 세상으로 진입하는 너희의 스무 살을, 두근거리는 운명을 너희 앞에 끌어당겨라. 저마다 청년 모세가 되어 시나이산을 넘어가려무나. 아무도 손잡아 주지 않더라도 가슴안에 내려앉은 기대가 켜켜이 가라앉더라도 이제는 너희의 손으로 땅을 짚고 너희의 두 발로 서라. 차가운 늦가을의 마른 바람을 헤치고 새벽 수능 고사장으로 향했던 그 결기를 기억해라. 질문지를 읽고 다섯 개의 답지 중에서 딱 하나만을 골라내기 위해 머리를 긁적였을 아이들아. 비라도 내려 힘겨웠던 지난 시간의 얼룩이 모조리 씻겨 나갔으면 좋겠다. 날이 저물면 우울해진 친구를 만나 소주를 마실지도 모르겠다. 비로소 눈뜬 어른 흉내에 돌입해도 좋겠다. 이제는 정말 어른이 되었으니. 서툴게 취한 언어를 주고받으며 악몽이었을지 모를 고3 시절과 진정 결별하여라.

모교의 교정에 핀 벚꽃은 절정을 이루고 있다. 제 몸에 잠재된 열량을 죄다 토해내는 듯 꽃잎들은 주저함 없이 세상을 향해 던져져 있다. 창밖으로 시선을 보낸다. 교정에 만발한 꽃들의 세상을 보며 너희를 생각한다. 훈훈한 색칠을 하고 앞다투어 떠오르는 너희의 얼굴들. 시간이 지날수록 먼발치로 멀어지겠지만 아직은 선명한 너희의 얼굴들, 너희의 이름들을 불러본다. 언제나 건강하길. 우리 다시 만날 때까지.

빗속, 지리산에서

지리산에 갔다. 올해도 같은 날짜에 떠나기로 약속한, 익숙한 멤버들이다. 빗방울이 굵어졌어도 해마다 그러지 않았더냐는 미소를 주고받았다. 구례 장과 마트에서 산 술과 부식 박스를 차 트렁크에 가득 실었을 때 번개 치고 천둥소리 들렸다. 7월이 되면 지리산 계곡도 주말마다 피서객들로 붐빌 테니 6월 말로 일정을 잡자 했는데, 매년 그랬듯 6월 말은 장마철이었다. 토요일인데도 늦은 퇴근을 하는 이들이 있기 때문에 이른 시각에 출발할 수 없었다. 구례읍을 거쳐 악양 땅을 지나갔다. 사람들의 발길이 뜸했던 시절의 악양은 참 좋은 곳이었다. 한 시절 악양 보건소에서 공중보건의로 복무하고 있던 친구 동영이를 만나기 위해 자주 찾아갔었다. 악양면 소재지 끝자락에서 등산로도 나지 않은 산길을 타고 오르면 청학동이 나왔다. 최참판댁을 발굴하고 드라마 세트장을 짓고 난 뒤 관광객들 발길이 늘어나면서부터 나는 그곳에 가지 않았다.

쌍계사 가는 길은 화개를 지나야 했다. 화개는 김동리의 「역마」의 배경이 되는 곳이었다. 계연이는 구례 쪽으로 향해 난 길로 가고 성기는 하동 쪽의 길로 방향을 잡아야 했던 그 갈림길에서 우리는 또 다른 한 쪽인 쌍계사 가는 길로 접어들었다. 화개는 내게도 추억이 뭉치로 서린 곳이다. 대학 1학년 때 터앝문학동인회에서 섬진강으로 수련회를 갔는데 경비가 떨어져 화개 다리 밑에 노숙하며 보리밥에 간장을 말아 먹은 적이 있었다. 그 후로도 섬진강과 지리산은 나를 놓아두지 않아 매년 여름이면 찾아갔다. 불일폭포가 있고 계곡 끝까지 오르면 칠불사가 나왔다. 쌍계사 일원의 차 맛이 보성 못지않았는데 무엇보다 찻집들의 모양과 운치가 좋았다.

계곡을 거슬러 올라 해마다 우리가 묵었던 황토방 민박집으로 갔다. 생각해 보니 지리산에 갔던 이즈음, 비가 내리지 않은 적이 없었다. 고추전을 부쳐 먹고 평상 위에 나뒹굴고 있는 술병 곁에서 지나간 추억들과 알 수 없는 미래를 이야기했다. 이제 그들은 한 사람을 제외하고는 모두 아빠가 되었다. 그들은 내가 첫 고3 담임을 했을 때 우리 반 아이들이었다. 세월이 흘렀고 모두 바르게 성장하여 지금은 알뜰하게 가정을 꾸리고 생업에 전념하는 가장들이었다. 먹고 살기 힘든 일상을 내색하지 않고 씩씩하게 술잔을 비웠다. 지리산이 끝도 없는 비의 수렁에 잠긴 듯했다. 계곡물 소리가 사람의 음성도 잡아 삼키고 있었다. 멀리서 다가온 구름은 가까이에선 안개로 변했다.

밤이 되면서 시야가 제한되었다. 렌턴 불빛이 아니면 아무것도 볼 수 없었다. 연암의 『열하일기』 「일야구도하기—夜九渡河記」에 나오는, 도를 깨달았다는 것이 이런 식이었을 것이다. 보이는 것이 사라지자 소리만이 활개 치고 다녔다. 계곡물 흐르는 소리에다 텐트의 후라이 위로 떨어지는 빗소리, 빗줄기가 가늘어지면 개구리 울음소리가 살아났다.

우왕좌왕하는 사이에 우리는 비에 젖고 술에 젖어갔다.

밤 11시에 합류하는 친구들을 마중하기 위해 먼저 온 아이들과 함께 우산을 쓰고 다리를 건넜다. 그렇게 완전체가 되니 술자리도 완성됐다. 평소에는 맛볼 수 없는 술자리였다. 깊은 지리산 자락이었으나 술은 넉넉했고 빗소리가 우리를 젖게 했으며 조그마한 자극에도 쉽게 웃었다. 웃기 위해 모인 사람들 같았다.

그들에게 나는 누구이고, 나는 그들을 어떻게 대하고 있나. 제자라 부르면 될 아이들이었으나 평소에도 나는 제자라는 말이 어렵다. 길을 가다가 우연히 내가 가르친 적 있던 졸업생을 만나 아는 척하고 지나가면 곁에 있는 사람이 누구냐고 묻는다. 몇 년 전에 내가 가르쳤던 우리 학교 제자야, 라고 말하면 될 일인데, 바로 멈칫한다. 내가 그를 제자라 부른다면 그는 나를 어떻게 기억하고 뭐라고 부를까, 추측하면 자신이 없다. 그의 인식 속에 스승은커녕 재수 없는 선생 놈인지도 모르는데, 정신승리법도 아니고 나만 그를 제자라 편히 부를 수 있겠는가. 학교 다닐 때 진정으로 나를 좋아하여 따랐거나 나를 선생님으로 인식하고 있을 것이라 확신이 드는 졸업생도 있긴 하다. 그런 경우만 조심스럽게 제자라는 말을 쓰긴 하지만 그 숫자가 얼마나 되랴. 스승이라는 고매한 표현은 너무 숭고하여 입에 올리지 않기로 하고, 선생 입장에서 제자가 보이듯 학생의 관점에서 선생이 보인다면 다행한 일이다. 오늘날 제도 교육 속의 학생 입장이라면, 좋아하는 선생보다 미운 선생 놈이 압도적으로 많을 텐데, 얼마나 많은 졸업생이 나를 좋은 선생님으로 인식하고 있다고 자신하여 제자라는 말을 함부로 쓸 수 있겠는가. 얼굴이 화끈거

린다. 교육 현장에서 자주 쓰이는 줄탁동시啐啄同時나 교학상장敎學相
長의 의미에서 보듯, 관계는 서로 상대적이어서 나를 못된 교사로 인식
하고 있을지도 모르는 졸업생에게는 그저 미안할 따름이다. 길에서 우
연히 만난 졸업생이 인사는커녕 아는 체도 하지 않고 휙 지나가 버리는
데, 뒤돌아보고 고개를 갸우뚱하며, 어? 쟤는 우리 학교 제자가 분명한
데 왜 쌩까고 가 버리지? 이 얼마나 황당한 모순인가. 스승이 사라진 시
대에 제자라는 말은 쉬운 호칭이 아니다.

그런 의미에서 그들은 드물게 제자라 부를 수 있는 졸업생들이었다.
소개팅을 주선하여 짝을 맺어 주기도 했고 결혼할 때 모두에게 주례를
섰으며 아이를 낳으면 이름을 지어 주었다. 그들이 나를 선생님이라 부
르지 않는다면 혼을 낼 수도 있는 제자들이었다.

밤이 깊어졌어도 먼저 쓰러진 사람은 아무도 없었다. 자주 찾을 수
있는 지리산이 아니었기에 시간마저 아까웠다. 서로의 얘기를 들어 주
는 가운데 술잔이 비면 술을 따랐고 술을 채워지면 술을 마셨다. 안주
는 돼지고기를 다져 고추 속에 넣고 부친 고추전이 압권이었다.

술자리는 두 시를 지나면서 조금씩 느슨해지기 시작했다. 누군가의
제안에 따라 모두 옷가지를 벗어버리고 맨몸이 되어 계곡물에 들어갔
다. 가늘어졌지만 여전히 흩뿌리는 빗줄기 속에서 서로에게 물장구를
치며 놀다 보니 술도 깼다. 이상한 일이었다. 옷을 벗은 채 서로의 이름
을 부르면 눈앞의 물리적 거리가 아닌, 마음의 가까운 곳으로 훌쩍 움
직였다. 신명 난 소리꾼처럼 소리를 내지르는 동안 지리산은 지척으로
다가와 있었다.

야구가 시민을 위로하다

8시까지 학교로 들어가야 했으나, 스코어는 3대 1, 야구는 지고 있었다. 나는 TV를 끄지 못하고 시계를 바라보았다. 체육복과 속옷을 빼내고 세면도구와 면도기를 챙겼을 때 화면 속에서는 주자가 걸어 나갔다. 시간을 확인하고 수건과 책을 가방에 쑤셔 넣자 만루가 되었다. 어어? 이러다 늦겠는데? 노트북과 가방을 챙겨 일어서는데 희생플라이가 나왔다. 1득점, 역전은 시키지 못하고 계속 3대 2로 지고 있는 상태였다. 다음 타석이 4번 타자인데도 나는 집을 나서야 했다. 야구 보다가 지각할 수는 없었다.

학교에 도착했더니 여름휴가를 끝낸 고3 기숙사생들이 속속 모여들었다. 자습실 각자의 자리로 앉는 동안 나는 사감실에서 빠른 동작으로 노트북을 연결했다. 8회 말 상황은 그대로 종료되었는지 3대 2인 상태로 9회 말이 시작되고 있었다. 7말 8초, 며칠의 휴가를 마치고 기숙사로 돌아온 고3 아이들에게 그간의 안부를 묻기는커녕 넓은 창유리 안의 사감실에서 나는 노트북 화면으로 야구 경기를 들여다보고 있었다.

9회 말, 투아웃이었다. 아웃 카운트 하나면 경기는 끝난다. 아이들 쪽으로 시선을 몇 차례 돌리는 사이 주자들이 들어차기 시작했다. 야구는 9회 말 투아웃부터라더니, 안타와 볼넷으로 다시 만루가 됐다. 여전히 아이들은 조용했다. 휴가를 마치고 학교로 복귀하며 곧추세웠을 의욕으로 저마다 공부에 몰입되어 있었다. 적요만이 감돌고 있는 이곳에서 나는 노트북 이어폰을 꽂은 채 9회 말, 투아웃, 만루 상황을 주시하고 있었다.

그 순간, 거짓말 같은 홈런이 터져 나왔다. 끝내기 역전 만루 홈런이었다. 나는 손으로 입을 틀어막고 터져 나오는 비명을 참았다. 아이들의 눈치를 살펴야 하는 순간이었다. 프로야구는 망구亡球라고 가르쳐 왔던 교사가 그들의 면전에서 망령 나게 행동해서야 될 것인가. 잠잠한 아이들 속으로 섞여 들어가기 위해 나는 호흡을 가다듬었다.

광주 시민들이 유독 야구에 열광하는 이유가 있다. 다른 대도시도 그럴 수 있겠지만, 자신이 다녔던 초, 중, 고등학교 중 하나 정도는 야구부가 있는 학교여서 야구를 매개로 학창 생활의 추억을 소환할 수 있기 때문이다. 대성초와 동성중을 다녔던 나는 그런 이유로 야구를 좋아하기 시작하여 고등학교 때는 동년배인 광주일고 선동열과 광주상고 이순철을 응원했다. 폭압적인 5공 정권의 우민화 정책으로 출범한 프로야구는 나에게 얄궂은 고민을 던져놓았다. 정권 비판으로 무장해야 하는데 프로야구의 흥미에 녹아드는, 이율배반에 빠진 것이다.

시민들은 무등경기장 야구장으로 몰려가 금지된 소주를 반입해 마시고 억눌려 해소되기 어려웠던 울화통을 욕지기와 함성으로 배설했다. 사형선고를 받은 김대중은 죽을 고비에 처해 있었고 가난한 전라도 인은 기죽어 있었으나 해태 타이거즈는 막강하기만 해서 전국에서 맹위를 떨쳤다. 야구가 시민을 위안하고 달래던 시절이었다.

세월이 흐르면서 해태는 기아 타이거즈로 바뀌었고 무등경기장은 챔피언스필드가 됐다. 하지만 야구장에 가서 즐기는 문화는 한결같다. 열린 광장 같은 녹색 그라운드를 바라보며 경기 진행 상황에 따라 맘껏 소리 지르고 준비해 온 간식과 안주를 곁들여 맥주를 마시는 재미, 그 무엇과 비교할 수 있으랴. 야구장 문화도 확실히 달라졌다. 원정팀 선수와 주루코치를 향해 입에 담을 수 없는 욕설을 퍼부어대거나 상대 팀 응원단은 아예 발도 못 붙이게 했던 과거와는 달리, 좋아하는 선수의 이름이 새겨진 유니폼을 입고 독특한 개성이 담긴 응원가를 목청껏 부른다. 여성과 아이들 팬들이 야구장을 점령한 지 오래다. 경쾌한 방망이 소리와 함께 포물선을 그리며 담장 밖으로 날아가는 타구, 관중들의 열광, 경기장 관중석이든 가정집 거실이든 '치맥'의 맛을 살아 넘치게 하는 스포츠가 야구다. 3시간이 넘는 지루한 경기라고 생각하는 사람들은 야구를 모르는 '야알못'이다. 아쉬운 패배도 담담하게 받아들이며 이제는 관중석에서 담배를 피우지 않는다. 폭발적으로 늘어난 가족 위주의 팬들, 몰래 숨겨 들어와 마시는 술이 아닌, 시원하게 얼려진 캔 맥주를 매점에서 판매하는 챔피언스필드.

그 시절 한 사람, 무등경기장 시절을 떠올리면 '해태아줌마'를 잊을 수 없다. 담배 연기가 자욱했던 무등야구장 뒤쪽 관람석까지 해태아줌마가 누비고 다녔다. 매점에서 담배를 사려고 하면 매점 판매원이 그랬다. 여기서 담배는 안 팔구요. 해태아줌마한테 가시면 살 수 있을 거예요. 그런데 진짜였다. 만여 명의 시민들이 모인 야구장에서, 담배의 판권은 해태아줌마가 쥐고 있었다. 매점에서 팔지 않은 담배를 오직 그녀만이 팔았다. 2500원짜리 담배를 사기 위해 3000원을 내민 사람들은 거스름돈을 받는 대신 '해태아줌마, 파이팅'을 외쳤다. 해태 야구가 최고의 전성기를 구가하던 시절, 한 게임도 빼지 않고 야구장에 등장했던 그녀가 알아들을 수 없는 말들을 속사포처럼 지껄이며 해태를 응원하는 모습은 참으로 인상적이었다. 광주에서 해태아줌마를 모르면 간첩이었다. 등허리에 아이를 업고 다녔기 때문에 아이에 대한 루머가 난무했지만 확실한 것은 없었다. 어딘지 모르게 2프로쯤 부족해 보이는 데다 오뉴월 더위에도 남루한 겨울 코트를 걸쳐 입는 등 노숙자 수준의 행색이었다.

사람들은 그렇지 않은가. 자신보다 못난 사람에게는 자연스레 편안해지는 법이니, 놀리고 웃고 떠드는 유쾌한 심정으로 그녀를 바라봤으리라. 단순한 동정과 연민의 감정을 담아 근원을 알 수 없는 페이소스마저 느꼈을 것이다. 경기가 없는 날이면 젊은이들이 많이 모이는 충장로 우체국, 우다방 계단 위에 아이와 함께 자리를 펴고 앉아 껌도 팔고 공중전화 동전도 바꿔 주기도 했으니 암울했던 그 시대에 해태아줌마는 광주 시민들의 위안이자 만민의 연인이었는지 모른다. 세월만큼이나 축적되어 가는 기술이 그녀에게도 생겼던 걸까. 몸집은 점점 비대해졌지만 밀리터리 패션에 붉은색 브릿지 염색 머리카락을 드러내고 다녔다. 단속은커녕 허락이 아닌 묵인 차원에서 담배 판매를 눈감아 주었

을 거란 추측이 들었는데 비닐봉지에 조악하게 담긴 담배 몇 보루가 그
걸 증명했다. 경기는 지고 있더라도 파이팅을 외쳐 줄 대상이 건재하다
는 사실이 더없이 즐거웠다. 관중석을 향해 정확하게 껌을 던지던 실력
으로, 담배를 던졌던 해태아줌마, 지금은 어디에 있을까.

기숙사 일정표에 의해 10분간의 쉬는 시간이 주어졌다. 통유리로 차
단된 사감실이어도 아이들의 말소리가 들렸다. 유리창 밖을 보니 아이
들이 삼삼오오 모여들었다. 그들의 대화가 내 귀에 들렸다. 와아, 만루
홈런을 쳐부렀어야. 쩐다 쩔어. 글면 9연승이네?

알 수 없는 일이었다. 어떻게 알았을까? 공중파 중계도 아니고, 갇
혀있는 공간인 자습실에 앉아서 어떻게 야구 중계방송을 보고 있었단
말인가? 기가 막힐 일이었고 궁금해 미칠 지경이었지만 그걸 물어볼 수
없었다. 나도 그들과 똑같이 한눈팔고 있었노라 자백하는 꼴이 될 것
아닌가. 모범을 보이지 못하는 교사는 할 말도 없었다.

삼복더위가 맹위를 떨치는 요즘, 그야말로 야구의 계절이다. 토미
라소다 LA다저스 전 감독은 1년 중 가장 슬픈 날은 야구 시즌이 끝나는
날이라고 했다는데, 그렇다면 야구 시즌이 한창인 요즘은 행복한 날들
의 연속인 셈이다. 뉴욕 양키즈 영구 결번 포수 요기 베라는 승부는 끝
날 때까지 끝난 게 아니라고 했다. 야구가 인생이고 과학이다. 흥미 만
점 스포츠인 야구가 복잡한 인생과 같고 딱딱한 과학을 만났다 하면 무
슨 생뚱맞은 발상인가 싶지만, 야구가 그렇다. 오묘하게도 인생과 과학
이 야구와 딱 맞아떨어진다.

공의 모양과 날아가는 움직임, 공과 배트가 충돌하면서 생기는 반응이나 저항 같은, 야구 경기에서 일어날 수 있는 물리학적 현상이 매 경기 매 순간에 일어난다. 공은 왜 위에서 아래로 떨어지는지, 왼손 투수가 왼손 타자에게 강할 수밖에 없는 이유, 승패를 결정하는 실력 외적인 의외의 요소들, 이를테면 기후와 야구장의 조건, 달아오르는 구장의 열기 등을 따져 보면 야구는 더욱 재미있다. 강속구를 던지는 선동열 같은 투수만 인정받는 게 야구가 아니다. 공 3개를 던질 바에야 차라리 공 1개로 맞춰 잡는 게 낫다고 한 장호연은 느려터진 변화구로도 개막전 최소투구 무탈삼진 노히트노런을 기록한 바 있다. 144킬로로 던진 투수의 공이 홈플레이트까지 오는 시간은 0.4초이다. 타자는 0.15초 안에 반응해서 그걸 안타로 만들어야 하는데 산술적으로는 거의 불가능하다. 10번 시도해서 3번을 성공시킨 선수가 3할 타자로 대우를 받는다. 상대적으로 그걸 불가능하게 하는 투수라면 고액 연봉을 받을 자격이 있는 우수 투수이다. 사람들은 '아리랑 볼'이라 놀려댔지만, 사실은 공기의 흐름에 반하여 공의 회전을 줄여서 힘의 불균형을 발생하게 함으로써 공의 궤적을 변하게 하는 '너클볼'이었다. 공이 휘는 현상은 공기 저항이 비대칭적일 때 일어난다는 사실을 장호연과 유희관은 알았을까.

지금 시간은 11시 40분. 20분 후면 취침 시간이다. 어쨌든 휴가는 끝났고 나는 기숙사 사감실로 돌아와 있다. 취침 시간이 되면 야구 보느라 못했던 얘기를 하러 그들에게 갈 것이다. 보고 싶었던 영화는 봤는지, 가족 여행은 따라갔는지 아니면 혼자 집을 지키는 은밀한 즐거움을 맛봤는지 그것만으로도 대화의 물꼬는 터질 수 있으리라.

꿈결 같은 휴가 기간 다 보내고 부대 복귀하는 병사처럼, 학교로 돌아오는 발걸음이 떨어지지 않았던 나처럼, 학교로 돌아온 그들도 공부 귀신에 가위눌려 괴롭기만 할 텐데, 오늘 하루만이라도 공부 얘기만은 하지 않아야 할 터인데, 그렇게 될 수 있을까.

장래 희망은 선생님

"선생님의 어렸을 때 꿈은 뭐였어요?"

수업 중, 어떤 학생이 물었다.

"뭐긴, 선생님이었지."

내 말이 끝나기도 전에 아이들은, 피식 웃어 버렸다. 소란해진 교실 분위기를 가라앉히며 아이들의 표정을 살폈다. 저들은 교사라는 직업을 어떻게 생각하는 걸까.

사실은 나도, 교사가 꿈은 아니었다. 방송이나 언론인이 되고 싶었지만, 내가 원했던 방송국과 신문사 시험에 떨어진 뒤 교직으로 진로를 비튼 것이다. 지금 아이들도 그런 것인가. 교무수첩에 적혀 있는 그들의 장래 희망을 보면, 교사라는 직업이 더러 보이긴 하나 썩 매력적인 직업에 들어가지는 않은 것 같다. 의사 아니면 법조인, 컴퓨터프로그래머나 기업가 등이기 일쑤고 안정된 직업을 선호하는 부모님 뜻이거나 취업 절벽 시대 상황을 고려했다 하더라도 공무원 정도이지 교사는 드문 실정이다. 더욱이 임용 고사의 어려워진 관문에다 교권 침해 사례의 만연으로 인해 교사를 희망하는 아이는 점차 줄어들고 있다. 겨우 반에서 한두 명 정도, 조그만 탈선도 시도하지 않는 타고난 '범생'이어서 급우들 사이에서는 사뭇 이상한 친구쯤으로 취급받는 경우가 아니고서는.

불과 십여 년 전만 해도 국립대 사범대나 교대의 지망자들은 최상위권 성적이 되지 않고서는 엄두도 내지 못했다. 그런데 지금의 진학 실태를 보면, 사대나 교대의 합격선이 적잖이 하향되어 있는 게 현실이다. 왜 이렇게 되었는가. 교권은 추락하고 선망의 눈초리로 교직을 바라보기보다는 조소나 동정으로 교사 집단을 이해하고 있을지 모르리라는 가정을 하니, 교탁을 잡고 있던 팔뚝에 힘이 빠져나가는 것만 같았다.

"교사라는 직업이 그렇게도 안 좋냐?"

나는 달아오른 감정을 억누르며 애써 웃는 얼굴로 물었다. 아이들의 대답은 정도의 차이는 있었지만 역시 대부분 그렇다는 뜻이었다. 그랬는데, 한 녀석이 목소리를 높여 말했다.

"아니에요. 선생님이란 직업은 정말 매력적이에요. 저도 선생님이 되고 싶은데요."

그 말이 반가워 그의 손이라도 잡아 주고 싶었다. 그런데 그게 아니었다. 웬일인지 아이들은 키득거리며 재미있어 했다. 교사를 놀리기 위해 농담으로 한 말이었구나. 나는 얼굴이 붉어진 채 한참을 서 있었다.

끝 종이 났고, 교재를 챙겨 들고 교무실로 돌아왔다. 묵직한 답답함이 온몸을 동여맸다. 그리고 교무실에 모여드는 선생님을 보았다. 늘어진 어깨, 나이보다 들어 보이는 주름, 세월이 흘러 풍화된 나뭇등걸 같은 고단함이 그들의 얼굴에 차례차례 묻어 있었다. 날마다 지겹도록 보는 선생님인데, 학생들이 보는 교사의 얼굴은 어떤 것일까. 떠들지 마라, 침 뱉지 마라, 지각하면 안 돼, 숙제는 해야지. 그렇게 해서 원하는 대학 갈 수 있겠어? 청소 안 하고 어딜 갔다 왔어? 그것도 제대로 못 풀어? 복장이 그게 뭐야?……. 교사의 입에서 똑같은 얘기만 판박이처럼 반복되었을 것이다. 정교하고도 넓은 그들의 이상에 어찌 교사라는 자리가 비집고 들어갈까. 지금 내가 만나는 학생 중에 신념과 소명 의식을 가지고 교사의 꿈을 키워 가는 재원이 나올 수 있을까. 황량한 교육 현장에서 질시 받는 교사의 모습에 익숙한 아이들에게, 교사의 길을 바라기라도 한다면 터무니없는 욕심인가.

며칠 전, 술자리에서 들었던 친구의 말이 옳았다. 주식이나 부동산, 비트코인에 무감각한 놈이라며 나를 추궁했다. 그와 나 사이에 존재하는 가치관의 차이를 좁힐 방도는 없었다. 선생이니까 안 된다는 게 말이나 되냐? 주식이나 부동산이 무슨 문제라고? 선생이라고 해서 돈 없어 굶어 죽냐? 내가 볼 땐 선생 중에 재산 가진 놈도 많기만 하더라. 목울대를 치켜세우는 친구를 나는 물끄러미 바라보았다. 나는 혀 꼬부라진 소리를 내지 않으려고 한마디씩을 또박또박 발음했다. 교사가 주식으로 돈을 벌면, 교직에 남아 있지 못하더라고. 남아 있어서도 안 되고. 실시간으로 주가 등락 화살표 색깔이 눈앞에 어른거리는데, 백묵 끄트머리에 힘이 들어가겠냐? 그 말을 하는 동안, 우리 학교에서 근무하다가 주식 투자로 큰돈을 번 나머지 사표를 던져 버렸던 두 분의 선배 교사가 떠올랐다.

EBS 교재를 폈다. 날씨가 더워지는 탓에 교실마다 문을 닫고 에어컨을 가동하고 있었다. 졸음 오는 아이들을 깨우기 위해, 제각기 기술로 주의를 환기하며 수업에 열을 올리고 있는 선생님들의 힘겨운 목소리가 긴 복도가 끝날 때까지 이어졌다. 냉수를 한 컵 따라 마시고 교재 연구를 시작했다. 불휘 기픈 남건 ᄇᆞᄅᆞ매 아니 뮐씨 곶 됴코 여름 하ᄂᆞ니, 시미 기픈 므른 ᄀᆞ므래 아니 그츨씨 내히 이러 바ᄅᆞ래 가ᄂᆞ니. 용비어천가 2장을 나지막하게 읊어 본 후 예상 문제들을 풀었다. 15세기 국문 자모음이 책 밖으로 뛰쳐나와 시야에 어른거리던 순간, 어디선가 유리창 깨지는 소리가 들렸고 덩달아 우와 하는 아이들의 함성이 이어졌다. 교실 쪽이라 짐작되어 가서 보니 출입문 위 복도로 나 있는 대형 유리창이 박살이 난 채 떨어져 있었다.

"뭐야? 누가 이랬어?"

나는 깨진 유리 조각 주변에서 아이들을 떼어놓고 물었다. 한 아이가 엉거주춤 앞으로 나서더니 손을 들어 뒤통수를 긁적거렸다.

"뭘 했길래 저게 다 내려와서 깨지냐?"

"농구공을 벽에다 던졌는데, 그만……"

녀석은 뒷머리를 긁고 있었고 아이들은 다시 소란을 떨었다. 누군가 빗자루를 가져와 쓸기 시작해서야 다른 아이들도 밀걸레로 닦으며 거들었다.

"공 가지고 교무실로 와."

나도 모르게 목소리에 힘이 들어가 있었다. 공부하는 친구들 배려해서 교실에서 장난치지 말라고 그렇게 얘기했는데도 담임 말이라곤 씨알도 먹혀들지 않는 놈. 고개를 숙인 채 뒤따라오는 녀석을 힐끔 돌아보았다.

그랬는데, 교무실로 돌아오던 나는 웬일인지 학창 시절의 내 모습을 떠올리고 말았다. 절제라고는 보이지 않는 자유분방한 기운이 활개 치는 복도를 걸어오면서, 유리창을 깨뜨린 학생을 지도하기 위해 교무실로 걸어가는 교사라는 것도 잠시 잊어버렸다.

나도 유리창을 깨뜨린 적이 있었다. 중학생 때였는데, 고교야구가 엄청난 인기를 누렸던 시절이었다. 교실 앞쪽 화단에서 몇 명의 친구들이 모여 야구 방망이를 휘두르며 스윙 자세를 뽐내고 있었다. 그 야구 방망이라는 것이 한 차례 부러졌던 것을 못으로 박고 청테이프로 감싸 두른 어설픈 모양이었다. 그것이 문제였다. 남들이 번갈아 휘두를 때는 아무렇지도 않던 것이 내 순서가 되었을 때 두 동강으로 쪼개지더니 교실 유리창으로 날아가고 말았다. 유리창 깨지는 굉음이 들렸고 정신을 차리고 다가가서 보니, 아예 목조로 된 창틀까지 박살 나 있었다. 황당한 일이었다. 가장 먼저 떠오른 것은 담임 선생님의 화난 얼굴이었다.

곧장 선생님께 불려갔다. 입술까지 떨며 이실직고를 한 후에 선생님의 불호령을 기다렸는데, 선생님의 입에서 의외의 말이 묻어 나왔다. 넌, 야구 선수 중에서 누가 젤로 좋냐? 선생님의 음성에는 화가 들어 있지 않았다. 그렇다고 해서 긴장까지 풀 수는 없었다. 단지 화를 누그러뜨리는 방법일 뿐 언제 갑자기 역정을 내고 뺨따귀를 갈길지 모를 일이었다. 나는 곧바로 대답하지 못하고 눈치만 살폈다. 말해 봐. 나도 야구를 좋아하거든. 선생님의 웃음 밴 얼굴을 다시 한번 확인하고는 기어들어 가는 목소리로 말했다. 김……유, 김윤환이요. 그래? 너, 김재박이라고 아냐? 난 김재박이 좋더라. 성실하거든. 선생님의 느닷없는 말에 넋이 나갈 지경이었다.

나는 녀석을 불러놓고 문득 옛날의 선생님을 떠올리고 있었다. 고개를 떨구고 있는 녀석에게 자질구레한 얘기를 하지 않았다. 그럴 수도 있지, 그게 무슨 잘못이겠냐? 따위는 말들은 무용한 절차에 불과할 것이었다.

"넌 농구 선수 중에서 누굴 가장 좋아하나?"

대뜸 물었다. 의도적이긴 했지만 그다지 어색하지는 않았다. 예상대로 그는 대답을 머뭇거렸다. 난 누구라고 해야 하나? 요즘은 농구가 인기여서 많은 선수들이 있을 텐데. 녀석이 신동파를 알까, 신동파가 성실한 선수였을까, 박수교나 박찬숙보다, 이충희나 허재라면 어떨까, 여러 생각을 준비하고 있었는데 이윽고 대답이 돌아왔다.

"스퍼드 웹이요. 저처럼 키가 작은 포인트 가드거든요. 168센티인데 덩크슛도 해요."

내게는 생소한 이름이었다.

"뭐? 그 사람, 뭐 하는 사람인데?"

우리는 함께 웃고 말았다.

대학에서 교직 과정을 이수하면서 배웠던 교육학 관련 이론을 현장에 와서 얼마나 써먹었을까. 이론과 실제의 괴리는 얼마만큼의 혼동으로 다가왔는지. 5교시 교무실에서, 적어도 내 경우를 생각해 본다. 함께 근무했던 선배 교사를 본받는 게 적지 않았지만, 학창 시절의 선생님을 기억하며 행동의 지침으로 삼았던 것이 훨씬 강하고 절대적이었던 듯하다. 의식하지 못한 사이에 기억은 가르침이 되어 있고 휘황한 등불이 되어 반짝였다. 좋은 선생님의 기억은 어느새 굳건한 지표가 되어 나를 이끌었고, 혹여 간직하게 된 쓰라린 기억들은 나는 그렇게 하지 않으리라는 반면교사의 교훈으로 남아 있기도 했다.

초등학교 때였다. 음수대 옆에서 정년을 앞둔 원로 선생님이 서 계셨다. 어떻게 달아놓은 건데, 수도꼭지를 다 빼 버졌어. 라는 한탄 섞인 목소리로 중얼거렸다. 한참이나 발을 떼지 못하고 서 계시던 그 모습을 잊을 수 없다. 수도꼭지를 파손시킨 사람이 바로 나였기 때문이다.

고등학교에 입학해서 며칠째 학교를 나갔을 때 교문에서 무엇인가 유인물을 나누어주는 사람을 보고 처음에는 경비아저씨로 착각했었다. 검정 뿔테 안경에 멋이라고는 거리가 먼 볼품 없는 외모, 무엇보다도 재건복 차림 탓이었는데, 나중에 윤리 시간이 되어서 그분이 교실에 들어오셨다. 아니, 저분이 선생님이라니. 놀람은 매일 아침 등굣길에서 반복되었다. 교문에 서서 학생들에게 눈에 띄는 대로 인사를 주고받으며 선생님께서 나누어 주었던 것은 속칭 가리방이라는 등사기에 철필을 긁어서 만든 8절 크기의 신문이었다. 손수 제작한 듯한, 선생님 얼굴만큼이나 투박한 필체로 좁쌀같이 박혀 있는 글씨들을 읽지 않을 수 없도록 만들었다. 청소년기의 고민과 방황, 건강한 정서나 가치관 등 가리방 얼룩처럼 따분한 내용이었는데 선생님은 무얼 그리 신이 났는지, 꼭 읽어 보아라, 하며 즐거워하셨다. 폭력이 횡행하던 학교 현장에서 매를 때리기는커녕 한 번도 화내는 모습조차 본 적이 없었다. 교직에 들어온 이래, 내게서 불멸의 등대가 되어 있는 선생님의 형형한 모습. 그러나 그것은 선생님을 생각할 때뿐이던가. 별것 아닌 일로 아이들에게 쉽게 화를 내는 나는, 선생님의 가르침을 받아들지 못했다. 가식이 아닌 인품에서 우러나오는 아이들에 대한 사랑과 열정을, 선생님은 분명 내게 가르쳐 주셨음에도.

또 한 분은 교련 선생님이었다. 모든 편제가 학도호국단 중심이었고 군대식 사열을 준비하느라 오후 일과를 소모하고 있었다. 집총 총검술 훈련 중이었는데 봄날의 따가운 햇볕에 병사들처럼 얼굴을 그을릴 정도로 힘이 들었다. 숨이 턱 밑까지 차오르고 사지에 힘은 모조리 빠져나가 버린 듯했다. 몇 초라도 쉬었으면, 하는 바람조차도 지쳐 나자빠져 있는데, 교련 선생님의 음성에 귀가 번쩍 뜨였다. 전체, 동작 그만, 그대로 뒤로 눕는다. 실시! 얼마나 반가웠던지 벌렁 드러누웠다. 오관의 기능이 마비된 것 같았는데 선생님의 목소리가 아련하게 들려왔다. 남자가 누울 땐 큰 대자로 뻗어야 한다. 하늘을 봐라. 저 태양을 피하려 하면 우린 지는 것이고, 피하지 않으면 이길 수 있다. 자. 함성을 지른다. 이기자! 이기자! 우린 악다구니를 쓰며 '이기자'를 외쳤고 어디선지 모르게 힘이 솟아났다.

고단한 일정 속에서 모든 수업을 아이들은 힘들어한다. 내게서 그때의 교련 선생님처럼, 주술사와 같은 신통력이 있어서, 힘겨워 쓰러지는 아이들을 생명수 같은 언변으로 순간순간 살려낼 방법은 없는 걸까. 그때의 선생님은 분명히 가르쳐 주었는데도.

열정적이셨던 국어 선생님. 입 밖으로 침이 튀는 것도 모르고 무아지경의 수업을 하셨던 선생님. 박남수의 「새」를 가르치면서, 새는 그것이 노래인 줄도 모르면서 노래하는 이유를, 사랑인 줄도 모르면서 서로의 부리를 따스한 죽지에 파묻는 이유를, 설명하기 위해서 무던히도 애 쓰셨다. 대여섯 차례를 반복하고서야 비로소 만족하시던 선생님께선 내게 무얼 가르쳐 주셨나. 교사는 결국 실력으로 승부해야 하며 양질의 수업을 제공할 때 존재의 의미가 있다는 것을, 그래서 너도 나를 이렇 게 기억하지 않느냐는 것을 온몸으로 보여 주지 않았던가.

그뿐이랴. 고1 때 담임 선생님, 학급에서 돈을 거둬 결혼 선물을 사 드렸다가 단체 기합을 받았던 기억은, 사각화되어서는 안 될 교사의 길 을 가르쳐 주셨다. 심부름차 갔던 선생님 댁에서 평소 엄정하시던 선생 님의 위엄이 아니라 헝클어진 머리칼과 세수 안 한 얼굴, 어질러진 방 안을 보고서, 선생님에게도 사람 냄새는 진하게 풍겨 나와야 한다는 것 을 배웠다.

헤아릴 수조차 없는 선생님들의 가르침을 잘게 곱씹어 소화할 수 있 다면 얼마나 좋을까. 그 무렵에는 별반 눈에 띄지 않던 한 아이가 이렇 게 교사가 되어 그때를 거울삼듯이, 지금 나와 만나는 아이 중에 미래 의 교사가 나오면 좋겠다. 그렇다면 내게서는 무엇을 배울 것인지, 훗 날 나는 어떤 선생님으로 기억될 것인지, 그런 교사는 되지 말아야겠다 는 반면교사의 교훈이나 심어 주지 않을지, 묵직한 가정들이 끝막음 없 이 꼬리를 문다. 하찮은 농담 한마디에도 마음 상해하는 아이들에게, 무심히 내뱉는 짜증이 그들에게는 평생의 상처로 남아 괴롭힐지도 모 른다. 그때의 선생님들이 가르쳐 주었던 것처럼 나는 아이들에게 어떤 기억을 남겨 주게 될까. 그것은 비단 백묵 끝에서만 이루어지는 것은 아닐 텐데.

　나를 부끄럽게 만들고만 또 한 분의 선생님은 바로, 교사가 되어서 처음 만났던 교장 선생님이었다.

　참으로 깨끗하고 자랑스러운 학교였다. 신규 교사 채용 비리가 만연했던 시기에, 다른 사학 재단들과 달리 한 톨의 부정도 없이 공정하고 투명한 절차를 거쳐 임용된 학교라 자부심이 차고 넘쳤다. 하지만 면접 과정에서 교사 운동 조직에는 절대 가담하지 않겠노라 다짐했는데, 한 달도 지나지 않아 약속을 깨 버리고 막 출범한 전교조에 가입해 버렸다. 교장 선생님은 그랬던 내가 얼마나 미웠겠는가, 그분의 심정을 아둔한 나라고 모르지 않았다. 빈번하게 일어나는 사건 사고 와중에 교사 초년생은 층층시하 눈칫밥 먹고 사는 새색시처럼, 귀 막고 눈 가리고 입 다물고 살아야 했지만 그렇게 하지 않았다는 게 문제였다. 교장 선생님 편에서 나를 본다면, 근본 없이 미운 놈이었다. 새파랗게 어린 애송이 교사, 시키는 대로 하지 않고 고분고분하지 않으며 말도 더럽게 안 듣는, 눈엣가시 같은 교사였을 것이다. 그러는 중에도 나는 얼핏 짐작하고 있었다. 교장 선생님 내면에 도사리고 있었을 나에 대한 미움의 감정을 난 한마디도 표현하지 않고 있다는 것을.

　내가 지도교사로 있던 황토문학동인회 아이들이 교육청에서 금지한 5·18학생 백일장에 참가하러 망월동 묘역에 갔다가 장학사와 대판 싸운 사건이 터졌다. 당시에는 오월 주간이 되면 일반 대학생들도 망월 묘역 참배가 쉽지 않았다. 시내버스 끊긴 진입로까지 전투경찰 닭장차들이 포진하여 접근을 제한하는 바람에 최루탄 연기와 싸우면서 묘역에 진입했던 시절이었는데 황토 아이들이 그곳에 갔던 것이다. 나중에 들은 얘기로는 장학사가 우리 아이들을 붙잡고 꼬치꼬치 캐물었나 보았다. 어느 학교 학생이냐? 문예반이라면 지도교사는 있냐? 학교에다가는 알리고 나온 거냐? 학교에서 백일장 나가라고 하더냐? 지도교사 이름은 뭐냐? 자꾸 캐묻는 장학사에게 우리 아이들이 짜증이 난 나머지, 아저씨는 누구세요? 도대체 아저씨가 뭔데 그딴 걸 물어보냐고요? 무례한 학생들에게 된통 당한 장학사가 일요일임에도 교장 선생님에게 전화해서 불같이 화를 낸 모양이었다.

월요일 출근하자마자 교장실로 불려갔다. 황토 학생들이 망월동에 간 사실을 알고 있었냐 물었는데 나는 몰랐다고 대답했다. 사실은 알고 있었다. 알고 있었을 뿐만 아니라 전교조 주최 오월 백일장 행사를 내가 알려 줘 참가시켰는데도 뻔뻔스럽게 부인했다. 무표정한 얼굴과 건조한 목소리의 교장 선생님이, 금지된 행사에 학생들을 무단으로 참가시켰으므로 동아리 지도교사로서 책임을 지라는 거였다. 교장실에서 나온 뒤 종일토록 아무 일도 손에 잡히지 않은 채 고민했다. 무얼 어떻게 책임을 져야 하나? 괴로워하는 내가 안쓰러웠는지 곁에서 지켜보던 재옥이 형이 방법을 알려 줬다. 좋은 생각이 났네. 책임을 지라고 하니까, 책임을 져야제, 확 사직서를 써서 내불소. 재옥 형 조언에 따라 나는 사직서를 썼고 흰 편지 봉투에 담았다. 퇴근 무렵 교장실로 찾아가 죄송하다는 인사와 함께 사직서 봉투를 내밀었다. 봉투의 표면에 한자로 사직서라 써진 내 필체의 붓펜 글씨를 보고 교장 선생님은 당황한 표정을 감추지 못했다. 아니, 이렇게까지 하라는 말은 아니었는데……

중얼거리며 봉투 안에 들어 있는 사직서를 꺼냈다. 그러더니, 슬며시 감도는 어이없는 표정을 참으며 나가 보라고 했다. 나는 그길로 교장실을 나왔지만, 교장 선생님은 속으로 괘씸한 나를 더 미워하게 되었을 것이다. 사직서 봉투 안에는 황토문학동인회 지도교사 직을 사직하겠다는 의사가 국한 혼용 붓글씨체로 담겨 있었다.

두주불사로 유명한 분이라 어쩌다 회식 자리라도 주어지면 맨 먼저 일어나 교장 선생님 좌석으로 가서 소주를 따라 드렸다. 단숨에 잔을 비운 뒤 교장 선생님은 지체하지 않고 그 잔을 나에게 되돌려 줘 넘치게 따라 주곤 했다.

제주도로 수학여행을 갔다. 사진 찍기에도 일가견이 있는 분이라 제주도 곳곳에 가는 데마다 학급 아이들을 모아놓고 단체 사진을 찍어 주었다. 신비한 제주의 비경을 배경으로 촬영된 사진은 모두 그의 작품이었다. 두 번째 날은 한라산 등반이었다. 성판악 코스를 택해 한라산 정상인 백록담까지 학생들을 인솔하고 오르는데 저질 체력인 나는 몹시 힘들었다. 배낭은커녕 손에 든 무엇이라도 귀찮아 버리고 싶은 짐 덩어리가 되었던 상황인데, 교장 선생님은 무거운 바디와 긴 렌즈를 장착한 대형 DSLR 카메라를 메고 학생들을 촬영하면서 산을 오르는 중이었다. 그의 등허리에 메고 있는 꽤 무거워 보이는 배낭이 눈에 띄긴 했으나 나부터 죽을 맛이라 대신 메고 가겠다고 말하지 못했다.

문제는 백록담 정상에서 벌어졌다. 먼저 도착한 교장 선생님은 만면에 웃음을 띠면서 진이 빠진 채 차례차례 도착하는 젊은 선생님들을 맞이했다. 나도 마찬가지였다. 턱 밑까지 차오른 숨을 진정시키고 백록담

바위에 퍼질러 앉는 순간, 카메라를 내려놓은 교장 선생님 손이 배낭으로 옮겨졌다. 시원한 물이라도 한 모금 마셨으면 소원이 없겠네, 얼토당토않은 상상을 하고 있는데 거짓말 같은 일이 일어났다. 교장 선생님 배낭에서 캔 맥주가 나온 것이다. 그의 손으로 건네지는 캔 맥주를 염치없게 받아든 나는 감동의 도가니에 빠지고 말았다. 음주가 가능한 선생님을 헤아려 그 숫자만큼 캔 맥주를 챙겨왔다는 사실을 알게 됐다. 젊은 선생님들이 한라산 정상에서 캔 맥주를 받고 깜짝 놀라 좋아할 모습을 상상하며, 그 상상의 무게까지 무거운 배낭에 담아온 것이다. 세상에서 다시는 맛볼 수 없는 맛있는 맥주를 백록담 정상에서 마시긴 했지만 염치없는 일이었다. 학교와 학생, 교직원의 운영과 관리는 아무나 할 수 있는 영역이 아니라는 것을, 학교 조직 속에서 자신을 희생하면 모두가 행복해진다는 사실을, 몸소 가르쳐 준 교장 선생님을 생각하면 지금도 얼굴이 붉어지고 호흡이 가빠진다.

나에게만 베풀어 주신 특혜였고 남다른 기대치였으며 무한한 사랑은 아니었을 것이다. 학교의 모든 후배 교사에게 똑같은 크기와 부피로 대하셨을, 그분의 사랑법이라는 것을 알고 있었다. 독특한 사랑법이 갈수록 더 크게 다가오는 걸 느끼면서도 전화는커녕 그 흔한 카톡 한 문장 보내지 못했으니, 나의 못된 점을 더 말해 무엇하랴.

레드 아일랜드

　부산 교육청에서 주관하는 전국연합 수능 모의고사 출제위원으로 위촉되어 제주도에 갔다. 탑동에 있는 호텔에 투숙하며 계획된 일정에 따라 출제를 마친 마지막 날, 억지로 쥐어짠 짬을 내어 한라산을 가기로 했다. 제주도야 여러 번 다녀 봤고 한라산도 세 번째 등반이긴 한데 이번만은 감회가 달랐다. 성판악을 거쳐 백록담 정상까지 지루한 코스도 밟아 봤고 어느 해 겨울에는 영실에서 윗세오름까지 오르며 지천으로 핀 설화에 도취한 적도 있었지만 어쨌거나 나는 관광의 땅 제주를 찾았던 한 사람의 여행객일 뿐이었다. 이번에는 달랐다는 얘기는 쾌청한 하늘 아래 장관을 드러낸 한라산의 위용 때문만은 아니었다. 우리를 영실까지 태워 준 버스 기사의 넋두리 같은 얘기가 발걸음을 붙들어 맨 것이다.

　그동안 나는 여행을 떠나고 싶어 안달 난 욕망덩어리였다. 강물을 따라 내려가 강과 바다가 만나는 지점까지 가 보고 싶었다. 떠나기 전에 강을 탐색해 본 적이 있는 사람들을 만났고 그들의 경험을 토대로 계획을 짰다. 계획서가 완벽하게 만들어졌다고 생각했을 때 여행 준비도 철저하다고 믿었다. 여행을 출발한 나는 자신만만하게 강을 따라 걸어 내려가기 시작했다. 그런데 하루 나절도 지나지 않아 문제에 부딪히고 말았다. 내가 가고자 원했던 강줄기는 왼쪽으로 구부러지게 되어 있었는데 실제의 강은 반대편에 있었다. 낯선 곳에서 새로운 사람을 만나고 별미의 음식을 먹으며 신비로운 감흥에 빠져들 줄 알았는데, 반대편 강에는 불편한 자갈밭에 이름 모를 잡풀이 우거져 있었다. 어떻게 하면 좋을까.

국제적 관광 도시 아름다운 제주가 아니었나. 고민하고 또 고민한 끝에 벌떡 일어나 관광 지도를 강물에 던져 버렸다. 그러자 모든 문제가 사라졌다. 제주의 새로운 명소를 일러 주던 지도에서 찾을 수 없는 자신감이 생겨나 나를 재촉했다. 말로만 듣던 제주의 상처가 속속들이 다가왔고, 조심스러운 걸음으로 한라산 자락을 걷게 됐다. 인생을 여행에 비유한다면 두 종류가 있다. 한 가지는 남들이 이미 걸어갔던 길로 만들어놓은 지도를 좇아가는 여행이고, 다른 하나는 남들이 걷지 않았던 길을 개척하여 새로운 지도를 만들기 위해 애쓰는 여행이다. 제주를 찾는 사람들 대다수는 관광 지도를 따라가는 여행자겠지만 오늘날 제주를 있게 한 선인들의 자취를 따라가는 것도 의미 있는 일이었다. 그들의 희생과 고통으로 말미암아 오늘날 제주가 존재한다는 얘기를 현지 사람인 버스 기사에게 들었다.

숱하게 죽었지요. 당시 제주도민이 30만 명이었다는데 10분의 1인 3만 명이 죽어 나갔으니까, 더 말해 뭐해요? 20대 30대 건장한 제주도

남자들은 다 죽었다고 봐야지요. 기사의 푸념이 아니었대도, 제주 4·3
은 생소하지 않다. 폭동이니 민란이니 하는 성격 규정으로 교과서를 통
해 배운 바가 있고 80년 5월 광주에서 자행된 국가 폭력도 이와 비슷한
판국이라 모르는 바는 아니다. 그런데 전국 8도에서 모인 교사들 집단
이었으므로 혹여 논쟁으로 비화할 우려가 있어 다들 개입을 자제하는
눈치였다. 더욱이 정치적 편향이 전혀 다른 경상도 출신 교사와 부질없
는 말싸움을 하고 싶은 여유가 없었다. 하지만 초로의 기사가 했던 얘
기들은 한라산 기슭에서 가쁜 숨을 헐떡이며 아득한 능선을 바라보는
나를 멈칫거리게 했다. 1948년 봄날, 구멍이 송송 뚫린 검은 화산 바위
에 걸터앉아 자신의 안위에 대해 끝없는 불안을 떠올리고 있을 제주 양
민을 만난 듯도 싶었다.

정부 수립 이전, 미군정의 한계이기도 했다. 미군사 고문관의 명령
을 받은 군경이 용병 노릇을 자처하며 무고한 동족을 살상한 것이다.
'레드 아일랜드'. 미군정이 제주도에 붙인 이름이었다. 군사 작전 지도
를 펼쳐놓고 해안선을 따라 4킬로 이내에 붉은 줄을 그었다. 붉은 줄 안
에 들어 있기만 하면, 전부 죽여도 좋다는 명령을 내렸다고 했다. 130
개의 마을이 소개되어 화염에 휩싸였다. 흔적도 없이 사라져간 마을에
남녀노소 가릴 것 없는 억울한 죽음이 널브러졌다. 아직도 구천을 떠돌
고 있을 원혼의 섬 제주는, 이제 국제 관광 자유도시가 되었다. 탑동 매
립지에 전국에서 몰려든 젊은이들이 술에 취하고 밤에 취하고 바다에
취해 흐느적거리고 있었다.

영화 〈이재수의 난〉도 생각났다. 이재수는 1901년 '제주민란'이라고
알려진 농민 전쟁의 지도자였다. '장두'라고 이름 붙여진 농민군 지도자

는 사태가 수습되자 홀로 처형당함으로써 다수의 민중을 살려냈다지만 4·3은 그게 아니었다. 지도자뿐만 아니라 무고한 민중들까지 몰살당했다. 실제로 무장한 게릴라들은 2백 명에 불과했다는데 그 2백 명을 잡기 위해서 3만 명의 양민을 죽였다니, 한국인을 사람으로 취급하지 않은 미군정의 인식 수준에 울분이 터져 올랐다. 80년 5월이 지난 뒤 희생자와 관계되지 않는 광주 시민이 없듯이, 48년 4월 제주에서 희생당한 유족은 제주도민 전체일 것이다. 한라산에 올랐을 때 지천으로 핀 들꽃 하나도 소중했다. 산허리 어느 한 곳에도 쓰레기라곤 없었다.

탑동 방파제에서 바닷바람을 맞으며 술을 마셨다. 그동안 제주도의 곳곳을 다니면서도 절실해 본 적 없는 생각들이 나를 붙잡고 놓아주지를 않았다. 혼령의 넋에 한 잔의 헌주를 하고 퇴주잔으로 여기며 받아 마셨다. 취하기는커녕 갈수록 정신이 맑아졌다. 방파제를 등덜미 삼아 끝없이 어깨를 내리치며 아우성치는 밤바다를 바라봤다. 날로 새로워지는 제주를 힘겹게 인정해 주는 혼령들의 아량이 파도를 타고 떠돌았다. 형벌의 땅, 비극의 섬이 척양척왜 척왜척화가 아닌, 국제 관광 자유 도시로 거듭나고 있었다.

교단 일기

신임교사 시절에 『금호문화』에 「교단 일기」를 연재했던 적이 있다. 학교와 교실에서 벌어지는 자질구레한 일상을 감추고 말 것도 없이 보따리 풀 듯 늘어놓았을 텐데, 지금 생각해 보면 얼굴이 화끈거릴 일이었다. 세상 물정 모르는 젊은 초짜 장돌뱅이에게 장터에 대해 논해 보라는 식이었으니 교단에 오래 몸담으셨던 강호의 선배 교사들이 내 글을 읽었다면 혀를 차며 비웃었을 것이다. 심지어 나는 훗날, 학교와 교사 학생들 이야기로 『블라인드 스쿨』이라는 장편소설까지 쓰고 말았으니 도가 지나쳐도 한참 지나쳤다.

소설을 쓰는 한, 학교에 관한 얘기는 하지 않으려 했다. 내가 살아온 텃밭이었으므로 잘 알 것 같았지만, 사실은 가장 모르는 곳이었다. 학교는 생각보다 넓고 깊었다. 모두가 교육을 알고 있고 그만큼 아이들을 위한다지만 자신도 모르는 사이에 견고한 공범 구조 속으로 매몰되어 갔다. 교육 현장을 소설을 통해 증언한다는 것은 당초부터 내 전공이 아니었다. 일탈과 저항은 내 분야가 아니며, 이분법적 가치체계를 부정할 전복적인 내러티브를 엮어낼 자신도 없었다. 그랬는데, 밑천 떨어진 장사꾼처럼 그래도 많이 겪어 본 곳을 무대로 삼아야 하지 않겠느냐는 유혹이 다가왔을 때 나는 뒷걸음질 치지 못했다. 학교를 소재로 쓴 소설을 끝냈을 때 다시는 학교 교육에 관한 소설은 쓰지 못하리라는 것도 깨닫게 됐다.

지나온 교직 생활을 돌이키다 보면 교육 소설의 소재가 될 만한 잊을 수 없는 순간들이 줄을 이었다. 빈집털이범 혐의를 가진 우리 반 아이를 체포하러 기동대 봉고차를 타고 학교까지 들이닥친 형사들과 맞서다 돌고개 서부경찰서에 가서 날밤을 새웠고 오토바이 폭주 사고로 다리가 부서진 아이를 찾아 병원 응급실로 쫓아갔던 건 아무것도 아니었다. 혈액암 투병 끝에 숨을 거둔 제자를 전대병원 영안실 영정 사진으로 마주하고 오열했다.

요즘 같으면 문제 교사라고 비난받으며 뉴스에나 나올 법한 일을 벌이기도 했는데, 신임교사 시절 몇 년간은 교과서나 문제집에 등장하는 친일 문인 작품은 가르치지 않고 슬쩍 넘어가 버렸다. 3학년으로 진급되어 올라온 우리 반 중, 퇴학 맞았다가 3수 끝에 복귀한 복학생과 50일간의 무단 장기결석 이력을 가진 아이를 집으로 데려와 삼겹살을 굽고 밤새 소주잔을 주고받았다. 고3 시절 동안 사고 치지 않겠다는 약속을 받고 함께 이불을 덮고 잠을 잤다. 황토문학동인회 아이들을 집으로 불러 시를 가르치지 않고 술을 가르쳤으니, 지금 아이들 같으면 집에 가서 부모님께 고해바칠 것이며 분개한 부모는 당국에 신고할 만한 사건일 것이다.

교사가 가장 쓰기 어려운 글은 교단 일기다. 교단 일기를 쓰는 순간 빠지기 쉬운 함정이 있기 때문이다. 남들이 쓴 교단 일기를 볼 때마다 어김없이 그런 생각이 든다. 자칫 교사의 개인사적 무용담으로 흐를 수 있다는 얘기다. 교사인 자신이 특정 학생으로 인하여 훈훈한 보람을 얻게 되는 기록을 쓰게 되는데, 교단 일기에 등장하는 아이들은 대개 한부모가정이나 조손가정 같은 환경에서 자랐거나 비행과 탈선을 일삼는 일탈성이 강한 성향, 아니면 남다른 장애를 가진 아이들이다. 열정을 가진 교사로서 남들은 겪기 어려운 현장 체험을 통해 마침내 개선됐다는 성공 사례 같은 경우가 허다했다. 아이에게 죄지은 것 같은 미안함에 빠져 아이에 대한 고백성사 같은 진정성을 보여 주는 글에서도 위선의 냄새는 어쩔 수 없이 풍겨 나온다. 그런 의미에서 교단 일기는 쓰기 어려운 글이다. 학교 안에서의 자행되는 따돌림 얘기를 현장감 있게 담아낸다 해도 어차피 교사는 관찰자 이상으로 개입하기 어렵다. '따'는 또 다른 '따'를 부르고, '따'를 시킨 자는 또 다른 누군가에게 자신도 '따'를 당한다는 사실, 슬픈 공식 같지만 안타깝게도 그런 일은 현장에서 일상이 되어 버렸다. 심하게 다툰 두 친구를 화해시키고 서로 껴안기를 시키는 선생님이 있다. 기발한 스킬인 줄 알고 전가의 보도처럼 그걸 써먹고 나서 교단 일기에 기록해 만족했을지 모르나, 아이들 눈에는 타성에 젖은 구닥다리 교사에 불과할 뿐이다. 교단 일기 전체를 관통하는 맥락은 다 제쳐두고 그것만 남는다. 얼굴이 화끈거린다.

군이 교단 일기를 써야 한다면 학교와 교실 현장에서 일어나는 범상한 일들을 다큐멘터리처럼 드러내기만 하고 교사 자신의 활약상 같은 낯간지러운 얘기는 쏙 빼면 된다. 할 수만 있다면 자신이 본 교단의 모습을 있는 그대로 가감 없이 드러내 주기만 하면 된다는 거다. 만화경 같은 교단에서 누가 누구에게 무엇을 규정하고 논평할 수 있을 것인가. 있는 그대로의 모습을 다큐 사진을 찍듯 보여 주기만 하는 것도 버거운 일이다.

교육 현장에 관해 기록해야 한다면 잘 빚어진 학생 일기와 교단 일기가 짝을 이루어도 좋다. 학생 활동 중심이어도 좋으나 교단 일기의 주체는 어디까지나 교사니까 관찰자의 입장으로 바라만 보면 된다. 독특한 성격을 드러낼 수 있으면 금상첨화다. 학업에 흥미를 잃고 학교에 나오지 않는 문제 학생을 교사가 발바닥 땀나게 뛰어다니며 설득한 끝에 다시 학교에 나오게 되었다는 스토리, 성실한 모범생으로 둔갑하여 원하는 대학에도 합격시켰다는 무용담은 통속적 영화에서나 나올 법한 얘기다. 그걸 교단 일기로 썼다면 읽는 교사마저 낯 뜨겁다. 현실은 그렇지 않기 때문이다. 학교에 가야 하는 당위가 없다면 부족한 출석 일수를 맞추기 위한 노력은 가상하지도 않고 눈물겹지도 않다. 통상의 드라마가 그렇듯 상충하는 인물 사이에 갈등이 해소되고 의외의 반전으로 학업에 대한 열망이 살아나지 않는 한 학교를 감옥으로 여기는 아이의 마음을 돌려놓았다는 것은 거짓이거나 교사의 착각이다. 그럴 필요도 없다는 것은 제도교육을 받지 않고도 성공한 삶을 사는 사람들을 통해 배우기 때문이다.

교단 일기의 요구는 통념에 있지 않으므로 매끄러울 필요는 없다.

글솜씨 좋은 교사가 아니라면 흉내 낼 수 없는 영역이 아니다. 미숙한 문장이나 표현력으로 비웃음을 받을 계제가 아니다. 연출도 포장도 없는 다큐 영화가 감동을 준다. 현장을 리얼하게 드러내고자 한다면 다큐라는 창은 최적의 투과 장치다. 연기력 좋은 멋진 배우를 등장시키고 립싱크나 더빙을 시도한다면 학교 현장의 참모습을 제대로 담을 수 있을까. 상상만으로도 어색해진다.

거친 독이 좋은 약이 된다. 말솜씨 좋은 달변의 연설가보다는 서툴고 어눌한 눌변가의 말에 진실성이 담길 수 있다. 지친 학교생활 자체에 염증을 느끼는 학생의 일상을 비속어가 포함된 생생한 언어 그대로 드러내면 된다. 꿈은 권리다. 아이들은 누구에게나 꿈이 있다. 아이들의 꿈이라고 해서 별반 다를 것도 없다. 특별한 아이도 없다. 보통의 아이처럼 어른들에게 배운다. 그러는 아이에게 너는 왜 제대로 하지 않느냐, 추궁을 기록해서는 안 된다. 아이들의 꿈을 구체적으로 접근하려면 그대로 지켜볼 일이다.

휴교령

눈이 더 내린단다. 창밖은 온통 눈 세상이다. 이틀째 함박눈 내리는, 멀고 아득했던 출근길은 운전하기 불편했다. 언덕만 나타나면 차들의 움직임은 여지없이 더뎌졌고 내리는 눈발은 도로의 표면을 얼어붙게 했다. 싸리 빗자루를 들고나와 덕린관 현관을 쓸다가 아이들에게 빗자루를 넘겨주었다. 순백의 눈밭에서 꼬리를 세우고 뛰노는 강아지처럼 신이 난 아이들에게, 눈이 오면 마냥 좋기만 한 것이 아니라 이렇게 쓸어내야 할 것도 따르는 법이라고 일러 주고 싶었다. 그들도 이제 10대를 벗어날 테니까, 코끝이 얼얼하고 귓바퀴가 시렸다. 유난히 달콤한 커피 맛을 느끼며 문득 그날의 휴교령을 떠올려 본다.

준모 형이 학년 부장을 하고 있을 때니, 오래전 얘기다. 일요일이었는데 오후 4시에 학교에 나와 기숙사생들이 입사하는 모습을 지켜보다가 5시를 넘겨 학교를 나섰다. 휴일 오후를 반납하고 학교에 나온 담임 몇이 소주를 한 잔씩 걸치고 헤어진 시각이 7시쯤 되었는데 학년 부장인 준모 형과 학년 기획인 내가 같은 동네에 사는 덕분에 한잔을 더 하자는 의견에 동의했다. 어두워진 하늘 가득 쏟아져 내리는 함박눈을 보고 고조되어 가는 기분을 억누를 수 없었다. 각자 집으로 전화해서 아내를 나오라고 하자는 대목에서 합의를 이루고 명수가 운영하는 식당 '거목'으로 갔다. 커다란 통유리 옆자리에 자리를 잡고 앉아서 소주 맥주를 가리지 않고 마시기 시작했다. 주는 대로 마시고 받는 대로 마시고 있던 그 시각에, 통유리 창밖에는 주먹만 한 눈덩이가 탐스럽게 내리고 있었다.

"어어, 내일 월요일인데, 출근을 어떻게 하지? 이럴 때 휴교령 같은 것은 안 내리나?"

술잔을 내려놓던 내가 무심코 꺼낸 말이었다. 만일 휴교령이 내려지게 된다면 바로 앞에 앉은 학년 부장에게 전화가 올 것이었다. 사장인 명수네까지 합세하여 세 부부가 술을 마시고 있던 자리에서 마침내 확신에 찬 결론에 도달하게 되었다. 물론 술기운이 다분했지만.

"지금부터 형님한테 걸려온 전화는 무조건 휴교령을 통보하는 것일 테니, 기다려 보씨요. 틀림없을 것이요."

밑져 봐야 본전으로 한 번 던져 본 얘기라기보다는 어쩐지 확신에 찬 느낌이었다. 내 말에 다들 한바탕 웃고 말았지만 장난치는 말루 치부하기엔 창밖에 지나치게 많은 눈이 퍼붓고 있었다. 아닌 게 아니라, 얼마 지나지 않아 거짓말처럼 준모 형에게 전화가 걸려왔다.

"진짜? 내일 휴교령이 내렸다고라."

준모 형의 전화 통화 내용을 듣자마자 우리는 환호성을 내지르며 하이 파이브를 했다. 거봐, 내 말이 맞았지? 하는 표정을 안주 삼아 소주잔을 급하게 꺾었다. 다음 날 휴교한다니 이젠 취해도 문제없으리라 여기고 마구 마실 수 있겠다 싶었다. 그랬는데, 그게 아니라는 사실을 아는 데 오랜 시간이 걸리지 않았다. 9개 학급 담임들에게 비상 연락을 취해야 했으며 우리 반 아이들 전체에게 통화를 시도해야 하고 연결되는 대로 휴교령을 전파해야 했다. 나는 그때 똑똑히 들었다. 전화를 받은 아이들의 즉각적 반응, 그 즐거운 비명을.

하지만 교사는 그렇지 않았다. 휴교령은 아이들의 휴교령이지 교사의 휴교령이 아니었다. 비상 연락망을 통해 휴교령을 전하느라 고조되었던 술자리의 기운은 급격히 꺾여 무뎌졌고 다음 날 출근 걱정 때문에 내키지 않은 귀가를 서둘러야 했다.

휴교령이 내려진 날 아침은, 고역이었다. 평소 10분 거리도 안 되는 출근길을 아슬아슬 빙판길 거북이 운전으로 한 시간도 넘게 걸렸다. 아이들이 나오지 않은 학교에 교사들은 전원 출근해서 교무회의부터 했다. 오전 오후 일과를 정식으로 보내며 나는 또 하나의 휴교령의 기억을 떠올렸다.

고등학교 3학년 봄날이었다. 1980년 5월 19일 월요일, 아침에 등교하긴 했는데 방송을 듣고 교무실로 긴급 직원회의를 다녀온 담임 선생님이 비장한 표정으로 우리를 바라보았다. 휴교령이 시작된 그날의 종례였다. 시내로 가지 말고 외곽을 이용하여 안전하게 귀가할 것이며 부디 살아서 만나자고 강조했다. 쫓기듯 교문 밖을 나서면서도 우리는 그로부터 무려 한 달 가까이 학교에 가지 못하리라는 앞날은 상상조차 하지 못했다. 그때의 선생님들도 그랬을까. 대입을 앞둔 고3 수험생들이 휴교령에 발이 묶여 학교를 나가지 못하는 사이에 선생님들은 정상 출근하여 회의도 하고 비상 연락망도 취하고 정상적인 일상보다 더욱 고통스러운 시간을 보내지 않았을까 추측해 보았다.

코로나 팬데믹 시기에 장기간에 걸쳐 내려진 휴교령을 돌이켜 본다면 아찔하다. 비정상적 상황에서 불안과 절망을 수반할 수밖에 없는 비상조치가 휴교령이다. 방학이 아닌 바에야 휴교령은 되풀이되지 않아야 한다. 방학이라 해서 달라지는 것도 없다. 교사들은 방학이 있으니 좋겠다는 세간의 볼멘소리가 야속하다. 근면과 열정은 자신이 지향하는 세계에 도달하기 위한 필연적인 과정이 아닌가. 결함이 있다면 수정해야 한다. 그런 의미에서 방학은 교육 현장에 필수 불가결한 과정이다. 반복을 통해 전문성이라는 숙달에 도달할 것이며 창조성의 날개를 덧입은 셈이다. 숙달은 시간을 넘나들기 마련이며 사람은 그 무엇에든 적응할 수 있는 존재이다. 방학은 그걸 이루기 위한 교정과 연찬의 시간이다. 교사든 학생이든 마찬가지, 정해진 본질은 없으며 축적된 에너지를 집약해야 한다. 자유를 가능케 하는 힘은 휴교령 따위의 쉼표에서 나오지 않는다. 다시는 교육 현장에서 휴교령이라는 액운이 끼지 않기를 바랄 뿐이다.

황토를 추억하다

풋내기 총각 선생 시절부터 지금까지, 학교와 관련하여 많은 기억을 안고 있지만 '황토문학동인회'에 대한 추억은 잊을 수 없다. 스물여덟 신참 교사는 모든 것이 낯설고 서툴렀다. 새로운 환경에 대한 낯가림이 심했던 탓에 수업도 업무도 빌빌거리기만 하던 일상에서 그나마 나를 지탱해주었던 끄나풀이 있었는데, '황토문학동인회'였다. 오전 수업을 마치고 모두 서둘러 퇴근해 버렸던 토요일 오후에, 덕린관 현관 출입구와 가까운 2학년 빈 교실로 황토 동인들을 불러 모았다. 아이들과 함께 둘러앉아 도시락을 까먹으며 낄낄거릴 때는 내가 문학 소년으로 되돌아간 기분조차 들었다.

학교 안팎에서 만나는 요즘 학생들은 예전의 시각으로 보면 상상할 수 없을 만큼 변해 버렸다. 세월은 흘렀고 삶의 양과 질은 예상할 수 있는 측정치를 넘어 버렸기 때문에 당연한 현상이라 생각하지만, 노파심마저 떨칠 수는 없다. 시대의 변화에 따른 물질 만능과 퇴폐 성향, 외래 문화의 범람으로 인한 일부 청소년의 궤도 이탈 따위를 말하는 게 아니다. 그딴 건 세상 물정에 둔감한 꼰대 교사가 뇌까리는 잔소리고, 그걸로는 가치관 설정에 고심하다 못해 풍향을 잃은 바람개비처럼 나부끼는 요즘 청소년들을 대변하지 못한다. 세대와 계층 갈라치기, 근거 없는 가족 욕설과 페미라 조롱당하는 왜곡된 남녀 성차별 인식, 알고자 다가갈수록 멀어지고 마는 그들만의 화법에 혼쭐난 지 오래다. 독서는 자신의 삶에 도움을 주지 못한다고 믿는 근현대사 역사 인식으로 날로 우경화되어 간다는 우려도 안타깝기만 하다.

그 시절 황토를 소환한다는 것은 요즘 아이들에게는 의미 없을 수도 있다. 나이나 세대로 치면 지금 학생들의 아버지뻘이기 때문에, 30년 전의 학생들과의 추억이나 떠올리는 한심한 늙다리 선생의 넋두리로 들릴 것 같다. 하지만 아무리 변했다 한들 고등학생 시기에 걸맞은 감성의 본질은 달라지지 않으리라 본다. 청춘의 나이에 순수한 눈으로 바라보려 애쓴 흔적은 남아 있을 것이기 때문이다. 운동장 트랙에 웃자란 풀 한 포기라도, 국어 교과서 여백에 흘려 쓴 낙서라도, 비를 맞고선 친구의 뒷모습이라도, 예사로 보아 넘기지 않는 아이들이 예나 지금이나 똑같은 감수성과 상상력으로 보고 있을 거라 믿는다.

문학을 하겠다는 아이들이니 더 그렇다. 차오르지 못한 안목과 미흡한 세계관, 미숙한 기능으로 인해 일상의 삶에서 풋내를 띠겠지만 황토 아이들이 바라보는 세상은 예나 지금이나 한결같다. 창조가 타이핑하는 자판기의 손끝에 있지 않고 현실을 바라보는 냉철한 시선과 머릿속 정신에서 우러나온다는 진리는 30년 터울과 무관할 것이다.

지금이야 토요일 일과가 없어졌지만, 토요일 오전 수업을 마치고 오후에 학교에 남았던 이유는 오직 작품토론회를 위해서였다. 총각 선생이라 달리 할 일도 없고 해서 시간이나 때우려고 토요일 오후를 허비한 게 아니었다. 학교에서 벌어지는 수많은 일상 중에 그 시간이 가장 보람되고 재미있었기 때문이다. 축구를 좋아하는 황토 아이들을 다독여 교실로 몰아넣고 칠판에 시를 쓰게 하고 토론을 지켜봤다. 토요일 오후 자율학습을 하고 있던 3학년생들이 쉬는 시간이면 1층으로 내려와 후배들을 격려했다. 지도교사랍시고 어설프게 폼을 잡고 있던 나와는, 십여 년 정도의 나이 차이밖에 나지 않았으니 학교 아닌 바깥에서 만났으면 나는 그들에게 선생이 아닌 형이었을 것이다. 졸업하고 만난 술자리에서 취기가 오른 누군가가 나더러 실수로 형이라고 불렀던 것이 오히려 자연스럽기도 했다.

방학 때마다 다녔던 수련회 역시 잊을 수 없다. 시외버스를 타고 곡성 태안사를 찾아갔던 기억이 난다. 그 무렵 아이들은 기억할 것이다. 운동장 땅바닥에 금을 그어놓고 하는 '오징어'라는 놀이인데, 담양 추월산에 가서 8기 동인들과 웃통 벗고 오징어를 했던 기억이 새롭다. 오징어 도중에 일대일로 맞짱 뜨다가 의외로 깡다구 좋았던 신희한테 내가 지고 말았다. 전국 단위 대회나 대학 백일장에 나가기만 하면 장원을 타왔던 현수나 상원이 때는 하동군 악양으로 수련회를 갔다. 악양면 공중보건의로 복무하고 있던 친구 동영이네 보건소에 아이들을 몰고 가서 하룻밤 묵고 오기도 했다. 그 지리산 자락이 훗날 박경리의 『토지』의 주요 무대가 되어 관광지로 바뀌었다는 사실을, 그때의 아이들이 알고 있을까. 아내가 첫 아이를 가져 만삭이었기 때문에 그것만을 더 기억할지 모르겠다.

그렇다고 해서 황토 지도교사 생활이 순탄한 것만은 아니었다. 시화전에 출품한 아이들의 작품을 들여다보다가 본의 아니게 검열관이 되어서 붉은 줄을 긋고 삭제를 요구했던 일, 학교 축제 개막 연대시를 연습한 대로 하지 않고 자기들만의 계획대로 준비했다가 공연이 시작되자 돌연 '광덕학우 대동단결, 제도교육 박살내자'라는 교육민주화 구호를 외친 나머지 지도교사인 나를 곤경에 빠뜨린 일, 금지되어 있던 망월동 오월 백일장에 참가하여 교육청 장학사와 심하게 다툰 끝에 학교로 통보 오게 만든 일, 학부모께서 전화를 걸어와 공부에 전념해야 한다며 아들의 황토 탈퇴를 부탁해 온 일, 경신여고 문예부와 동아리 연대를 하겠다고 해서 전남대에 가서 연합 집회를 주도했던 일들이 떠오른다. 그러다 보니 나도 차츰 지쳐 나자빠지지 않을 수 없었다. 결국 지도교사를 그만두겠노라 고집하는 나를 만류하기 위해, 토요일 오후였음에도 3학년이던 상원이와 현수가 염주체육관 동산에서 캔 맥주를 마시며 나를 붙들고 늘어졌던 기억도 아프게 떠오른다.

강경 서클로 낙인찍힌 가운데, 마침내 '언더'로 돌아선 후로도 황토 활동은 멈추지 않았다. 황토 아이들은 언제나 혈육처럼 반가웠다. 새 학년이 되어, 새로운 아이들을 만나면 먼저 황토 동인들의 소재부터 파악하는 게 습관이 되어 버렸다. 어느 해인가 한국소설가협회에서 주관한 담양 청소년 문학 캠프에 아이들을 데리고 참가하여 창작 솜씨를 뽐낸 적도 있었다. 사랑을 하려거든 목숨 바쳐라, 사랑은 그럴 때 아름다워라, '황토가'라 이름 붙인 노래를 부르며 결기를 드높이던 아이들, 노래만큼 시도 좀 열심히 써 보라는 주문에 해맑게 웃던 얼굴들이 손에 잡힐 듯 떠오른다.

황토라는 이름의 젊은 그들, 황토라는 이름만으로도 오랜 벗처럼 뭉클해져 목이 멘다. 1989년에 발간된 동인지 창간호를 아직도 가지고 있다. 당시 회장이던 찬석이, 진호와 함께 계림동 호남교육신문사를 들락거리며 제작한 동인지는 어느 고교 문학패에서도 이룰 수 없었던 성과물이었다. 그중에는 지도교사도 따라갈 수 없는, 좋은 시도 있었다. 졸업생 서완수를 학교 앞에서 만나 슈퍼마켓 맥주를 마셨다. 우상호의 「너의 이름에 붉은 줄을 그으며」의 모티프를 표절한 게 아니냐 장난스럽게 추궁했지만, 그의 시는 정말 좋았다.

너는 학교에 나오지 않았다. / 옛적엔 그래도 깃발 날렸다는 / 지원동 골짜기 / 군인 아저씨들 박격포 들고 와선 / 교사校舍에 조준하던 / 우리들 코딱지 묻은 학교 / 출석부엔 너의 없음이 붉은 줄로 그어지고 / 우리들 마음 위로 장맛비는 내려 / 여름을 이루었을 때까지도 너는 // 너는 만난 첫날 유난히도 흰 이 내보이며 / 두터운 입술로 첫인사와 함께 / 까아만 손을 내밀었지. / 그 손을 내려다보면서 나는 / 내 손을 내밀까 하다가 이미 / 네 눈에서, 보았다. / 열세 살 너의 가슴에 무엇이 얼룩져 있었는지를 // 학교가 어둑한 하늘에 파해 별빛이 / 아롱거리면 너는 내게 웃었지 / 바다 건너 있다는 네 아버지의 나라 / 밥상 넘치도록 돼지고기와 쌀밥 / 실컷 먹을 수 있으리라며 / 그럴 때면 나는 우리 주림을 면키 위해 / 주머니 속 백 원어치 빵을 사서

／ 네 부모에게 들키지 않을 구석구석으로 기어들며 ／ 너를 들여보냈
다. 아쉬움으로 ／／ 그 후 몇 년, 눈발 날리는 ／ 고등학교 체육 시간 살
을 에는 추위 속에서 ／ 너를 만났다. 찾아 찾아 겨우겨우 왔다는 ／ 너
는 머리에 실밥 묻히고 ／ 셔츠에 기름때 절어 붉은 벽돌 사이 층 안으
로 ／ 서로의 손을 잡아 쥐었다. ／ 아버지를 만났었다며, 아버지의 나
라로 가기로 했다며 ／ 나를 빨아들이는 종소리에 맞서 외치며 ／ 아버
지를 접대할 점심값 좀 빌릴 수 있을까? ／ 너는 그렇게 아버지의 나라
로 갔을까? ／ 나는 그 이후로 단 한 번도 너를 보지 못했고 ／／ 오늘은
흐리멍텅하니 강의실에서 사전 쥐고 ／ 표제어로 나온 단어 ／ 아메라
시안, 애머레이젼에 줄을 긋는다. ／ 창밖에는 비 내리는 칠월 오후, ／
후두두 비에 젖어 날아가는 참새 한 마리.

– 서완수, 「아메라시안에 줄을 그으며」

세월을 이기는 장사가 있으랴. 백발이 되어 버린 교사에게 패기와 순
정이 남아 있을 리 없다. 수업에 지치고 아이들에 눌려 이젠 심드렁해졌
노라 고백이라도 할라치면 스스로 놀란다. 문예반 지도와 같은 어리석
은 고생은 다 때가 있는 법, 젊은 시절 딱 그 무렵의 일이었을 뿐 이제는
좀 편하게 살고 싶다고 고백한다면, 그렇게 닳아빠진 교사를 학생들은
어떤 시선으로 보게 될 것인가. 부끄러움을 피할 수 없다.

세상은 무섭게 변했고 문학은 설 자리를 잃어간다. 문학을 하겠다는
아이들도 줄어들었다. 책 읽는 아이는 위험해졌다. 독서를 좋아하다 보
면 제 나이보다 정신의 키가 더 자라는 법이다. 남몰래 들여다본 깊고
신비로운 우물 속을 또래 아이들은 알 턱이 없으므로 컴퓨터 게임이나

스마트 기기 삼매경에 정신 팔려 있는 친구들이 시시해 보일 것이다. 사유의 눈높이가 달라지니 친구들에게 말을 걸지 않는다. 결국 책 읽기에 빠진 아이는 말수가 줄어들다가 섬처럼 고립되고 만다. 문학 소년은 그렇게 왕따가 된다.

부모의 강압에 의해 억지로 이루어졌던 유년 시절의 독서는 나중에 별반 힘을 쓰지 못한다. 부모가 희망하는 모범적인 청소년의 조건은 책을 읽지 않는 것이다. 베짱이 같은 여유를 부릴 겨를이 없다. 영어 단어와 수학 공식은 독서와 병행할 성질이 아니기 때문이다. 공부해야 할 시간에 소설 나부랭이나 읽고 있는 학생을 방관할 부모와 교사는 없다. 내 아들을 황토라는 집단에서 내보내 주세요, 엄마에게 전화를 받았던 그 시절처럼.

미지의 작자와 내면적 교류를 꾀하는 동시에 자아를 성찰하고 성장시키는 최적의 도구가 책이라는 말은 강아지 하품하는 소리가 되고 말았다. 학업성적이 우수한 고등학생 중에서 독서광은 극히 드물다. 입시에 나오는 작품만을 밑줄을 긋고 형광펜을 두르는 행위는 독서가 아니다. 소문난 독서광은 오히려 학업 경쟁에 뒤져 있거나 수능을 포기한 성적 하위자이기 일쑤다. 지루한 자율학습 시간을 견딜 수 있는 킬링 타임의 재료로 독서만 한 게 없다. 책의 수준과 관계없이 독서라는 유쾌한 고립 행위를 실천하고 있는 건 사실 아닌가.

아무리 그렇다고, 책 읽기를 어찌 말릴 수 있으랴. 독서를 일탈 행위로 간주하여 이를 봉쇄해 버린다면 어리석은 파멸의 결과가 나올 것이다. 책 읽는 시간만큼은 아무도 간여할 수 없다. 자신만의 고립을 즐기다가 정작 책을 읽고 나면, 훌쩍 커져 버린 자신을 들여다볼 수 있다. 황토는 그걸 감내하고 충족하는 아이들이 모였던 것이다.

자본의 논리로 등위를 매길 수 없는 곳에 비켜서 있지만, 황토는 그 이름만으로도 여전히 수줍은 모습으로 설레게 한다. 신입생 받아들이기도 만만찮은 여건이라는데 황토는 면면히 이어지고 있다. 어느 여름 밤에 졸업 동문들이 학교로 찾아와 도서관 기증 도서와 장학금도 내놓고 음식을 나누어 먹으며 황토 후배들을 격려해 주던 모습이, 황토의 맥박에 피돌기를 멈추지 않게 할 증거다.

첫눈의 조건

와아, 첫눈 온다. 아이들의 탄성을 듣고 창밖을 바라보았다. 희미하게 변해가는 오후의 교정에 희끗, 보일락말락, 무엇인가 날리기는 하는데 그걸 첫눈이라 이름하기엔 양이 너무 적었다. 그런데도 아이들은 첫눈이라 말하고 싶었나 보다. 지금 이 시각에, 어딘가의 난롯가에서 움츠러든 몸을 일으키며 창밖에 내리는 저 물체가 첫눈이냐 아니냐를 따지고 있는 사람이 있을 것이다. 그리운 얼굴을 떠올리며, 가슴 밑바닥으로부터 건져 올릴 만한 감성이 한 줌이라도 남아 있는 거라고, 그래서 잠시 미소 지었을지 모르겠다.

첫눈을 기다리고 있긴 하지만 아직 첫눈은 아니었다. 미치도록 펑펑 쏟아지는 첫눈이 온다면 수업을 잠시 멈추고 아이들에게 정일근의 시를 소개하려 했다. 그런데 이미 그르친 듯하다. 내일이면 겨울방학인데, 오늘내일 사이에 함박눈으로 내리는 첫눈은 없을 것 같다.

잠시 교과서를 덮어라.

첫눈이 오는구나.

은유법도 문장성분도 잠시 덮어두고

저 넉넉한 평등의 나라로 가자.

오늘은 첫눈 오는 날

산과 마을과 바다 위로 펼쳐지는

끝없는 백색의 화해와 평등이

내가 너희들에게 준 매운 손찌검을

너희들 가슴에 칼금을 그은 편애를

스스로 뉘우치게 하는구나.

잠시 교과서를 덮어라.

순결의 첫눈을 함께 맞으며

한 칠판 가득 적어놓은

법칙과 법칙으로 이어지는

죽은 모국어의 흰 뼈를 지우며

우리들 사이의 먼 거리를 하얗게 지우자.

흰 눈발 위로 싱싱히 살아오는 모국어로

나는 너희들의 이름을

너희들은 나의 이름을

사랑과 용서로 힘차게 불러 껴안으며

한 몸이 되자.

한 몸이 되어 달려 나가자.

– 정일근 「첫눈」

여름날 손톱에 들인 봉숭아꽃물이 첫눈 오는 날까지 지워지지 않으면 첫사랑이 이루어진다는 속설이 아니더라도, 사랑에 빠진 이들은 사랑하는 연인과 함께 첫눈을 맞는 축복을 나누고 싶어 한다. 겨울이 다가오는 이맘때, 그래서 사람들은 첫눈 오는 날 만나자는 약속을 한다. 굳이 옛날을 기억하자면, 만나고 싶은 막연한 장소로 '우다방'이나 '삼복서점' 같은 데가 제격이었다. 첫눈 오는 날, 우리 우다방에서 만나자. 이렇게 약속만 해둬도 다가오는 겨울은 단번에 기대와 설렘으로 훈훈해지고 만다. 우다방이나 삼복서점이라면, 가난한 연인들이 돈 한 푼 들이지 않고 그리움과 기다림의 목마름을 해소할 수 있던 최적의 공간이 아니었던가.

충장로 우체국은 예전 그 자리에 그대로 있겠지만 우리 마음속 우다방은 사라지고 없다. 사랑에 눈뜨는 이들이 만나는 장소가 이제는 달라졌기 때문이다. 유명 브랜드 커피전문점의 대형 통유리 너머로도 어김없이 첫눈은 내릴 테고, 첫눈이라는 이름으로 내리는 눈은 여전히 설레고 신비로울 것이다. 지금 마시는 술에서 옛날의 술맛과 향기가 날 리 없는 것처럼, 허기진 뱃속을 달래려 홀쭉한 주머니를 털어야 할 형편도 아닌데, 장소가 달라졌다고 첫눈의 본질마저 바뀔까.

그래도 변하지 않은 게 있다. 예전에도 그랬고 지금도 마찬가지겠지만, 첫눈이라는 것이 대개 간절하게 기다렸던 만큼이나 흡족히 내리는 것만은 아니어서 더러 시비에 휩싸이기도 한다. 그게 어떻게 첫눈이야? 찔끔거리다 말던데, 난 못 봤구만. 오늘 같은 눈발을 보고 이렇게 발뺌해도 할 말이 없다. 그런 말은 대개 약속 장소에 나타나지 않은 사람이 내미는 오리발이다. 눈발이 그친 우체국 계단에 앉아 행여나 하고 목 빼고 기다렸던 사람은 약이 오를 테지만 어쩔 수가 없다. 첫눈은 찔끔찔끔 꼭 그만큼만 내리기 때문이다.

이쯤 되면 첫눈의 기준이 무엇인지 따져 묻지 않을 수 없다. 얼마 전 수도권에서는 첫눈이라는 이름표를 붙이기에도 불편한 폭설이 내린 탓에 엄청난 소란이 일었다는데, 서울 같으면 종로구에 소재한 서울기상관측소에서 관측한 결과로 첫눈을 판정한다고 한다. 광주의 경우는 운암동에 있는 광주지방기상청에서 인정해 줄 때만이 첫눈이라는 것이다. 흔히들 진눈깨비라 하여, 눈인 것도 같고 아닌 것도 같은 이상야릇한 물체가 허공에 흩날렸다 해도 기상청에서 인정해야만 첫눈이고 안 해 주면 첫눈이 아니라는 말이다. 그렇다면 첫눈은 기상청 관측 담당자의 시력에 달린 셈인가.

적설량도 문제다. 관측소 내 관측장의 절반이 눈으로 덮여야 한다지만, 기습적으로 내리던 탐스러운 눈발이 순식간에 그쳤다가 바람에 날려 버렸다면 그런 것도 첫눈이 될 수 있냐는 거다. 언제 눈이 내렸는지도 몰랐는데 그게 어찌 첫눈이야? 내 눈으로 직접 봐야 첫눈이지? 이렇게 발을 뺀다 해도 할 말이 없다. 남들이 뭐라고 떠들든 무슨 상관이랴.

누군가 내게, 그렇다면 도대체 '첫눈의 조건'이 무어냐고 묻는다면 주저하지 않고 답해 주고 싶다. 첫눈은 무조건, 사랑하는 사람이랑 함께 맞을 때라야만, 첫눈이라고.

기억나지 않는 것들 정강철 산문집

초판1쇄 찍은 날 | 2026년 1월 26일
초판1쇄 펴낸 날 | 2026년 2월 10일

지은이 | 정강철
펴낸이 | 송광룡
펴낸곳 | 문학들
등록 | 2005년 8월 24일 제 2005 1-2호
주소 | 61489 광주광역시 동구 천변우로 487(학동) 2층
전화 | 062-651-6968
팩스 | 062-651-9690
전자우편 | munhakdle@daum.net
블로그 | blog.naver.com/munhakdlesimmian
값 18,000원

ISBN 979-11-94544-26-5 03810

· 잘못된 책은 바꿔드립니다.
· 이 책 내용의 전부 또는 일부를 재사용하려면
  반드시 저작권자와 문학들의 동의를 받아야 합니다.